KB269762

유랑자

유랑자

정찬 장편소설

문학동네

차례

1

어머니 장례식에 참석하려고 짐을 챙기던 중 벽장 안에서 세 개의 물건을 발견했다. 이브라힘의 이야기가 담긴 녹음기와 녹음의 내용을 정리하고 기록한 노트, 『티베트 사자의 서』 영역본이었다. 그것들을 벽장 안에 두었다는 사실을 나는 까맣게 잊고 있었다.

이브라힘은 청록색 눈을 가진 아랍인 청년이다. 그를 만난 기간은 고작 보름에 불과했지만 그는 나에게 한없이 긴 이야기를 들려주었다. 처음에는 듣기만 하다가 어느 시점부터 녹음했다. 녹음은 이브라힘 몰래 이루어졌다. 이야기하는 데 방해요소로 작용할지 모른다는 우려에서였다.

이브라힘의 이야기는 전생前生의 기억에 관한 것으로, 대단히 충격적인 내용이었다. 문제는 그런 충격적인 이야기가 나의 이성과 지식으로는 납득이 되지 않는다는 데 있었다. 내가 『티베트 사자의 서』를 읽은 것은 이브라힘의 이야기를 이해해보고자 하는 노력의 일환이었다. 그 책에서 유독 나의 눈길을 끈 것은 해설에 실려 있던 칼 구스타프 융의 글이었다.

두루 알다시피 『티베트 사자의 서』는 불교의 환생사상에 바탕을 둔 신비서적이다. 그 책에 따르면 우리는 이번 생에 태어나기 전에 무수한 생을 겪었으며, 우리의 잠재의식 속에는 전생의 기억들이 보관되어 있다. 우리가 죽음이라고 부르는 것은 실은 삶과 환생의 중간상태이다. 이 중간상태에 있는 존재에게 영원한 자유에 이르는 길을 알려주는 책이 『티베트 사자의 서』라는 것이다.

분석심리학의 창시자 융은 『티베트 사자의 서』에 대해 "가장 차원 높은 심리학을 담고 있다"고 하면서 "그 책으로부터 새로운 생각과 발견을 위한 영감은 물론 수많은 근본적 통찰력을 얻었다"고 고백했다. 이어 그는 "우리의 과학적 지식과 이성은 환생사상을 받아들일 준비가 되어 있지 않다"고 하면서도 "환생사상에 대한 의구심을 잠시 접어두고 과학적 지식과 이성이 닿지 않은 세계에 닫혀 있는 마음의 문을 연다면 그 책으로부터 적지 않은 보상을 얻게 될 것"이라고 말했다. 이러한 융의 말이 이브라힘의 이야기에도 적용될 수 있지 않을까. 내가 녹음된 내용을 정리하여 기록한 것은 그런 생각 때문이었다.

녹음기에 담긴 이브라힘의 이야기를 그대로 옮기기에는 문제가 있었다. 말이 자주 끊겼을 뿐 아니라 비약이 많았고, 이야기의 순서가 뒤죽박죽이었다. 그것은 아마도 내 질문이 짜임새 있게 이루어지지 않았던데다, 이브라힘의 건강상태가 좋지 않았기 때문이었을 것이다. 게다가 녹음을 하지 않고 듣기만 했던 부분과 녹음한 부분이 자연스럽게 이어지지 않았다. 정리를 하면서 편집과 가필이 불가피했던 것은 그 때문이었다. 편집과 가필은 이브라힘이 이야기하고 있는 당시의 시대상황을 알지 못하면 이해하기 힘든 부분에서도 이루어졌다. 그러한 작업들은 이브라힘의 이야기를 보다 명료하게 전달하기 위한 수단이었다. 편집과 가필도 쉽지 않았지만, 녹음기를 사용하기 전에 들었던 이야기들을 기억해내는 데에도 애를 먹었다. 사람마다 다르겠지만 기억이 얼마나 불완전한 것인가를 작업을 통해 절감했다.

힘든 작업을 마쳤음에도 융이 권유했던 마음의 문은 좀처럼 열리지 않았다. 녹음기와 노트를 오랫동안 벽장에 방치한 것은 이브라힘의 이야기가 마음으로 받아들여지지 않아서였다. 그렇게 방치된 녹음기와 노트가 어머니의 죽음으로 『티베트 사자의 서』와 함께 불쑥 튀어나온 것이었다.

나에게는 어머니가 두 사람이다. 나를 낳은 어머니와, 나를 십년 동안 길러준 어머니. 나를 낳은 어머니는 한국인이다. 그녀가 사는 곳이 한국의 수도인 서울이기에 그녀를 서울 어머니라고 부른다. 내가 서울 어머니와 헤어진 것은 네 살 때였다. 뱃속에서부터 네 살 때까지 그녀의 품에 있었으나 남아 있는 기억은 거의 없다. 어떤 흔적 같은 것이 없지는 않으나, 오래전에 꾸었던 꿈처럼 아득했다. 게다가 아버지는 어린 나에게 어머니가 죽었다고 말했다. 아버지가 그렇게 말하니, 믿을 수밖에 없었다. 꽤 긴 세월 동안 나는 어머니가 죽은 줄 알고 있었다. 어머니가 살아 있다는 사실을 알게 된 것은 아버지가 숨을 거두기 보름 전이었다. 췌장암으로 병상에 누워 있던 아버지는 오랫동안 숨겨온 마음을 털어놓았다. 내 나이 마흔한 살이던 2009년 1월 23일이었다.

또다른 어머니는 내가 여덟 살 때 아버지와 결혼했다. 그녀는 나에게 좋은 어머니가 되려고 무척 애를 썼다. 나도 애를 썼지만 우리 사이는 좋지 않았다. 원인은 나에게 있었다. 나와 피부색이 비슷한 그녀가 싫었다. 그녀는 베트남인 어머니와 프랑스인 아버지 사이에서 태어난 혼혈인이었다. 나 역시 혼혈인으로, 아버지는 폴란드계 유대인이었다. 모르는 이들의 눈에는 그녀가 나를 낳은 어머니로 비쳤다. 그녀와 함께 외출하기를 꺼린 것은 그 때문이었다. 사람들이 그녀를 나의 친어머니로 생각한다는 것이 싫었다. 내가 예루살렘의 할아버지 집에 가는 것을 좋아하게 된 데에는 그녀의 역할이 컸다. 그녀와 아버지의 이혼에 내 역할이 컸듯이.

서울 어머니의 부음을 들었을 때 나는 예루살렘의 할아버지 집에 머물고 있었다. 유대인 주거지역에 있는 할아버지의 집은 방마다 둥근 천장과 아치형 입구가 있는 오래된 집이었다. 둥근 천장과 아치는 십자군 시대의 흔적이라고 했다. 할아버지가 바르샤바를 떠나 예루살렘에 온 것은 1935년이었다. 나치스의 반유대인 정책으로 유럽의 유대인들이 예루살렘으로 몰려들고 있을 때였다. 아버지는 그로부터 육 년 후 태어났다.

할아버지의 오래된 집은 나에게 친숙했다. 어린 시절부터 방학이면 뉴욕보다 예루살렘에서 더 많이 지냈다. 할아버지는 나에게 히브리 성서, 특히 토라를 집중적으로 가르쳤고, 회당에 자주 데려갔다. 할아버지가 회당의 어두운 불빛 아래 검은 옷을 두르고 알아들을 수 없는 히브리어로 기도문을 웅얼거리고 있으면 이상한 느낌에 빠져들곤 했다. 내가 모르는 어떤 심연 앞에 서 있는 것 같았다.

할아버지는 토라를 가리켜 영원을 향해 있는 창문이라고 했다. 그러면서 "토라의 주위를 돌아라. 모든 것이 그 안에 있다. 그 속에서 묵상하고 그 위에서 늙어 백발이 되어라. 거기서 한 발짝도 움직이지 마라. 그보다 가치 있는 것은 없다"라는 어떤 랍비의 말을 들려주었다. 한 발짝도 움직여서는 안 된다는 토라의 심연에서 아버지는 훌쩍 날아가버렸다.

할아버지는 아버지에게 애정과 함께 슬픔과 노여움의 감정을 동시에 갖고 있었다. 애정이 핏줄에서 비롯된 감정이었다면, 슬픔과 노여움은 조상의 종교를 저버리고 집을 나간 탕아를 향한 것이었다. 내가 할례를 받지 않았던 것도 아버지의 일탈 때문이었다. 그렇다고 아버지가 다른 종교를 가진 것은 아니었다. 아버지는 자신은 무신론자가 아니라고 했다. 그 역시 신의 존재를 느낀다는 것이었다. 다만 특정한 종교에 자신을 묶어두고 싶지 않았을 뿐이라며, 야훼는 인간을 강하게 묶어버리는 신이라고, 침울한 표정으로 말했다.

나에 대한 할아버지의 감정이 복잡했던 것은 아버지 때문이었다. 돌이켜보면 할아버지의 사랑은 무척 조심스러웠다. 나를 깊이 껴안지 않았다. 내가 자신의 품에서 빠져나오는 데 지장이 없을 정도로만 껴안았다. 아들에게 받았던 상처를 손자에게는 받기가 싫었거나, 두려워했던 것 같았다. 완고한 유대교인이었던 할아버지가 손자와의 관계에서 지혜로운 융통성을 보인 것은 아들로부터 받았던 상처가 너무 컸기 때문은 아니었을까. 어쩌면 할례를 받지 않은 손자의 몸이 낯설었는지도 모른다.

남성 성기의 포피를 제거하여 돌출부를 드러내는 할례는 유대교인에게 대단히 중요한 의식이다. 할례의 진정한 목적은 하느님의 실재와 연결되는 통로의 문을 여는 데에 있다. 아브라함이 할례를 받기 전까지 그 통로의 문은 닫혀 있었다. 아브라함이 할례를 받음으로써 문이 열렸고, 그 문이 열림으로써 아브라함이 완성되었다. 그리고, 아브라함이 완성됨으로써 하느님의 실재가 완성되었다. 할례를 받는다는 것은 아브라함의 후손이 되는 것을 뜻하며, 하느님의 실재를 완성하는 데 참여한다는 것을 뜻한다. 할례를 받지 않은 손자의 몸이 할아버지에게 때때로 끔찍하게 느껴졌다 하더라도 전혀 이상한 일이 아니었다.

십 년 전 할아버지와 할머니가 잇달아 돌아가시자 고모가 할아버지의 집으로 들어갔다. 나와 사이가 무척 좋은 고모는 내 방을 환하게 꾸며놓고는 할아버지 할머니가 안 계시더라도 자주 오라고 간곡히 말했다.

서울 어머니의 죽음을 안 것은 예수가 십자가를 지고 걸어갔다는 슬픔의 길을 걷고 있을 때였다. 슬픔의 길은 빌라도에게 사형 선고를 받은 곳이라는 시온의 수녀원을 시작으로, 로마 병사들에게 매질을 당하고 가시관이 씌워졌다는 곳, 십자가의 무게를 견디지 못해 쓰러졌다는 곳, 어머니 마리아와 눈이 마주쳤다는 곳, 구레네 출신의 시몬이 십자가를 대신 짊어졌다는 곳을 비롯한 일곱 장소를 거쳐 골고다 언덕과 예수가 묻혔다는 무덤까지 이른다.

서울의 강희로부터 전화가 온 것은 베로니카라는 이름의 여인이 피와 땀으로 범벅이 된 예수의 얼굴을 작은 천으로 닦아주었다는 곳에 닿았을 때였다.

수신상태가 좋지 않아 처음에는 알아듣지 못했다. 히브리어와 아랍어에 익숙해져 있던 나의 귀에 강희의 영어가 낯설었다. 어머니가 돌아가셨다는 강희의 말을 겨우 알아들었다. 교통사고라고 했다. 어머니가 탄 차를 버스가 들이받았다는 것이었다. 머리를 크게 다쳐 수술을 받고 의식을 회복했으나 하룻밤을 넘기지 못했다고 강희가 울먹이며 말했다. 멍했다. 무어라고 말해야 할지, 막막했다. 자욱한 안개 속에 서 있는 듯한 느낌이었다. 아무리 큰 소리로 외쳐도 안개 너머에 있는 강희에게는 들리지 않을 것 같았다.

누군가의 죽음 앞에서 고통을 느낀다면 추억 때문이다. 어머니는 나에게 추억을 남기지 않았다. 추억을 남기지 않고 어디론가 훌쩍 떠나버린 여인의 얼굴이 희미하게 떠올랐다. 너무 희미해 금방이라도 사라져버릴 것 같았다. 길쭉하고 어두운 두 눈과, 얇고 창백한 입술이 겨우 보였다. 하지만 여인의 옷은 햇살처럼 희었다.

내 입에서 처음 새어나온 말은 서울 날씨가 어떠냐는 것이었다. 내 귀에도 겨우 들리는 목소리였다. 안개 저 너머에 있는 강희에게는 들릴 턱이 없을 것 같았다. 하지만 강희는 비가 오는 것 같다고 웅얼거리는 듯한 목소리로 대답했다. 예루살렘은 날씨가 맑다고 나 역시 웅얼거리듯 말했다.

통화를 끝내고 터벅터벅 걸었다. 어머니의 죽음이 머릿속에서 빙글빙글 돌았다. 빙글빙글 도는 죽음의 무게가 가볍게 느껴지기도 했고, 무겁게 느껴지기도 했다. 가벼움과 무거움의 차이가 무엇인지, 알 수 없었다. 그 차이에 대해 생각해보려 했으나 아무것도 떠오르지 않았다. 생각할 수 있는 힘이 소진되어버린 것 같았다. 텅 빈 머릿속에서는 죽음만이 작은 새처럼 빙글빙글 돌았다. 얼마나 걸었는지 알 수 없었다. 가을 햇살에 잠긴 성묘교회가 보였다.

예수의 처형지와 묘지는 그리스도 수난의 중심 공간이다. 이 중심 공간에 우뚝 서 있는 성묘교회의 역사는 파란만장하다. 서기 336년 콘스탄티누스 황제의 명령에 따라 건립된 교회의 첫 이름은 부활교회였다. 부활교회는 614년 페르시아인에 의해 불탔다. 628년 복원되었으나 1009년 이집트의 칼리프 하킴에 의해 파괴되었다가 1048년 비잔틴 제국의 도움으로 재건되었는데, 1099년 예루살렘을 점령한 십자군이 변경공사를 한 후 성묘교회라고 불렀다.

성묘교회를 소유한다는 것은 그리스도 수난의 중심 공간을 소유한다는 것을 뜻한다. 기독교의 수많은 종파들이 성묘교회 소유권을 둘러싸고 오랜 세월 치열하게 싸운 까닭은 거기에 있었다. 지금은 로마가톨릭교회, 그리스정교회, 아르메니아정교회, 시리아정교회, 에티오피아정교회, 콥트교회 등 여섯 개 종파가 교회를 나눠서 관리하고 있다.

성묘교회 입구의 뜰을 지나 안으로 들어갔다. 둥근 천장 아래 수많은 복도들이 미로처럼 뻗어 있었다. 벽의 표면은 순례자들의 손에 닳고닳아 반들거렸다. 예수의 시신을 염했다는 편편한 바위 앞에 섰다. 긴 세월 동안 수많은 순례자들이 바위 앞에서 기도하고 입을 맞추었지만 예수의 시신이 정말 이 바위에 눕혀졌는지는 아무도 모른다. 예수를 실재의 인물이 아니라 신화적 존재로 간주하는 학자들의 눈에 이 바위가 어떻게 비칠지 궁금했다. 그들에게 성묘교회는 허구의 바탕 위에 세워진 건물일 뿐이다. 그런 상념에 사로잡혀 있는데, 어머니의 시신을 보지 않으면 어머니가 꿈속의 존재로 바뀔지도 모른다는 생각이 불쑥 들었다. 어머니를 마지막으로 본 것은 금년 봄이었다. 어머니의 눈은 축축했고, 입술은 바짝 말라 있었다.

지하에 있는 성 헬레나 예배당으로 내려갔다. 예배당은 어두침침했다. 돔에서 새어들어오는 가느다란 햇살이 성가를 부르고 있는 아르메니아정교회 사제들을 흐릿하게 비추고 있었다.

전해오는 이야기에 따르면 콘스탄티누스 황제의 어머니 헬레나가 여기에서 발견했다는 예수의 십자가와 예수를 십자가에 박았던 못, 예수의 옆구리를 찌른 창은, 죽은 자를 소생시키고 폭풍우를 진정시키며 전쟁에서 적군을 패퇴시키는 힘을 지니고 있었다.

어두침침한 지하 예배당에서 생겨난 전설은 그것뿐이 아니다. 중세의 순례자들은 빌라도가 예수의 피에 대해 자신은 책임이 없다고 말하면서 손을 씻었다는 놋그릇을 보았고, 물이 튀는 소리를 들었다. 묘가 안치된 원주의 건물 밑에서는 십자가에 쓸 못을 불리는 대장장이의 망치 소리가 울렸다는 이야기도 전해져온다.

어머니가 이혼하고, 양육권을 포기하고, 어린 아들에게 자신이
죽었다고 말하라고 한 것은 샤먼이 되었기 때문이라고 아버지는
말했다. 한국에서는 샤먼을 무당이라 부른다고 했다.

신과 인간, 삶과 죽음을 연결하는 존재가 샤먼이다. 샤먼은 시
간과 공간을 초월하며, 보이지 않는 것을 보며, 들리지 않는 소리
를 듣는 특별한 존재다. 어떤 이는 샤먼을 영혼에 관한 한 위대한
전문가라고 말했다. 그의 말에 따르면 샤먼은 영혼의 형상과, 그
형상이 품고 있는 운명을 알고 있다고 했다. 그런 특별한 존재가
되기 위해서는 남다른 고통을 겪어야 한다. 고통이 깊을수록 샤먼
의 능력은 증대한다. 다수의 문명인들은 샤먼을 정상에서 벗어난
심리적 행동을 하는 자, 혹은 정신병자의 영역 안에 집어넣는다.
나 역시 그들 가운데 한 사람이었다. 나를 낳은 어머니가 샤먼이
라고 했을 때 충격을 받은 것은 당연한 일이었다.

샤먼은 문화적 특성과 종교적 감수성에 따라 그 모습을 달리한
다. 한국의 샤먼에 대해 나는 무지했다. 어머니가 이혼하고, 양육
권을 포기하고, 어린 아들에게 자신이 죽었다고 말하게 한 이유를
모를 수밖에 없었다.

성 헬레나 예배당의 돌계단을 오를 때 벽에 새겨진 작은 십자가
들을 눈여겨보았다. 수백 개나 되는 그 십자가들은 중세의 순례자
들이 새긴 것들이었다. 그들에게 예루살렘은 예수의 피가 스며든
성스러운 땅이었다. 피가 스며든 그 땅에서 예수가 부활하지 않았
다면 그리스도교가 생겨나지 않았을 것이다. 수많은 사람들이 부
활을 실재의 사건으로 믿지만, 동시에 수많은 사람들이 종교적 상

징으로 받아들인다. 부활을 실재의 사건으로 믿는 사람들에게 예루살렘 순례는 자신의 죄를 씻는 정화의 여행이었다. 자신의 죄를 씻기 위해, 혹은 구원에의 열망과 종교적 호기심을 충족시키기 위해 그들은 목숨을 걸었다. 중세 사람들에게 예루살렘 순례는 목숨을 걸어야 하는 여행이었다.

예루살렘의 성스러움은 본래 유대인의 것이었다. 그들에게 예루살렘은 다윗의 도시였고, 시온이었으며, 하느님의 동산이었다. 이 거룩한 도시에서 파괴와 멸망과 재건이 끊임없이 반복되었다. 파괴와 멸망의 폐허 속에서 예루살렘을 향한 유대인의 상상은 황홀하게 피어올랐다. 그들은 세계의 종말과 구원이 예루살렘 언덕에서 이루어질 것이라고 믿었다. 그들에게 예루살렘 성벽 곁에 묻히는 것은 신의 자리 밑에 잠드는 것이었다.

예루살렘은 무슬림에게도 성스러운 도시였다. 전해오는 이야기로는, 무함마드가 메카에서 날개가 달린 말을 타고 내려온 곳이 예루살렘 모리야 산의 석회암 언덕이었다. 그 커다란 회백색 바위는 아브라함이 그의 아들 이삭을 제물로 바치려 했던 곳이다. 무함마드는 회백색 바위에서 천사 가브리엘의 안내로 천국으로 올라가 아브라함과 모세, 예수와 대화를 나누었다. 무슬림에게 아브라함과 모세와 예수는 무함마드와 마찬가지로 유일신이 지상으로 내려보낸 예언자들이었다. 아브라함이 자신의 조상이자, 최초의 무슬림이라고 무함마드가 주장한 까닭이 여기에 있었다.

유일신의 말씀을 전하는 예언자의 사명은 아브라함에서 시작되어 예수를 거쳐 무함마드에 의해 완성되었기에 인류는 무함마드에 의해 통합되리라는 것이 무슬림의 믿음이다. 이 믿음의 상징이 685년 모리야 산의 석회암 언덕 위에 세워진 '바위 돔 사원'이다. 무슬림의 종교적 상상은 성스러운 그곳에 칠만 명의 천사를 살게 하여 영원히 지키도록 했다.

그리스도교와 이슬람교는 유대교의 경전인 구약성서에서 발아한 쌍생아였다. 하지만 유대교는 자신의 몸에서 태어난 두 아이를 인정하지 않았다. 어머니에게 부정당한 그리스도교는 혹독한 시련을 겪으면서 독자적인 종교로 발전했고, 마침내 로마제국의 국교가 되기에 이르렀다. 제국의 종교가 된 그리스도교는 그들의 주님인 예수를 십자가에 매단 유대인들에게 참혹한 분노를 나타냈다. 그것은 자신을 부정한 어머니에 대한 분노이기도 했다. 그들의 분노는 예수를 무함마드보다 낮은 예언자로 간주하는 이슬람교에 대해서도 불꽃처럼 피어올랐다. 남이 네게 하지 말았으면 하는 것은 너도 남에게 하지 마라. 누가 네 오른뺨을 때리거든 왼뺨도 돌려 대어라. 누가 너를 고소하여 속옷을 빼앗고자 하거든 겉옷까지 주어라. 원수를 사랑하고 너희를 핍박하는 사람들을 위해 기도하라…… 예수의 아름다운 목소리는 그리스도교의 분노 앞에서는 무력했다. 그리스도교가 제국의 종교가 되었기 때문이다. 남의 뺨을 때리지 않고는 제국이 될 수 없다. 남의 것을 빼앗지 않고는, 남을 핍박하지 않고는 제국이 될 수 없다. 인류의 모순은 여기에 있다. 이 모순 속에서 예루살렘은 피투성이가 되어갔다.

2

　이브라힘을 처음 만난 것은 2003년 3월 31일 바그다드의 알 킨디 병원에서였다. 미영 연합국이 이라크 공격을 시작한 지 열흘째 되던 날이었다.

　전날 밤의 공습은 격렬했다. 폭발할 때의 굉음과 후폭풍이 엄청났다. 땅과 몸이 함께 흔들렸고, 유리창들이 산산조각났다. 이라크 포병들이 쏘아올리는 예광탄은 칠흑 같은 어둠 속에서 휘황한 불꽃이 되었다. 기이한 불꽃이었다. 기이한 것은 불꽃만이 아니었다. 보이는 것, 들리는 것 모두가 기이했다. 바그다드는 기이한 도시가 되어 있었다. 인간의 행위 가운데 전쟁만큼 기이한 행위를 나는 지금까지도 알지 못한다.

　2003년 2월 6일 미합중국 대통령이 관례적으로 참석하는 제51회 연례 국가조찬기도회가 있었다. 그 자리에서 조지 부시 대통령은 "모든 삶과 역사에는 신의 손에 의해 정해진 목적과 헌신이 있다"고 말했다. 그 말을 듣는 순간 그가 전쟁을 벌일 것이라는 예감이 들었다. 그는 본래 신앙의 가치를 개인의 영적 자각에 두는 감리교인이었다. 그러나 대통령이 된 후에는, 특히 9·11테러 이후에는, 자신의 대통령 출마와 당선을 "저 높은 곳으로부터의 부름으로 믿고 있다"고 심심찮게 고백해오고 있었다. 어떤 언론인의 말대로 그는 감리교인에서 신의 예정된 계획을 수행하는 데 삶의 무게중심을 두는 칼뱅주의자로 옮겨간 것 같았다.

　날이 밝자 사람들이 거리로 나왔다. 그들은 입을 꾹 다문 채 조심스럽게 주위를 살폈다. 폭탄을 맞은 집과 건물 들은 폐허가 되어 있었다. 뒤엉킨 철근과 녹아내린 유리에서 검은 연기가 피어올랐고, 무너진 콘크리트 더미 아래로 찢겨나간 팔과 다리 들이 뒹굴었다. 까맣게 불탄 나무에는 꽃무늬가 박힌 옷가지가 걸려 있었다.

하늘은 검은 연기로 뒤덮여 있었다. 미군의 폭격이 시작되자 이라크군은 기름을 태웠다. 기름이 타면서 내뿜는 검은 연기가 미사일의 정확도를 떨어뜨릴 수 있다고 믿었다. 바그다드 곳곳에 구덩이를 판 후 기름을 붓고 불을 붙였다. 연기로 뒤덮인 하늘은 대낮에도 컴컴했다. 기름 타는 냄새는 지독했다. 숨쉬기가 힘들었다. 화재가 난 건물 안에 갇힌 기분이었다. 나무들이 시들고, 새들의 울음소리가 그쳤다.

내가 미영 연합군 보급수송차량의 꽁무니에 붙어 쿠웨이트 시 북쪽 113킬로미터 지점에 위치한 이라크 북쪽 국경을 넘은 것은 2003년 3월 23일이었다. 통행허가서가 나오지 않아 쿠웨이트 시에 열흘이나 묶여 있었다. 미 국방부가 조직한 종군기자 프로그램(Embed Program)의 목적은 어떤 명분을 내세운다 해도 결국 기자의 시선을 미국군의 시선에 종속시켜 언론으로 하여금 미국이 원하는 전쟁 메시지를 세계에 알리게 하는 것이었다. 그것은 미국 극우주의자들이 베트남전쟁 패배의 원인의 하나로 지목한 언론정책의 실패를 되풀이하지 않겠다는 부시 정권의 작품이었다.

기자의 존재가치는 객관적 사실을 통해 진실을 보도하는 데에 있다. 하지만 미 국방부의 종군기자 프로그램은 그 존재가치를 원천적으로 부정하고 있었다. 나는 나와 계약관계에 있는 한 언론사의 요청에도 불구하고 종군기자 프로그램 참여를 거부했다. 그리고 곧장 쿠웨이트 행 비행기를 탔다.

국경을 통과하자 수송차량 대열에서 슬쩍 빠져나왔다. 내가 바그다드에 비교적 빨리 갈 수 있었던 것은 바스라 인근에서 무장 민병대에 체포되었기 때문이다. 바트당의 황록색 제복을 입은 그들은 나를 기자로 가장한 첩자일지도 모른다고 의심했다. 바트당 본부로 끌려가 심문을 받았다. 내가 기자임을 확인하자 그들은 비자법 위반을 선고한 후 바그다드로 호송했다. 그들이 나에게 호의적인 태도를 보인 데에는 내 얼굴에 동양인의 모습이 있는데다, 이방인 기자의 입에서 유창하게 흘러나온 아랍어의 역할이 컸을 것이다.

알 킨디 병원에는 오전 열시쯤 들어갔다. 의과대학 부속병원으로 250개의 침대와 12개의 수술실을 갖추고 있었던 알 킨디 병원은 전쟁이 일어나자 부상자를 위한 치료센터로 지정되었다. 당장 필요하지 않은 부서는 폐쇄되었고, 모든 창문은 모래주머니로 가려졌다.

병원 상황은 참혹했다. 공습이 격렬해지면서 의료진은 급증하는 부상자들을 감당하지 못했다. 의사도 모자랐고, 수술실도 모자랐고, 약품과 의료장비도 모자랐다. 전쟁 전에도 공급이 부족했던 진통제는 바닥이 났다. 응급수술을 앞둔 환자 대부분은 소량의 항생제만으로 견뎌야 했다. 골절 부위를 고정시키는 부목으로 강철과 점토 주형을 썼다.

복도에는 수많은 부상자들이 간이침대에 누워 신음하고 있었다. 그럼에도 구급차는 끊임없이 새로운 부상자들을 실어왔다. 의료진은 병원 방공호에서 지냈다. 폭격의 위험으로 병원에 오지 못한 의사와 간호사 들이 많았다. 1980년에 발발해 팔 년 동안 계속된 이란-이라크 전쟁과, 1991년 걸프전의 부상자들을 치료했던 의사들조차 급속히 늘어나는 부상자들의 숫자에 충격을 받고 있었다. 바그다드의 다른 병원 의사들과 '국경 없는 의사회' 소속 의사들의 참여가 큰 도움이 되었다.

내가 목격한 가장 참혹한 부상자는 응급수술실에 알몸으로 누워 있던 열세 살 소년이었다. 타원형으로 검게 그을린 화상이 어깨에서 엉덩이까지 상체 대부분을 덮고 있었다. 새까만 석유를 뒤집어쓴 것 같았다. 두 팔은 잘리고 없었다. 이두박근 부위 살점이 시커멓게 그을려 있었고, 절단된 한쪽 부위의 끝은 비틀리고 녹아서 갈고리처럼 보였다. 소년은 마치 마스크를 쓴 채 잠들어 있었다.

3월 31일 새벽, 미군 미사일 한 기가 바그다드의 근교에 있는 작은 마을 한복판에 떨어졌다. 땅을 뒤흔드는 폭발음과 함께 가옥들이 화염에 휩싸였다. 생존자를 수색하던 주민들은 피를 흘리며 신음하는 한 소년을 발견하고 급히 병원으로 옮겼다. 소년의 두 팔은 불에 탔고, 온몸에 심한 화상을 입었다. 불탄 두 팔을 절단하지 않으면 목숨이 위태로운 상태였으나 소년의 얼굴과 머리는 멀쩡했다. 누군가의 보호 없이는 불가능한 일이었다. 소년의 어머니가 본능적으로 아들의 머리를 감싸안았을 것이라고 추측되었다. 소년은 수술대에 눕혀졌다. 한참 후 마취에서 깨어난 소년은 자신의 두 팔이 없어졌음을 알았다. 없어진 것은 두 팔만이 아니었다.

어머니와 아버지가 죽었다. 어머니는 임신중이었다. 두 누나와 동생도 죽었다. 큰고모와 세 명의 사촌, 작은고모와 작은고모부, 여섯 명의 사촌과 작은고모부의 여동생이 죽었다. 죽음은 소년의 삶을 그렇게 관통했다. 소년의 이름은 알리 이스마일 압바스였다.

수술 후 알리는 작은 병실로 옮겨졌다. 화상을 입은 가슴과 배의 연한 살갗에는 소독용 흰색 연고가 두텁게 발라져 있었다. 노출된 피부에 세균이 침투하는 것을 막는 유일한 방법이었다. 하지만 그것은 임시방편이었다. 제대르 된 피부이식수술을 받지 않으면 소년은 곧 죽을 것이라고 의사가 말했다. 전시의 병원에서는 꿈도 꿀 수 없는 수술이었다. 절단 부위도 안전하지 않았다. 한쪽 어깨에 조금 남아 있는 뼈가 자라면서 봉합 부위를 뚫고 나올 위험이 있었다. 화상환자는 사나흘 후면 합병증이 생긴다. 첫주에는 대개 패혈증에 걸린다. 의사는 알리가 삼 주 안에 죽을 것이라고 나에게 말했다.

간호사는 초록색 페인트가 칠해진 둥근 금속 보호대를 알리의 상체에 놓고는 그 위에 다시 낡은 갈색 담요를 덮었다. 작은 창으로 햇살이 스며들었다. 절단된 두 팔이 담긴 마분지 상자가 햇살에 잠겨 있었다.

병실을 나와 사담 후세인의 초상화가 걸린 복도를 지나고 있을 때였다. 좁고 어두운 복도에 희그무레한 것이 보였다. 다가가니 사람이었다. 그는 피에 젖은 시트 위에서 잠을 자듯 반듯이 누워 있었다. 짙은 수염에 얼굴이 길었다. 마른 체구에 비해 머리가 컸고, 안색이 창백했다. 시체를 왜 이렇게 두었지? 나는 주위를 두리번거리며 중얼거렸다. 시체안치소는 병원 뒤 작은 건물에 있었다. 처음 그곳에 들어갔을 때는 기겁을 했다. 콘크리트 통로는 핏물로 질퍽거렸고, 눈 뜨고는 볼 수 없는 시체들이 즐비했다. 다섯 자녀와 남편을 잃었다는 여인의 눈은 바짝 말라 있었다.

남자의 얼굴을 가만히 내려다보았다. 표정이 평안했다. 가족의 죽음 앞에서 통곡하는 사람들보다, 고통에 울부짖는 부상자들보다, 그들의 고통을 피투성이 손과 후들후들 떨리는 다리로 느끼는 의사들보다 죽은 그가 오히려 행복해 보였다. 복도에는 아무도 없었다. 병원은 부상자들의 비명으로 아우성인데, 좁고 어두운 복도는 고요했다. 너무나 고요해 세상과 격리되어 있는 것 같았다. 묘실 같은 느낌까지 들었다. 등을 벽에 대고 스르르 주저앉았다. 그동안 누적된 긴장과 피로가 한꺼번에 밀려왔다. 내가 시체가 되어 있는 모습이 떠올랐다. 고통이 가슴을 날카롭게 그었다. 전쟁을 쫓아다닌 지가 십 년이 넘었는데도 죽음이 불러일으키는 고통의 감각은 늘 생경했다.

몸을 일으켰다. 묘실 같은 곳에 홀로 있고 싶지 않았다. 뒤에서 무언가가 잡아당기는 듯한 느낌이 든 것은 막 몸을 일으킬 때였다. 고개를 돌리다가 하마터면 소리를 지를 뻔했다. 죽은 남자가 나를 올려다보고 있었다. 정신이 번쩍 들었다. 그는 죽은 것이 아니었다. 그가 죽었다고 여긴 것은 몸의 움직임이 전혀 없는데다 표정이 너무나 평안해서였다. 부상자가 그토록 평안한 표정을 지을 수는 없었다. 게다가 거기는 부상자가 있을 곳이 아니었다. 부상자라면 마땅히 의사나 간호사의 눈에 띄는 곳에 있어야 했다.

하지만 그는 살아 있었다. 누군가가 응급조치는 했으나 시트가 벌겋게 젖은 걸로 보아 그동안 피가 계속 흘러나온 모양이었다. 과다출혈은 생명을 위태롭게 한다. 하지만 그의 얼굴에는 불안이나 두려움의 기색이 전혀 없었다.

"이대로 있으면……"

나는 아랍어로 또박또박 말했다.

"당신은 죽을 거예요."

"나는…… 죽지 않습니다."

목소리가 희미했으나 알아들을 수는 있었다. 그는 아마도 자신의 처지를 모르고 있거나 초연해 있는 듯했다.

"당신의 몸에서 지금도 피가 흘러나오고 있습니다."

"그래도 나는…… 죽지…… 않습니다."

거의 속삭이는 듯한 목소리였다.

"피를 많이 흘리면 누구나 죽습니다."

"나는…… 죽지…… 않는…… 존재입니다."

그의 얼굴은 고요했다. 청록색 눈동자에 잠긴 고요한 빛은 나를 무척 혼란스럽게 했다. 이브라힘과의 만남은 그렇게 시작되었다.

이브라힘은 즉시 수술실로 옮겨졌다. 의사는 폭탄 파편이 옆구리로 파고들어갔다며, 조금만 늦었어도 식물인간이 되거나 죽었을 것이라고 했다. 그는 식물인간이 되지 않았고, 죽지도 않았다. 하지만 의사가 당황할 정도로 혼수상태에서 깨어나지 못했다. 의사는 뇌의 손상을 걱정했다. 피를 많이 흘리면 산소 공급이 제대로 되지 않아 뇌가 손상될 수 있다. 이브라힘이 깨어난 것은 이레가 지난 4월 7일이었다. 미국 지상군이 바그다드 중심부로 진입하고 있을 때였다.

이브라힘이 혼수상태에 있는 동안 알리와 여러 차례 만났다. 알리는 자신의 생각을 명확하게 표현했다.

"비행기 소리가 들릴 때마다 그날 밤의 악몽이 되살아나요. 우리 가족은 침대에서 자고 있었어요. 비행기 소리가 들리자 한 곳으로 모였어요. 자정 무렵이었어요. 갑자기 엄청난 소리가 나면서 천장이 무너지고 사방에서 불이 났어요. 내 몸이 공중으로 떠올랐다가 마루를 뒹굴었어요. 처음엔 꿈인 줄 알았어요. 난 엄마를 부르고 또 불렀어요. 엄마가 돌아가신 줄 몰랐어요. 엄만 내 동생을 배고 있었어요. 아빠도 돌아가셨어요. 내 팔을 돌려받고 싶어요. 팔을 돌려받게 도와주세요. 난 의사가 되고 싶은데, 손도 없이 어떻게 의사가 되죠? 어떤 여자도 나와 결혼하고 싶어하지 않을 거예요. 난 거지가 되어 홀로 늙어갈 거예요."

알리가 그렇게 말하고 있을 때 간호를 하고 있던 알리의 고모는 눈물을 흘렸다. 알리는 혼수상태에서 깨어나자마자 엄마를 찾았다고 했다. 당황한 고모는 물 한잔 마셔야겠다면서 병실을 나갔다. 문밖에서 고모가 흐느끼는 소리를 들었을 때 엄마의 죽음을 알았다고 알리는 나에게 말했다.

알리 가족의 장례식에 갔다. 시신은 열여섯 구였다. 그들은 맨손으로 무덤을 팠다. 시신들은 불에 탄 상태여서 이슬람 의식대로 씻길 수 없었다. 흰 천이 없어 붕대에 감긴 사체를 그대로 묻었다. 시신들의 두 발이 이슬람 성지인 메카를 향하도록 했다. 알리의

잘린 두 팔은 아버지의 시신 위에 놓았다 가장이 아들의 두 팔을
돌보아주리라는 생각에서였다. 아버지의 팔이 아들의 두 팔을 감
싸게 했다. 가까운 곳에서 포탄 터지는 소리가 났다. 알리 가족은
열여섯 개의 무덤에 흙을 덮고 다급하게 묘지를 빠져나갔다. 그날
밤 나는 알리에 관한 기사를 썼다. 감정은 가능한 한 숨겼다. 냉정
한 문장이 필요했다.

　이브라힘이 깨어났다는 소식을 전해준 의사는 흥미로운 이야기
를 했다. 인적사항을 기록하기 위해 이름을 물었더니 이브라힘 히
와 타리크라고 대답했다. 히와 씨의 아들이며, 타리크 씨의 손자
시군요. 의사는 친근함의 표시로 그렇게 말했다. 아랍인의 이름에
는 아버지 이름과 할아버지의 이름이 차례로 들어간다. 할아버지
이름 대신 가문이나 부족의 이름을 쓰기도 한다. 혈통을 중시하는
아랍인의 생각이 이름에 고스란히 담겨 있다. 그러자 이브라힘은
자신이 히와의 아들이며 타리크의 손자이기도 하지만, 히와의 아
들이 아니기도 하며 타리크의 손자가 아니기도 하다고 말했다. 의
사가 무슨 뜻인지 모르겠다고 하자 이브라힘이 말하기를, 아버지
와 할아버지라는 말 속에는 헤아릴 수 없는 많은 사람들이 들어가
있다고 했다. 이상한 말이었다.
　의사는 그의 이상한 말을 긴 혼수상태와 연결시켜 생각하는 듯
했으나 그때 내 머릿속에 떠오른 것은 이브라힘이 좁고 어두운 복
도에서 한 말이었다. 그는 자신이 죽지 않을 것이라고, 또 스스로
를 죽지 않는 존재라고 했다. 그것 역시 이상한 말이었다. 내가 그

말을 흘려듣지 않았던 것은 청록색 눈동자에 잠긴 고요한 빛 때문이었다. 착란이나 허위의 정신에는 깃들 수 없는 빛이었다.

이브라힘은 나를 보자 미소지었다. 보일 듯 말 듯한 미소였지만 나를 알고 있다는 의미로 충분했다. 그는 나를 알아보지 못할 수도 있었다. 우리가 만난 곳이 어두운 복도였고, 그사이에 긴 혼수상태에 있었으니 얼마든지 가능한 일이었다. 이브라힘이 미소를 지었을 때 나는 무척 기뻤다.

"당신은…… 죽지 않았군요."

나는 빙그레 웃으며 말했다.

"당신은 나에게 말했습니다. 죽지 않는 존재라고. 기억합니까?"

이브라힘이 고개를 끄덕였다.

"사람은 불멸의 존재가 아닙니다. 언젠가 죽게 마련이지요. 당신이 죽지 않은 것은 의사가 적절한 치료를 했기 때문입니다."

이브라힘은 가만히 있었다. 그의 얼굴은 여전히 고요했다. 고요한 그의 얼굴은 그가 내 말을 다 받아들이고 있지 않다는 느낌을 불러일으켰다.

"정말 당신은 죽지 않는다고 믿습니까?"

그는 내 눈을 보며 고개를 끄덕였다.

"왜 당신은 죽지 않습니까?"

나는 단도직입으로 물었다. 그가 무슨 까닭으로 그렇게 생각하는지 정말 알고 싶었다. 그는 무언가를 말하려는 듯 입을 벌렸으나 이내 낮은 신음소리를 내면서 스르르 눈을 감았다. 안색이 파리했고 이마에는 땀이 배었다. 의사가 다가와 그를 살피더니 더이상 말을 시키지 말라고 했다. 의식은 회복되었으나 몸이 극도로 쇠약한 상태라 조금만 무리를 해도 치명적일 수 있다고 했다.

의사의 우려대로 열이 오르면서 이브라힘은 다시 혼수상태로 빠져들었다. 다행히 몇 시간 후에 깨어났지만 의사는 면담을 허용하지 않았다. 기력을 회복할 때까지 기다리라고 했다. 그가 무슨 말을 할지 무척 궁금했으나 참을 수밖에 없었다.

3

비행기가 이륙하고 있었다. 엔진 소리가 커지면서 동체가 날아올랐다. 기내가 어두워졌고, 승무원들이 바쁘게 움직였다. 눈을 감았다. 서울 어머니의 얼굴이 잘 떠오르지 않았다. 얼굴 윤곽만이 어렴풋이 나타날 뿐이었다.

어린 시절부터 어머니의 부재는 비교적 자연스럽게 받아들였다. 어머니가 없다는 사실이 나를 특별히 괴롭히지는 않았다. 정작 나를 괴롭힌 것은 어머니가 내게 남긴 흔적이었다. 내 얼굴에 나타나는 동양인의 모습은 주위의 다른 아이들과 구별되게 만들었고, 그것이 자의식을 예민하게 건드렸다. 사춘기가 왔을 때에는 어머니의 흔적을 혐오하기에 이르렀다. 다행히 그 감정은 오래가지 않았다. 애니가 어머니의 흔적을 좋아했기 때문이었다.

초록 눈에 금발인 애니를 처음 본 것은 고등학교 입학식에서였다. 그녀를 본 순간 고통이 일었다. 숨을 제대로 쉬기가 힘들었다.

사랑의 감정 속에 고통이 깃들어 있다는 사실을 그때 처음 알았다.

나는 그녀가 나를 좋아하기를 간절히 원했다. 간절히 원하는 만큼 두려움이 컸다. 어머니의 흔적 때문에 그녀가 나를 싫어할 거라고 생각했다. 하지만 아니었다. 그녀는 오히려 어머니의 흔적을 좋아했다. 매혹적이라고 했다. 그 말을 들었을 때 부끄러웠다. 애니가 불러일으킨 부끄러움은 어머니에 대한 나의 감정과 생각을 바꾸어놓았다. 그전까지 얼룩과 같았던 어머니가 어떤 근원과 연결되어 있음을 깨닫게 된 것이었다. 내 안의 근원이기도 했고, 바깥에서 나를 둘러싸고 있는 것들의 근원이기도 했다. 내 안의 것이든 바깥의 것이든 그 근원에 대해 나는 어린아이처럼 무지했다. 얼룩에 불과했던 어머니가 어느덧 신비에 싸인 존재로 변해 있었다. 어머니가 살아 있다는 사실을 모르고 있던 때였다.

아버지와 어머니가 만난 것은 그레이하운드 버스 안에서였다. 아버지가 스물다섯 살이었던 1966년 당시 뉴욕에는 99일간 99달러로 미국 전역을 도는 그레이하운드 버스여행 프로그램이 있었다. 그레이하운드 버스에 몸을 실은 아버지는 99일 동안 버스 안에서 몸을 구기고 자거나, 숙박료가 2, 3달러에 불과한 국립공원 숙소에서 잤다. 컬럼비아대학교 대학원에서 동양사를 전공하고 있었던 아버지는 히피처럼 생활했다.

그레이하운드 버스 안에는 아버지와 마찬가지로 히피처럼 보이는 젊은 동양 여자가 있었다. 몸집이 작은 그녀는 버스 안에서 아버지보다 훨씬 편안하게 잤다. 국립공원 숙소에서도 심심찮게 마주쳤다. 그녀가 어머니였다. 당시 어머니는 뉴욕대학교에서 무용

을 배우고 있었다. 99일 만에 뉴욕으로 돌아온 그들은 바로 헤어
지지 않았다.

그들이 막 도착한 뉴욕의 거리에는 메이시스 백화점 주최 감사
절 퍼레이드가 펼쳐지고 있었다. 행진곡을 연주하는 악단, 5층 높
이에 이르는 만화 주인공 모양의 거대한 풍선들과 봉제인형, 금박
한 파인애플을 몸에 두르고 발끝까지 파인애플로 장식하여 사육
제 분위기를 내는 젊은 흑인 남자, 방화防火운동의 상징 캐릭터였
던 스모키 베어 등이 지나가고 있었다.

그레이하운드 버스에서 방금 내린 두 사람이 처음으로 키스한
것은 은색 옷을 입은 양철인간이 다가오고 있을 때였다. 양철인간
은 오즈의 마법사를 태운 행렬차를 수행하고 있었다. 어머니는 아
버지에게 심장이 없는 양철인간이 따뜻한 심장을 가지고 사랑할
수 있게 하려면 우리가 지금 키스를 해야 한다고 속삭였고, 두 사
람은 곧 입을 맞추었다.

눈을 떴다. 비행기는 수평고도를 유지한 채 어두운 하늘을 날고
있었다. 『티베트 사자의 서』를 펼쳤다. 이 책을 이렇게 깊이 들여
다보게 될 줄은 정말 몰랐다. 나는 내가 인식할 수 없는 대상에는
관심을 갖지 않았다. 내 눈앞의 대상조차 제대로 알 수 없는데, 인
식할 수도 없는 대상에 관심을 갖는다는 것은 낭비라고 생각했다.
『티베트 사자의 서』는 내 인식의 범위를 한참 벗어나는 책이었다.
그럼에도 들여다본 것은 이브라힘 때문이었다. 이브라힘을 만나
지 않았다면 결코 일어나지 않았을 일이었다.

『티베트 사자의 서』의 원제는 '바르도 퇴돌'이다. 바르도(Bardo)

는 '둘(do) 사이(bar)'라는 뜻이다. 그것은 낮과 밤의 사이이며, 이 세계와 저 세계의 틈새다. 티베트에서는 사람이 죽은 후 다시 환생하기까지 머물게 되는 중간상태를 '바르도'라고 부른다. 그 상태에 머무는 기간은 49일로 알려져 있다. '퇴돌(thodol)'은 들음을 통해 영원한 자유에 이른다는 뜻이다. 그러니까 '바르도 퇴돌'은 죽음 이후와 환생 사이에 있는 존재를 영원한 자유에 이르게 하는 가르침의 책이다.

이 책은 서기 8세기 티베트인들에게 구루 린포체(소중한 스승)라 불리는 파드마삼바바가 오래전부터 비밀스럽게 구전되어 내려오던 내용을 기록한 것으로, 잃어버린 티베트 경전들 가운데 하나였다.

'바르도 퇴돌'의 영역 초판본이 나온 것은 1927년이었다. 책의 제목을 '티베트 사자의 서(The Tibetan Book of the Dead)'로 바꾼 이는 옥스퍼드대학 종교학 교수이며 티베트 불교 연구자였던 에반스 웬츠였다. 번역은 산스크리트어와 영어에 능통한 티베트 승려 라마 카지 다와삼둡이 했고, 웬츠는 번역자로부터 주석과 해설을 받아적었으며, 영역본 편집을 맡았다. 웬츠가 주석과 해설을 받아적은 것은 오래전부터 은밀하게 구전되어 내려왔던 비밀의 지혜를 일반인들이 이해하기 위해서는 경전의 신비한 부분들과 상징적인 부분들에 대한 자세한 해설이 필요하다는 번역자의 생각 때문이었다.

『티베트 사자의 서』에 대한 융의 해설은 1938년에 출판된 스위스 초판본에 실렸다. 해설에서 융은 "영혼이 태어나면서부터 잃어버린 신성을 되찾게 해주는 입문 과정이 『티베트 사자의 서』라고 하면서 "서양에서 오늘날까지 행해지는 유일한 입문 과정은 정신과 의사들이 치료 목적으로 활용하고 있는 무의식 분석"이라고 했다. 여기에서 융은 다음과 같이 말했다.

무의식 분석을 받는 사람은 유아기에 가졌던 성적 환상의 세계에서부터 자궁 속의 시절까지 거꾸로 여행한다. 정신분석학은 인간의 가장 큰 외상을 출생 경험 그 자체라고 말한다. 나아가 정신분석학자들은 인간이 자궁 속에 있을 때의 기억까지 추적해들어가는 데 성공했다고 주장한다. 그러나 여기서 서양 심리학은 불행히도 한계에 부딪히고 만다. 정신분석학자들은 인간이 자궁 속에 들어오기 전의 상태에 대해서는 더이상 추적을 시도하지 않았던 것이다. 만일 그들이 추적을 계속했더라면, 그리하여 자궁 이전의 세계에도 의식체가 존재한다는 어떤 흔적을 찾아낼 수만 있었더라면, 그것은 의심할 여지 없이 인간이 자궁에 들어오기 이전의 존재상태, 다시 말해 사후세계의 중간 기간인 '바르도'에서의 경험까지도 틀림없이 밝혀낼 수 있었을 것이다. 물론 우리가 현재 갖고 있는 생물학적 개념만으로는 이런 모험에 성공할 수 없다. 현재의 과학적 가설에 바탕을 둔 것이 아닌, 완전히 다른 종류의 철학적 준비가 요구되는 것이다.

위의 글은 '바르도'를 받아들이지 않으면 쓰기 힘든 내용이다. '바르도'를 받아들인다는 것은 환생을 받아들인다는 것을 뜻한다.

융의 글을 읽으면서 이브라힘이 떠올랐던 까닭은 여기에 있었다.

4

2003년 4월 9일 미 지상군이 바그다드를 함락했다. 사담 후세인의 이십사 년 독재체제가 마침내 무너졌다. 수많은 사람들이 거리로 쏟아져나왔다. 그들은 후세인의 동상들을 무너뜨리고, 후세인의 궁전과 은행, 정부 건물을 습격했다. 습격은 약탈로 이어졌다. 공공건물과 일반 주택들도 예외는 아니었다. 박물관과 도서관이 불타거나 파괴되었다. 귀중한 고고학적 유물들과 문헌들이 훼손되고 약탈당했다.

미군은 그들의 약탈을 적극적으로 막지 않았다. 약탈의 현장에서 빙글빙글 웃고 있는 미군들을 보고 있노라면 약탈행위를 바그다드 점령에 대한 환영행사로 받아들이고 있는 게 아닌가, 하는 생각마저 들었다.

병원 역시 그 현장에서 벗어나지 못했다. 약탈자들은 침대와 의료기기, 의약품 들을 구급차에 실어 날랐다. 침대를 가져가려고, 누워 있는 환자를 끌어내리기까지 했다. 대책을 숙의한 알 킨디 병원 관계자들은 환자들과 의료장비를 바그다드 북동쪽 교외에 위치한 알 사드로 병원으로 옮기기로 결정했다. 이브라힘도 후송 대상이었다. 혼수상태에서 깨어난 후에도 이브라힘의 상태는 좋지 않았다. 자주 고열에 시달렸고, 서너 시간 의식을 잃었으며, 깨어 있을 때도 식물처럼 누워만 있었다. 의사에게 면담을 청할 상황이 아니었다.

이브라힘이 후송을 거부한 것은 누구도 예상하지 못한 일이었다. 건강을 되찾으려면 알 사드로 병원으로 가야 한다는 의사의 말에 그는 지금 자신에게 가장 필요한 것은 조용한 방이라고 하면서 고개를 저었다.

그는 소음에 유난히 예민했다. 부상자가 넘쳐흐르는 병원이 조용할 수는 없었다. 이브라힘의 고집은 완강했다. 의사가 아무리 설득해도 요지부동이었다. 4월 9일 오후, 알리를 비롯한 알 킨디 병원 대부분의 환자들과 중요한 의료기기들이 알 사드로 병원으로 옮겨졌다. 의사 두 명이 남았다. 응급실 운영과, 이브라힘처럼 후송되지 않은 몇몇 환자들을 돌보기 위함이었다.

나는 병원 창틀에 놓인 모래시계를 들여다보면서 이상스러운 한 인간을 생각했다. 죽지 않는 인간을 상상한다는 것은 쉽지 않다. 형상은 영원을 견디지 못한다. 신이 영원한 것은 형상이 없기 때문이다. 인간이 영원을 견디지 못하는 것은 육체라는 형상을 가졌기 때문이다. 형상은 우주의 한 파편이다. 우주의 한 파편일 뿐인 인간에게 불멸은 헛된 꿈이다. 그런데 이브라힘은 말했다. 자신은 죽지 않는 존재라고. 죽음이 끊임없이 일어나는 세상 속에서, 죽음에 에워싸인 전쟁의 도시에서.

5

브라이언 와이스라는 정신과 의사가 쓴 『Many Lives, Many Masters』를 읽은 것은 융의 글이 불러일으킨 반응 가운데 하나였다. 와이스가 엄격한 유대교 집안의 장남이며, 그의 할아버지가 헝가리계 유대인이라는 사실도 흥미로웠다. 나의 할아버지 집안도 폴란드로 이주하기 전에는 헝가리에서 살았다고 했다.

컬럼비아대학을 졸업하고 예일대학 의학부 정신과 수석 레지던트를 거쳐 마운트 사이나이 의료센터 정신과 과장과 마이애미대학교 의학부 정신과 임상의학 교수를 역임한 브라이언 와이스는 우울증과 불안상태, 수면장애, 물질남용장애, 노인성 치매, 뇌화학 분야의 권위자다. 그의 저서 『Many Lives, Many Masters』는 캐서린이라는 여성 환자의 치료과정을 기록한 책이다.

캐서린이 불안과 공황, 공포증을 치료하기 위해 와이스의 병원을 찾은 것은 그녀가 스물일곱 살이던 1980년이었다. 그녀는 물과 어둠과 비행기를 지나치게 무서워했고, 알약 하나를 삼키지 못할 정도로 질식에 대한 공포가 컸다. 캐서린의 기억에서 그런 공포증세를 설명해줄 만한 사건을 캐내지 못한 와이스는 최면요법을 통해 캐서린이 세 살 때 겪은 고통스러운 기억을 되살려냈다.

어두운 방에서 잠을 깬 아이는 아버지가 들어와 있다는 것을 알았다. 아버지에게서 지독한 술냄새가 났다. 아버지는 캐서린의 몸을 여기저기 쓰다듬고 있었다. 손이 아래쪽까지 내려왔다. 캐서린이 겁에 질려 울음을 터뜨리자 아버지는 거친 손으로 입을 틀어막았다. 캐서린은 숨을 쉴 수가 없었다.

와이스는 그 일을 기억하도록 지시한 다음 캐서린을 최면상태에서 깨운 후, 그녀가 새롭게 알게 된 사실을 받아들이고 삶의 한부분으로 자연스럽게 통합할 수 있도록 도왔다. 그러나 증상은 호전되지 않았다. 두 살 때의 기억까지 거슬러올라가보았지만 캐서린은 특별한 사건을 떠올리지 못했다. 와이스는 캐서린에게 증상을 처음 겪은 그때로 가보라고 했다.

—건물 위쪽으로 연결되는 흰 계단이 보여요. 기둥이 많은 건물인데, 앞이 트여 있어요. 저는 긴 드레스를 입고 있어요. 헐렁하고촉감이 거칠어요. 난 열여덟 살이에요.

뭔가 이상하다 여긴 와이스는 그때가 몇년이며, 그녀의 이름이뭐냐고 물었다.

—기원전 1863년이에요. 이름은 아론다, 열여덟 살이에요. 여기는 풀도 없고, 아주 덥고, 모래투성이예요.

몇 년 뒤로 가서 눈에 보이는 것을 말해달라고 했다.

—나무들이 있고, 돌을 깐 길이 있어요. 누가 불을 피워서 요리를 하고 있어요. 저는 금발이에요. 길고 허름한 갈색 드레스를 입고 샌들을 신었어요. 스물다섯이구요. 딸이 있는데, 이름은 클리스트라. 아, 클리스트라는 레이첼이에요.

와이스는 자신의 귀를 의심했다. 레이첼은 캐서린의 조카딸로, 둘 사이는 매우 친밀했다. 조카딸이었던 아이가 어떻게 딸이 될수 있는가. 하지만 캐서린의 이야기는 막힘이 없었고, 영상을 보는 듯 생생했다. 수많은 환자들에게 최면요법을 썼지만, 이런 경우는 처음이었다.

　―커다란 물살에 나무들이 쓰러지고 있어요. 달아날 곳이 없어요. 물이 차가워요. 아이를 살려야 하는데 방법이 없어요. 그냥 꼭 안고만 있어요. 물이 차올라와요. 숨이 막혀요. 아이가 팔에서 떨어졌어요.

　정신의학에 관해 그가 알고 있는 모든 지식을 동원했다. 정신분열증? 아니다. 캐서린은 인식이나 사고 장애의 징후를 보이지 않았다. 깨어 있을 때 환청이나 환시를 경험한 적이 없었고, 그와 유사한 분열증세도 안 보였다. 망상에 빠진 적도 없었고, 현실감각을 잃은 적도 없었다. 다상성多相性 인격이나 분리성 성격도 아니었다. 캐서린은 배우도 아니었고, 마약이나 환각제 등도 복용하지 않았다. 기억활동의 일종으로 생각할 수밖에 없었다.

　전생? 있을 수 없는 일이야. 과학으로 단련된 그의 마음이 저항했다. 그것이 환상이라 하더라도 증상의 원인이 될 수가 있다. 어린 시절의 충격적 사건이 실제로 일어난 것인지, 꿈속에서 일어난 것인지를 명확하게 기억하지 못해도 그 사건이 현재의 삶을 괴롭히는 사례가 적지 않았다.

　그날 이후 일주일 동안 최면치료의 과정을 꼼꼼히 되짚어보았다. 와이스는 환생이나 유체이탈, 혹은 그것들과 관련된 현상들에 대해 대단히 회의적이었다. 그래서 캐서린의 환상이라고 결론을 내렸지만, 마음 한구석에는 자신이 알 수 없는 어떤 세계가 있을지도 모른다는 생각이 어렴풋이 일었다.

　『Many Lives, Many Masters』는 와이스가 캐서린의 수많은 전

생을 믿기까지의 임상기록이다. 그 책에 따르면 캐서린은 최면상태에서 자신의 수많은 생들을 기억해냈고, 와이스는 자신이 받았던 의학교육의 한계를 인식하게 되었다고 고백했다. 그는 의학도서관을 돌아다니며 환생에 관한 논문들을 찾아 읽었다. 버지니아 대학의 정신의학자 이안 스티븐슨 박사의 논문은 환생과 관련된 환자들의 기억이나 경험을 이천 건도 넘게 수집해놓고 있었다. 와이스는 책의 에필로그에 다음과 같이 썼다

　ㅡ캐서린은 어떤 증상의 재발도 없이 완치된 상태를 유지하고 있다. 캐서린 이후 나는 십여 명에 이르는 환자들의 전생을 상세히 살펴보았다. 모두가 극적으로 좋아졌다. 마이애미 비치에서 온 유대인 여인은 예수가 죽은 직후 팔레스타인에서 로마 병사들에게 윤간당한 사실을 생생히 기억해냈다. 중세에는 프랑스의 한 수도원에서 살았으며, 19세기에는 뉴올리언스에서 포주를 한 적이 있었다. 일본에서 태어나 고된 삶을 살기도 했다. 어떤 주식중개인 남자는 빅토리아시대의 영국에서 안락하지만 지루한 생을 살았고, 어떤 화가는 중세 스페인의 이단 심문기간 중에 고문을 받은 적이 있었다. 공포 때문에 다리나 터널을 지나지 못하는 어떤 식당 주인은 고대 근동지방에서 생매장당했던 기억을 되살려냈다. 그밖에 수많은 환자들이 전생의 기억을 가지고 있었고, 전생을 기억해내고 이를 받아들이게 되면서부터 그들을 괴롭혀왔던 증상들이 사라져갔다.

　브라이언 와이스의 이야기는 믿을 수도, 믿지 않을 수도 없었다. 그런 나에게 이브라힘의 이야기가 담긴 녹음기는 목에 걸린 가시였다.

6

알 킨디 병원은 적막했다. 부상자들로 들끓던 병실들은 텅 비어 있었다. 수술실도 마찬가지였다. 250개나 되던 침대도 많이 줄었고, 대기실의 의자들도 의사와 간호사 들의 분주한 발걸음도 사라지고 없었다. 4월 10일 오후였다. 민병대 대장이 나를 보자 미소를 지었다. 그는 아랍의 전통의상 위에 흰색 의사 가운을 입고 있었다. 손에 든 총이 어둠 속에서 빛났다.

시아파 민병대가 알 킨디 병원을 접수한 것은 병원이 막 이사를 시작할 때였다. 이라크 인구 2,400만 명 가운데 60퍼센트 이상을 차지하는 다수 세력임에도 후세인 체제로부터 박해를 받아온 시아파는, 미군이 바그다드를 점령하자 공공건물에 민병대를 파견하고 부서장을 임명하는 등 새로운 정부 역할을 하기 시작했다. 시아파에게 병원은 중요한 공공건물 가운데 하나였다. 장검과 라이플총으로 무장하고 병동을 돌아다니는 민병대의 모습은 어느새 낯익은 풍경이 되어 있었다. 그들은 후세인도 싫지만 미군도 싫다고 했다. 전쟁은 끝난 것이 아니었다. 그 형태가 바뀌었을 뿐.

"지난번 전쟁 때도 미국은 엄청난 폭탄을 퍼부었소."

민병대 대장은 이마를 찡그리며 말했다. 그랬다. 1991년 1월 17일에 시작되어 2월 28일 작전이 종료된 그 전쟁에서 미국은 이라크에 88,500톤의 폭탄을 투하했다. 히로시마에 투하한 핵폭탄의 일곱 배를 웃도는 양으로, 전폭기의 출격 횟수는 11만 회였다. 그중에서 정밀탄을 사용한 것은 7퍼센트에 지나지 않았다. 나머지 폭탄은 명중률이 30퍼센트에도 못 미치는 것들이었다. 43일의 전쟁 기간 동안 민간인 희생자가 20여만 명에 이른 데에는 까닭이 있었다.

전 세계가 TV를 통해 어마어마한 양의 폭탄이 연출하는 스펙터클을 감상했다. 적외선으로 촬영한 야간 폭격과 패트리어트 미사일의 격추 장면 등은 전략 시뮬레이션게임을 현실로 옮겨놓은 것 같았다. 폭탄에 장착된 카메라는 보는 이의 시선을 폭탄의 시선으로 옮겨놓아 하이퍼테크 폭격이 불러일으키는 감각적 즐거움을 증폭시켰다. 인간의 시선을 기계의 시선으로 바꾸어버린 놀라운 과학기술은 전 세계인을 게이머로 만들었으며, 폭격을 수행하는 이들조차 비디오게임을 즐기는 아이로 바꾸어버렸다. 걸프전은, 인간의 살이 갈기갈기 찢기는 전쟁터가 비디오게임 속의 가상공간으로 바뀐 최초의 전쟁이었다.

"내가 그 전쟁을 잊지 못하는 것은 한 아이 때문이오. 그때 난 아이의 비명소리를 따라 어떤 집으로 들어갔소. 아이는 무너진 벽의 돌더미에 깔려 있었소. 그애의 팔을 붙잡고 들어올리자 살이 아래로 흘러내렸소. 살이 녹고 있었던 거요. 촛농처럼 말이오. 어떻게 해야 할지 알 수가 없었소. 정말, 어떻게 해야 할지…… 만약에 말이오……"

그는 충혈된 눈으로 나를 보았다.

"당신이 나였다면, 그리고 그 아이가 당신의 아들이었다면 당신은 어떻게 했겠소?"

"글쎄요……"

나는 다소 당황하며 말끝을 흐렸다.

"난 그 아이의 목을 졸랐소. 양털처럼 부드럽고 따뜻한 그 목을 말이오. 왜냐하면, 난…… 견딜 수가 없었거든. 정말 견딜 수가 없었소."

"당신 아들이었군요."

"그 집도…… 내 손으로 지은 거였소. 방 두 개에 부엌과 욕실이 있는 작은 집이었소. 콘크리트 바닥에는 제법 화려한 문양의 카펫을 깔았소. 푸른색 담에, 양철 지붕은 물결 모양으로 골이 지도록 만들었소."

"그랬군요."

나는 혼잣말하듯 낮게 대답했다.

이브라힘은 텅 빈 병실에 홀로 앉아 있었다. 창으로 스며드는 햇살은 눈이 부셨다. 그는 환한 햇살 속에서 고개를 약간 숙인 채 눈을 감고 있었다. 안색이 창백했다.

이상했다. 눈을 감고 있음에도 무언가를 응시하는 듯한 느낌이 들었다. 그의 몸이 전혀 움직이지 않았기 때문인지도 몰랐다. 의자 아래로 늘어뜨린 두 팔이 사물처럼 보일 정도였다. 숨을 쉬지 않고 있을지도 모른다는 생각마저 들었다. 나 역시 꼼짝하지 못하고 있었다. 그가 응시하고 있는 것이 무엇인지는 알 수 없으나 소리를 내면 안 될 것 같았다. 나는 가만히 서서 그를 내려다보았다. 어디선가 바람이 새어들어오는 모양이었다. 머리카락이 미세하게 흔들렸다. 마른 나뭇가지 같은 손이 움직이기 시작한 것은 머리카락 몇 가닥이 막 이마로 흘러내릴 때였다. 손이 움직이면서 숨소리가 들려왔고, 동시에 창백하던 얼굴에 생기가 돌았다. 그가 눈을 떴을 때는 한 손이 무릎 위에 올려져 있었다.

"방해가 되지 않았나요?"

"아닙니다."

나지막한 목소리였다.

"깊이 잠든 것처럼 보이더군요."

"당신을 생각하고 있었습니다."

"나를 생각했다구요?"

뜻밖의 말에 나는 놀라며 물었다.

"나는 당신이 낯설지 않습니다. 그러니까 우린……"

그의 입가에 가느다란 미소가 번졌다.

"만난 적이 있습니다."

"우린 며칠 전 병원에서 처음 만났지요."

그는 고개를 천천히 저었다.

"우리는 아주 오래전에 만났습니다."

"그때가 언제입니까?"

"1099년 여름이었습니다."

그의 발음은 또렷했다.

"1099년이라면 지금으로부터 구백 년도 더 전이잖습니까?"

"예루살렘이 함락된 직후였지요."

"예루살렘의 함락이라면……"

"서유럽인의 군대가 예루살렘의 성벽을 무너뜨린 것은 1099년

7월 15일이었습니다.”

“그렇다면 십자군전쟁이군요.”

“당신은 십자군 병사였습니다.”

십자군 병사? 나는 중얼거리며 그의 얼굴을 멍하니 보았다. 그의 말에 엉뚱하게도 부시가 떠올랐다. 9·11 테러 직후 부시는 “우리의 역사적 책임은 테러를 응징하고 악의 세계를 제거하는 것이다. 미국이 벌일 21세기 첫 전쟁은 십자군전쟁이다”라고 말했다.

십자군전쟁은 1096년 로마 교황 우르바누스 2세가 이슬람교 지배하에 있는 예루살렘의 회복을 호소하면서 시작되었다. 교황은 프랑스 중부도시 클레르몽에서 신이 무슬림과의 전쟁을 원하신다고 하면서, 신이 원하는 성스러운 전쟁에 참여하면 모든 죄를 용서받을 것이며, 전사하면 하느님의 나라로 갈 것이라고 선언했다.

이슬람교가 창시된 7세기 중엽 이후 무슬림이 지중해 쪽으로 진출하면서 그리스도교인들과 빈번하게 충돌했지만, 십자군전쟁에 비하면 모두 작은 충돌에 불과했다. 1096년에 시작되어 1365년에 끝난 십자군전쟁은 오리엔트와 소아시아 반도를 피로 물들인 대규모의 전면전이었다. 그리스도교와 이슬람 세계의 처참한 충돌이었던 그 전쟁은 지금까지도 중동은 물론 보스니아, 코소보, 체첸, 말레이시아, 인도네시아 등에서 갈등의 씨앗으로 작용하고 있다.

“당신은 특별한 병사였습니다. 사제였으니까요.”

십자군전쟁은 종교적 감정에서 분출된 전쟁인 만큼 사제의 역할이 컸다. 대주교 아데마르는 십자군의 총사령관이자 정신적 지도자였다. 떠돌이 수도사 피에르는 농민을 주축으로 한 십자군을 이끌고 성지를 향해 진군했다. 군중 사제들은 전사들의 신앙심을 고양시켜 전투력을 높였고, 때때로 하느님의 계시를 받아 군사작전의 주요 사안을 결정하기도 했다.

"내가 사제였다면 당신은 어떤 사람이었습니까?"

"나는 기록관이었습니다."

"기록관이라면, 역사가라 할 수 있겠군요."

"그렇습니다."

이브라힘은 고개를 끄덕였다.

"당시 예루살렘은 이집트 군이 지키고 있었습니다. 수비군의 지휘관 이흐티카르는 노련하고 현명한 전사였지만 십자군의 공격으로부터 예루살렘을 지켜내지 못했습니다. 그는 십자군 지휘관의 한 사람이었던 레몽에게 항복하는 대가로 소수의 부하들과 함께 예루살렘 성을 빠져나갔습니다. 그들은 성을 빠져나간 유일한 사람들이었습니다. 십자군 병사들이 벌인 살육은 잔인했습니다. 그들은 칼과 창에 이방인의 피를 많이 묻힐수록 속죄의 행위가 더욱 깊어진다고 믿고 있었습니다. 예루살렘은 피와 시체들로 가득 찼습니다. 피냄새와 시체 썩는 냄새가 하늘을 찔렀습니다. 내 눈은 그 광경을 낱낱이 지켜보았습니다."

"당신은 왜 성을 빠져나가지 않았습니까?"

"기록관은 보는 자입니다. 보기 위해서는 남아야 합니다."

"우리는 어떻게 만났습니까?"

"내가 십자군 병사에게 체포된 것은 예루살렘이 점령당한 지 열흘째 되던 날이었습니다. 그들이 나를 죽이지 않았던 이유도 내가 기록관이어서였습니다."

"기록관의 몸값이 대단했나보군요."

"나는 이집트의 와지르 기록관이었습니다."

"와지르가 누구입니까?"

"와지르는 지위를 칭하는 말입니다. 총독쯤으로 해석하면 무난하겠군요."

"그러니까 당신은 이집트 총독의 기록관이었군요."

"당시 와지르는 이집트 파티마 왕조의 실질적인 통치자였습니다. 칼리프가 있었지만 명목상의 군주였을 뿐입니다."

"이집트 통치자의 기록관이 왜 예루살렘에 있었습니까?"

"내가 카이로를 떠나 예루살렘에 간 것은 가슴에 질문을 품고 있었기 때문입니다. 인간에 대한 질문이기도 했고, 역사에 대한 질문이기도 했고, 신에 대한 질문이기도 했습니다."

이브라힘은 잠시 말을 멈추고 숨을 깊이 들이켰다.

"당신이 나를 찾은 것은 저녁 어스름이 감옥의 창살 사이로 새어들어오고 있을 때였습니다. 체포된 지 사흘 후였습니다. 당신의 모습은 여느 십자군 병사와 달랐습니다. 당신은 갑옷도 입지 않았고, 투구도 쓰지 않았습니다. 당신이 입고 있었던 옷은 아마포로 지은 흰옷이었습니다. 당신을 본 순간 나는 당신이 누구인지 알았습니다."

"누구인지 알았다구요?"

나는 그의 말뜻이 정확히 파악되지 않아 되물었다.

"십자군이 예루살렘에 나타난 첫날이었습니다. 성벽 앞에 진지를 세운 그들은 기묘한 의식을 시작했습니다. 수많은 십자군 병사들이 맨발로 사제를 따라 성벽 주위를 돌았습니다. 성안 기독교인의 설명에 따르면 예리코 성을 함락한 여호수아의 군대를 흉내내는 것이라고 하더군요. 모세의 후계자 여호수아가 숫양 뿔 나팔을 든 사제 일곱 명과 무장 병사들에게 야훼의 궤를 앞세우고 예리코 성을 일곱 바퀴 돌게 한 후 제사장들에게 나팔을 불게 하고, 또 백성들에게는 야훼의 영광을 외치게 하자 성벽이 무너져내렸다는 이야기가 그들의 거룩한 책에 기록되어 있다고 했습니다. 그때 당신은 아마포로 만든 흰옷을 입고 맨발의 행렬을 이끌고 있었습니다."

그의 이야기가 불편해지기 시작했다. 나는 그가 심각한 부상으로 정신이 비정상적인 상태에 빠져 있는 게 아닌가, 생각했다. 어쩌면 자신의 존재를 연극적 환상 속으로 밀어넣고 몽유하는 정신질환자인지 모른다는 생각도 들었다.

"나는 전생이 있다는 것을 믿지 않습니다. 설혹 전생이 있다 하더라도 대부분의 사람들은 전생을 기억하지 못합니다. 그런데 당신은 참 자세히도 기억하는군요."

"내가 부상을 입지 않았다면 전생을 기억하지 못했을지도 모릅니다."

"무슨 뜻이지요?"

"부상을 입기 전까지 나는 내 전생에 대해 몰랐습니다. 지금의 내가 아닌 다른 내가 그전에도 존재했다는 느낌이 간혹 들긴 했습니다만, 그것이 전생에 대한 잠재의식이라는 사실은 알지 못했습니다. 그저 막연하고 어렴풋한 느낌에 불과했습니다. 때때로 어떤 영상이나 이미지 들이 떠오르기는 했으나 너무 희미해 무엇인지 알 수 없었습니다. 하지만 그것들이 불러일으키는 감정은 미묘했습니다. 늙은 영혼이 되어 누군가의 꿈속에 들어가 있는 듯한 그런 느낌이었습니다. 먼 곳에서 새의 날갯짓 소리가 어렴풋이 들리는."

그의 눈이 스르르 감겼다. 안색이 다시 창백해졌다. 그가 눈을 뜬 것은 복도에서 발소리가 날 때였다. 총을 어깨에 비스듬히 멘 민병대 한 사람이 창밖을 지나가고 있었다.

"전생의 기억이 떠오른 건 부상을 입고 피를 흘리고 있을 때였습니다. 그것은 누군가의 꿈속에 들어와 있는 듯한 느낌에서 시작되었습니다. 나는 늙은 영혼이 되어 있었고, 영상과 이미지 들이 떠오르고 있었습니다. 새의 날갯짓 소리가 듣고 싶었습니다. 하지만 병원은 너무 혼잡하고 시끄러웠습니다. 나는 주변 사람들에게 조용한 곳으로 옮겨달라고 부탁했습니다."

그가 누워 있던 좁고 어두운 복도는 알 킨디 병원에서 유일하게 조용한 곳이었다.

"의식이 몽롱해지면서 그동안 내가 겪었던 수많은 생애들이 희미한 그림처럼 떠올랐습니다. 처음에는 그것이 무엇인지 몰랐습니다. 꿈의 풍경 같기도 했고, 환영 같기도 했습니다. 그것이 전생의 기억임을 깨닫기까지, 시간은 느리게 흘렀습니다. 아주 짧은 시간이면서 동시에 한없이 긴 시간이었습니다. 그 느낌을 어떻게 표현해야 할지 모르겠습니다. 그것은 일상의 시간과는 전혀 다른 시간이었습니다. 시간 이전의 시간 같은 것, 시간의 씨앗 같은 것이었습니다. 내 존재가 시간의 씨앗에 에워싸여 있는 듯한 느낌이었습니다. 나는 홀연히 떠오른 전생의 기억 앞에서 조금도 놀라지 않았습니다. 오래전에 나에게서 떠난 것들이 다시 돌아온 듯한 느낌에 사로잡혔으니까요. 내가 망각했던, 혹은 몰랐던 전생의 수많은 생명들이 나에게로 물결처럼 흘러들어오고 있었습니다."

"그때 내가 당신을 보았군요."

"그렇습니다."

"난 당신이 죽은 줄 알았습니다."

"내 안으로 수많은 생명들이 흘러들어오고 있을 때였지요."

"그랬군요."

나는 혼잣말하듯 중얼거렸다.

"조금 전 당신은 내가 십자군 사제였다고 했는데, 어떤 근거로 그런 생각을 하게 되었습니까? 어떻게 알았습니까?"

나는 그의 눈을 응시하며 물었다.

"병원에서 당신이 내게 베푼 선의는 곤경에 빠진 인간에 대한 본능적 연민에서 우러나온 것이겠지요. 나의 입장에서는 그런 당신에게 아무리 감사해도 지나치지 않습니다. 하지만 이상하게도 당신을 느끼게 되면서부터 고통이 시작되었습니다. 막연하면서도 또렷한, 처음이면서도 낯익은 고통이었습니다. 전생의 기억이란 조금 전에도 말했듯 꿈의 풍경과 흡사합니다. 게다가 한 생애와 다른 생애 사이에는 뚜렷한 경계선이 없습니다. 헤아릴 수 없는 수많은 생애들이 흐릿한 형체로 뒤섞여 있습니다. 그 속에서 어떤 특정한 생애를 기억한다는 것은 거의 불가능합니다. 그런데 당신이 나에게 불러일으킨 고통은 수없이 겹쳐진 생애와 생애 사이를 헤집으며 어느 한 곳을 향해 바람을 가르는 새처럼 곧장 날아갔습니다. 당신의 운명과 나의 운명이 서로에게 휘감겼던 생애를 향해."

나는 초조해지고 있었다. 불안이 뒤섞인 초조함이었다.

"당신의 운명과 나의 운명이 그렇게 휘감긴 것은 그 사람 때문이었습니다."

"그 사람이 누구지요?"

"젊은 목수였습니다. 초라한 여인의 아들이었고, 남루한 유랑자였습니다. 그는 머물지 않았습니다. 끊임없이 걸었습니다. 사람들을 찾아 걸었고, 사람들에게 쫓겨 걸었습니다. 그의 발은 늘 흙투성이였습니다. 그가 걸음을 멈춘 곳은 나무 위였습니다. 나무 위에서 그는 못 박혀 죽었습니다."

이브라힘은 눈을 감았다. 길고 까만 속눈썹이 몽상에 잠긴 듯한 두 눈을 덮었다. 그가 다시 눈을 떴을 때는 눈자위가 붉어져 있었다.

"지금 예수를 말하고 있는 것입니까?"

"……"

"예수를 보았습니까?"

"그와 함께 있었습니다."

"그러니까 당신은 예수 시대에도 살았고, 십자군전쟁 시대에도 살았단 말이군요."

"그렇습니다."

"믿기가 힘들군요."

"내 생애를 되돌아보면 나 역시 믿기가 힘이 듭니다."

그는 다시 눈을 감았다 떴다.

"영혼은 낙타가 걷는 속도로 걷는다는 격언이 있습니다. 나는 낙타처럼 그렇게 걸었던 것 같습니다. 시간의 사막 속에서, 천막을 짊어지고, 수많은 생애를 통과하면서……"

그의 시선이 허공에 머물렀다.

"그러던 어느 날이었습니다. 십자군이라 불렸던 유럽인들의 군대가 들이닥쳤습니다. 그들은 나무에 매달려 죽은 그를 주님이라고 불렀습니다. 그들은 자신들이 일으킨 전쟁을 주님의 땅을 찾기 위한 성스럽고 고귀한 전쟁이라고 했습니다. 그는 유랑자였습니다. 유랑자에게는 한 뼘의 땅도 필요 없습니다. 그는 죽을 때조차 땅 위에서 죽지 않았습니다. 그런데 유럽인들은 그의 땅을 찾겠다면서 쳐들어왔습니다. 그들이 벌인 살육은 참혹했습니다. 노인이라고 머뭇거리지 않았습니다. 어린아이라고 멈칫하지 않았습니다. 여자라고 망설이지 않았습니다. 병자라고 주저하지 않았습니다. 소경이라고 가리지 않았습니다. 앉은뱅이라고 멈추지 않았습니다. 닥치는 대로 죽였습니다. 핏물이 발목까지 차오르도록 죽였습니다. 내 눈은 그것을 낱낱이 보았습니다. 그가 걸었던 땅, 그가 고단한 몸을 잠시 눕혔던 땅을 피의 웅덩이로 만들어놓고는, 성스러운 전쟁의 수행자로 자신을 선택하신 신의 은총에 감격의 눈물을 흘리며 기도하는 그들의 모습을 보았습니다. 당신은 그들 가운데 한 사람이었습니다."

나를 올려다보는 이브라힘의 눈이 처음으로 강하게 빛났다.

"나는 예루살렘에서 보았던 것들을 낱낱이 기록했습니다. 내가 직접 본 것뿐만 아니라 내 눈에 보이지 않는 것들까지 기록했습니다. 지옥의 풍경이 불러일으킨 분노와 공포와 슬픔과 절망도 기록했습니다. 불행하게도 나의 기록책은 체포되면서 십자군의 손에 넘어갔습니다. 당신이 나를 찾은 것은 기록책 때문이었습니다."

먼 곳에서 총소리가 들려왔다. 그의 이야기를 듣는 동안 여기가 전쟁의 포연에 싸인 바그다드라는 사실을 까맣게 잊고 있었다.

"당신이 나의 기록책에 관심을 가진 것은 십자군의 학살에 대한 나의 분노와 공포와 슬픔과 절망의 기록 때문이 아니었습니다. 당신의 관심은 나와 젊은 목수의 관계에 집중되어 있었습니다. 당신에게 젊은 목수는 주님이었습니다. 당신은 내가 어떻게 당신의 주님을 만날 수 있었는지 알고 싶어했습니다. 나를 응시하는 당신의 눈빛은 강렬했습니다. 진실을 말하지 않으면 갈기갈기 찢어 죽일 듯한 눈빛이었습니다."

"당신이 기록한 것을 그가 믿었나요?"

"당신은 젊은 목수에 대한 나의 기록을 의심했습니다. 의심은 질문을 낳습니다. 당신은 나에게 끊임없이 물었습니다. 납득이 되지 않으면 납득이 될 때까지 물었습니다. 온몸을 헐떡이며 물었습니다. 그리고 기록과 연관된 장소를 추적했습니다. 발이 부르트고 옷이 누더기가 되어도 추적을 멈추지 않았습니다. 추적을 멈추면 자신의 생애가 무너질 것이라고 생각하는 사람 같았습니다. 그러던 당신이 마침내 추적을 멈추었습니다. 그리고 창으로 내 옆구리를 깊숙이 찔렀습니다."

　이브라힘은 무언가를 뚫어질 듯 노려보고 있었다. 하지만 그의 눈앞에는 흰 벽뿐이었다. 안색이 무섭도록 창백했다. 피가 다 빠져나간 사람의 얼굴을 보는 듯했다. 적막이 흘렀다. 깊은 적막이었다. 이브라힘의 몸은 깊은 적막에 에워싸이고 있었다. 그의 몸이 비현실적으로 느껴졌다. 그대로 눈앞에서 홀연 사라진다 해도 조금도 놀랍지 않을 것 같았다.

　"창에 찔린 후 당신은 어떻게 되었습니까?"

　"잠이 들었지요, 천천히…… 아주 천천히."

　거의 중얼거리는 듯한 목소리였다. 바람에 창문이 덜컹거렸다. 이브라힘은 힘겨운 목소리로 자고 싶다고 했다. 그를 부축해 침대에 눕혔다. 흰 햇살에 잠긴 그의 몸이 가늘디가늘었다. 그가 눈을 감는 것을 보고 조용히 병실을 나왔다.

7

　갈증이 났다. 스튜어디스에게 포도주를 부탁했다. 비행기 안에 앉아 있는 내가 어떤 존재인지, 강렬한 의문이 일었다. 어머니의 얼굴이 떠올랐다. 윤곽이 흐릿한 얼굴이 허공을 떠다니고 있었다. 어머니의 얼굴은 늘 낯설었다. 어머니가 살아 있었을 때도 환영처럼 느껴졌던 것은 낯섦 때문이었다. 그 서먹함에서 벗어나기에는 시간이 너무 짧았다. 스튜어디스가 포도주를 가지고 왔을 때는 이미 눈시울이 젖어들고 있었다.

어머니를 처음 만난 것은 아버지가 돌아가신 지 한 달 남짓이 지난 2009년 3월이었다. 한국 땅에 발을 디딘 것은 그때가 처음이었다. 공항에 마중나온 이는 어머니가 아니었다. 어머니라기에는 너무 젊은 여자였다. 꽤 큰 키에 얼굴이 갸름했다. 이마가 튀어나온 듯했으며, 눈썹이 짙었다. 눈가의 주름과 입꼬리가 약간 올라간 얇은 입술은 미소를 짓는 것인지, 화가 난 것인지 분간하기 힘들었다.

나중에 알았지만 그녀는 나보다 두 살 어렸다. 그녀의 영어는 매끄러웠다. 성은 윤이고, 이름은 강희라고 했다. 아버지의 해외 근무로 열다섯 살 때부터 독일, 네덜란드, 튀니지, 스페인, 영국 등지에서 살았으며, 런던예술대학을 졸업하고 런던에서 한동안 화가로 활동하다가 서른두 살 때 귀국한 후 어머니로부터 내림굿을 받았다고 했다. 내림굿에 대해 그녀는 세심하게 설명했다.

"한국에는 두 종류의 무당이 있어요. 부모로부터 무당의 피를 물려받은 세습무와 신이 내린 강신무예요. 세습무는 무당이 되는 과정에서 본인의 의지가 중요하지만, 강신무는 본인의 의지와는 무관해요. 스스로 강신무가 되는 사람은 아무도 없어요. 대부분의 강신무들은 무당이 되지 않으려고 처절하게 저항해요. 하지만 신이 내린 운명을 거스를 수는 없어요."

강신무가 되는 첫번째 단계는 신병神病이라고 했다. 신병의 증상은 개인에 따라 다양하다. 몸이 허약해지고, 신체 일부에 통증이 일거나 기능에 이상이 생기고, 꿈을 자주 꾸고, 환상과 환청 등이 나타난다.

"신병의 원인에 대해서는 과학적 설명이 불가능해요. 정신질환의 하나로 보기도 하지만, 정신병리학의 이론으로는 설명할 수 없는 부분들이 너무 많아요. 무당의 세계에서 신병은 신이 들려서 생기는 증상이에요. 신이 들렸다는 것은 신과 관계하면서 살아야 하는 운명을 받았음을 뜻해요. 운명을 받아들이면 신병이 사라지죠."

내림굿은 신과 인간을 연결하는 의식으로, 운명을 받아들인 사람이 거쳐야 하는 통과제의라고 강희가 말했다.

"내림굿은 이곳에서 저곳으로 건너가게 하는 다리에 비유할 수 있어요. 내림굿을 받은 이는 사람이되 사람이 아니며, 신이되 신이 아니에요. 사람의 입장에서 보면 비정상적인 사람이고, 신의 입장에서 보면 신의 뜻과 의지를 사람들에게 전달하는 매개자일 뿐이니까요."

입문자를 다리 저편으로 건너갈 수 있도록 이끄는 무당과, 저곳으로 건너감으로써 비로소 무당이 된 입문자 사이에는 신어머니와 신딸이라는 새로운 관계가 이루어진다고 했다. 어머니와 자신은 강신무라고 말하는 강희의 목소리는 잠겨 있었다.

강희를 따라간 곳은 어머니의 집이 아니었다. 한국의 전통음식점이었다. 음식점에 들어가기 전 강희는 어머니가 나에게 한국어로 말할 것이라고 했다. 영어를 오랫동안 쓰지 않아 마음에 고인, 혹은 고이는 말을 제대로 표현하기가 힘들기 때문이라는 어머니의 뜻을 전하면서, 어머니의 마음을 정확하게 전달하는 데 최선을 다하겠다고 말했다.

어머니는 실내가 정갈한 방에서 나를 기다리고 있었다. 내가 들어가자 어머니는 앉은 자세에서 나를 올려다보았다. 주름진 얼굴에서 내가 알 수 없는 어떤 잔물결이 이는 것 같았다. 어머니는 흰옷을 입고 있었다.

"흰옷은······"

어머니가 한국어로 말했고, 강희가 영어로 옮겼다. 어머니는 그 말을 한 후 잠시 침묵했다. 마르고 꼿꼿한 어머니의 몸은 움직임이 전혀 없었다.

"내림굿에서는 죄인의 옷이다. 속세에서 살다보면 수많은 죄를 짓기 마련이다. 그래서 내림굿을 받기 전까지는 흰옷을 벗을 수 없다. 올바른 신을 받으려면 속세에서 지은 죄를 깨끗이 씻어야 한다. 나는 허주굿을 통해 죄를 씻고 내림굿을 받았다."

허주는 사람의 몸과 마음에 들러붙는 탁한 귀신이며, 허주굿은 허주를 쫓는 의식이라고 강희가 설명했다. 귀신이라는 말이 이상하게 들리면 망상 같은 것으로 생각하면 된다고 했다.

"내가 흰옷을 입은 것은 너에게 허주굿으로도 씻을 수 없는 죄를 지었기 때문이다. 너를 버리고, 네게 어미가 죽었다 말해달라고 네 아버지에게 부탁한 것이 평생 씻을 수 없는 죄임을 나는 알고 있었다. 그럼에도 그럴 수밖에 없었던 것은 신의 뜻을 거역할 수 있는 힘이 나에게 없었기 때문이다. 너를 버린다는 것은 상상조차 할 수 없는 일이었다. 상상조차 할 수 없는 일이 일어난 것은 신의 뜻이 그러했기 때문이다. 나는, 내가 나를 죽임으로써 신의 뜻에 저항하려고 했다. 하지만 죽는 것조차 내 마음대로 할 수 없었다. 자살에 실패한 후 깨달은 것은, 내가 무슨 짓을 해도 신의 뜻에서 벗어날 수 없다는 사실이었다. 무당이 된다는 것은 참기 힘든 고통을 참아야 하는 존재가 됨을 뜻한다. 속세에서 참지 못했던 것도 무당이 되면 참아야 한다. 내가 너를 버리고도 목숨을 부지한 것은 무당이 되었기 때문이다."

강희가 통역하는 동안 어머니는 시선을 내려뜨리고 가만히 있었다. 강희의 영어에 귀를 기울이는 것처럼 느껴졌다.

"무당이 되는 순간 속세에서의 모든 관계가 끊어진다. 무당이 된다는 것은 속세의 사람과 다른 사람이 된다는 것을 뜻하기 때문이다. 내가 무당이 된 순간 너와 나의 관계는 끊어졌다. 네 아버지에게 어미가 죽었다고 너에게 말할 것을 부탁한 것은 이런 연유에서였다. 그런데 지금 네가 내 앞에 있으니, 나는 죄인일 수밖에 없다. 신조차도 씻어줄 수 없는 죄를 짊어지고 나는 지금 이렇게 네 앞에 앉아 있구나."

어머니의 말을 옮기는 강희의 눈에 눈물이 비쳤다.

8

이브라힘으로부터 나의 전생에 관한 이야기를 들은 후 일주일 동안 그의 병실을 찾지 못했다. 그동안 정신없이 바빴다. 고대 메소포타미아 문명의 유물 이십만 점 이상을 소장하고 있는 이라크 국립박물관의 약탈 상황은 충격적이었다.

수메르 시대의 신성한 혼인의식 장면을 보여주는 기원전 35세기의 우루크 항아리, 기원전 33세기 이전의 것으로 아직까지도 해독하지 못하고 있는 수백여 개의 점토서판, 기원전 30세기에 만든 수메르 여인의 두상, 세계에서 가장 오래된 악기인 기원전 23세기의 수메르 은제 하프, 스스로 신의 자리에 오른 악카드 제국의 통치자 나람신의 청동상, 함무라비 법전을 쐐기문자로 새긴 점토서판 등 가치를 측량하기 힘든 귀중한 유물들이 약탈당했다.

십칠만 점 이상의 유물이 사라졌다는 말이 기자들 사이를 떠돌았지만, 대단히 귀중한 유물 이십오 점을 포함하여 만오천여 점의 유물이 사라진 것으로 나중에 확인되었다. 사라지지는 않았지만 약탈과정에서 훼손된 유물도 수백 점에 달했다.

기원전 23세기에 만든 테라코타 사자상은 목이 잘렸고, 기원전 8세기에 만든 아이보리 조각품들은 산산조각이 났다. 부서지거나 찢어진 판화나 그림 들이 셀 수 없을 정도로 많았다. 거의 모든 문이 파손되었고, 사무실 안의 컴퓨터와 기록물 대부분이 사라졌다.

바그다드 국립도서관의 상황도 참담했다. 도서관 정면 중앙 부분이 화재로 심하게 훼손되었다. 유리창이 대부분 깨졌고, 도서 카드함과 서가들이 부서졌다.

4월 10일, 약탈자들이 무방비상태의 도서관으로 들이닥쳤다. 첫번째 약탈자들은 전문가들이었다. 그들은 중요한 원고와 책 들이 어디에 있는지 알고 있었다. 두번째 약탈자들은 후세인 체제에 반감을 가졌거나, 재물에 혈안이 된 사람들이었다. 그들은 값비싸 보이는 책들은 물론 복사기, 복사용지, 컴퓨터, 프린터 등 쓸 만한 물건들을 닥치는 대로 들고 나갔다. 4월 13일에는 파란색 버스 여러 대에 나눠 타고 온 일단의 사람들이 도서관에 진입하여 서가에 불을 질렀다. 그들이 사용한 성냥이 군인용이라는 증언이 있었다. 약탈과 방화가 불러일으킨 피해는 광범위했다.

이라크 땅에서 명멸했던 왕조들의 역사적 기록물들이 사라지거나 재로 변했다. 『천일야화』 구판본들, 우마르 하이얌의 수학에 관한 논저들, 아비세나와 아베로에스의 철학 논문들, 메카의 샤리프 후사인의 편지들을 비롯하여 수많은 책들과 문헌들도 흔적 없이 사라졌다.

832년 아바스 왕조 때 설립되어 서적 제작과 외국 문헌 번역의 중심지가 된 바이트 알 히크마*도 약탈자들의 습격을 받았다. 바그다드 유대공동체에 관한 문서들, 오스만 제국 시대의 책들, 12세기에 제작된 알-하리리의 『마카마트』 사본, 19세기에 제작된 코란, 아비세나의 중요한 텍스트들, 역사적 연대기들과 시와 극작품 들이 약탈당했다. 아랍과 이슬람의 역사서와 문학서를 소장하고 있는 알-아우카프 도서관의 장서 절반이 사라졌고, 중세 아랍 시대의 중요한 의학도서를 소장하고 있는 메디컬 칼리지 도서관도 폐허가 되었다.

유전과 석유 관련 자료들이 보관된 석유부와, 각종 정보 자료가 보관된 내무부 청사는 철통같이 지키는 미군들이 무슨 까닭인지 박물관과 도서관은 방치하고 있었다. 1991년의 걸프전 때도 이라크의 수많은 고대 유물들이 파괴되고 약탈당했다. 약탈당한 유물

---

* Bayt al-Hikmah : '지혜의 관'이라는 뜻.

들이 흘러들어간 곳은 미국과 유럽의 미술시장이었다.

고대 유물의 파괴는 박물관과 도서관에만 한정된 것이 아니었다. 이라크 고대 문명의 유적지는 오십만 곳에 달한다. 그중에서 국제 고고학계가 인류 역사의 핵심 유적으로 꼽는 것만 만이천여 곳이다. 인류 문명의 탯줄인 그 유적지들 대부분이 흙벽돌로 축조되었다. 폭격을 직접 당하지 않더라도 그 진동만으로 치명적 손상을 입는다. 한번 훼손되면 복구가 불가능한 것이 문화유산이다.

박물관과 도서관 들의 약탈 현장을 취재하는 동안 알리의 운명과 직결된 중요한 사건들이 계속 일어났다.

이라크전쟁에 관한 기사들이 전 세계 통신사를 통해 끊임없이 쏟아져나왔다. 문제는 선택이었다. 선택되지 않은 기사는 사라진다. 영국 신문 메트로의 뉴스 편집장이 알리의 기사를 눈여겨보았고, 4월 7일자 신문에 '모든 것을 잃은 소년 알리'라는 제목과 함께 알리의 사진을 크게 실었다.

사진이 보여주는 상징은 강렬하다. 그것은 언어가 만들어내는 상징을 훌쩍 뛰어넘는다. 1972년 6월 8일 베트남 출신 AP통신 사진기자 닉 우트는 미국 전폭기들이 사이공 근교의 트램방 마을에 네이팜탄을 퍼붓고 있을 때 화상을 입고 알몸으로 달아나는 어린 소녀를 목격했다. 닉 우트의 카메라에 포착된 소녀의 울부짖는 모습은 베트남전쟁의 강렬한 상징이 되었다.

알리의 사진은 이라크전쟁에 무관심한 이들에게도 큰 충격을 주었다. 영국의 신문과 텔레비전은 알리의 비극을 주요 뉴스로 다루었다. 이제 사람들은 알리의 사진만 보는 것이 아니었다. 텔레

비전을 통해 알리의 참혹한 모습을 볼 수 있었고, 애처로운 목소리도 들을 수 있었다. 알리를 돕겠다는 사람들의 기부금이 쇄도하자 관리를 맡을 단체가 필요했다. 런던 서부에 위치한 퀸 매리 병원의 자선단체인 수족장애인협회가 그 일을 맡았다. 협회는 알리뿐만 아니라 이라크전쟁으로 팔다리를 잃은 아이들의 치료를 위해 기금을 조성하기로 했다. 기금의 명칭은 '팔다리를 잃은 이라크인들을 위한 알리 기금'으로 결정되었다.

알리 기금이 언론을 통해 알려지자 며칠 안 돼 오만 파운드가 들어왔다. 기금의 일부가 알리의 새 팔이 되어줄 인공 팔을 만드는 데 쓰였다. 전 세계 언론 매체들은 특파원들에게 알리 취재를 지시했다. 바그다드의 외신기자들이 알리의 병실로 몰려들었다.

이런 움직임에도 불구하고 알리의 상황은 절망적이었다. 상체에 3도 화상을 입었기 때문에 피부 전체를 이식받아야 했다. 감염의 위험도 컸다. 혈액이 감염되면 몸의 주요 기관에 기능 부전이 일어나는데, 몇 시간 안에 죽을 수도 있다. 상처는 이미 썩고 있었다. 살이 썩는 냄새가 지독했다. 고름이 줄줄 흘러나오는 상처 부위를 하루에 한 번 물로 씻어내는 것이 병원에서 하는 유일한 치료였다.

병원 환경은 최악이었다. 병실의 벽은 더러웠고, 바닥에는 더러운 물이 고여 있었다. 유리창도 깨져 있었고, 파리가 상처 주변을 맴돌았다. 알리를 살리려면 가능한 한 빨리 화상 전문 클리닉이 있는 병원으로 옮겨야 했지만 그런 병원이 이라크에는 없었다.

4월 10일 영국의 국영방송국 BBC는 "가까운 시일 안에 제대로 된 치료를 못 받을 경우 패혈증이 발생할 위험이 아주 높다"는 담당의사의 말을 인용하면서 알리의 급박한 상태를 보도했다. 방송 직후 수족장애인협회로 기금을 내겠다는 전화가 폭주했다.

알리의 이송을 위해 현지 기자들과 병원 관계자들이 동분서주했다. 이라크 주재 구호기관들에 연락해보았으나 사드로 시는 너무 위험하다는 답변만 들었다. 후세인 정부가 붕괴되자 사드로 시는 무법천지가 되었다. 공무원과 경찰은 잠적했고, 총격이 난무하고 약탈자들이 거리를 누비고 다녔다. 사드로 시를 장악하고 있는 미군과도 접촉했으나 성과가 없었다. 그때까지 미국의 언론들은 알리의 기사를 보도하지 않고 있었다. 대중의 관심을 끌 만한 기사가 아니라는 것이 그 이유였다.

상황이 바뀐 것은 영국 ITN 방송 보도가 나가면서부터였다. 그 보도에 자극을 받은 미국의 CNN이 알리의 사연을 알렸고, 알리는 곧 미국 뉴스의 초점 가운데 하나가 되었다. 워싱턴에서 뉴스를 본 남아프리카 세계은행 이사는 친분이 있는 미국 상원의원과 알리 문제를 의논했고, 그 상원의원은 카타르의 미 중부사령부에 전화해 알리의 이송에 협조해줄 것을 요청했다. CNN 보도는 쿠웨이트의 관리들을 움직이게 했다. 쿠웨이트 보건복지부 장관은 일일 브리핑에서 알리가 쿠웨이트로 온다면 치료를 맡겠다고 했다. 문제는 알리의 이송이었다. 미군은 치안 상태가 열악한 사드로 시로 들어가는 것을 꺼려했다.

알리의 담당 간호사 파틴 샤르하드는 영국의 조간신문 데일리 미러 기자의 도움을 받아 영국수상과 미국 대통령에게 편지를 썼다.

"수많은 기자들이 찾아와 알리의 사진을 찍어갔지만, 이 아이는 여전히 이곳에 있습니다. 이대로 두면 아기는 죽을 것입니다. 이 아이를 태워갈 헬리콥터나 비행기 한 대만 보내주세요. 당신들은 우리에게 폭탄을 투하했고, 이 아이의 집을 불태운 미사일을 만드는 기술을 갖고 있습니다. 그런데 한 어린 생명을 구하기 위해 헬리콥터 한 대 빌려줄 수가 없나요?"

간호사의 편지는 4월 14일자 데일리 미러에 실렸다. 그날 오후 토니 블레어 영국 총리는 알리가 있는 곳은 미군의 통제권에 있으며, 알리를 포함한 위급한 부상자 아이들을 위해 미군과 협력하고 있다고 기자들에게 말했다.

다음날 늦은 오후, 내가 병실로 들어갔을 때 알리는 갈색 죽을 먹고 있었다. 먹는 것도 쉽지 않았다. 음식을 삼키려면 머리를 들어야 하는데, 조금만 움직여도 고통스러워했다. 알리에게 가장 끔찍한 시간은 상처를 씻을 때였다. 욕실 바닥은 온통 핏자국으로 얼룩져 있었다. 간호사가 수도꼭지에 낡은 호스를 끼우는 동안 다른 간호사는 알리의 절단 부위에 감긴 붕대를 풀었다. 내 눈이 절로 감겼다. 동맥과 정맥이 선명히 보였다.

상처 부위 제일 바깥의 죽은 층을 제거하려면 상처를 씻어야 했다. 패혈증을 예방하는 유일한 방법이었다. 살아 있는 조직을 건드리기 때문에 고통은 이루 말할 수 없었지만, 병원에는 마취제조차 구비되어 있지 않았다. 상처를 씻는 동안 알리의 머리를 꽉 붙들고 있어야 했다. 통증이 너무 심해 구토까지 했고, 결국 정신을 잃었다. 상처를 씻어내던 젊은 의사는 생살을 잘라낸 적도 있다면서, 차라리 아이가 죽었으면, 하는 생각이 때때로 든다고 잠긴 목소리로 말했다.

미해군 의료 호송대가 알 사드로 병원에 도착한 것은 4월 15일 오후 여섯시 무렵이었다. 호송대는 무장 지프 두 대와 군용 구급차 한 대, 민간 구급차 한 대로 구성되어 있었다. 병원 밖에 삼백여 명의 이라크인들이 모여 있었다. 그들은 시아파 사제의 선창에 따라 '알라 신은 위대하다' '알라 신은 아이들을 축복한다'고 외치면서 호송차량 앞에서 행진했다. 호송차량은 그들을 따라 느리게 움직였다. 호송차량이 시속 십 킬로미터로 달리기 시작한 것은 빈민 주택가를 빠져나오면서였다.

바그다드의 제7미해병대가 주둔하고 있는 기지에 도착한 알리는 야전병원에서 이십여 분 동안 응급치료를 받은 후 대기하고 있던 부상자 구출용 헬리콥터로 옮겨졌다. 헬리콥터는 이라크 남부 나시리야의 이맘 알리 미국 공군기지에 도착했고, 알리는 해병대 수송기에 실려 쿠웨이트 국제공항으로 이송되었다. 알리가 탄 구급차가 쿠웨이트의 이븐 시나 병원에 도착한 것은 4월 16일 새벽 네시에 가까워지고 있을 때였다. 그 병원의 화상 전문 성형외과센터는 세계적인 명성을 얻고 있었다. 육십여 명에 달하는 기자들이 병원 입구에서 알리를 기다리고 있었다.

알리는 알 사드로 병원에서 치료받고 있는 어린이 중환자 가운데 하나일 뿐이었다. 머리뼈가 골절된 세 살짜리 아이도 있었고, 두 다리를 잃은 열두 살 소녀도 있었다. 왼쪽 팔을 잃은 일곱 살짜리 아이가 있는가 하면, 파편에 복부가 찢어진 다섯 살 소녀도 있

었다. 수많은 아이들이 열악한 시설의 병원에서 신음하고 있음에
도 알리만이 최첨단 병원에서 치료받을 수 있었던 것은 미디어의
선택을 받았기 때문이었다.

9

　비행기 안은 고요했다. 대부분의 승객들이 잠에 빠져 있었다.
몸을 뒤척였다. 자고 싶었으나 잠이 오지 않았다. 눈을 감고 있으
면 어머니의 얼굴이 떠올랐다. 얼굴이 달빛에 싸인 것처럼 푸르스
름했다. 이브라힘의 얼굴도 떠올랐다. 그의 얼굴도 푸르스름했다.
푸르스름한 두 얼굴이 겹쳐 떠오르기도 했다. 두 사람은 금방이라
도 나에게 말을 걸어올 것 같았다. 내가 들을 수 없는 목소리로.
어쩌면 그들은 서로의 목소리를 들을 수 있을지도 모른다는 생각
이 불쑥 들었다. 나는 고개를 흔들었다. 잠을 포기하고 노트를 펼
쳤다. 녹음기에 담긴 이브라힘의 이야기를 기록한 노트였다.

　내가 녹음기를 가지고 이브라힘의 병실을 찾은 것은 4월 17일
오후였다. 녹음기를 챙겼다 함은 그의 이야기에 깊은 관심이 생겼
다는 것을 뜻한다. 그랬다. 나는 이브라힘의 다음 이야기가 무척
궁금했다.

　황당하기 짝이 없는 이야기를 하고 있는데도 그의 눈빛과 표정
을 보고 있노라면 그가 거짓말을 하고 있다는 느낌이 들지 않았
다. 혼란스러울 수밖에 없었다. 그의 이야기 속에 나도 모르는 내

유랑자　65

가 등장하자 두려움까지 일었다. 이질적인 세계가 불러일으키는 낯선 두려움이었다. 그런 혼란과 두려움 속에서, 어쩌면 내가 모르는 어떤 세계가 존재할지도 모른다는 생각이 들었다.

그의 이야기를 듣기 전까지는 나에게 진실이란 명확한 것이었다. 명확하지 않으면 진실로 받아들이지 않았다. 하지만 그의 이야기가 품고 있는 세계는 명확하지 않았다. 일종의 몽상적 세계였다. 나는 몽상가가 아니었다. 내가 기자가 된 중요한 이유 가운데 하나는 몽상을 경멸했기 때문이다. 그의 이야기는 나에게 경멸을 받아야 마땅했다. 하지만 나는 그렇게 하지 못했다. 그의 몽상적 세계가 21세기 벽두에, 인류 문명의 모태로 불리는 땅에서 벌어지고 있는 이 끔찍하고도 야만적 상황과 전혀 관계가 없다고 단정하기 힘들었다. 순간적이기는 하지만, 그의 몽상과 지금 눈앞에서 벌어지고 있는 현실이 내 눈에는 보이지 않는 어떤 것에 의해 연결되어 있다는 느낌까지 들었다. 그렇다고 그의 이야기를 진실로 받아들인 것은 아니었다. 융의 표현대로 의구심을 잠시 접어두었을 뿐. 내가 녹음기를 들고 간 것은 그 때문이었다.

이브라힘은 나를 보자 엷게 미소지었다. 그가 가깝게 느껴졌다. 일주일 만이었는데도 오랫동안 보지 못한 것 같았다. 알리의 고통을 지켜보고 있노라면 이브라힘이 간혹 떠오르곤 했다. 이브라힘의 육신은 알리와는 달리 고요했다. 그가 피를 흘리고 있을 때조차 고통이 보이지 않았다. 어쩌면 나의 눈에는 이브라힘의 고통이 보이지 않을지도 모른다는 생각이 들었다. 근거가 없는 막연한 생각임에도 머릿속에서 쉽게 떠나지 않았다. 나는 이브라힘에게 이

야기를 청했고, 그는 멀고먼 자신의 생애를 나직한 목소리로 이야
기했다.

　이브라힘의 이야기에는 십자군전쟁 시대의 생애가 담겨 있다.
그의 머릿속에는 헤아릴 수 없는 수많은 생애들이 뚜렷한 경계 없
이 흐릿한 형태로 뒤섞여 있기 때문에 특별한 경우가 아닌 이상
특정한 생애를 기억해내는 것은 거의 불가능하다고 했다. 그러니
까, 이브라힘이 십자군전쟁 시대의 생애를 떠올린 것은 나를 만났
기 때문이며, 십자군전쟁 시대의 생애에서 예수 시대의 생애가 나
오는 것은 두 생애가 긴밀하게 연결되어 있기 때문이었다. 나는
아무것도 기억하지 못하는데, 이브라힘은 기억이 생생하게 떠오
른다고 말했다.

　그의 이야기에 따르면, 그가 나를 처음 본 것은 십자군으로 불리
는 유럽인들의 군대가 예루살렘에 모습을 드러낸 1099년 6월 7일
이었다. 나의 눈에는 아무것도 보이지 않는 시간 저쪽의 세계를
이브라힘은 나직하게, 슬프게, 고통에 찬 목소리로, 혹은 노여움
을 억누르며, 때때로 기쁨과 희열에 젖은 목소리로 이야기했다.

10

　십자군은 알아들을 수 없는 괴성을 지르며 예루살렘 성을 향해
다가왔다. 기마병과 보병 들이 일으키는 건지구름은 땅과 하늘을
온통 누렇게 만들었다. 교황 우르바누스 2세가 이교도들에게 빼앗

긴 예루살렘을 되찾자면서 성전을 호소한 지 삼 년 팔 개월 만이었다.

예루살렘에 나타난 십자군 병력은 기사 천삼백여 명과 보병 만 이천여 명이었다. 처음 출발했을 때와 비교하면 기사는 삼분의 일이, 보병은 절반 이상이 줄어든 상태였다. 예루살렘 성벽이 보이자 십자군들은 신발을 벗고, 양손을 하늘 위로 쳐들고는 무릎을 꿇고 땅에 입을 맞추었다.

십자군을 이끄는 주요 지휘관은 고드프루아와 레몽, 탕크레드였다. 프랑스 로렌 지방의 영주였던 고드프루아는 풍부한 자금 덕에 십자군 지휘관들 가운데 가장 잘 조직된 군대를 갖고 있었다. 프랑스 툴루즈 지방의 영주였던 레몽은 교황 우르바누스 2세와 막역한 사이로, 교황이 성전의 필요성을 호소하기에 앞서 그 문제를 상의했던 측근 가운데 한 사람이었다. 탕크레드는 남부 이탈리아의 노르만 족 영주로, 숙부 보에몽과 함께 군대를 이끌고 십자군 원정에 참여했다.

그들은 북쪽 벽에서부터 남쪽 다윗의 탑까지, 서쪽으로는 시온 산에서 다윗의 탑까지 아우르는 진지를 구축했다.

십자군이 예루살렘 성벽 앞에 진지를 세우는 동안 나는 수비군 지휘관 이흐티카르와 함께 다윗의 탑 위에서 그들을 내려다보고 있었다.

성을 공격하려면 공성의 가장 강력한 무기인 이동탑을 비롯한 포위 공격용 무기들을 만들어야 한다. 수비군의 습격에 대비해 참호도 파야 한다. 하지만 십자군이 진지를 세우고 처음 한 일은 대단히 엉뚱했다. 커다란 십자가를 든 맨발의 사제가 십자군 병사들을 이끌고 성 주변을 돌기 시작한 것이었다. 사제는 아마포로 만든 흰옷을 입고 있었다.

—야훼께서 여호수아에게 말씀하셨다. 보라, 내가 예리고와 그 왕을 네 손에 붙인다. 굳센 용사들아, 너희 모든 군인들은 날마다 이 성을 한 바퀴 돌아라. 그렇게 엿새 동안 돌아라. 사제 일곱이 각기 숫양 뿔 나팔을 들고 궤 앞에 나서라. 이렛날에는 이 성을 일곱 번 돈 다음 사제들이 나팔을 불어라. 숫양 뿔 나팔 소리가 나면 백성은 다 같이 힘껏 외쳐라. 그러면 성이 무너지리라.

그들은 자신들의 거룩한 책에 나오는 여호수아 군대를 흉내내고 있었다. 하지만 그들에게 이레는 너무 길었다. 성벽을 한 바퀴 돌더니 기도하고 찬송가를 부른 후 변변한 사다리 하나 없이 성벽을 향해 돌진해왔다. 성벽 위에 포진한 궁수들이 일제히 화살을 날렸다. 수많은 십자군 병사들이 성벽에 닿기도 전에 쓰러졌다. 누가 보아도 무모한 공격이었다. 그럼에도 그들은 조금도 머뭇거리지 않았다.

공격이 중단되었을 때 성벽 앞에는 사망자와 부상자 들이 즐비했다. 비명을 지르는 부상자들에게 가장 먼저 다가간 이는 흰옷의 사제였다. 그는 그들에게 무어라고 속삭이고는 기도를 했다. 기도가 끝나면 다른 부상자에게 갔다. 그는 자신의 행위에 몰입되어 있었다. 수비군 화살의 사정거리 안에 있음에도 위험을 전혀 의식하지 않았다. 자신이 있는 곳이 전쟁터라는 사실조차 잊은 듯했다. 기도를 마쳤을 때 아마포로 만든 그의 흰옷은 붉게 물들어 있었다.

십자군이 시리아 북부에서 가장 큰 도시인 안티오크를 점령한 것은 1098년 6월 3일이었다. 성을 포위 공격한 지 이백삼십여 일 만이었다. 안티오크는 베드로가 처음으로 주교구를 설치한 도시였다. 그 도시에서 십자군이 벌였던 학살에 대해 이집트의 정보원은 보고서를 통해 다음과 같이 말했다.

"죽이는 데에 남녀노소를 가리지 않았습니다. 도시는 아비규환이었습니다. 비명과 울음소리 속에서 피비린내가 진동을 했습니다. 십자군은 머리끝부터 발끝까지 피에 젖어 있었습니다. 그들은 도취되어 있었습니다. 종교적 도취이기도 했고, 동물적 도취이기도 했습니다. 그 둘을 구분하는 경계선이 보이지 않았습니다. 종교적 도취에도 동물적 도취에도 모두 유희적 요소가 들어 있었습니다."

십자군의 지도자 아데마르 주교가 죽은 것은 안티오크를 점령한 지 두 달 후였다. 교황 우르바누스 2세로부터 교황 특사로 임명받아 십자군의 지도자가 된 아데마르 주교는 성직자답지 않게 전쟁 수행능력이 뛰어났을 뿐 아니라 십자군 지휘관들 사이의 알력과 충돌을 조정하는 데 큰 역할을 했다. 그런 그가 장티푸스에 걸려 8월에 병사한 것이었다.

십자군이 안티오크에서 사흘 거리인 시리아 서부의 상업도시 마라에 들이닥친 것은 1098년 11월이었다. 마라는 요새화가 잘 되어 있는 도시였다. 마라의 수비군과 주민 들이 필사적으로 싸운 것은 패할 경우 그들의 운명이 어떻게 될 것인지를 잘 알고 있었기 때문이었다. 안티오크의 참상은 무슬림들의 입과 글을 통해 빠르게 퍼져나가고 있었다.

상황은 수비군에게 유리했다. 십자군의 보급선은 거의 끊겨 있었다. 안티오크의 학살을 알고 있던 주변의 무슬림 주민들은 십자군에게 순순히 식량을 내주지 않았다. 게다가 식량을 구하기 힘든 겨울이 다가오고 있었다. 마라의 성 안에는 식량이 비축되어 있었다. 겨울이 올 때까지 버티기만 하면 십자군은 무너질 수밖에 없었다. 도시를 지킬 수 있다는 자신감이 주민들 사이로 퍼져나갔다. 하지만 그들이 간과한 것이 있었다. 십자군의 전쟁능력이었다.

죽음을 두려워하지 않는 전사들은 전투에서 밀집대형을 택한다. 소수라 할지라도 죽음을 두려워하는 전사들이 끼어 있으면 밀집대형은 쉽게 허물어진다. 십자군이 밀집대형을 취한 것은 죽음을 두려워하지 않기 때문이었다. 그들은 죽으면 천국으로 간다고 믿는 사람들이었다.

겨울이 코앞에 닥친 12월 11일, 십자군은 이동탑을 앞세워 성벽 공격을 시작했다. 고대 로마 시대 이전부터 사용되어왔던 이동탑은 성의 방어선을 무너뜨리는 가장 탁월한 무기였다. 이동탑이 성벽을 공격하는 동안 다른 부대들은 방비가 허술해진 반대쪽 성벽을 타고 성안으로 들어갔다. 결국 마라는 함락되었고, 학살이 시작되었다. 학살은 이미 예견된 일이었다. 하지만 누구도 예견하지 못했던 일이 마라에서 일어났다. 다라의 학살은 안티오크의 학살과는 달랐다.

내가 마라의 학살에 대해 들은 것은 1099년 1월이었다. 이집트의 와지르이며 실질적인 권력자인 알 아흐달의 자문회의에서였다. 그의 빌라에는 카이로의 중요한 인물들이 전부 모여 있었다. 나는 기록관의 자격으로 자문회의에 참석했다.

알 아흐달은 십자군에 관한 새로운 정보가 들어왔다고 했다. 정보 보고는 와지르의 자문관이 했다. 자문관의 보고 가운데 우리의 관심을 집중시킨 것이 마라의 학살이었다.

마라의 학살에는 그전까지 들어보지 못한 경악할 만한 행위가 있었다. 식인食人이 그것이었다. 공성 기간 동안 십자군은 식량 부족에 허덕였다. 하지만 그들이 점령한 마라에는 충분하지는 않더라도 비축된 식량이 있었다. 인육을 먹을 만큼 극한 상황은 아니었다.

무슬림 주민들을 상대로 한 십자군의 식인행위는 참혹하기 이를 데 없었다고 했다. 커다란 솥에 죽은 사람과 산 사람을 구별하지 않고 넣어 삶았고, 아이들은 꼬챙이로 꿰어 석쇠에 구웠다고 했다. 일부 병사들은 다 익지도 않은 인육을 게걸스럽게 먹었다고 했다. 그뿐이 아니었다. 부모를 앞에 세워놓고 아이를 꼬챙이에 꿰는가 하면, 구운 아이의 몸을 부모에게 먹으라고 강요했다는 것이었다. 먹으면 칼로 죽였고, 먹지 않으면 산 채로 물이 끓고 있는 솥에 집어넣었다고 보고서는 전했다. 일만 명 남짓한 마라의 주민 가운데 살아남은 사람은 극소수였다. 얼마나 많은 사람들이 그렇게 죽어갔는지는 알 수 없다고 했다. 회의장은 침묵에 잠겼다. 숨소리조차 나지 않았다.

"그들은……"

와지르가 침묵을 깨고 침울한 목소리로 말했다.

"식인의 습관을 갖고 있나? 아니면 종교의식의 하나인가?"

자문관은 그리스도교인들의 식인 습관에 대해서는 정확한 정보가 없으며, 그리스도교인들이 신의 아들르 추앙하는 예수의 살과 피를 상징적으로 먹고 마시는 종교의식은 있으나 그것이 식인행위와 어떤 연관성이 있는지는 모르겠다고 대답했다. 분명한 사실은 십자군의 식인행위가 알려지면서 시리아의 족장들이 겁에 질려 있다는 것이었다.

십자군이 마라를 떠나 남쪽으로 진군을 시작한 것은 1099년 1월 13일이었다. 하루만 행군하면 닿는 도시가 샤이자르였다. 그곳의 족장인 이븐 문키드는 십자군에게 특사를 보냈다. 족장은 십자군에게 식량을 지원하고, 시장에서 말을 사는 것을 허용하며, 시리아의 나머지 지역을 잘 통과할 수 있도록 안내인을 제공하겠다고 했다. 협정은 체결되었고, 십자군은 피 한 방울 흘리지 않고 샤이자르를 통과했다.

시리아는 마을 하나하나가 독자적인 국가로 자처할 만큼 정치적 분열이 극심한 곳이었다. 그들의 군사력으로는 십자군을 막을 수 없었다. 족장들은 너도 나도 이븐 문키드가 했던 것처럼 십자군과 협정을 맺었다. 십자군의 이동 속도가 빨라질 수밖에 없었다.

1099년 5월 19일 십자군은 이집트 파티마 왕조 영토의 북방 한계선인 나흐르 알 칼브로 진입했다. 십자군과의 전쟁은 불가피했다. 와지르는 해안도시를 포기하그 예루살렘 방어에 주력하기로 결정했다. 내가 카이로를 떠나 예루살렘으로 향한 것은 그로부터 일주일 후였다. 나의 예루살렘 행은 와지르의 명령이 아니었다. 역사가의 사명을 내세워 내가 청한 것이었다.

무함마드를 섬기는 군대가 예루살렘을 점령한 것은 638년이었다. 바위 돔 사원은 무함마드의 후예들이 예루살렘에 대한 경의의 표시로 세운 것이다. 시리아와 팔레스타인에 사는 무슬림들은 메카까지 가는 순례여행 대신 예루살렘의 돔 사원에서 순례자로서의 의식을 치렀다.

무슬림의 전설에 따르면 돔 사원에서 이십 킬로미터밖에 안 떨어져 있는 곳에 하늘나라가 있다. 시리아와 팔레스타인에 거주하는 무슬림들에게 예루살렘은 메카를 대신하는 성지였다. 그런 도시를 향해 십자군이 다가가고 있었다. 460년 동안 움직이지 않았던 예루살렘 역사의 수레바퀴가 다시 움직이기 시작한 것이다. 그 수레바퀴가 어떤 형태를 그리면서 움직일지, 사건을 수집하고 기록하는 역사가의 입장에서 마땅히 보아야 한다고 와지르에게 말했다. 내가 히브리어를 해독하고 유대인들의 일상어인 아람어를 서투르게나마 구사한다는 것을 와지르는 알고 있었다.

와지르에게 한 말은 진실이었다. 중요한 역사적 사건의 현장에 있는 것 자체가 역사가에게는 축복이다. 하지만 나를 예루살렘으로 이끈 더 큰 힘이 있었다. 마라의 사건이었다.

십자군의 식인행위는 나로서는 이해할 수 없는 악의 형태였다. 수많은 악을 보고 들었지만, 그런 악은 처음이었다. 의문이 생기는 것은 당연했다. '인간이란 과연 어떤 존재인가?' 라는 의문이었다. 그것은 곧 신에 대한 의문으로 이어졌다.

십자군이 섬기는 여호와 하나님은 알라와 동일한 존재였다. 신은 한 분뿐이기 때문이다. 무슬림에게 '알라 외에 다른 신이 없다'는 코란의 구절은 천국의 열쇠이다. 무함마드는 코란에서 알라와 여호와 하나님은 동일한 존재라고 분명히 밝히고 있다.

신에 대한 나의 의문은 마라의 식인행위가 알라와 동일한 존재인 여호와 하나님을 섬기는 인간들에 의해 일어났다는 사실에서 비롯되었다. 코란은 악이 실재하는 세상에 대해 '비록 세상이 불완전할지라도 세상 그 자체는 선한 것'이라고 말한다. 그런데 마라의 사건은 나로 하여금 코란의 그 말을 의심하게 했다. 의심은 자연스럽게 신에 대한 질문을 낳았다. 두려운 질문이었다.

인간은 근본적으로 무지한 존재다. 인간이 근본적 무지의 상태에서 벗어날 수 있는 것은 지각하는 능력 때문이다. 하지만 우리의 지각능력은 한정되어 있다. 내 능력으로는 마라의 사건을 해석할 수 없었다. 무함마드는 지각의 능력이 닿지 않는 현상에 대해서는 원인을 탐구하지 말라고 했다. 계속 탐구하면 절망에 빠진다는 이유에서였다. 나는 두려운 질문을 가슴에 품고 예루살렘으로 향했다.

11

마라의 사건을 이야기하는 이브라힘의 토정은 복잡했다. 슬픔과 노여움과 절망이 교차했다. 녹음기의 내용을 정리하면서 마라의 사건에 대한 자료를 찾아보았다.

—마라에서 우리들은 이교도들을 커다란 솥에 넣어 삶았다. 아이들은 꼬챙이에 꿰어 불에 구웠다.

마라의 사건을 직접 목격한 십자군의 연대기 작가 라울 드 카엥의 기록이다. 역시 십자군의 연대기 작가 풀처는 다음과 같은 기록을 남겼다.

—나는 많은 십자군 병사들이 이미 죽은 무슬림들의 엉덩이에서 살을 떼어 불에 구워 먹는 것을 보고 경악했다. 그들은 채 익지도 않은 인육을 게걸스럽게 먹어치웠다. 굶주림으로 인해 미친 것이 아닌가, 생각했다.

또다른 십자군의 연대기 작가 알베르 덱스가 남긴 기록도 있다.

—우리들은 무슬림의 인육을 먹는 일은 물론이거니와, 심지어 개를 먹는 일조차 마다하지 않았다.

이 기록을 읽으면, 개를 먹는 일에 비하면 무슬림의 인육을 먹는 일은 오히려 사소한 일이었다는 느낌마저 불러일으킨다. 마라의 사건이 있은 지 일 년 후, 십자군 지휘관은 교황에게 보낸 공식 서한에서 마라의 사건을 언급했다.

—마라에 주둔한 십자군은 무서운 기근이 들이닥쳐 무슬림들의 시신으로 연명할 수밖에 없는 참담한 상황을 겪었습니다.

마라의 사건 이후 아랍의 서사문학에서 유럽인들을 식인종으로 묘사하는 작품들이 끊임없이 나왔다. 문학은 시대를 반영하는 예술장르의 하나다. 시대를 반영하려면 그 시대를 살았던 사람들의 삶에 대한 감각과 정신을 캐내야 한다. 문학이 캐내는 감각과 정신은 시간이 흘러도 좀처럼 사라지지 않는 어떤 것이다. 유럽인들을 식인종으로 묘사하는 문학작품들이 끊임없이 나왔다 함은 십자군의 식인행위가 불러일으킨 충격이 아랍인들의 감각과 정신 속으로 깊숙이 스며들었음을 의미한다.

이브라힘의 이야기는 마라의 사건에 이어 십자군의 예루살렘 점령이라는 역사적 사건의 격류를 향해 나아가고 있었다. 십자군과 이집트군의 대치 속에서 시간은 고통스럽게 흘렀다고 이브라힘은 회상했다.

12

수비군 지휘관 이흐티카르는 십자군이 예루살렘에 진입하기 전 인근 지역의 모든 우물에 독을 풀었다. 십자군이 물을 구할 수 있는 유일한 곳인 실로암 우물은 수비군의 공격권 안에 있었다. 식수를 구하러 나오면 곧 수비군의 공격 대상이 된다. 한여름에 무거운 갑옷을 입고 있는 십자군에게 식수의 부족은 큰 타격이었다.

성안의 그리스도교 주민들을 성밖으로 이주시킨 것은 십자군과의 내통 가능성을 없애는 한편, 식량 부족의 위험을 줄일 수 있기 때문이었다. 십자군의 입장에서는 포위기간이 길어질수록 상황이 불리해진다. 식수는 물론 식량도 부족했다. 이집트에서 구원병이 오게 되면 꼼짝없이 갇혀버린다. 하루라도 빨리 성을 점령해야 하는데,

공성전에서 가장 위력적 무기인 이동탑을 만드는 자재가 부족했다.

6월 13일 십자군은 대대적인 공격을 감행했다. 대형 석궁과 중거리 투석기, 파성추 등 공성전 무기들을 모두 동원했지만 성을 뚫지 못했다. 이동탑이 없는 것이 가장 큰 원인이었다. 며칠 후 십자군 진지에 희소식이 날아들었다. 제노바 갤리선 두 척이 해안도시 자파 항구에 도착했는데, 보급물자 가운데 이동탑을 짓는 장비가 포함되어 있다는 것이었다. 때마침 그곳의 그리스도교 주민들로부터 이동탑 자재가 되는 나무가 사마리아에 있다는 정보 역시 들을 수 있었다.

장비와 자재를 확보한 십자군은 이동탑 제작에 전력을 기울였다. 7월로 접어들자 수백 명의 전투병을 싣고 성벽까지 접근할 수 있는 목조 이동탑 두 개를 완성했다. 탑 표면에는 화약 공격을 효과적으로 막기 위해 식초를 적신 짐승 가죽을 씌웠다.

7월 8일 십자군은 성벽 주위를 도는 종교의식을 거행했다. 그동안 내가 본 것 가운데 규모가 가장 큰 의식이었다. 행렬을 인도하는 사제의 흰옷은 눈부셨다. 정보원의 보고로는 의식에 참여한 모든 사람들이 사흘 동안 금식했다고 했다. 공격이 임박했다는 증거였다. 공격의 강도가 그전과는 다를 것이라는 사실을 성안의 사람들은 본능적으로 느꼈다. 그들은 입을 굳게 다문 채 이방인들의 종교의식을 내려다보고 있었다.

십자군의 종교의식은 해가 서녘 하늘로 기울면서 끝이 났다. 예루살렘 성벽의 그림자가 엷어지고 있었다. 나는 동쪽 성문을 향해 천천히 걸음을 옮겼다. 오래된 돌의 주름들이 깊었다.

성문 앞에는 요나가 있었다. 내가 동쪽 성문으로 자주 간다는 사실을 아는 이는 요나뿐이었다. 요나는 은화를 잃어버렸다고 하면서 나를 쳐다보았다. 요나의 눈에는 절망과 우수가 서려 있었다. 며칠 전 요나가 동생이 태어난 지 일 년이 되었다고 자랑하기에 축하의 선물이라며 은화를 주었다. 코란의 내용이 새겨진 이집트 은화였다. 나의 작은 선물에 요나는 무척 좋아했다. 좋아하는 마음이 얼굴에 환히 나타났다.

요나의 눈에 서린 절망과 우수가 은화를 잃어버렸기 때문만이 아님을 나는 알았다. 열두 살 어린 소년도 자신과 가족에게 다가오는 죽음의 그림자를 느끼고 있었다. 나는 요나의 갈색 뺨을 쓰다듬으며 똑같은 은화가 있으니 다음에 주겠다고 말했다. 요나는 눈을 반짝이며 미소지었다.

요나 아버지는 카이로에서 살다가 예루살렘으로 이주한 유대인이었다. 나는 요나보다 아이의 아버지를 먼저 알았다. 요나 아버지가 나를 여러 번 초대한 것은 이집트 시절의 추억에 대해 이야기하기를 좋아했기 때문이다.

요나와 함께 성벽으로 올라갔다. 석양의 잔광에 잠긴 기드론의 골짜기가 내려다보였다. 어떤 얼굴이 떠올랐다. 예루살렘에 온 이후 자주 떠오르는 얼굴이었다. 가슴이 아렸다. 슬픔과 기쁨, 그리움과 고통과 절망이 뒤섞인 감정이었다. 때때로 손바닥에 못이 박히는 듯한 통증이 느껴졌다. 짧은 순간이었지만 깊고 날카로운 통증에 신음이 절로 났다. 통증이 너무 생생해 정말로 손바닥에 못이 박힌 것 같았다. 이해할 수 없는 느낌은 예루살렘에 도착했을 때부터 시작되었다.

코란에 따르면 예루살렘은 메카와 메디나와 함께 하나의 신성한 거품에서 창조된 거룩한 도시였다. 예루살렘은 처음이었다. 성지순례는 메카와 메디나로 갔다. 예루살렘은 왠지 오고 싶지 않았다. 예루살렘에 가면 좋지 않은 일이 생길 것 같은 불안감 때문이었다. 어떤 근거도 없이 일곤 하던 그 불안감이 초자연적 지각의 하나인지 나로서는 알 길이 없었지만, 이성理性의 세계에 속한 것이 아님은 분명했다.

점성술사나 모래점술사들도 기본적으로는 이성의 세계에 바탕을 두고 초자연적 지각을 얻고자 한다. 별들의 형태와 움직임이 드러내는 징후, 별들의 위치가 대기에 미치는 영향, 오랜 세월에 걸쳐 체계화된 별자리들의 목록 등은 이성의 산물이다. 모래가 만드는 수많은 형태들의 상이한 조합에서 길조와 흉조를 읽어내는 모래점술사들의 판단체계 역시 이성의 산물이다. 그런데 예루살렘이 불러일으키는 막연한 불안감은 이성과는 무관했다.

나는 이성으로 판단할 수 없는 것은 신뢰하지 않는다. 신앙의 세계는 물론 예외이다. 무함마드가 알라를 인식한 것은 이성을 통해서가 아니었다. 천사의 지식과 영혼을 통해서였다. 천사의 지식과 영혼을 가지고 있지 않은 나에게 진실과 허위를 가리는 유일한 무기가 이성이었다. 그럼에도 나는 예루살렘이 불러일으키는 불안감을 뿌리치지 못했다. 그런 불안감을 무릅쓰고 예루살렘에 온 것은 마라의 사건이 불러일으켰던 의문들 때문이었다.

예루살렘을 에워싸고 있는 마지막 구릉에 올라서자 회색빛 성벽에 둘러싸인 도시가 한눈에 내려다보였다. 이상했다. 처음 보는 도시인데도 낯설지가 않았다. 낯익은 느낌이 들면서 좁은 길과 집들의 모습, 집 안 풍경들이 연속적으로 떠올랐다. 물 위에 비치는 그림자처럼 어렴풋했지만 도시 안의 길과 집들의 풍경임을 직관적으로 느꼈다. 굽이치는 길 속에서, 어둑한 집 안에서 누군가가 어른거렸다. 한 사람 같기도 하고 여러 사람 같기도 했는데, 꿈속의 사람들처럼 아득했다.

숙소에 짐을 풀고 처음으로 간 곳은 동쪽 성문이었다. 그곳으로 가야 할 특별한 이유가 없었다. 그럼에도 발걸음은 그곳을 향하고 있었다. 동쪽 성문에 관한 전설 때문인지도 모른다고 생각했다.

70년 로마제국의 군단이 예루살렘 성을 함락하고 성전에 불을 질렀을 때 쉐키나*가 동쪽 성문을 통해 세상을 벗어났다고 했다. 예루살렘의 유대인들은 심판의 날이 오면 쉐키나가 동쪽 성문을 통해 성전으로 돌아올 것이라고 믿었다. 그날이 되면 선한 사람은 자비의 문인 남쪽 성문을 통해 하늘나라로 들어갈 것이며, 악한 사람은 후회의 문인 북쪽 성문을 통해 지옥으로 떨어질 것인데, 최후의 심판은 올리브 산 아래의 여호소밧 계곡에서 이루어질 것이라고 했다.

전설은 다음과 같이 이어진다. 계곡 위로 쇠로 만든 다리와, 종

---

* Shekinah : 하느님의 내재 형태를 상징하는 것으로, 그리스도교의 성령과 비슷한 개념.

이로 만든 다리가 드리워질 것이다. 무슬림과 기독교인은 쇠로 만든 다리를 건널 것이며, 유대인은 종이로 만든 다리를 건널 것이다. 쇠로 만든 다리는 무너지지만, 종이로 만든 다리는 무너지지 않는다는 것이 전설의 결론이다.

물론 무슬림의 전설은 다르다. 계곡 위로 머리카락처럼 가늘고 칼처럼 날카로운 다리 하나가 드리워지는데, 진실한 신앙심을 가진 무슬림만이 다리를 무사히 건널 것이라고 했다.

그리스도교인에게도 동쪽 성문에 관한 전설이 있다. 예언자 예수가 마지막 예루살렘 방문 때 새끼나귀를 타고 동쪽 성문을 통과했다는 이야기와, 성 안나가 이십 년 동안 수태를 못해 애를 태우던 중 천사의 말에 따라 동쪽 성문에서 남편을 기다리다 들에서 돌아오는 남편을 보고 달려가 입맞춤을 한 순간 성모 마리아를 수태했다는 이야기가 그것이다.

동쪽 성문 앞에 섰을 때 누군가가 느껴졌다. 얼굴이 어렴풋이 떠올랐지만, 누구인지는 알 수 없었다. 꿈에서 본 얼굴처럼 희미했다. 내 안 어딘가에 있었던 사람 같기도 하고, 아닌 것 같기도 했다. 동쪽 성문을 서성거리던 내 발길이 어느덧 기드론 골짜기로 향하고 있었다.

기드론의 골짜기에 들어섰을 때는 누군가를 따라가고 있다는 느낌이 들었다. 물론 앞에는 아무도 없었다. 터무니없는 느낌이었다. 그럼에도 그 느낌이 워낙 강해 기분이 이상했다. 나무들이 많이 보였다. 올리브나무, 무화과나무, 편도나무, 종려나무 들이었다. 백향목도 있었다. 걸음을 멈춘 곳은 편도나무 아래였다. 분명 아무도 없는데, 누군가가 있는 느낌이었다. 가슴이 막히면서 눈시울이 뜨거워졌다. 꿈속으로 들어간 것 같았다. 나의 꿈 같기도 했고, 다른 누군가의 꿈 같기도 했다. 꿈속에 있는 이는 내가 모르는 나였다. 뺨을 적시는 눈물은 나의 눈물이 아니었다. 꿈속의 내가 흘리는 눈물이었다.

잔광이 스러지면서 기드론의 골짜기가 어스름에 싸이고 있었다. 요나의 얼굴도 어스름에 싸였다. 요나는 나의 손을 꽉 잡고 있었다. 시간이 누구의 편인지는 신만이 알 것이다. 이집트로부터 원군이 오고 있었다. 성안의 군사력은 약하지 않았다. 십자군의 입장에서는 원군이 도착하기 전에 성을 점령해야 한다. 그렇지 않으면 궤멸한다. 그 사실을 십자군이 모를 리 없다. 내일부터 치열한 싸움이 시작될 것이다. 문제는 북동쪽 성벽이었다. 예루살렘은 삼면이 산지로 둘러싸여 있었으나 북동쪽만은 트여 있었다. 70년 로마군이 예루살렘을 점령할 수 있었던 것은 북동쪽 성벽을 무너뜨렸기 때문이다.

거룩한 칼리프 알리는 시핀 전투를 앞두고 병사들을 향해 아름다운 목소리로 말했다. 어금니를 꽉 깨물어라. 그러면 그대의 머리를 내리치는 칼도 해를 미치기 어려우리라. 나는 어금니를 꽉 깨물 것이다. 알리는 또 말했다. 시선은 아래로 향하게 하라. 영혼이 더 집중되고 마음은 평온을 얻으리라. 하지만 나는 시선을 아래로 내려뜨리지 않을 것이다. 영혼이 흩어지고, 마음의 평온을 잃더라도 눈을 똑바로 뜨고 전쟁의 모습을 지켜볼 것이다. 마라의 사건이 봉인하고 있는 진실의 내부를 들여다보기 위해.

13

성이 함락된 것은 7월 15일 아침이었다. 이동탑의 위력은 엄청났다. 십자군은 이동탑을 앞세워 남쪽 성벽과 북동쪽 성벽을 공격했다. 북서쪽 성벽에 대한 공격도 있었지만, 수비군을 분산시키려는 위장공격이었다. 수비군은 남쪽 성벽의 이동탑을 막아냈지만, 북동쪽 성벽의 이동탑은 막지 못했다.

북쪽 성문이 열리면서 고드프루아의 부대들이 성안으로 밀고 들어왔다. 몇 시간 뒤 탕크레드의 부대가 북서쪽 수비를 뚫었다. 남쪽 성벽의 시온 산 방면을 공격한 레몽의 부대는 가장 늦게 성안으로 진입했다. 도처에서 백병전이 벌어졌다. 십자군의 기세는 이집트군을 압도했다. 이집트군 일부가 알 아크사 사원으로 피신했다. 탕크레드의 부대는 이집트군이 방어망을 구축하기도 전에 사원을 뚫고 들어갔다. 이집트군은 자신들을 살려주면 합당한 몸값을 치르겠다고 탕크레드에게 제의했다. 탕크레드는 그들의 제의를 받아들여 알 아크사 사원에 자신의 영역임을 알리는 부대 깃발을 걸었다.

이흐티카르가 이끄는 이집트군은 성의 남쪽 지구에서 레몽의 군대와 혈투를 벌이고 있었다. 나는 소수의 경호원들과 함께 다윗의 탑에 은신해 있었다. 오후가 되면서 십자군의 기세를 감당하지 못한 이흐티카르는 다윗의 탑으로 피신했다. 다윗의 탑은 견고했다. 며칠은 버틸 수 있을 것이었다. 다른 부대 지휘관과 경쟁관계에 있는 레몽으로서는 다윗의 탑을 하루빨리 점령해야 했다. 레몽이 이흐티카르에게 항복하면 안전을 보장하겠다고 제의한 것은 가장 늦게 성안에 진입한 그로서는 불가피한 선택이었다.

나는 이흐티카르에게 항복을 권유했다. 진정한 지휘관은 싸울 때와 물러날 때를 구별할 줄 아는 법이라고 말했다. 와지르 기록관의 말이라 파급력이 컸다. 일부 측근들의 반대와, 레몽이 약속을 지키지 않을 수도 있다는 우려에도 불구하고 이흐티카르는 항복을 선택했다. 다행히 레몽은 약속을 지켰다. 한밤중에 성을 빠져나온 이흐티카르 일행은 이집트 군대가 주둔하고 있는 아스칼론으로 향했다.

나는 가지 않았다. 내가 가지 않겠다고 말하자 이흐티카르는 깜짝 놀라며 이유를 물었다. 전사의 의무는 싸우는 것이지만, 기록관의 의무는 기록하는 것이라고 대답했다. 보지 않으면 알 수 없고, 알 수 없으면 기록할 수 없다는 말을 덧붙였다. 이흐티카르는 와지르의 기록관을 보호할 의무가 자신에게 있다고 말했다. 침울한 목소리였다. 나는 내게도 안전보다 더 중요한 것이 의무라고 대꾸했다.

이흐티카르의 표정은 복잡했다. 내 말을 이해하는 것 같기도, 이해하지 못하는 것 같기도 했다. 성안으로 어떻게 들어갈 생각이냐는 이흐티카르의 물음에 나는 이집트군의 정보원이 될 것이라고 대답했다. 이집트군 정보원들이 성을 드나드는 비밀통로가 있다는 것을 나는 알고 있었다. 그는 괴로운 표정으로 나를 보더니 안내인을 붙여주겠다고 말했다. 나를 설득할 수 없음을 느낀 것 같았다. 정보원이 입는 옷들 가운데 그가 권한 것은 그리스도교로 개종한 무슬림 포로의 옷이었다. 성안의 상황에서 가장 안전한 옷이라고 했다.

비밀통로의 입구는 힌놈 계곡에 있는 오래된 지하 채석장이었다. 입구는 무성하게 자란 관목과 바위에 가려져 있었다. 채석장의 흰 벽에는 징의 흔적이 뚜렷했다. 석공들이 등잔을 세워둔 벽감도 보였다. 조금 들어가니 동굴처럼 생긴 채석장들이 통로를 따라 그물처럼 사방으로 촘촘히 연결되어 있었다. 안내인의 말에 따르면, 예루살렘의 건축물 대부분이 여기에서 파낸 석회암으로 지어졌다고 했다. 지하 채석장의 규모가 얼마나 큰지 짐작할 수 있었다. 통로 모퉁이마다 표시를 해놓은 이유가 있었다. 길을 잃으면 빠져나가기 힘들다는 안내인의 말이 실감났다. 기원전 7세기 히스기야 왕이 아시리아의 침공에 대비하여 만들었다는 지하수로의 벽도 있었다.

비밀통로의 끝인 지하실로 올라왔을 때는, 온몸이 땀투성이였다. 지하실에는 발을 뻗고 누울 수 있는 낮은 나무침대와 식량이 든 가죽부대, 등잔용 기름단지 등이 있었다. 지하실 위는 정보원들이 은신하는 민가였다. 집은 비어 있었다. 안내인은 금방 돌아갔다. 예루살렘을 빨리 떠나고 싶어하는 것 같았다.

그날 밤 잠은 지하실 나무침대에서 잤다. 집보다는 지하실이 더 안전했다. 지하실 입구를 판자로 가리는 것을 잊지 않았다. 눈을 뜬 것은 다음날 새벽이었다. 꿈속을 허우적거리다 깨어났다. 악몽이었다.

꿈속에서 유령기사와 싸웠다. 유령기사는 온몸이 칠흑이었다.

기사가 휘두르는 칼만이 허옇게 번쩍였다. 나는 그의 적수가 되지 못했다. 산 자가 죽은 자를 이길 수 없었다. 희게 번뜩이는 유령기사의 칼은 나의 목을 베었다. 심장 속을 파고들었고, 복부를 찢었다. 두개골이 갈라졌고, 팔이 잘렸고, 어깻죽지가 떨어져나갔다. 고통스러웠다. 너무 고통스러워 죽음을 열망했다. 고통이 되풀이되지 않기를 간절히 원했다. 그럼에도 나는 죽지 않았다. 고통은 끊임없이 이어졌다. 영원히 되풀이될지도 모르는 고통이 불러일으키는 공포의 전율 속에서 눈을 떴다. 꿈이었음을 깨닫는 순간 눈물이 주르르 흘러내렸다.

간신히 몸을 일으켰다. 등을 기댄 석조 벽이 서늘했다. 나무계단을 타고 집으로 올라갔다. 작은 창으로 새벽빛이 어슴푸레 새어 들어오고 있었다. 몸을 씻고 알라와 무함마드에게 기도한 후 그리스도로 개종한 무슬림 포로의 옷을 입었다. 옷에는 붉은 십자가가 그려져 있었다.

14

처음 본 시신은 무슬림 노인이었다. 집을 나선 지 세 걸음도 채 못 가서였다. 목에 깊은 자상이 있었다. 왼팔은 잘려나가 있었고, 오른팔 역시 반쯤 잘린 상태였다. 노인의 몸에서 흘러나온 피가 새벽 어스름 속에서 검붉은 얼룩처럼 보였다.

집 앞은 좁은 비탈길이었다. 비탈길에는 노인의 시신만 있는 게 아니었다. 노인에게서 약간 떨어진 곳에 목이 잘린 시신이 있었다. 대여섯 살쯤 되어 보이는 여자아이였다. 상체에서 떨어져나간 아이의 얼굴은 푸르죽죽했다. 아이의 시신에서 다시 서너 걸음 옆으로는 여인의 시신이 있었다. 여인의 몸은 벌거벗겨진 채였다. 찢긴 옷가지가 시신 옆을 뒹굴고 있었다. 여인의 다리 사이에 창이 거꾸로 박혀 있었다. 노인과 아이와 여자는 가족인 듯했다. 죽음이 그들을 에워쌌을 순간의 풍경이 그려졌다. 아이의 고통과 여인의 수치와 노인의 절망이 어른거렸다.

새벽빛이 땅 위로 엷게 내려앉으면서 주변 풍경들이 시야에 들어왔다. 나는 눈을 크게 떴다. 비탈길 위쪽에도, 아래쪽에도 시신들이 널려 있었다. 시신들의 모습은 하나같이 끔찍했다. 하늘을 올려다보았다. 몇 개의 별들이 가물거리고 있었다. 다리가 후들후들 떨렸다. 가만히 서 있다간 그대로 주저앉아버릴 것 같았다. 다리를 질질 끌다시피 하며 비탈길을 내려왔다.

거리와 광장의 풍경은 더욱 기괴했다. 몸에서 잘려나온 머리와 팔다리 들이 곳곳에 쌓여 있었다. 걸음을 옮길 때마다 시신들이 발길에 채였다. 사방이 시신들의 더미였다. 얼마나 많은 사람들이 죽었는지 알 수 없었다. 성밖의 사람들이 십자군을 피해 성안으로 들어오는 바람에 민간인 숫자가 많이 늘었다고 들었다.

학살은 해가 뜨면서 다시 시작되었다. 십자군은 민가를 샅샅이 뒤졌다. 살육의 방식은 다양했다. 목을 자르고, 사지를 끊고, 복부를 가르고, 불 속으로 밀어넣었다. 갓난아이는 벽에 던지거나 바닥에 패대기쳤다. 몸속 장기를 끄집어내어 숨이 붙어 있는 다른 희생자의 입안으로 밀어넣기도 했다. 여자들은 강간한 후 죽였다. 음부에 자상을 내고, 이물질을 박고, 가슴을 도려냈다.

덩치가 큰 십자군이 버둥거리는 유대인 남자를 무릎으로 짓누른 채 단도로 복부를 헤집고 있었다. 칼을 쥔 손의 움직임이 조심스럽고 섬세했다. 무엇을 하고 있는 것인지 알 수가 없었다. 십자군은 남자의 몸이 축 늘어지고 나서야 일어섰다. 남자의 복부가 십자가 모양으로 갈라져 있었다. 십자군은 자신은 지금 하나님을 대신해서 이 일을 하고 있다면서 눈물을 글썽였다.

종려나무 가지 두 개를 십자가 모양으로 만들어 목에 건 십자군이 무슬림 남자의 몸통을 양쪽으로 갈라 벌려놓고 손으로 헤집고 있었다. 그는 나를 보더니 무슬림들이 금화를 삼켰다는 소문을 들었는데, 정말이냐고 물었다.

그 옆의 십자군은 햇볕에 그을린 남자의 살가죽을 벗기고 있었다. 그전부터 사람의 몸속이 궁금했다고 했다. 살가죽이 벗겨진 몸을 유심히 들여다보던 그는 남자의 배를 가르고 창자를 끄집어내어 이리저리 살폈다. 창자는 분홍빛이었다. 잠시 후 그는 이제 여자의 몸속을 보아야겠다며 칼을 쥐고 일어섰다.

로렌 지방에서 왔다는 십자군은 유대인 여자와 자본 적이 있느냐고 물었다. 내가 고개를 젓자 신의 뜻에 따라 모든 짓을 다 했지만 유대인 여자를 강간할 때는 주저하는 마음이 생겼다고 했다. 마녀와 유대인 여자를 구별하기가 쉽지 않다며, 그는 한숨을 쉬었다.

수염이 없는 젊은 종군 수도사가 시체더미 앞에 서 있는 나에게 다가와 마음이 아프냐고 물었다. 뭐라고 대답해야 할지 몰라 잠시 머뭇거리자, 수도사는 내 어깨를 다정히 감싸안고는 마음 아파할 필요가 없다고, 거룩한 주님의 땅을 이교도들이 더럽혔으니 그들의 피로 주님의 땅을 씻어야 함이 마땅하다고, 청아한 목소리로 말했다.

학살을 피해 많은 유대인들이 회당으로 들어갔다. 회당은 신에게 기도하는 공간이다. 그들에게는 가장 안전한 장소였다. 십자군은 그 회당에 불을 질렀다. 유대인들이 타죽는 동안 십자군은 불길 주위를 돌며 주님을 찬양하는 노래를 불렀다. 탕크레드의 보호를 받고 있던 이집트군들도 죽음을 피하지 못했다. 다른 십자군 부대가 탕크레드 부대의 깃발이 걸려 있는 알 아크사 사원으로 난입하여 모두 죽였다.

옛 성전터에서는 특별한 학살이 집행되었다. 기드론 골짜기 위쪽 모리아 언덕에 있는 성전터는 구약성서에 따르면 아담이 흙으로 만들어지고, 카인이 아벨을 살해하고, 아브라함이 아들 이삭을 제물로 바치려 했던 곳이다. 이 전설의 땅에 성전이 세워졌고, 지상에서 가장 거룩한 장소가 되었다. 신이 지상에서 유일하게 머물 수 있는 곳이었다.

신은 인간에게 율법을 주었으나 인간은 율법을 제대로 따르지 못한다. 율법을 따르지 못한다 함은 곧 신에게 죄를 짓는다는 뜻이다. 죄를 씻으려면 희생제물을 바쳐야 한다. 성전은 유대인이 신에게 희생제물을 바치는 신성한 공간이었다.

유대사회에서 가장 큰 명절인 유월절에는 세계 각지에서 온 유대인들이 예루살렘 성전에서 어린 양의 피를 신에게 바쳤다. 제사장들은 예배자로부터 받은 희생제물의 피를 제단의 받침대에 흘려보냈다. 대리석 바닥을 적신 피들은 성전 제단 밑 수문을 통해 도수관을 따라 기드론 계곡으로 흘러들어갔다. 유대인의 전통적 희생제물 의식은 70년 유대가 로마제국에 의해 멸망하면서 끊어졌다.

십자군은 성전터의 제단 앞에서 희생제물 의식을 재현했다. 어린 양 대신 유대인과 무슬림의 목을 베었다. 목을 자르는 십자군의 움직임은 수도사처럼 엄숙했다. 희생자들의 목에서 뿜어져나온 피가 발목까지 차올랐다. 피는 수문으로 흘러들어갔고, 기드론 계곡의 물을 벌겋게 물들였다.

십자군은 황홀에 싸여 있었다. 승리에 대한 황홀이었고, 승리를 안겨주신 신의 은총에 대한 황홀이었고, 신으로부터 받은 구원에 대한 황홀이었다. 그들의 황홀은 성묘교회에서 장엄하고 성스럽게 표현되었다. 그들은 핏물에 얼룩진 갑옷을 벗고 참회자의 옷을 입은 후, 시체더미를 넘어 성묘교회에 들어가, 기쁨의 눈물을 흘리며 승리의 은총을 내리신 주님에게 감사의 기도를 올렸다.

"만물의 창조주께서 이 세상에 당신의 아들을 보내시어 이곳 예루살렘에서 주 그리스도의 죽음과 부활을 저희들에게 보여주셨습니다. 주 그리스도께서 십자가에 못 박히는 고통으로 저희의 죄를 속죄하신 이 거룩한 땅을 지키지 못한 저희를 용서하소서. 오, 열렬히 고대했던 날이여! 이제야 저희는 주님의 은총으로 이 땅의 위엄을 회복시켰나니, 이교도들이 오염시킨 거룩한 땅을 깨끗이 씻어 주님께 봉헌할 것을 맹세합니다."

무함마드의 말이 맞았다. 이 세상에는 인간의 이성으로는 도저히 이해할 수 없는 일들이 끊임없이 일어난다. 그것을 알려고 하면 혼란에 휩싸이고 길을 잃는다. 나는 혼란에 휩싸였고, 길을 잃었고, 캄캄한 절망에 빠졌다.

무함마드의 말에 따르면 절망에 빠진 자는 불신자이다. 불신자는 인간의 능력으로는 해석이 불가능한 세계를 해석하려고 애를 쓴다. 불신자가 되지 않기 위해서는 해석의 불가능함을 받아들여야 한다. 원인의 탐구를 중지하고, 모든 원인들의 원천이자 모든 원인들이 회귀하는 신에게 전부를 맡겨야 한다. 마라의 기이한 학살과 예루살렘의 무참한 학살 앞에서 그런 일들이 왜 일어나는지, 무엇이 그들로 하여금 그런 일들을 저지르게 하는지, 희생자들이 겪은 고통에 어떤 뜻이 담겨 있는지에 대한 질문을 접고 모든 것을 신에게 맡겨야 하는 것이다.

신을 잃은 자가 어떤 고통을 겪는지 나는 모르고 있었다. 두려웠다. 다시 알라의 빛 속으로 들어가고 싶었다. 신이 창조한 세계는 무한한 부분으로 이루어져 있다. 예루살렘의 참혹함은 하나의 부분일 뿐이다. 하나의 부분만 보고 절망한다는 것은 얼마나 어리석은가. 다른 부분을 보고 싶었다. 다른 부분을 보면 절망에서 빠져나올 수 있을 것 같았다.

요나가 떠올랐다. 눈동자에 서린 절망과 우수가 눈에 선했다. 요나가 살아 있다면, 기드론의 골짜기가 내려다보이는 성벽에서 내 손을 꽉 잡고 있었던 요나가 살아 있다면, 신의 빛을 다시 찾을 수 있을 것 같았다.

15

문이 반쯤 열려 있었다. 오크나무 문짝에 달린 작은 나무상자가 보이지 않았다. 뜯겨나간 흔적만 남아 있었다. 유대인의 집 대문에는 예외 없이 작은 나무상자가 달려 있다. 상자 안에는 모세의 가르침이 적힌 양피지가 들어 있다고 요나가 알려주었다. 그러면서 요나는 제 손가락에 입을 맞춘 후 그 손을 작은 나무상자에 댔다. 하느님을 느끼는 아주 좋은 방법이라고 했다.

그늘진 봉당은 어둑했다. 가축들이 안 브였다. 양 한 마리가 목이 잘린 채 죽어 있을 뿐이었다. 봉당에 있었던 가축들을 떠올려보았다. 양들이 있었고, 염소들이 있었고, 닭들이 있었다. 요나를 부르고 싶었으나 겁이 났다. 요나라는 말은 한 아이의 이름이기도 하면서, 신의 빛이 담긴 작은 상자이기도 했다. 그런 이름을 함부로 불러서는 안 될 것 같았다. 천장에서 바스락거리는 소리가 났다. 흠칫 놀라 위를 올려다보았다. 비둘기였다. 천장이 높아 비둘기의 날개가 흐릿했다.

봉당 안쪽으로 시선을 돌렸다. 돌을 아치 모양으로 쌓은 계단이 어둠 속에 간신히 보였다. 계단 위쪽에 요나의 가족이 거주하는 방이 있었다. 귀한 손님이 오면 요나의 잠자리가 봉당으로 바뀌었다. 요나는 양과 함께 자는 것을 좋아했다. 양의 몸이 부드럽고 따뜻하다고 했다.

봉당에서는 방이 보이지 않았다. 방 안의 정경이 떠올랐다. 직사각형의 방은 꽤 넓다. 바닥에는 양탄자가 깔려 있고, 긴 의자가

벽 쪽에 있다. 의자에 앉으면 목재 격자창이 눈에 들어온다. 굴뚝 역할도 함께 하는 창에는 그을음이 끼어 있다. 창이 작은데다 그을음이 두껍게 끼어 있어 낮에도 등잔을 켜놓는다. 등잔 받침대를 두는 작은 선반이 군데군데 있다. 격자창 아래의 선반에는 주전자와 그릇 등이 놓여 있는데, 가지런해서 보기 좋다.

계단이 한없이 높아 보였다. 두 손을 꽉 쥐었다. 계단에 올라섰다. 한 발짝 한 발짝 내디뎠다. 물살을 거슬러올라가는 것 같았다. 마지막 계단 위에 올라서자 방 안이 들여다보였다. 어두웠다. 목재 격자창으로 저녁빛이 가느다랗게 새어들어오고 있었다. 빛은 금방 사라질 것 같았다.

양탄자 위에 희끄무레한 무언가가 있었다. 요나의 동생이었다. 태어난 지 일 년이 갓 된 요나의 동생은 머리가 으깨어져 있었다. 아이의 작은 몸을 멍하니 보았다. 아이가 살아 있으면 어떡하나, 하는 생각이 먼저 들었다. 아이의 고통을 보는 것이 무서웠다. 조심조심 다가갔다. 다행히 아이는 죽어 있었다. 무릎을 꿇었다. 눈물이 흘러내렸다. 시간이 고통스러웠다. 시간의 고통에서 벗어나고 싶었다. 눈을 감았다 떴다.

의자에 누군가가 앉아 있었다. 요나의 아버지였다. 두 눈이 파여 있었다. 두 팔도 보이지 않았다. 팔 한쪽은 어깻죽지에서 절단되어 있었다. 숨쉬는 것이 괴로웠다. 피냄새 때문이기도 했고, 죄의식 때문이기도 했다. 요나 아버지는 두 눈을 잃었음에도 나를 보고 있는 것 같았다. 숨고 싶었다. 하지만 숨을 데가 없었다.

요나 어머니는 의자 밑에 있었다. 가슴 부위가 난도질되어 있었다. 눈을 감고 있지 않았다. 무언가를 응시하는 듯했다. 카이로로 돌아가고 싶다던 그녀의 목소리가 생각났다. 그녀는 남편을 사랑했으나 예루살렘에 마음을 붙이지 못했다. 강이 없는 도시가 너무 메마르다고 하면서, 나일 강이 그립다고 했다. 나 역시 나일 강이 그리웠다. 하지만 말은 하지 않았다. 그녀의 눈을 감겨주었다.

방 안은 우물처럼 고요했다. 너무 고요해 내가 침입자처럼 느껴졌다. 어떤 소리도 내어서는 안 될 것 같았다. 요나는 어디에 있을까. 목재 격자창을 보며 속으로 중얼거렸다. 창으로 새어들어오던 햇빛이 점차 붉어지고 있었다. 노을이 지는 모양이었다. 한순간 무언가가 눈길을 끌었다. 얼른 시선을 딴 데로 돌렸다. 등잔을 켜야 해. 노을이 지면 금방 어두워지니까. 그렇게 중얼거렸지만 꼼짝도 할 수 없었다.

—나로부터 인도가 너희에게 당도할 때 나의 인도를 따르는 자는 두려움이 없어질 것이요, 슬픔이 없어질 것이다.

알라의 음성이 귓전에 울렸다. 눈물이 나려 했다. 입술을 깨물었다. 노을이 사라지면서 간신히 새어들어오던 빛이 빠르게 스러지고 있었다. 눈을 감았다. 조금 전 얼핏 보았던 것이 다시 감은 눈앞에 떠올랐다. 고개를 저었다. 그것을 확인하고 싶지 않았다. 모른 척 슬그머니 나가고 싶었다. 그렇게만 할 수 있다면. 이를 악물었다. 한 발짝도 뗄 수 없을 것 같았다.

등잔 받침대가 있는 작은 선반으로 간신히 다가갔다. 등잔에 불을 붙이는데, 손이 너무 떨려 잘 붙지 않았다. 몇 번의 시도 끝에 거우 불을 붙였다. 옅은 노을 같은 등잔불이 주위를 밝혔다. 문지방의 갈라진 틈새에서 무언가가 반짝였다. 은화였다. 은화를 잃어버렸다며 요나가 지었던 표정이 선명하게 떠올랐다. 눈시울이 뜨거워지고 있었다. 등잔을 들고 내가 보아야 할 것이 있는 쪽으로 발소리를 죽이며 다가갔다.

역시 요나였다. 요나는 흙벽에 붙어 있었다. 두 발이 허공에 떠 있었다. 요나를 허공에 떠 있게 한 것은 창이었다. 창은 요나의 가슴을 뚫고 흙벽에 박혀 있었다. 창이 박힌 가슴이 튀어나와 있어 요나의 가느다란 몸은 금방이라도 날아갈 것 같았다. 발밑이 끈적거렸다. 요나가 흘린 피였다. 굳어가는 피는 적갈색을 띠고 있었다. 머리가 약간 뒤로 젖혀져 있었고, 눈은 거의 감겨 있었다. 창백한 얼굴에는 눈물의 흔적이 남아 있었고, 살짝 벌어진 입술은 연한 보랏빛이었다.

등잔을 요나의 얼굴에 바짝 갖다대었다. 얼굴이 낯설었다. 눈앞에 있는 요나는 내가 알고 있는 요나가 아니었다. 내가 알고 있는 요나는 사라져버리고, 내가 모르는 요나가 눈앞에 있었다. 낯선 요나 앞에서 버림받았다는 느낌이 들었다. 그 느낌은 고통을 불러일으켰다. 고통은 요나의 가슴을 관통한 창처럼 내 몸을 관통하고 있었다. 등잔이 툭 떨어졌다. 불이 꺼지면서 주위가 암흑으로 변했다. 누군가가 내 두 눈을 도려낸 것 같았다. 코란을 독송하는 목소리가 들려왔다.

—신은 하늘과 땅의 빛이니, 그 빛은 벽에 걸린 등잔과 같도다. 등불을 감싸는 유리는 축복받은 올리브나무 기름으로 별처럼 밝게 빛나도다. 그것은 동쪽에 있는 것도 아니고, 서쪽에 있는 것도

아니리라. 올리브나무 기름은 불에 닿지 않으나 더욱 빛나 빛 위에 빛을 더하도다.

눈물이 주르르 흘러내렸다. 신 앞에 무릎을 꿇고 싶었다. 하지만 고통은 내게서 기도하는 힘을 앗아갔다. 무릎을 꿇을 수가 없었다. 고통 앞에서 나는 무방비상태였다. 고통의 실체는 너무나 명료했다. 그 앞에서 어떤 정신도, 어떤 지식도 무익했다. 아무리 아름다운 삶의 기억도 명료한 고통의 실체 앞에서는 불에 탄 나무 토막으로 변했다. 고통은 내가 갖고 있던 모든 것을 순식간에, 가차없이, 무의미한 것으로 만들었다. 내가 할 수 있는 일은 아무것도 없었다. 고통을 느끼는 것 외에는.

나는 버려진 존재였다. 머리가 잘린 양이 되고 싶었다. 머리가 으깨진 어린아이가 되고 싶었다. 두 눈이 파이고 두 팔이 잘린 요나의 아버지가 되고 싶었다. 그리고 그 누구보다, 그 무엇보다, 요나가 되고 싶었다.

16

요나의 얼굴에는 이상하게도 고통이 보이지 않았다. 요나의 고통은 내가 볼 수 없는 어떤 곳으로 흘러가버린 것 같았다. 고통의 물에 씻긴 요나의 얼굴은 투명했다. 그런 요나의 얼굴이 누군가와 닮았다는 생각이 들었다. 터무니없는 생각이 아니었다. 한 사람의 얼굴이 어렴풋이 떠올랐다. 꿈에서 본 것처럼 희미했던, 내 안

어딘가에 있었던 것 같기도, 아닌 것 같기도 했던 바로 그 얼굴이
었다.

얼굴만 떠오르는 것이 아니었다. 숨결이 느껴졌고, 몸의 형태가
느껴졌고, 마음이 느껴졌다. 그의 두 발도 요나처럼 허공에 떠 있
었다. 그를 허공에 떠 있게 한 것은 못이었다. 못은 그의 두 손을
관통하고 있었다. 그가 박혀 있는 곳은 나무십자가였다. 나무십자
가에 박혀 있는 그의 얼굴은 요나의 얼굴처럼 투명했다.

울음소리가 들렸다. 한 여인이 나무십자가 아래에서 그를 올려
다보며 흐느끼고 있었다. 울고 있는 여인이 낯설지 않았다. 낯설
기는커녕 친근하게 느껴졌다. 너무나 친근해 나와 그녀가 구별되
지 않았다.

얼마나 시간이 흘렀는지 알 수 없었다. 그가 눈을 뜨고 있었다.
닫혀 있던 눈꺼풀이 천천히 열렸다. 눈을 뜬 그는 나를 내려다보
았다. 한없이 따뜻하고 부드러운 시선이었다. 그의 시선은 나의
내부 속으로 고요히 스며들었다. 따뜻하고 부드러운 빛에 싸인 그
의 얼굴에 고통이 드리워지고 있었다.

놀랍게도 그는 나의 고통을 느끼고 있었다. 그의 고통스러운 얼
굴은 나의 고통이 만든 것이었다. 나의 고통이 그의 고통이 되었다.
그는 나와 똑같은 고통을 느끼고 있었다. 그것을 깨닫는 순간 고통
의 한가운데로 빛이 흘러들어왔다. 고통의 심연 속으로 흘러들어오
는 빛은 영롱했다. 그것은 사랑의 빛이었다. 그가 나의 고통을 느끼
는 것은 사랑 때문이었다. 나는 꼼짝하지 않고 그의 얼굴을 마주 보
았다. 고통으로 꽉 채워진 가슴속에서 사랑이 물결치고 있었다. 사

랑의 물결에 휩싸인 존재는 나이기도 했고, 내가 아니기도 했다.

전생의 나를 정확하게 표현한다는 것은 쉽지 않다. 단순히 과거의 나라고 말할 수는 없다. 그렇게 말해버리는 순간 전생의 나와 지금의 나 사이를 잇는 신비로운 시간의 통로가 끊어진다. 내가 나무십자가에 박힌 그를 느낄 수 있었던 것은 신비로운 시간의 통로가 있었기 때문이다.

전생의 나는 그 시간의 심연에서 홀연 떠올랐다. 눈앞에 떠오른 존재가 전생의 나라는 사실을, 나는 즉각 깨달았다. 생각할 틈을 허용하지 않았다. 지금의 나와 전생의 나를 잇는 존재의 끈이 눈에 보이지는 않았다. 그럼에도 깨달음은 잘 닦인 거울처럼 명징했다.

이상한 것은 전생의 내가 기억을 통해 떠오르는 것이 아니라는 사실이었다. 전생의 나는 과거의 존재가 아니었다. 지금의 나와 동시에 존재하고 있었다. 예수 시대에 살았던 전생의 나와, 그로부터 천년이 더 지난 후에 살고 있는 내가 동시에 존재한다는 것은 모순이었다. 아니, 불가능했다. 하지만 불가능한 일이 일어나고 있었다. 신비로운 시간이라고 말한 까닭은 여기에 있었다. 그것은 일상의 시간과는 전혀 다른, 우리가 인식하고 있는 시간의 개념을 해체하고 무화해버리는 새로운 시간이었다.

전생의 나는 남자가 아니었다. 여자였다. 나무십자가에 매달려 죽어가는 사내를 올려다보며 울고 있던 여인이 전생의 나였다. 놀랄 수밖에 없었다. 내가 남자이면서 동시에 여자라니…… 나는 여인을 멍하니 보았다.

옷은 남루하고, 머리에는 색 바랜 푸른 두건을 쓰고 있다. 이마로 흘러내린 머리카락은 검다. 동그스름한 얼굴이 야위어 보인다. 핏기 없는 안색 때문인 것 같다. 푸른 두건 위로 빗방울이 떨어지고 있다. 빗방울은 가늘다. 그녀의 발길이 향하고 있는 곳은 동쪽 성문이다. 성문 밑에 나병환자들이 여럿 보인다. 나병환자들은 예루살렘 성안으로 들어갈 수 없다. 하지만 성문 밑은 예루살렘으로 간주되지 않는다. 그래서 날이 궂은 날이면 나병환자들이 성문 밑으로 모여든다.

그녀는 걸음을 빨리한다. 하느님께서 인간에게 내린 가장 가혹한 징벌과 저주가 나병이다. 사람들은 그들에게 가까이 가는 것만으로도 하느님의 노여움을 산다고 믿었다. 빠르게 걷고 있던 그녀가 갑자기 걸음을 멈춘다. 나병환자들 속에서 한 젊은 남자를 보았기 때문이다. 그가 나병환자가 아니라는 사실은 한눈에 알 수 있다.

나병환자는 머리를 깎아야 한다. 그들만이 입는 특별한 옷이 있다. 하지만 그는 머리를 깎지 않았고, 입고 있는 옷 역시 나병 환자들의 그것과 다르다. 그의 옷은 노동자들이 흔히 입는 소매 없는 갈색 튜닉이다.

그는 나병환자들과 함께 빵을 먹으며 이야기를 나누고 있다. 가까운 사람들과 다정하게 식사를 하는 것 같다. 그녀는 그가 광인이 아닌가 생각한다. 광인이 아니라면 납득이 되지 않는 광경이다. 하지만 남자에게서 광인의 모습은 전혀 보이지 않는다. 검게 그을린 얼굴에는 건강한 사람 특유의 생기가 넘쳐흐른다. 웃는 모습도 무척 보기 좋다. 그가 웃을 때는 얼굴 전체가 환해진다. 그가 그녀의 시선을 느낀 모양이다. 고개를 돌려 그녀를 본다. 그의 검은 눈이 반짝거린다. 그녀는 황급히 시선을 내려뜨리며 걸음을 재촉한다.

북서쪽 골짜기로 올라가는 길은 가파르다. 동쪽으로 성전이 보인다. 북서쪽 골짜기는 이방인 수공업자들의 거주지다. 그녀는 이방인 해방노예의 딸로 태어났다. 이스라엘에서 이방인 해방노예는 천민 중의 천민이다. 하느님은 이스라엘인들이 순수한 혈통을 지키기를 원하셨다. 혈통이 순수하지 않으면 하느님이 약속했던 마지막 날의 구원에서 은총을 받지 못한다. 이방인은 개종해도 구원의 대상에서 제외된다. 혈통에 흠이 있으면 사제 계급이 될 수 없으며, 사제 계급 가문과 혼사를 맺으려면 위로 5대까지 가문의 족보를 심사받아야 한다.

그녀는 태어날 때부터 창녀로 분류되었다. 이스라엘의 법은 개종한 여자와 해방된 여자 노예, 간음으로 더럽혀진 여자를 창녀로 간주한다. 그녀의 몸은 순결하지만, 천민 중의 천민인 그녀는 순결하지 않다. 순결하지 않은 여자를 누가 사랑할 것인가. 나병환자와 다를 바 없는 존재였다. 그래서인지 남자의 모습이 쉽게 잊히지 않았다. 베를 짜고 있을 때, 굴을 긷고 있을 때, 무화과나무 아래에 앉아 있을 때, 어둑한 방 안으로 저문 빛이 스며들 때, 남자의 환한 얼굴이 떠올랐다.

남자에 관한 이야기를 들은 것은 이웃에 사는 무두장이 아저씨를 통해서였다. 남자의 이름은 예수라고 했다. 너무 흔한 이름이라 약간 실망했다. 갈릴리 출신의 마술사인데, 그가 병을 잘 고치는 것은 악귀를 쫓아내는 기술이 좋기 때문이라고 했다. 어떤 사람들은 다윗의 아들이라느니, 세례자 요한이 부활한 것이라느니 떠들어대는데, 자신은 믿지 않는다며 못마땅한 표정을 지었다. 사생아라는 소문도 있다고, 아저씨는 덧붙였다. 이스라엘인 사이에서 사생아는 지독한 욕설이다. 사생아가 아닌 이에게 사생아라고 욕했다간 서른아홉 대의 태형을 선고받는다. 사생아는 이스라엘 공동체의 쓰레기였다.

그를 찾는 것은 어렵지 않았다. 어딜 가나 군중이 그의 주위로 모여들었다. 여자들이 의외로 많아 그녀는 군중 속으로 망설이지 않고 들어갈 수 있었다.

그가 말하기를, 마음이 가난한 사람들이 하느님의 나라를 세운다고 했다. 마음이 가난한 사람들이란 학대받는 사람들, 멸시받는 사람들, 어린아이들이라고 다정한 목소리로 말했다. 부자와 사제 계급 들은 하느님의 나라에 들어갈 수 없다고 말할 때는 목소리가 싸늘해졌다. 그들이 하느님의 나라로 들어가는 것보다 낙타가 바늘귀를 빠져나가는 것이 더 쉬울 것이라고 했다. 처음 듣는 말이었다. 한 번도 생각해본 적이 없는 말이었다. 상상조차 하지 못한 말이었다.

그는 또 말했다. 지금의 세상을 거꾸로 세울 것이라고. 세상을 거꾸로 세우면 가장 높은 자가 가장 낮은 자가 되고, 가장 낮은 자가 가장 높은 자가 된다고 했다. 꿈꾼다고 하지 않았다. 자신이 세울 것이라고 했다. 설교가 끝나자 그는 사람들에게 에워싸였다. 아이들과 여인들이 많이 보였다. 그는 아이들을 안았고, 여인들이 내민 손을 잡았다. 그의 얼굴은 기쁨으로 빛났다.

시간이 지나자 사람들이 조금씩 흩어져갔다. 그녀는 거리를 두고 그를 지켜보았다. 그는 일행과 함께 어디론가 가고 있었다. 그를 포함해서 모두 여섯 명이었는데, 한 사람은 여자였다. 일행 속에 여자가 있다는 사실이 놀라웠다. 그것은 율법을 어기는 일이었다.

율법은 여자와 이야기를 많이 하지 말라고 가르쳤다. 여자와 단둘이 있어서도 안 된다. 결혼한 여인에게는 인사를 하지 않는 게 예의였다. 길거리에서 남자와 이야기한 여자는 혼인계약서에 약조된 돈을 받지도 못하고 쫓겨난다. 여자의 가장 큰 미덕은 집을 지키는 것이다. 처녀는 사랑방으로 통하는 문까지만 나올 수 있고, 결혼한 여인은 정원의 문까지만 나올 수 있다. 이것을 엄히 지키면 하느님으로부터 보상을 받는다고 했다. 하지만 가난한 집안의 여자들은 이를 지킬 수 없었다. 물을 길러 우물가로 갔고, 들일을 했으며, 성문에서 올리브를 팔았다. 예수의 말을 들으러 오는 여자들은 가난한 이들이었다.

그녀는 그들의 뒤를 따라갔다. 마음속에서 어떤 간절함이 일었다. 그녀는 태어날 때부터 죄인이었다. 죄를 짓기도 전에 죄인이라는 낙인이 찍혔다. 몸과 영혼은 죄의 쇠사슬에 결박되어 있었다. 쇠사슬의 감촉은 끔찍했다. 초경이 시작된 후에는 하혈증에 시달렸다. 두통은 참기 힘들었다. 날카로운 바늘이 머릿속으로 파고드는 것 같았다.

의사가 말했다. 공기는 귀신으로 가득 차 있다. 귀신을 건드리지 않고 몸을 움직이는 것은 불가능하다. 사람의 오른손에 일만, 왼손에 일만의 귀신이 있다. 네 몸에는 귀신이 들어갈 수 있는 구멍이 숭숭 뚫려 있다. 의사는 그렇게 말하면서 그 구멍을 메울 능력이 자신에게는 없다고 했다.

예수라는 남자는 자신의 구멍을 메울 수 있을 것 같았다. 하지만 어떤 말로 청해야 할지 알 수가 없었다. 앞이 캄캄했다. 그를 따라가는 것 말고는 할 수 있는 게 없었다. 무작정 따라갔다. 그들은 동쪽 성문을 지나 기드론 골짜기로 내려갔다. 얼마나 걸었는지 알 수가 없었다. 나무들이 보였다. 올리브나무와 무화과나무가 시야에 들어왔다. 편도나무와 종려나무도 있었다. 가지에는 비둘기들이 무리를 짓고 있었고, 나무그늘 밑에는 작은 가게들이 군데군데 자리잡고 있었다.

그는 편도나무 아래서 그녀를 기다리고 있었다. 그가 자신을 기다리고 있음을, 그녀는 직감적으로 알았다. 일행은 보이지 않았다. 그는 홀로 있었다. 홀로 있는 그가 입가에 미소를 머금으며 그녀를 보았다. 가슴이 철렁했다. 얼굴이 화끈거렸다. 시선을 어디에 둬야 할지 알 수 없었다. 무릎을 꿇었다. 그래야겠다고 생각한 적은 없었다. 무릎이 절로 꺾였다.

그녀는 무릎을 꿇고 물었다. 창녀가 하느님의 나라로 들어갈 수 있느냐고. 그는 하느님의 나라로 가장 먼저 들어갈 것이라고 대답했다. 그녀는 다시 물었다. 창녀가 사랑을 할 수 있느냐고. 사람이 짓는 가장 큰 죄는 사랑을 안 하는 것이라고 그가 대답했다. 그 순간 하혈증이 사라졌다. 두통도 사라졌다. 자신의 몸이 갓난아기처럼 깨끗하게 되었음을 그녀는 또렷이 느꼈다.

사흘째가 되면서 시체 썩는 냄새가 심하게 났다. 지독한 악취였다. 어디를 가나 시신들이 쌓여 있었고, 땅은 핏물로 질척였다. 그 늘진 자리는 스며든 피 때문에 진흙처럼 보였다. 질척거리는 핏물에 미끄러지기도 했다. 머리 없는 시체나 몸에서 잘려나간 팔다리보다 더 끔찍한 것은 피로 칠갑이 된 채 학살의 대상을 찾고 있는 십자군의 모습이었다.

십자군의 학살은 은총의 희열 속에서 이루어졌다. 서유럽에서 예루살렘에 이르는 길은 멀고 험난했다. 예루살렘에 발을 딛기까지 수많은 신의 전사들이 죽었다. 그들에게 죽음은 은총이었다. 이교도를 죽이는 것도, 이교도에게 죽임을 당하는 것도 은총이었다. 모든 죽음이 은총으로 귀결되었다. 예루살렘 점령은 그 은총의 절정이었다. 그들은 은총의 폭포수 속에서 학살의 대상을 목마르게 찾았다. 그들에게 은총의 희열을 부여한 존재는 그들의 주님이었다.

나는 그들의 주님인 예수에 대해 기록하기 시작했다. 내가 다시 글을 쓰게 되리라고는 상상하지 못했다. 펜은 알라가 미래의 사건을 기록하기 위해 처음으로 창조한 것이다. 인간의 눈에 미래라는 시간은 암흑이다. 다른 어떤 빛도 암흑을 밝히지 못한다. 오직 신의 빛만이 암흑을 밝히어 펜이 가는 길을 일러준다. 시인의 눈은 신의 빛을 본다. 시가 아름답고 또 예언적인 데에는 이유가 있다. 과거를 기록하는 역사학자 역시 신의 빛을 꿈꾼다. 과거를 통해 미래의 시간을 엿보고자 하는 욕망 때문이다. 신의 빛을 잃은 자가 글을 쓸 수 없는 까닭은 여기에 있다.

고통은 나에게서 신의 빛을 앗아갔다. 처음에는 신을 잃었기 때문에 고통이 찾아온 거라고 생각했다. 하지만 아니었다. 고통은 모든 것을 무의미하게, 황폐하게 만들었다. 신의 빛조차도 고통 앞에서는 무력했다. 고통이 끔찍한 것은 고통을 느끼는 이로 하여금 자신이 생명체임을 저주하게 하는 데에 있었다. 해서, 그 고통은 나로 하여금 목이 잘린 양을 부러워하게 하고, 두 눈과 두 팔을 잃은 요나의 아버지를 부러워하게 하고, 창에 찔려 허공에 걸려 있는 요나를 부러워하게 했다.

고통은 누구와도 나눌 수 없었다. 그것은 홀로 견뎌야 하는 것이었다. 아무도 나의 고통을 몰랐다. 오직 나만이 느꼈다. 누군가가 내 고통을 똑같이 느낀다면 그것은 기적이었다. 예수는 그렇게 내 앞에 나타났다. 기적의 모습으로.

무슬림에게 환생은 받아들이기 힘든 개념이다. 죽음이 또다른 삶의 시작이라면, 그리하여 삶과 죽음이 끊임없이 이어진다면 무함마드가 코란을 통해 보여주는 심판의 날이 사라지게 된다.

심판의 날에 나팔 소리가 울려퍼지면 모든 죽은 자들이 무덤에서 일어나 심판의 장소로 모여든다. 알라의 빛으로 가득한 그곳에서 업적의 기록이 펼쳐지고 예언자들과 증인들이 앞으로 나와 진리로써 그들이 가야 할 곳을 가른다. 의로운 자들이 가는 낙원은 큰 기쁨을 누리며 영원히 사는 곳이며, 의롭지 못한 자들이 가는 지옥은 영원히 고통받는 곳이다.

환생은 이런 심판의 날을 사라지게 한다. 심판의 날이 사라지면

낙원도 지옥도 함께 사라진다. 무슬림에게 환생은 금기의 언어였다. 그 금기의 언어에 대해 내가 관심을 가진 것은 아즈하르 대학 시절 신학을 가르쳤던 이븐 하미단 교수 때문이었다.

카이로에서 가장 아름다운 사원인 알 아즈하르 사원에 있는 아즈하르 대학은 이슬람 세계에서 손꼽히는 명문대학이다. 오천 명이 넘는 학생 가운데에는 유학생들이 많다. 다마스쿠스, 바그다드, 스페인, 북아프리카의 지중해변 국가, 페르시아와 아라비아 반도 등 세계 각처에서 온 유학생들은 국가별로 지은 기숙사에 거주한다. 교수들이 거주하는 곳은 알 아즈하르 사원 근처의 주택이다.

페르시아 이스파한 출신의 늙은 교수 이븐 하미단은 신학자이면서 역사가였고, 여행가이면서 번역가였다. 그가 여행한 지역은 광범위했다. 이집트 바빌로니아 페르시아 등 이슬람 지역의 주요 도시들은 물론, 중앙아시아 일대와 인도를 여행했다. 서쪽으로는 북아프리카와 스페인을 아우르는 지중해와 대서양 연안의 이슬람 도시들과 그리스, 이탈리아를 여행했다. 무함마드는 지식을 찾아 집을 떠나는 것은 신의 길을 걷는 행위라고 말했다. 학교에서 신의 길을 가장 오랫동안 걸은 사람이 이븐 하미단이었다.

그는 아랍어-히브리어 사전 작업을 했고, 바울 서간을 비롯, 그리스어로 쓰인 그리스도교 저작물들을 아랍어로 번역했다. 그가 이슬람교와 유대교, 그리스도교는 형제의 관계라고 학생들에게 자주 이야기하는 것은 그의 번역작업과 무관하지 않았다. 내가 히브리어를 공부한 것 역시 그의 영향이 컸다.

그는 학생들 사이에서 수피 신비주의자라고 소문이 났는데, 교수의 입장에서는 바람직한 소문이 아니었다. 수피들은 직관적 체험을 중시하고 이성적 증거를 기피하는 비학문적인 사람이라는 인식이 대학에 퍼져 있었다. 하지만 그가 정말 수피 신비주의자인지는 명확하지 않았다. 학생들의 질문에 그는 언제나 수피 신비주의자이면서 동시에 아니다, 라고 대답했다.

— 나는 내가 사랑하는 그다. 그리고 내가 사랑하는 그는 나다. 우리는 하나의 몸속에 거주하는 두 개의 영혼이다. 그대가 나를 본다면, 그대는 지고한 그분을 본 것이다. 그대가 지고한 그분을 본다면, 그대는 우리 모두를 본 것이다.

수피 신비주의자인 알 할라즈의 표현에서 보듯 '나'와 신은 일체의 존재이다. 그의 주장에 따르면 신과 일체가 된다는 것은 자아가 사라지고 오직 신만이 실재로서 홀로 존재하는 상태를 뜻한다. 그가 말하기를, 신과의 일체는 신의 종으로서 가장 궁극적인 자기 낮춤의 결과라고 했다. 궁극적인 자기 낮춤에서 이루어지는 신과의 일체 상태가 그에게는 천국이었다. 이러한 그의 주장은 신과 인간을 철저히 구별하는 신학자들을 분노하게 했고, 결국 그를 죽음으로 몰고 갔다. 그는 신성모독죄로 팔 년 동안 투옥되었다가 922년 바그다드에서 처형되어 티그리스 강에 버려졌다.

늙은 교수가 환생에 대해 이야기한 것은 신학 세미나 자리에서였다. 처음부터 환생 이야기를 한 것은 아니었다. 그날의 세미나 주제는 '시간'이었다.

"인간은 시간을 직접적으로 인식할 수 없다. 사물이나 생명체의 변화를 통해 간접적으로 인식할 수 있을 뿐이다. 시간이란 스스로 존재하여 우리가 관찰할 수 있는 대상이 아니기 때문이다. 인간은 시간을 과거와 현재, 미래로 나눈다. 현재는 인간이 측정할 수 없을 만큼 그 길이가 짧고, 미래는 인간의 지식으로는 알 수 없는 어떤 것이다. 남은 것은 과거뿐이다. 인간에게 시간이란 과거를 뜻한다. 과거는 기억이다. 인간은 자신이 살아온 시간의 길이와 깊이를 기억을 통해 가늠한다. 기억 속에는 인간의 생애가 잠겨 있다."

그의 목소리는 느리고 낮았다.

"하지만 신은 다르다. 신은 과거와 현재와 미래를 동시에 인지한다. 따라서 신에게 시간이란 영원히 확장되고 있는 현재를 뜻한다. 영원히 확장되고 있는 현재가 어떤 상태인지, 인간의 지식과 감각으로는 알기 어렵다. 인간의 시간과 신의 시간은 이렇게 다르다. 이 차이를 합치시키려는 인간의 끊임없는 노력의 과정에서 창조된 세계가 낙원 혹은 천국이다. 낙원 혹은 천국은 두 개의 서로 다른 시간이 합치되는 순간 나타나는 꿈의 공간이다."

늙은 교수는 한동안 창밖을 응시했다.

"낙원과 천국은 시간의 종말에 나타나는 장엄한 공간이다. 그 장엄함에 우리는 감동한다. 이런 장엄함과 전혀 다른 장엄함을 불러일으키는 시간의 사유가 있다. 환생사상이 그것이다."

학생들 사이에서 약간의 술렁임이 일었다. 금기의 언어에 그가 부여한 장엄함이라는 말 때문이었다.

"환생사상의 세계에는 시간의 종달이 없다. 시간은 우주와 함께 영원히 순환한다. 영원한 순환 속에서 인간의 삶은 끊임없이 이어진다. 단순히 이어지기만 하는 것이 아니라 전생의 삶이 다음의 삶에 영향을 미친다. 힌두교와 불교에서는 이것을 카르마라고 부른다. 카르마는, 어떤 작용이 일어나면 그것에 대한 반작용을 일으켜 균형을 유지하는 우주의 본성과 연결된다. 한 인간의 생애가 우주의 균형에 영향을 미치고 있다는 뜻이다. 카르마가 지향하는 것은 존재의 완성이다. 한 인간이 무수한 삶을 사는 것은 단순하고 덧없는 유랑이 아니라 완전한 존재를 향해 나아가는 구도의 유랑임을 카르마는 우리에게 알려준다. 환생 그 자체가 심판이자 구원이 되는 것이다. 장엄하지 않은가?"

늙은 교수는 긴장하고 있는 우리를 내려다보았다.

"더욱 장엄한 것은……"

그의 눈빛이 어린아이처럼 반짝였다.

"힌두교와 불교가 그리는 궁극적 구원이 생명의 순환체계에서 벗어나는 데에 있다는 사실이다. 그것은 죽음이 아니다. 죽음과 전혀 다르다. 그것은 삶과 죽음 너머로 사라지는 것이다. 완벽하게. 낙원과 천국은 삶과 죽음의 법칙을 극단적으로 확대한 세계다. 하지만 힌두교와 불교는 삶과 죽음 너머에 궁극적 자유가 있다고 가르친다."

삶과 죽음 너머의 세계에도 알라가 존재하느냐는 한 학생의 물음에 그는 슬픈 표정으로 그 학생을 물끄러미 내려다보더니, 나지막한 목소리로 모르겠다고 대답했다. 그날 이후 나는 도서관에서 환생에 관한 자료를 찾아 읽기 시작했다. 카이로에 거주하는 인도인 불교 포교사를 찾아가 환생에 관한 이야기를 청해 듣기도 했다.

"만일 어떤 사람이 자신이 겪어온 수많은 전생들을 기억하고자 한다면, 다시 말해 자신의 첫번째 생, 두번째 생, 세번째 생, 네번째 생, 열번째 생, 스무번째 생, 서른번째 생, 마흔번째 생, 쉰번째 생, 백번째 생, 천번째 생, 또는 십만번째 생, 아니 우주 소멸의 시간만큼 무수한 생들과 우주 재생의 기간만큼 무수한 생들을, 소멸과 재생 둘 다의 기간을 합친 것만큼 무수한 생들을 기억하기를 원한다면, 그리하여 그때 그곳에서 내 이름은 이러했고, 내 가족은 이러했으며, 내 신분은 이러했고, 내 생계는 이러했고, 고통과 편안함은 이러했고, 내 수명은 이러했고, 그곳을 떠나 다른 시간 다른 장소에서 다시 몸을 얻었을 때 내 이름은 이러했고, 내 가족과 신분과 생계는 이러했으며, 내 고통과 편안함이 이러했고, 내 수명은 이러했다고 말할 수 있기를 원한다면, 자기집중의 상태에서 마음을 그 한 뜻에 붙들어맬 때 곡적은 이루어지리라."

불교 포교사에게서 전해들은 붓다의 말은 나를 놀라게 했다. 붓다는 진정한 앎의 첫번째 단계가 흘러간 날들에 자신이 잠시 머물렀던 무수한 생을 기억해내는 것이라고 했다. 전생을 기억하지 못하는 것은 무지해서라는 것이다. 붓다의 말에 따르면, 대부분의 인간은 앎의 첫 단계조차 이루지 못한 채 한 존재 상태에서 다른 존재 상태로 끝없는 유랑을 하고 있다.

무슬림 중에도 환생사상을 받아들이는 이들이 있는데, 힌두교와 조로아스터교, 마니교의 영향을 받은 일부 수피 신비주의자들이 그들이다.

─알라는 너를 저 들의 풀처럼 땅을 어머니로 하여 태어나게 하셨다. 그러고는 너를 땅으로 돌려보내 다시 태어나도록 하실 것이다.

코란에 나오는 위의 구절을 일부 수피 신비주의자들은 환생에 대한 비유로 해석한다. 하지만 대부분의 무슬림은 심판의 날에 일어날 부활로 받아들인다. 알라가 인간에게 허락한 것은 환생이 아니라 단 한 번의 부활이다. 그리하여 인간은 두 개의 생을 갖게 된다. 부활 이전의 생과 부활 이후의 생을.

알라는 우리를 구원과 축복으로 인도하기 위해 예언자 무함마드를 보내셨다. 그분은 무함마드에게 천사 가브리엘을 통해 구원과 축복에 이르게 하는 말씀을 들려주셨다. 그 말씀이 문자로 표현된 것이 코란이다. 코란에는 인간의 지식으로는 해석하기 힘든 비유적인 문자들이 여기저기 흩어져 있다.

─경건하지 못한 자들은 비유적인 문자를 마음대로 해석하려고 한다. 하지만 알라 외에 진정한 의미를 아는 사람은 아무도 없다. 지식의 기초가 견고한 사람은 '우리는 이것을 믿습니다. 이것은 모두 알라로부터 주어진 것입니다'라고 말한다.

내가 환생에서 관심을 거둔 것은 경건하지 못한 자가 되고 싶지 않았기 때문이다. 나는 지식의 기초가 견고한 사람이 되고 싶었다. 하지만 나의 지식은 산산이 부서지고 말았다. 전생의 내가 예수와 함께 떠오르는 순간.

전생의 나와 예수는 뭐라고 표현하기 힘든 시간 속에 존재하고 있었다. 얇디얇은 막이, 너무나 얇아 공기처럼 투명한 막이 두 개의 다른 시간을 나누고 있는 것 같았다. 건너갈 수는 없지만 환히 보이는. 그랬다. 전생의 나와 예수가 환히 보였다. 십자군이 그의 이름으로 헤아릴 수도 없는 수많은 사람들을 학살했던 예루살렘에서.

18

예수는 제자들에게 완전한 형제가 될 것을 요구했다. 완전한 형제가 되는 가장 중요한 조건은 자신의 재산을 갖지 않는 것이었다. 재산을 가진 자는 모두 버려야 했다. 그에게는 빈자가 성자였다. 나는 그렇게 했다. 내가 가진 전부를 팔았다. 질항아리와 뒤주까지 팔았다. 그를 영원히 사랑하기 위해서였다. 내 몸을 갓난아기처럼 깨끗하게 한 그를 한순간이라도 사랑하지 않는다는 것은 불가능했다.

일행 속에 여자가 있다는 것만으로도 이미 율법을 어기는 행위였다. 하지만 예수는 더 나아가, 여자를 형제로 받아들였다. 이스라엘에서 여자는 공적인 일에 참여할 수 없다. 그것은 남자가 맡아야 할 역할이다. 학교 역시 남자를 위한 곳이다. 여자들은 배운 것을 잘못 사용하기 때문에 가르칠 필요가 없다. 재판정에서 증언할 권리도 없다. 여자들은 거짓말을 잘하기 때문이다. 결혼한 여자는 이방인 노예들이나 미성년자 자녀와 마찬가지로 남편을 주인처럼 섬기고 있기 때문에 하느님에게 예배드리는 자유조차 없다. 아담에게 선악과를 따먹자고 유혹한 이는 이브였다. 여자는 타락한 존재, 구원받을 수 없는 존재였다.

예수가 여자를 형제로 받아들인 것은 이스라엘의 전통적 인습을 정면으로 부정한 행위였다. 그를 에워싸는 사람들 가운데 그를 가장 사랑했던 이들이 여자였던 것은 우연이 아니었다. 그녀들에게 예수의 음성은 칠흑 같은 어둠을 밝히는 섬광이었고, 별빛이었다. 그것은 기적이었다. 눈부시게 아름다운 기적이었다. 그 아름다운 기적 앞에서 수많은 여자들이 치유의 은총을 입었다. 보이지 않았던 것들이 보이고, 들리지 않았던 소리가 들렸다. 움직일 수 없었던 두 발이 움직였고, 굳었던 혀가 풀렸다.

기적은 하느님의 표징이었다. 하혈증이 사라지고 두통이 사라진 순간 그가 하느님에게서 온 분임을 나는 알았다. 오직 나만이 알았다. 내 병이 사라졌다는 것은 나 외에는 아무도 몰랐다. 기적은 그렇게 왔다. 아무도 모르는 사이에.

사람들은 그에게 기적을 보여줄 것을 끊임없이, 열정적으로 요구했다. 기적은 가난과 학대와 병의 고통에서, 사악하고 부당한 권력의 박해에서 벗어나는 유일한 길이었다. 나아가 이스라엘 운명의 궁극, 즉 예루살렘이 세계의 중심이 되어 뭇 민족을 심판하는 길 역시 기적뿐이었다. 이스라엘의 하느님은 기적을 일으키는 하느님이었다. 기적을 일으키지 않는다면 하느님이 아니었다.

그들은 예수의 정체를 기적을 통해 확인하려 했다. 그를 따르는 제자들조차도 기적의 욕망에서 벗어나지 못했다. 제자들이 앞을 다투어 그를 메시아라고 부른 것은 기적을 확인하려는 염원의 표현이었다. 하지만 나는 그를 통해 기적을 알았다. 기적을 통해 그를 확인한 것이 아니었다. 그를 향한 사람들의 기대와 열광은 멸시와 증오로 바뀔 수밖에 없었다. 그는 언제부터 그 사실을 알았을까?

—너희는 무엇을 마시고 살아갈까 걱정하지 마라. 공중의 새를 보아라. 새들은 씨를 뿌리지 않아도, 거두지 않고 곳간에 쌓아두

지 않아도 하느님 아버지가 먹여주신다. 너희는 새들보다 훨씬 더 귀하지 않느냐? 너희는 무엇을 몸에 걸칠까 걱정하지 마라. 들판에 피어나는 꽃들을 보아라. 온갖 영화를 누린 솔로몬도 저 꽃들만큼 화려하게 차려입지 못했다. 하느님께서 오늘 피었다가 내일 아궁이에 던져질 들꽃도 저렇게 입히거늘 너희들에게는 얼마나 잘 입히시겠느냐.

세상이 천국임을 알리는 이 말을 할 때 이미 알고 있었을까.

─손이나 발이 죄를 짓게 하거든 그것을 찍어 던져버려라. 두 손과 발을 가지고 영원한 불 속에 던져지는 것보다 차라리 불구의 몸이 되더라도 영원한 생명 속으로 들어가는 편이 낫다. 눈이 죄를 짓게 하거든 그것을 빼어 던져버려라. 두 눈을 가지고 불타는 지옥에 던져지는 것보다는 한쪽 눈을 잃더라도 영원한 생명 속으로 들어가는 편이 더 낫다.

세상이 지옥임을 알리는 이 말을 할 때부터였을까?

멸시와 증오는 짐작보다 더 빨리 나타났다. 사람들 사이에서 그가 사기꾼이라는 말이 빠른 속도로 퍼졌다. 엉터리 마술사라고도 했다. 예루살렘 권력은 그를 체포할 때가 되었다고 판단했다.

성전은 땅과 하늘을 잇는 유일한 통로였다. 인간이 죄를 씻을 수 있는 유일한 장소였다. 성전 외의 어떤 제단도 허용되지 않았다. 이스라엘은 물론 전 세계의 유대인들이 예루살렘으로 성전세를 보내고, 성전 참배를 하는 까닭이 여기에 있었다. 모든 성년의 남자 자유인 유대인들은 매년 반 세겔의 성전세를 내야 했다. 노동자가 받는 하루치 급여에 상응하는 액수였다. 성전세를 걷는 자는 납세 불이행자의 재산을 압류할 수 있는 권한을 갖고 있었다. 성전세뿐만이 아니었다. 참배객들이 바치는 희생제물은 엄청났다. 성전은 예루살렘 경제의 원천이자 권력의 핵심이었다.

이러한 성전의 역할을 예수는 정면으로 부정했다. 성전을 무너뜨리는 것이 자신의 임무라는 발언을 서슴지 않았다. 예수가 혀의 도끼로 후려치는 곳은 예루살렘 권력의 뿌리였다. 그를 죽이지 않을 수 없었다. 제자들의 분열은 그때부터 시작되었다. 일부는 그를 떠났고, 떠나지 못하는 이들은 기적을 빨리 보여줄 것을 재촉했다.

예수는 유랑자였다. 그에게는 정해진 거처도 근거지도 없었다. 그가 머무는 곳이 거처였고, 근거지였다. 그는 한곳에 오래 머물지 않았다. 끊임없이 이동했다. 누군가를 찾아가는 것 같기도 했고, 누군가에게 쫓기는 것 같기도 했다. 정지상태를 두려워하는 것이 아닌가 생각도 되었다. 그의 옷과 신발은 늘 먼지투성이였다. 그가 메시아로 추앙받을 때도 마찬가지였다. 예수는 그것을 거룩한 가난이라고 했다. 나에게 역시 그것은 행복한 가난이었다. 그의 옷을 빨고 있을 때 나는 행복했다. 해진 그의 신발을 꿰매고 있을 때 나는 행복했다. 그가 먹을 음식을 만들고 있을 때 나는 행복했다.

예루살렘 권력의 정보원들에게 쫓기면서부터 유랑의 속도가 빨라졌다. 그를 따라다니는 것은 쉬운 일이 아니었다. 잠잘 데가 없어 노숙을 예사로 했다. 늦은 가을이라 밤의 냉기가 뼛속 깊이 파고들었다. 찬비가 내리면 오들오들 떨었다. 음식도 초라했다. 초라한 음식마저 떨어지면 굶었다. 허기를 참을 수 없을 때면 제자들이 구걸에 나섰지만 그도 여의치 않았다. 하루 종일 아무것도 못 먹는 날도 있었다. 모두가 거지의 몰골이었다. 그의 옷도 누더기가 되어가고 있었다. 비참한 우랑이었다. 그에게 가장 필요한 것은 그를 떠나지 않는 것이었다. 하지만 제자들은 하나둘 떠나갔다. 자고 나면 일행의 수가 줄어들었다. 사마리아의 작은 마을에 닿았을 때에는 단 세 명의 제자만이 남아 있었다. 시몬과 요한, 유다가 그들이었다.

북쪽의 갈릴리와 남쪽의 유다 사이에 있는 사마리아는 이방인의 땅이었다. 아시리아가 사마리아를 점령하고 있었을 때 잡혼정책을 썼다. 피가 섞이게 해서 민족의식을 없애려는 식민지 정책의 일환이었다. 유대인들은 순수한 혈통을 보존하지 못한 사마리아인들을 경멸하고 적대했다. 사마리아 땅에 발을 딛지 않았고, 사마리아인과 접촉도 금했다. 그들은 이방인 노예보다 더 천한 신분이었다.

사마리아 빵을 먹는 사람은 돼지고기를 먹는 사람과 다를 바 없다고 했다. 사마리아 사람이 누웠던 침대는 부정을 탄 것으로 여겼고, 침대에 닿았던 음식이나 음료수도 전염이 되었다고 간주했다. 사마리아 여인은 요람에서부터 월경했던 자들이므로 천성적으로 부정하다고 했다. 정결을 중시하는 유대인들은 남쪽 유다에서 북쪽 갈릴리로 갈 때는 사마리아 땅을 밟지 않으려고 두 배나 먼 길을 돌아서 갔다. 예수에게 사마리아는 안전한 땅이었다.

마을로 가는 산길에서 비를 맞았다. 날씨가 몹시 추웠다. 바람도 거셌다. 해가 서쪽으로 기울고 있었다. 어두워지기 전에 마을에 닿아야 했다. 예수의 걸음이 자주 비틀거렸다. 그의 몸은 며칠 전부터 좋지 않았다. 열이 있었고, 먹는 것이 보잘것없음에도 구토를 자주 했다. 마을에 닿았을 때는 땅거미가 지고 있었다. 잠자리를 얻기가 쉽지 않았다.

마을 사람들은 거지 몰골을 하고 있는 우리를 보고는 기겁했다. 나병환자들로 생각했는지 농기구를 휘두르는 이들도 있었다. 시몬은 우리가 이렇게 고생하는 것이 모두 스승이 기적을 보여주지 않기 때문이라고 투덜거렸다. 마지막 날이 언제인지도 모르는 이가 어떻게 메시아라고 할 수 있겠느냐고까지 덧붙였다. 제자 가운데 가장 나이가 어린 요한은 당황한 표정으로 예수의 얼굴을 살폈다. 예수는 아무 말도 하지 않았다. 볼이 푹 꺼진 얼굴이 부쩍 늙어 보였다. 유다는 예수의 얼굴을 물끄러미 보고만 있었다. 깊숙이 들어간 유다의 검은 눈에서 우울한 냉기가 느껴졌다.

19

문이 열리는 소리가 났다. 눈을 겨우 떴다. 둥근 천장이 보였다. 천장 아래의 창에서 은회색 햇살이 새어들어오고 있었다. 저녁 어스름인데도 눈이 부셨다. 정신을 잃었던 것 같기도 하고, 잠이 들었던 것 같기도 했다. 목이 몹시 말랐다. 간신히 일어나 등을 벽에 기댔다.

십자군에게 체포된 것은 사흘 전이었다. 한밤중에 몰래 민가로 들어갔다. 글을 쓰기 위함이었다. 글은 지하실에서 썼다. 내가 보

118

았던 것을 낱낱이 기록했다. 십자군의 학살을 지켜보면서 느꼈던 분노와 공포, 슬픔과 절망을 기록했다. 고통스러운 기록이었다. 글을 쓰고 있노라면 누군가의 시선이 느껴졌다. 그녀였다. 그녀는 가만히 나를 내려다보았다.

전생의 내가 여자였다는 사실이 믿기지 않았다. 그녀는 먼 곳에 있지 않았다. 손을 뻗으면 닿을 듯한 곳에 있었다. 바람이라도 불면 그녀의 옷이 내 몸을 스칠 것 같았다. 그녀가 사랑했던 남자가 예수라는 사실도 경이로웠다. 나는 그녀가 되어 예수와의 사랑을 경험했다. 아름다우면서도 쓰라린 사랑이었다. 침침한 등잔불 아래서 예수와의 사랑을 기록하면서 눈물을 많이 흘렸다. 나의 눈물이기도 했고, 그녀의 눈물이기도 했다. 나의 눈물이 그녀의 눈물과 뒤섞이면서 나의 몸이 그녀의 몸과 뒤섞였다.

민가로 들어간 지 얼마 안 되어 십자군들이 들이닥쳤다. 그들이 나를 미행한 것을 나는 모르고 있었다. 집 안을 샅샅이 수색한 그들은 지하실 입구를 발견했고, 나의 기록책이 그들에게 넘어갔다. 개종한 무슬림 포로로 행세한 지 열흘 만이었다. 나는 변신을 능숙하게 하는 정보원이 아니었다. 무슬림 포로 행세가 서툴렀을 것이고, 그런 나의 모습이 눈에 띄었을 것이다. 이흐티카르가 나의 안전을 걱정한 데에는 이유가 있었다. 그들이 나를 죽이지 않은 것은 나의 신분 때문인 듯했다. 이집트 와지르의 기록관이면 몸값이 꽤 나갈 것이라고 생각한 것 같았다.

발소리가 들렸다. 누군가 감옥으로 들어오고 있었다. 벽을 짚고 일어섰다. 들어온 사람은 여느 십자군 병사와 달랐다. 미늘 갑옷도 입지 않았고, 투구도 쓰지 않았다. 입은 옷은 아마포로 만든 흰 천이었다. 보자마자 나는 그가 누구인지 알아보았다. 그는 십자군이 예루살렘에 나타난 첫날 병사들을 이끌고 종교의식을 행했던 사제였다.

사제는 저녁빛을 등지고 서 있었다. 몸이 나무처럼 크고 마른 남자였다. 바람이 불면 나뭇잎 흔들리는 소리가 날 것 같았다. 거무스레한 얼굴이 수척했으나 윤곽은 또렷했다. 이마가 넓었고, 작은 얼굴에 비해 코가 무척 컸다. 뺨은 창백했고, 가느다란 입술이 고집스럽게 느껴졌다. 그는 나이가 꽤 많아 보였다. 아무리 적게 잡아도 나보다 열 살은 많은 것 같았다. 성벽에서 내려다보았을 때는 나와 비슷할 거라 생각했는데, 역동적인 그의 모습 때문이었던 듯했다.

머리를 약간 뒤로 젖힌 사제는 경멸하는 듯한 표정으로 나를 응시했다. 움푹 들어간 눈에서 싸늘한 빛이 새어나왔다. 이상했다. 가만히 서 있는데도 그의 몸은 끊임없이 움직이는 것처럼 보였다. 처음에는 왜 그런지 몰랐다. 쇠약해진 내 신경 탓으로 생각했다. 예루살렘 성이 포위되어 있는 동안 제대로 먹지 못했고, 십자군이 성안에서 벌인 학살의 충격에서 벗어나지 못하고 있었던데다, 감옥에서 받은 학대가 겹쳐 있었다.

쇠약해진 내 신경 탓이 아님을 깨달은 것은 그의 목소리를 듣고 나서였다. 그의 목소리는 팽팽히 당겨진 활의 현처럼 날카롭게 진동하고 있었다. 그의 육신은 움직이지 않았으나 그의 영혼은 팽팽히 당겨진 활시위에서 금방이라도 튀어나갈 것 같은 화살처럼 바르르 떨었다.

20

그날 밤은 어느 과부의 헛간에서 지냈다. 자식도 없이 홀로 사는 그녀는 우리를 진심으로 동정했다. 작은 오두막이라 우리가 머물 만한 방이 없었다. 헛간을 내주면서 그녀는 미안해했다.

그녀가 내온 것은 밀로 만든 빵이었다. 내내 굶주리고 있던 우리에게 그것은 대단한 음식이었다. 빵의 달콤한 냄새에 예수가 미소를 지었다. 오랜만에 보는 미소였다. 요한이 활짝 웃었다. 시몬은 머리를 긁적이며 예수 쪽으로 빵을 밀어주었다. 유다의 입가에도 엷은 미소가 감돌았다. 하지만 예수는 얼마 지나지 않아 삼킨 빵을 게워내고 말았다. 이마가 불덩어리처럼 뜨거웠으나 오한으로 온몸을 와들와들 떨었다. 그는 혼수상태 속에서 밤새 신음했다. 식초물을 적신 수건을 이마에 얹어주는 것 말고는 달리 할 수 있는 일이 없었다.

다음날에도 열은 내리지 않았다. 혼수상태가 여전히 계속되었다. 과부가 어디선가 귀한 당나귀 젖을 구해왔으나 소용이 없었다. 땀투성이 몸이 때때로 경련에 휩싸였다. 그럴 때마다 힘없이 벌어진 그의 입에서는 신음이 새어나왔다. 가슴을 쥐어뜯게 하는 신음이었다. 저러다가 죽는 게 아닌가, 싶을 정도였다. 그는 기적을 일으키는 성스러운 분이었다. 모두가 원하는 그런 기적은 아니었지만, 그는 기적을 일으켰다. 눈부시게 아름다운 기적을 일으킨 그가 악령의 침입을 받아 죽어가고 있다고 생각하니 도무지 이해가 되지 않았다. 나는 고개를 세차게 흔들었다.

귀신은 죄 지은 자의 몸속으로 들어간다. 모든 병은 죄지음의 결과였다. 그러므로 그 죄를 용서받아야 병이 낫는다. 나는 태어나면서부터 죄인이었다. 율법은 이방인 해방노예의 딸로 태어난 나를 죄인으로 규정했다. 내가 앓았던 하혈증과 두통은 그 죄지음의 대가였다. 나에게서 하혈증과 두통이 사라진 것은 예수가 죄의 사슬에서 나를 자유롭게 했기 때문이었다.

죄를 용서하는 분은 하느님뿐이다. 하느님만이 병을 치유할 수 있다. 예수가 치유의 기적을 일으킨 것은 하느님이 보내신 분이기 때문이다. 하느님이 보내신 분이 저렇게 죽을 리가 없다. 하느님이 어떻게 저분을 저런 식으로 죽일 수 있는가. 나만이 혼란스러운 것은 아니었다. 시몬도 요한도 혼란에 빠져 있었다. 시몬이 제일 힘들어 보였다. 마당을 쉼없이 왔다갔다하다가 갑자기 헛간으로 부리나케 들어가 혼수상태에 빠진 스승의 얼굴을 뚫어질 듯 들여다보는가 하면, 한자리에 바위처럼 꼼짝 않고 앉아 깊은 상념에 빠져 있기도 했다. 시몬이 베드로*라는 별칭을 얻은 데에는 그런 모습이 일조를 했다. 요한의 얼굴은 애처로웠다. 부모의 죽음을 눈앞에 둔 어린아이 같았다.

유다는 시몬과 요한에게서 멀찍이 떨어져 있었다. 그들과 함께 있어도 그렇게 보였다. 알 수 없는 이였다. 감정이 잘 드러나지 않는 그의 모습 때문이었을 것이다. 유다가 보이지 않아 찾아보면 대개 무리에서 떨어져 들판을 홀로 거닐고 있거나, 나무처럼 우두

---

* 베드로(Petro)는 히브리어로 바위, 반석이라는 뜻이다.

커니 서 있곤 했다. 간혹 혼수상태에서 헤어나오지 못하는 예수를 오랫동안 들여다보곤 했는데, 우리 눈에는 보이지 않는 무언가를 보고 있는 듯한 느낌이 들었다.

사흘째 되던 날 과부가 흰 명주옷 입은 남자를 데려왔다. 의사라고 했다. 전혀 예상하지 못한 일이었다. 의사라는 말에 시몬은 펄쩍 뛰었다. 이분이 누구신데, 라는 말을 반복하며 의사의 접근을 막았다. 사람이 죽어가는데 무슨 짓이냐고 과부가 나무라자 시몬은 우리를 둘러보았다. 나와 요한은 어쩔 줄 몰라하고 있었고, 유다는 초연한 듯 조용히 앉아 있었다. 그런 유다를 시몬은 한참 동안 노려보더니 벌컥 화를 내며 나가버렸다.

의사는 예수를 들판에 있는 야생 아카시아나무 아래에 누이고는, 거친 밀로 만든 빵 일곱 개를 구리줄에 묶어 예수의 몸에 문지르며 이상한 소리를 내었다. 주문 같았다. 의사는 떨어진 빵가루를 손바닥에 올려놓고 침을 섞어 반죽을 만들어서는 아카시아나무 근처에 두었다. 신성한 곳에서 나온 쥐들이 빵을 물고 가면 병이 환자에게서 빠져나간다는 것이었다. 의사는 예수의 목에 부적까지 달아놓았다.

그날 오후 과부는 헛간으로 약초즙을 가져왔다. 의사가 처방한 것이라고 했다. 예수는 약초즙을 겨우겨우 삼켰다. 앉아 있기는커녕 눈을 뜨는 것조차 힘들어했다. 차도가 보인 것은 약초즙을 세 차례 먹은 후였다. 눈을 뜨고 있는 시간이 늘어났고, 미약하기는 하지만 얼굴에 기운이 돌았다. 다음날은 벽에 등을 기대기는 했지만 앉을 수도 있었다. 그를 보러 온 의사는 바알 신의 은총으

로 살아난 것이라며, 한동안 조심하지 않으면 병이 재발할 것이라
고 했다. 바알 신이라는 말에 시몬의 눈이 화등잔만큼 커졌다.

바알 신은 팔레스타인 토착민이었던 가나안인들이 섬기는 신이
었다. 선지자 엘리야가 갈멜 산에서 바알 신 추종자들과 맞서 싸
운 것은 야훼가 유일신임을 입증하기 위함이었다. 야훼를 위협하
는 이방인의 신이 바알이었다. 시몬의 눈이 커질 수밖에 없었다.

다음날 시몬과 유다, 요한이 떠났다. 나는 남을 수밖에 없었다.
예수를 간호할 사람이 필요했다. 작별할 때 시몬은 눈물을 뚝뚝 흘
렸다. 그의 품에 살며시 기대는 요한의 두 눈에도 눈물이 그렁그렁
했다. 유다의 눈도 충혈되어 있었다. 예수는 겨우 일어서서 떠나는
제자들의 뒷모습을 보았다. 요한은 몇 번이나 뒤돌아보았다.

방이 하나뿐이라 나는 과부와 함께 지내고 그는 혼자 헛간을 썼
다. 과부는 사람을 불러 헛간을 고쳤다. 바람이 들어오는 것을 막았
고, 낡기는 했지만 어디선가 침대를 구해 들여다놓았다. 조금이라
도 신세를 덜 지려면 무슨 일이든 해야 했다. 늦가을이라 들일은 거
의 없었다. 대신 베 짜는 일을 열심히 도왔다. 우물에서 물을 길었
고, 들판으로 나가 소똥을 주웠으며, 불쏘시개로 쓰는 엉겅퀴와 찔
레나무 줄기를 캤다. 양과 염소를 돌보고, 밀을 빻아 빵을 구웠다.

나보다 열 살이 많은 과부는 나를 동생 대하듯 해주었다. 그녀
의 이름은 수산나였다. 남편이 살아 있었을 때 수산나는 남편의
옷을 빨고, 남편이 먹을 음식을 만들고, 남편이 좋아하는 술을 빚
고, 남편의 손과 발을 씻겨주었다. 하지만 그녀가 남편을 위해 정
말 하고 싶었던 일은 아이를 낳는 것이었다. 자신이 하느님으로부

터 아이를 낳지 못하는 형벌을 받을 줄은 꿈에도 몰랐다며 그녀는 눈물을 글썽였다.

예수의 회복 속도는 날이 갈수록 빨라졌다. 마당을 거니는 모습이 자주 보였다. 햇살이 화사한 날에는 들판을 산책하기도 했다. 앓기 전보다 얼굴은 눈에 띄게 수척해지고 안색도 창백했지만 표정만은 어둡지 않았다. 희미하기는 해도 밝은 빛이 감돌았다.

언젠가부터 그는 양떼를 몰고 들판으로 나갔다. 양들 사이를 천천히 거니는 그의 모습이 보였다. 마당에서 밀을 빻고 있으면 들판에서 그가 부는 갈대피리 소리가 바람을 타고 들려왔다.

어느 날, 그가 목공 도구를 찾았다. 수산나는 집에 있는 연장들을 꺼내 보여주었다. 도끼, 톱, 칼, 망치, 대패, 송곳 등이 있었다. 연장들을 하나하나 어루만지며 자세히 살피는 그의 입가에 미소가 감돌았다.

그가 맨 처음 만든 것은 식탁이었다. 나무의 결이 고스란히 살아 있는 식탁은 섬세하고 아름다웠다. 수산나는 이렇게 예쁜 식탁은 처음 본다며 예상치 못한 예수의 선물에 무척 기뻐했다. 어떻게 이런 식탁을 만들 수가 있느냐고 수산나가 묻자, 그는 빙그레 웃으며 고향에 있을 때 목수 일을 했다고 대답했다.

그날 저녁 우리는 마당에 불을 피워놓고 예수가 만든 식탁에 둘러앉아 식사를 했다. 찰흙 냄비에 빵을 굽고 숯불에 물고기도 구웠다. 수산나는 무화과로 만든 과실주를 식탁에 올렸다. 예수는 술을 아주 맛있게 마셨다. 병석에서 일어난 후 처음 마시는 술이었다. 달빛이 환했고, 별들은 손에 잡힐 듯 가까웠다. 전해져오는 이야기에 따르면 별들의 형태는 하느님의 말이었다. 하느님이 보내는 메시아도 별들에 의해 예고된다고 했다. 그런 별들을 그는 오랫동안 올려다보았다.

며칠 후 예수가 만든 식탁을 우연히 본 이웃 아낙네가 사례를 할 터이니 자기에게도 하나 만들어달라고 수산나를 통해 청해왔다. 고객의 요청을 거절하는 건 목수의 도리가 아니라며 예수는 빙그레 웃었다. 그날 이후, 예수는 도끼를 들고 마을 뒷산을 자주 찾았다. 그가 직접 베어온 나무들이 마당 한켠에 쌓였다.

예수가 만드는 것은 다양했다. 식탁과 의자는 물론, 격자창, 장롱, 침대에서 소의 멍에와 손수레까지 만들었다. 그것들은 마을 사람들에게 잘 팔려나갔다. 튼튼하고도 보기에 좋고, 무엇보다 값이 쌌다. 소문을 듣고 먼 곳에서 찾아오는 사람들도 있었다. 예수가 만든 멍에를 씌웠더니 소가 말을 잘 듣더라는 말까지 나왔다.

작업을 하는 그의 손놀림은 정확하면서도 빠르고 부드러웠다. 그는 빼어난 장인이었다. 작업을 시작하면 식사시간도 잊고 일에만 몰두했다. 내가 다가가도 눈치채지 못하다가 어깨에 손을 살며시 얹으면 그제야 비로소 고개를 들었다. 두 눈은 안개가 낀 듯 몽롱했다. 그는 먼 곳을 보는 듯한 눈으로 나를 보며 작은 새 한 마리가 어깨에 앉은 줄 알았다고 말했다. 가슴이 설렜다.

그는 나의 연인이었다. 편도나무 그늘 아래서 나를 기다리고 있는 그를 본 바로 그 순간부터. 하지만 나만의 연인이 아니었다. 그는 자신을 따르는 모든 사람들의 연인이었다. 나는 그 많은 사람들 중의 하나일 뿐이었다. 그것만으로도 벅찬 기쁨이었다. 무엇과

126

도 바꿀 수 없는 은총이었다. 그런데, 그가 만든 식탁을 보고 나서 새로운 욕망이 움트기 시작했다. 그의 아낙이 되어 평생 살고 싶었다. 나무로 만든 섬세하고 아름다운 한 물건이 내 가슴속 깊이 숨어 있던 욕망을 끄집어낸 것이었다. 그전에는 상상조차 할 수 없었던 마음이었다. 상상치 못한 그 새로운 욕망 앞에서 내 가슴은 허공에 걸린 가을 나뭇잎 같았다. 그의 낮은 목소리, 살짝 스치는 옷깃에도 가슴이 파르르 떨렸다. 하지만 그는 유랑자였다. 언제 떠날지 알 수 없었다. 꿈속에서도 그는 걷고 있었다. 길은 아득하고, 머리와 옷은 먼지투성이였다. 물 위에서조차 걷고 있었다. 아무리 불러도 걸음을 멈추지 않았다. 뒤돌아보지도 않았다.

그런데 이상했다. 유랑을 다시 할 수 있을 정도로 몸이 회복되었음에도 그는 떠나지 않았다. 한곳에서 이토록 오래 머문 경우는 처음이었다. 그의 생각이 궁금했다. 목공 일에 몰두하는 까닭도 궁금했다. 밥 먹는 일과 잠자는 일, 양떼를 몰고 들판으로 나가는 일을 제외한 거의 대부분의 시간을 그는 목공 일에 매달렸다. 한밤중에 헛간에서 불빛이 새어나와 들어가보면 등잔 아래서 그는 나무를 다듬고 있었다.

21

"당신은······"
사제는 내 얼굴에서 시선을 떼지 않았다.

"누구요?"

그의 그리스어 발음은 정확했다. 예루살렘에서 보았던 것, 느꼈던 것은 아랍어로 기록했지만, 나의 전생에 관한 것은 그리스어로 기록했다. 한때 여자였던 나의 삶을 아랍어로 기록하려고 하니 어색하고 불편했다. 이방인의 언어인 그리스어가 훨씬 자연스럽고 편했다. 사제가 아랍어를 해독하는지는 알 수 없지만 적어도 나의 전생과 예수에 관한 기록은 직접 읽었을 것이다.

"나는 이집트 와지르의 기록관입니다."

그는 내가 누구인지 이미 알고 있을 것이다. 하지만 내가 할 수 있는 말은 그것밖에 없었다. 내가 누구인지, 나 자신도 혼란스러웠다.

"와지르의 기록관이 카이로에 있지 않고 왜 예루살렘에 있소?"

"십자군과 마주하고 싶었습니다."

"왜 십자군과 마주하고 싶었소?"

숨길 이유가 없었다. 그는 나의 기록책을 통해 내가 무슨 생각을 하고 있었는지 환히 알 것이다. 나 역시 그에게 묻고 싶은 것이 있었다. 그로부터 진실한 대답을 듣고자 한다면 나부터 진실해야 했다.

"마라에서 일어난 사건 때문입니다."

"무슨 뜻이오?"

"십자군이 마라에서 인육을 먹었다고 들었습니다."

"그것이 사실인지 궁금했소?"

그는 나를 가만히 들여다보면서 물었다. 경멸하는 듯한 표정은 아니었다. 팽팽히 당겨진 활의 현처럼 울리던 목소리도 가라앉아 있었다.

"궁금했습니다."

"그것은…… 사실이오."

"직접 보았습니까?"

"직접 보았소."

"살아 있는 사람을 물이 펄펄 끓는 솥에 넣었다고 들었습니다. 아이는 꼬챙이에 꿰어 석쇠에 구웠다고 했습니다."

"그렇게 했소."

"직접 보았습니까?"

"직접 보았소."

"아이의 부모에게 불에 구운 아이를 먹게 했다고 들었습니다. 먹지 않으면 물이 끓는 솥에 집어넣고, 먹으면 칼로 죽였다고 했습니다."

"그런 일도 있었소."

"직접 보았습니까?"

"직접 보았소."

"모든 것을 직접 보았군요."

"내가 보아야 할 것은 하나도 빼놓지 않고 보았소. 아무리 괴로워도 보았소. 마라는 지옥이었소. 그 지옥 앞에서 나는 단 한순간도 눈을 감지 않았소."

"왜 눈을 감지 않았습니까?"

"당신은 눈을 감았소?"

예기치 않은 질문에 나는 당황했다.

"당신도 지옥을 보지 않았소? 예루살렘에서."

나를 보는 그의 눈이 차갑게 빛났다.

"당신도 나도 지옥 앞에서 눈을 감지 않았소. 당신도 알 거요. 지옥을 견딘다는 것이 얼마나 어려운 일인지. 그럼에도 당신과 나는 그것을 견뎌냈소. 우리는 여러모로 닮아 있는 것 같지 않소?"

"그렇지 않습니다."

나는 강한 목소리로 부정했다.

"보는 것 말고 내가 할 수 있는 일은 아무것도 없었습니다. 하지만 당신은 다릅니다. 당신은 십자군에게 단식을 명령하고, 맨발로 성벽을 돌게 할 수 있는 권능을 갖고 있었습니다."

"나의 권능은 지옥의 풍경 앞에서는 아무런 쓸모가 없었소."

"왜 쓸모가 없었습니까?"

나도 모르게 목소리가 높아졌다.

"십자군은 신의 품에 안긴 자들이오. 신의 대리자인 교황으로부터 모든 죄를 용서받은 것은 물론 사후의 구원까지 약속받았으니 말이오. 신의 품에 안긴 자들의 눈에는 그렇지 못한 자들이 한없이 비천하게 보일 것이오. 더욱이 그들은 거룩한 신의 땅을 더럽히고 있던 이교도들이었소. 한없이 높은 곳에서 저 밑바닥 벌레나 짐승처럼 느껴지는 사람들을 내려다보는 그들의 감각을 생각해보오. 대단히 특별한 감각일 수밖에 없소. 교황이 그들에게 부여한 감각은 절대적 자유의 감각이오. 어떤 행위라도 허용되는 절대적 자유의 감각 말이오."

그는 잠시 눈을 감았다가 다시 떴다.

"십자군은 정상적인 조직을 갖춘 군대가 아니오. 십자군 전체를 지휘하는 사령관이 없소. 각자 자신의 영지에서 군대를 이끌고 온 군주들만 있을 뿐이오. 그들의 기질과 욕망은 모두 다르오. 예루살렘까지 오는 동안 그들은 끊임없이 충돌했소. 그런 군대가 수세기 전부터 광대한 땅을 지배하고 있는 무슬림 군대의 숲을 헤치고 예루살렘에 이르렀다는 사실 자체가 기적이오."

그랬다. 그것은 기적이었다. 십자군이 콘스탄티노플을 출발했다는 보고를 받았을 때만 해도 이들이 예루살렘을 점령하리라고는 상상조차 하지 못했다.

"다시 말하지만 십자군이 이룬 기적의 원천은 절대적 자유의 감각이오. 예루살렘의 학살이 은총의 희열 속에서 이루어졌다는 당신의 생각은 정확하오. 십자군을 감싸고 있는 절대적 자유의 감각은 은총의 휘광이 만들어낸 것이오. 나의 권능은 그 은총의 광휘 앞에서는 무력하기 짝이 없는 것이오."

그의 얼굴에 얼핏, 슬픔이 스치고 지나갔다.

"그렇다면 학살의 책임은 그 빛을 허용한 신에게 있겠군요."

"절대적 자유의 감각은 신이 허용한 것이 아니오. 인간이 스스로 만든 것이오. 우리 인간은 불완전한 존재요. 불완전한 존재는 완전한 존재를 열망하기 마련이오. 절대적 자유의 감각은 인간으로 하여금 자신의 존재가 완전한 존재와 일치하는 듯한 느낌을 갖게 하오. 마라와 예루살렘의 지옥은 신적인 자유의 도취가 만들어낸 것이었소."

"당신 말이 맞다면 당신들의 신은 우리와 다를 게 없군요. 마라와 예루살렘의 지옥을 우리처럼 보고만 있었으니까요."

나의 말에 그는 고개를 저었다.

"절대적 자유의 감각은 세상을 지옥으로 만드는 데에만 쓰이는 것이 아니오. 세상을 천국으로 만드는 데에도 절대적 자유의 감각은 필요하오. 천국의 중심에 누가 계시는지 알고 있소? 바로 예수 그리스도요."

사제의 입가에 처음으로 미소가 떠올랐다.

"그리스도의 십자가는 그리스도가 선택하신 절대적 자유의 감각에서 솟아오른 숭엄한 형상이오. 사람을 벌레처럼 짓이기거나 짐승처럼 찢어 죽이는 데에도 절대적 자유의 감각이 필요하지만, 인류를 위해 가시관을 쓰고, 가장 깊은 암흑의 골짜기에서 육신이 찢어지는 고통을 견디며 골고다 언덕으로 올라, 당신의 피로 인류를 죄의 사슬에서 해방시키는 데에도 절대적 자유의 감각이 필요하오. 지옥이 없으면 천국도 없는 거요. 그리스도가 안 계시는 세상을 나는 상상할 수 없소. 지옥의 풍경이 아무리 참혹해도 십자가의 눈부신 아름다움을 볼 수만 있다면 나는 견딜 수 있소. 지옥의 악취가 아무리 끔찍해도 십자가에서 피어오르는 놀라운 향기를 맡을 수만 있다면 나는 견딜 수 있소. 신이 왜 인간에게서 절대적 자유의 감각을 빼앗지 않았는지, 내가 무엇 때문에 고통을 견디면서 지옥의 심연을 들여다보았는지, 이제 알겠소?"

그의 목소리가 다시 팽팽히 당겨진 활시위처럼 떨리고 있었다.

"당신도 그리스도를 보지 않았소? 지옥의 심연에서."

그는 나를 뚫어질 듯 응시했다.

"내가 본 그리스도와 당신이 본 그리스도는 같은 분이오?"

거의 속삭이는 듯한 목소리였다.

"왜 대답을 하지 않소?"

그는 다그치듯 물었다.

"무함마드가 한 분뿐이듯, 예수도 한 분뿐인 걸로 알고 있습니다."

"그렇소. 그리스도는 오직 한 분뿐이오."

"그렇다면 같은 분이겠군요."

"하지만 같은 분이 아닐 수도 있소."

"무슨 뜻인가요?"

"나는 마귀를 잘 알고 있소. 마귀를 모르고서는 신을 올바르게 섬길 수 없소. 신을 올바르게 섬기기 위해 나는 오랫동안 마귀와 전쟁을 해왔소. 마귀를 보려면 때때로 눈을 감아야 하오. 눈을 감아야만 보이는 마귀들이 많소."

그는 숨을 깊이 들이켰다.

"마귀는 우리의 짐작보다 훨씬 더 지혜롭소. 마귀가 인간의 마음속으로 들어올 때 즐겨 이용하는 통로가 있으니, 어둠과 그림자가 그것이오. 마귀가 가장 싫어하는 것이 빛과 실재요. 밝디밝은 실재의 세계에서는 환상이 피어오르지 않소. 환상은 어둠과 그림자 속에서만 피어나는 기이한 꽃이오. 그 기이한 꽃들이 당신의 기록책 속에서 너울거리고 있었소."

"요나는 그림자가 아닙니다."

"무슨 뜻이오?"

"내가 예수를 본 것은 요나를 통해서였습니다. 나에게 예수를 보여준 요나는 그림자가 아닙니다. 신이 만드신 아름다운 생명체입니다."

"나는 인간들이 펼치는 환상의 꽃 앞에서 요사스럽게 춤을 추는 마귀들을 수없이 보아왔소."

"요나를 본 적이 있습니까?"

나의 말에 그는 흠칫 놀랐다.

"당신은 요나를 보지 않았지만, 나는 보았습니다. 나의 눈은 창에 찔려 흙벽에 박혀 있는 요나의 모습만큼 명확한 실재를 지금까지 한 번도 본 적이 없습니다."

나는 분노를 느끼며 말했다.

"나는 요나를 보지 못했지만, 마귀는 보았소. 당신은 요나를 보았지만 마귀는 보지 못했소. 마귀에 대해 무지할 때 마귀의 권능은 신처럼 눈부시오."

"나는 유일신 알라를 믿는 신앙인이면서 또한 역사가입니다. 역사가는 우리가 살고 있는 세상에서 일어나는 사건을 기록하는 사람입니다. 기록이라는 행위에서 가장 중요한 것은 정확성입니다. 역사의 진실은 정확성에서 비롯됩니다. 정확성의 밑바탕은 빛과 실재입니다. 역사가가 가장 싫어하는 것이 어둠과 그림자인 까닭은 이 때문입니다. 글쓰기에 관한 한 나 역시 당신처럼 오랫동안 마귀와 전쟁을 해왔습니다."

"당신이 싸웠던 마귀와 내가 싸웠던 마귀는 다르오."

"물론 다르겠지요. 하지만 분명한 것은 어떤 종류의 마귀든 마귀가 파괴하고자 하는 대상이 궁극적 실재라는 사실입니다. 그런 점에서 내가 싸웠던 마귀는 당신이 싸웠던 마귀와 다르지 않습니다."

"당신은 환생을 정말 믿고 있소?"

그는 나를 빤히 보며 물었다.

"지금의 생애와 전혀 다른 생애가 그전에 있었다는 사실을 받아들이기가 쉽지 않습니다. 그럼에도 받아들일 수밖에 없는 것은, 전생의 기억이 너무나 명료하기 때문입니다. 명료함 앞에서 춤을 출 수 있는 마귀는 없습니다."

"죽음이 다른 생애의 시작이라면 천국과 지옥은 텅 비게 되오. 천국과 지옥이 비어 있다는 것은 신의 심판이 없다는 것을 뜻하오. 이것이 가능하다고 생각하오?"

목소리가 음울했다.

"알고 싶은 어떤 것을 가장 확실히 아는 방법은 그것을 체험하는 것입니다. 죽음을 가장 확실히 알려면 죽음을 체험하면 됩니다. 하지만 산 사람은 죽음을 체험할 수 없습니다. 나는 죽음에 대해 모릅니다. 그렇지만 이 사실만은 알고 있습니다. 신이 창조하신 우주의 모든 현상과 법칙을 알기에는 우리의 지식이 너무나 보잘것없다는 사실을 말입니다."

그는 처음으로 침묵했다. 무엇인가를 깊이 생각하는 표정이었다.

"나에게……"

그가 입을 열었다. 안색이 파리했다.

"요나를 보여주시오."

낮과 밤이 뒤섞이는 시간이었다. 창으로 새어들어오는 빛이 툭툭 떨어지고 있었다.

22

노트를 내려놓았다. 사제가 전생의 나였다는 이브라힘의 말은 여전히 받아들이기 힘들었다. 자신의 삶이 환생의 운명 속에 놓여 있음을 안다면 누구라도 삶에 대한 생각이 달라질 것이다. 탄생과 죽음이 끊임없이 되풀이된다는 사실은, 받아들이는 입장에 따라 축복일 수도 있고 저주일 수도 있다.

환생의 기원에 대해 연구자들은, 인간의 생명이 자연과 우주의 생명과 연결되어 있다는 믿음과 밀접한 관계가 있다고 말한다. 식물은 겨울이 오면 죽었다가 봄이 오면 재생한다. 죽음과 재생은 하늘에서도 일어난다. 별빛이 가득한 하늘에는 달이 보이지 않는다. 달의 죽음이다. 사흘의 죽음 뒤에 달은 홀연 모습을 드러낸다. 달의 재생이다. 연구자들은 환생에 대한 사유가 죽음과 재생을 거듭하는 식물과 달의 모습에서 싹텄을 것이라고 주장한다. 자연과 우주의 생명질서 속에 자신의 생명도 편입되기를 강력히 욕망했던 인간에게 환생은 그 욕망을 실현하는 매혹적인 통로가 되었을 것이다. 그런 과정을 거쳐 태어난 환생사상이 신화와 종교의 바탕이 되었으리라는 생각은 대단히 자연스럽다.

환생사상은 동양에만 있는 것이 아니다. 서양에도 그것은 깊숙이 뿌리를 내리고 있다. 고대 그리스의 오르페우스 신비교 경전은 환생을 '눈물이 나도록 진저리쳐지는 수레바퀴'라는 말로 표현하고 있다. 그리스의 수학자이며 철학자인 피타고라스는 영혼불멸 사상에 기초하여 환생사상을 철학적으로 체계화했으며, 아이스킬

로스, 소크라테스, 엠페도클레스, 핀다로스, 헤로도토스, 플라톤, 플루타르코스, 키케로, 플로티노스 등 고대의 대표적인 지식인들이 환생사상을 받아들였다.

환생사상의 가치관은 육체가 성장하는 데 시간이 필요하듯 영혼의 성장에도 수많은 생이 필요하다는 생각에 바탕을 두고 있다. 유일신을 섬기는 종교가 환생사상을 받아들일 수 없는 이유는 이 때문이다. 환생이라는 '존재의 유랑'이 궁극적으로 지향하는 바가 존재의 완성이고 구원이라면, 신의 역할과 충돌하게 된다. 그러나 신비주의자들에게 환생사상은 신의 역할과 전혀 충돌하지 않는다.

신비주의자들은 우주의 삼라만상을 마음대로 조종하고 인간이 살아온 생애의 결과를 천국과 지옥으로 심판하는 인격신의 모습을 거부한다. 신비주의자들에게 신은 시간과 공간을 초월하는 존재의 원천이며, 모든 생명체의 내면에 존재하는 절대정신이다. 그러므로 신비주의자들에게 천국 혹은 낙원이란 사후에 경험하는 미래의 어떤 세계가 아니라 신과의 합일을 통해 '이 생애'에서 경험할 수 있는 현재적 세계이다.

유대교 신비주의의 원천인 카발라의 경전 『조하르』에는 다음과 같은 구절이 있다.

─영혼은 절대계에서 생겨났으며 다시 그곳으로 돌아가야 한다. 이런 목적을 이루기 위해서는 완성의 경지에 이르러야 한다. 인간의 영혼은 완성의 씨앗을 품고 있다. 이번 생에서 완성의 경지에 이르지 못하면 다음 생, 그다음의 생을 계속 살아야 한다. 신과 재결합할 때까지.

카발라에서는 흠이 있는 영혼들이 다시 태어난다고 믿고 있다. 하느님이 자비를 베풀어 흠이 있는 영혼들에게 영혼을 회복할 수 있는 기회를 마련해준 것이 환생이라는 것이다. 대단히 의로운 영혼들이 환생할 수도 있는데, 그것은 인류와 우주가 더욱 선해지도록 하기 위함이라고 했다.

그리스도교가 로마제국의 국교가 되기 전까지 환생사상은 교회 신학의 일부였다. 3세기 그리스도 신학의 연구자 오리게네스는 자신의 대표적 저서이며 최초의 체계적 그리스도교 신학서인 『원리론』에서 다음과 같이 주장했다.

─영혼은 태초부터 존재했다. 따라서 영혼은 이미 여러 세상을 거쳤으며, 완성에 이를 때까지 또다른 세상들을 거치게 된다. 모든 영혼은 전생에서의 승리로 강해지거나, 패배로 약해져서 이 세상으로 돌아온다. 이 세상에서 명예 혹은 불명예를 겪는 것은 전생의 선업과 악업에 따라 결정되며, 이번 생에서 하는 일이 다음 생을 결정한다.

그리스도교를 국교로 정한 콘스탄티누스 황제는 325년 니케아 회의를 소집하여 환생사상을 이단으로 규정하고 환생사상과 관련된 모든 구절들을 삭제하도록 명령했다. 환생사상을 믿고 있다는 이유로 일곱 명의 그리스도교인들을 처형한 것은 385년이었다. 이 사건 이후 백오십여 년 동안 환생사상에 대한 탄압은 없었다. 탄압을 다시 시작한 이는 유스티니아누스 황제였다.

그는 543년 콘스탄티노플에서 종교회의를 소집하여 15개 조항을 선포했는데, 그중 4개 조항이 환생사상에 관한 것이었다. 첫번째 항목이 "누구든지 터무니없이 영혼의 선재先在와 영혼의 복원을 주장하면 그를 파문하라"였다. 환생사상을 교리에서 완전히 추방한 것은 553년 콘스탄티노플 종교회의에서였다.

로마제국이 그리스도교를 국교로 정한 가장 큰 이유는 신민을 효율적으로 다스리기 위해서였다. 하나의 제국과 한 사람의 황제를 확고하게 세우려면 하나의 신과 역시 단 하나의 종교가 필요했다. 교회가 권력을 가져야 하는 까닭이 바로 여기에 있었다. 스스로의 힘으로 구원을 추구하는 환생사상은 교회의 권력을 무화하는 강력한 사유체계였다. 그리스도교가 제국의 종교로 존속하기 위해서는 환생사상을 제거할 수밖에 없었다.

그리스도교인 가운데 환생사상에 마음의 문을 연 이들은 플라톤주의자와 영지주의자였다. 초기 그리스도교를 이끌었던 이들 신비주의자들은 이단자로 낙인 찍혀 그리스도교 역사의 그림자 뒤로 자취를 감추었다.

나는 누구이며, 무엇인가? 왜 나는 이 세상에 육신을 갖고 태어났는가? 나는 어디를 향해 가고 있는가? 탄생은 왜 있으며, 죽음은 왜 있는가?

이 궁극적 질문 앞에 놓인 수많은 해답들 중의 하나가 환생사상이다. 환생사상에서 죽음은 새로운 삶의 입구이다. 『티베트 사자의 서』에 따르면 죽음을 어떻게 맞느냐에 따라 새로운 삶이 결정되고, 이때 비로소 '죽음의 기술' 혹은 '죽음의 예술'이라는 말이 성립한다. 죽음에는 삶과 마찬가지로 기술 혹은 예술이 필요하다는 것이다. 『티베트 사자의 서』는 죽음의 기술 혹은 죽음의 예술에 관한 책이다.

불교와 힌두교는 죽음의 순간에 갖는 마지막 생각이 다음 생을 결정짓는다고 가르친다. 올바른 죽음이 중요한 까닭이 여기에 있다. 『티베트 사자의 서』역시 이 사실을 강조하고 있다. 『티베트 사자의 서』는 죽음이 찾아오면서 육체에 일어나는 현상들을 분석하고, 죽어가는 사람과 그를 도우려는 사람들이 어떤 준비를 해야 하는지를 자세히 설명한다.

어머니가 몸을 누인 죽음의 침상이 궁금했다. 자신의 죽음을 어떻게 받아들였는지, 죽음의 입구로 들어가면서 어떤 생각과 감정에 사로잡혔는지, 어머니의 육신이 마지막으로 들었던 소리는 무엇인지, 모두 궁금했다. 강희의 말에 따르면 숨을 거두기 직전 눈물을 흘렸다는데, 무엇이 그녀로 하여금 눈물 흘리게 했는지도 궁금했다.

아버지가 췌장암 판정을 받은 것은 2008년 12월 27일이었다. 암세포는 이미 간과 뼈의 일부까지 번져 있었다. 고등학교에서 역사를 가르치던 아버지가 가장 견디기 힘들어했던 것은 학생들을 더이상 가르칠 수 없다는 사실이었다. 어머니와 결혼하면서 역사학자의 꿈을 접고 교사로 취직한 아버지는 다행스럽게도 가르치는 재미와 보람을 빨리 찾았다고 했다.

그날, 이스라엘은 가자 지구를 대상으로 전면적 기습공격을 감행했다. 작전명은 '캐스트 리드(Cast Lead)'였다. 공격의 목적은 하마스의 소탕이었다. 내가 가자 지구로 들어간 것은 이틀 후인 12월 29일이었다. 취재원 나즈와 셰이크는 전쟁 첫날을 다음과 같이 증언했다.

"이스라엘의 공습은 아이들의 중간고사 첫날에 시작되었습니다. 그날 제 아들인 아메드는 시험을 마치고 일찍 집에 왔습니다. 갑작스레 시작된 공습에, 창문도 벽도 아이들도 동시에 흔들렸습니다. 제 딸 살마는 나를 찾으며 쓰러졌습니다. 아메드는 바닥에 엎드려 비명을 지르며 형 무스타파를 찾았습니다. 무스타파는 학교에서 돌아오지 않았습니다. 생후 넉 달 된 모하메드는 울음을 터뜨렸습니다. 내가 할 수 있는 일은 아무것도 없었습니다. 무슨 일이 일어났는지조차 알 수가 없었습니다. 저는 그저 스스로에게 물었습니다. 심판의 날이 온 건가? 우리 모두 죽는 건가? 그날 밤 열시가 돼서야 전기가 들어왔습니다. 마침내 뉴스를 볼 수 있었습니다. 화면에는 주검들이 가득했습니다. 하나, 둘, 열, 스물…… 더이상 그 수를 셀 수가 없었습니다. 대체 무슨 일이 벌어지고 있는 건지요? 우리가 너무 하찮아서인가요? 그래서 우리 따위에겐 아무도 관심이 없는 건가요? 아이들, 가족, 친구, 이웃의 얼굴들이 끊임없이 떠올랐습니다. 누구의 이름이 다음 사망자 명단에 오를지는 아무도 알 수가 없었습니다."

가자 전선에서 내가 처음 본 시체는 알시파 병원에 수습되어 있던 세 어린아이의 것이었다. 이스라엘군의 포격으로 목숨을 잃었다고 했다. 한 아이는 대여섯 살쯤, 다른 두 아이는 서너 살쯤 되어 보였다. 세 아이 모두 겉모습은 깔끔했다. 누워 있는 모습만 보면 꼭 잠들어 있는 것 같았다.

대여섯 살쯤 되어 보이는 아이는 고개를 왼쪽으로 약간 기울이고, 왼손을 가슴에 올린 채 눈을 감고 있었다. 머리에 붕대가 친친 감긴 그 옆의 아이는 고개를 오른쪽으로 기울인 채 눈을 감고 있었고, 맨 오른쪽 아이는 눈을 반쯤 뜬 채 입을 벌리고 있었다. 흰 치아가 가지런했다.

내 눈에서 눈물이 뚝뚝 떨어졌다. 그전에는 없던 일이었다. 이유를 알 수가 없었다. 아버지 때문인가, 잠시 생각했지만, 그렇지만은 않은 것 같았다.

전쟁 이레째인 2009년 1월 2일, 이스라엘은 외국인들만 에레츠 검문소를 통해 가자 바깥으로 나가는 것을 허용했다. 그날 이스라엘 무인항공기는 가자 남쪽 칸유니스의 알쿠즈 대학 부근에 로켓을 발사했고, 열 살에서 열세 살 사이의 자매 세 명이 폭사했다. 열세 살 아이는 내가 있던 알시파 병원에서 숨을 거두었다. 의료진에 따르면 아이는 내출혈에 뇌손상까지 입은 상태였다. 심장마비를 일으켜 삼십 분가량 심폐소생술을 시도했지만 소용이 없었다. 옆 병상에는 삼십대 여성이 의식을 잃은 채 누워 있었다. 전쟁 첫날 출근길에 부상을 당했다고 했다. 또다른 침대에는 전날 오후 알파루크 사원 근처에 떨어진 폭탄에 부상을 입은 열다섯 살 소년이 누워 있었다. 아이의 작은 몸에는 상처가 백 군데가 넘었다. 파편이 몸 곳곳에 박혀 있었다. 다리 절단 수술까지 받았지만, 뇌손상이 커서 살기 힘들 것이라고, 의사가 말했다. 그 소년은 한 얼굴을 떠올렸다. 이라크 소년 알리였다.

2003년 4월 16일 쿠웨이트 이븐 시나 병원에 입원했던 알리는 화상환자가 받을 수 있는 최상의 치료를 받았고, 한 달 후인 5월 13일에는 중환자실에서 나올 수 있었다. 피부 이식 부위는 잘 아물고 있었다. 7월 26일 쿠웨이트 총리는 알리가 세계 최고의 재활 센터인 영국의 퀸 매리 병원에서 치료를 받게 되었다고 공식 발표했다. 8월 7일 알리는 영국에 도착했고, 10월 12일에는 진짜 팔과 거의 흡사한 인공 팔을 착용했다. 12월 10일 웨스트민스터 대사원에서 '용감한 어린이상'을 받은 알리는 12월 19일 이라크로 귀향했다. 폐허가 된 집터를 돌아보고 있는데, 강아지 한 마리가 꼬리를 흔들며 달려왔다. 알리가 키우던 강아지였다. 2004년 1월 27일 알리는 영국 런던으로 돌아왔다. 지금 런던에서 학교를 다니고 있는 알리는 키가 계속 자라 매년 인공 팔을 바꿔주어야 한다. 알리의 꿈은 컴퓨터 기술자가 되는 것이다.

전쟁 여드레째인 1월 3일 이스라엘군은 탱크와 장갑차를 앞세우고 가자로 진격해들어왔다. '캐스트 리드' 제2단계, 지상전의 시작이었다. 전폭기의 소음과 미사일의 굉음, 총소리와 폿소리가 가자의 공기를 쉴새없이 갈라놓았다. 알시과 병원 복도는 금세 피로 물들었다. 흰 수염에 머리가 벗어진 한 남자가 어린 딸의 주검 앞에서 오열하고 있었다.

"우리 가족은 모두 죽었다. 내 아버지, 어머니, 아내, 아들이 죽었다. 내 여동생과 그 자녀들, 내 사촌들 모두 죽었다."

1월 6일 이스라엘군의 포격으로 가자 북부 자발리야의 유엔학교에 피신해 있던 가자 주민 가운데 43명이 숨지고, 100여 명이 다쳤다. 남부 칸유니스에서도, 가자 외곽 샤티 난민 캠프에서도 유엔학교가 이스라엘군의 공격을 받아 각각 2명과 3명이 목숨을 잃었다. 이스라엘군이 유엔 건물을 겨냥한 것은 처음이 아니었다.

1996년 4월 18일, 헤즈볼라 근거지 소탕작전을 벌이던 이스라엘 군은 예수가 물을 포도주로 변하게 했다는 가나의 유엔군 기지에 박격포 공격을 가했다. 기지에 피신해 있던 레바논 민간인 800여 명 가운데 102명이 포격으로 목숨을 잃었다. 사망자의 절반 이상 이 어린이였다.

1월 7일 바티칸의 정의평화장관 레나토 마르티노 추기경은 가 자에서 가진 인터뷰에서 "가자의 상황을 눈여겨보라. 가자는 점점 나치스가 만든 유대인 집단수용소를 닮아가고 있다"고 말했다. 그 말을 들었을 때, 2008년 3월 2일 칼럼니스트 스티브 허치슨이 아 랍 뉴스에 기고한 글이 떠올랐다. 그는 "나치스가 바르샤바에 만 든 게토와 가자의 오늘이 너무도 흡사하다"고 썼다.

이스라엘이 '캐스트 리드'의 작전 종료를 선언한 것은 작전 개 시 22일 만인 2009년 1월 18일 오전 2시였다. 하마스와 합의 없이 일방적으로 발표한 선언이었다. 그동안 1,400명이 넘는 사람들이 사망했고, 학교와 병원 등 수많은 공공시설이 파괴되었으며, 수천 명의 팔레스타인 사람들이 집을 잃었다.

내가 팔레스타인 전선을 떠나 뉴욕에 도착한 것은 2009년 1월 23일 오후 네시 무렵이었다. 병원용 침대 위에서 태아처럼 웅크리 고 누워 있던 아버지는 나를 보더니 희미하게 웃어 보였다. 간병 인은 아버지가 뼈의 통증을 힘들어하며, 간으로 전이된 암세포 때 문에 몽롱한 상태에 자주 빠진다고 말했다. 아버지의 목소리엔 힘 이 없었다. 목소리가 무디고 밋밋했다. 그리고 자주 떨렸다. 우울 증의 증상 가운데 하나였다. 아버지는 그런 목소리로 나를 낳은

어머니가 살아 있다는 사실을 밝혔다. 힘겹게 이야기하는 아버지
의 눈에 눈물이 어렸다.

23

　그날은 예수가 평소보다 일찍 행낭을 챙겼다. 양떼를 몰고 멀리
까지 나가볼 것이라 했다. 근처 들판에는 양이 뜯을 풀이 많지 않
다는 것이었다. 행낭 속에 마른 무화과와 건포도, 치즈와 빵을 넣
었다. 마당에 서서 양을 몰고 들판으로 가는 그의 모습을 지켜보
았다. 햇살이 눈부셔 눈을 제대로 뜰 수 없었다. 말간 하늘은 호수
처럼 푸르렀다.
　집 안이 텅 비어 있었다. 수산나는 여동생의 혼인 준비로 전날
집을 떠나고 없었다. 사흘 후에 돌아온다고 했다. 마당에 앉아 바
구니를 짰다. 버드나무와 층층나무 가지는 탄성이 좋아 바구니 짜
는 데 안성맞춤이었다. 그가 왜 평소보다 일찍 나갔는지 궁금했
다. 멀리 간다고 했으니 늦게 들어올 것이다. 혹시 나의 마음을 알
고 있는 것은 아닐까. 그래서 나와 단둘이 있는 것을 피하려고 일
부러 멀리까지 나간 것은 아닐까. 생각들이 꼬리를 물고 이어졌
다. 얼굴이 화끈거려 바구니 짜던 손을 몇 번이나 놓쳤다.
　구름 한 점 없던 하늘이 어두워지기 시작한 것은 오후가 되면서
였다. 금세 하늘이 컴컴해지더니 빗방울이 떨어졌다. 빗줄기는 시
간이 지나면서 점점 더 굵어졌다. 어떻게 해야 할지 알 수가 없었

다. 그를 찾기가 쉽지 않을 것이다. 그를 찾으러 나간 사이 그가 집에 돌아오면 오히려 낭패였다. 비를 흠뻑 맞은 그를 위해 해야 할 일이 많다. 그렇다고 집에 가만히 있자니 걱정이 되어 견디기 힘들었다. 한참을 망설이다 겉옷을 입었다. 비옷도 걸쳤다. 그의 비옷도 챙겼다.

비 내리는 들판에는 안개가 자욱했다. 양털 같은 안개였다. 빗줄기가 세찼다. 비옷도 소용없었다. 옷이 금세 젖어들었다. 들판은 진흙탕이었다. 발이 푹푹 빠졌다. 안개 때문에 앞이 잘 보이지 않아 방향을 가늠하기가 힘들었다. 그를 찾기에는 들판이 너무 넓었다. 양떼 울음소리가 들려오기를 기대할 뿐이었다. 옷은 빗물과 진흙 범벅이었다. 주위가 어두워지고 있었다.

양의 울음소리를 들은 것은 집을 향해 발길을 막 돌리려 할 때였다. 처음에는 환청인가 생각했다. 하지만 아니었다. 울음소리가 귀에 익었다. 가만히 귀를 기울였다. 어린 양의 울음소리였다. 예수와 내가 어미의 몸에서 나오는 모습을 지켜보았던 새끼양이었다. 울음소리를 쫓아 뛰어갔다. 어린 양은 어두운 들판에서 홀로 울고 있었다. 주위에는 아무도 없었다. 그를 소리쳐 불렀으나 대답이 없었다. 어린 양을 안아올렸다. 품에 안긴 양은 가만히 있었다. 아기를 품은 것 같았다. 조금 있으니 가슴이 따뜻해져왔다. 빗속에서 어린 양을 찾아 헤맬 그의 모습이 떠올랐다. 집을 향해 걸음을 빨리했다. 빗줄기가 몸을 후려치는 듯했다. 어린 양이 품속으로 파고들었다.

그는 집에 없었다. 마당도 방도 텅 비어 있었다. 양 우리로 가보았다. 양들은 돌아와 있었지만 그는 보이지 않았다. 헛간과 작업실에도 없었다. 빗줄기는 여전히 세찼다. 마른 수건으로 어린 양의 몸을 닦으면서 그가 어디를 갔을까, 생각했다. 잃어버린 양을 찾아야 했을 것이다. 집에 와보니 내가 없어 나를 찾으러 갔는지도 몰랐다. 그를 찾으러 다시 들판으로 나가는 것보다 그가 돌아오기를 집에서 기다리는 게 나을 듯했다. 옷에서 물이 뚝뚝 떨어졌다. 바닥에 금세 빗물이 고였다. 가만히 있으니 더 추웠다. 몸이 덜덜 떨렸다. 불을 피우고 옷을 갈아입어야 하는데 그가 빗속에 있으니 그렇게 할 수 없었다. 그를 위해 불을 피우고, 그를 위해 장롱에서 잘 마른 옷을 꺼내고 싶었다. 나를 위해서는 아무것도 하고 싶지 않았다. 들판은 점점 어두워지고 있었다. 들판을 헤매는 그가 보였다. 어린 양을 부르는 그의 목소리가 귓전을 맴돌았다. 어느새 내가 어린 양이 되어 있었고, 그는 애타는 목소리로 나를 찾고 있었다. 비 내리는 들판에서.

시간이 얼마나 지났는지 알 수가 없었다. 기척에 눈을 뜨니 그가 나를 내려다보고 있었다. 머리와 옷에서 빗물이 뚝뚝 떨어졌다. 나를 내려다보는 그의 눈에는 눈물이 어려 있었다. 숨이 막혔다. 묻고 싶은 것은 많은데, 입이 열리지 않았다.

"내가 잃어버린 것을 그대가 찾았구려."

그의 목소리는 깊고 낮았다. 깊고 낮은 그 목소리에는, 그전에는 느끼지 못했던 어떤 감정이 깃들어 있었다.

"나는 잘 견디는 사람이오. 나처럼 잘 견디는 사람을 찾기가 쉽지 않을 것이오. 그렇지 않소?"

나는 말없이 고개를 끄덕였다.

"하지만 양 한 마리를 잃어버렸다는 것을 알았을 때, 그 잃어버린 양이 가장 어린 양이라는 것을 알았을 때는 견디기 어려웠소. 지금까지 모든 것을 견뎌왔지만, 그것만은 견디기가 어려웠소. 내가 양들을 끌고 집에 온 것은 두 가지 이유 때문이었소. 우리가 지나온 곳 어디엔가 어린 양이 있을지도 모른다는 기대가 첫번째 이유라면, 두번째 이유는 나머지 양들을 안전하게 데려오기 위함이었소. 잃어버린 양을 찾겠다고 또다른 양들을 잃어버릴 수는 없지 않겠소. 집에 도착하니 그대가 보이지 않았소. 나를 찾으러 나간 것이라고 생각했소. 양들을 우리에 넣고 들판으로 다시 나갔을 때 내 머릿속은 온통 어린 양 생각뿐이었소. 나는 하느님께 간절히 기도했소. 하느님이 나를 진정으로 사랑하신다면 어린 양을 찾게 해달라고 말이오. 그런데 말이오……"

그는 두 손으로 나의 얼굴을 조심스레 감쌌다.

"시간이 지나면서 차츰 그대가 머릿속으로 들어오기 시작했소. 빗속에서 떨고 있는 어린 양과 그대의 모습이 나란히 떠올랐소. 그대와 어린 양을 구별할 수가 없었소. 그대는 어린 양이었고, 어린 양이 곧 그대였소."

나도 똑같은 생각을 하고 있었다고 말하고 싶었으나 입안에서만 맴돌 뿐이었다.

"그 어린 양 앞에서 나는 눈먼 목자일 뿐이었소."

"당신은 메시아이십니다."

나의 말에 그는 고개를 가로저었다.

"어린 양을 잃어버린 것조차 모르는 목자가 어떻게 메시아일 수가 있겠소."

"저의 몸은 당신이 메시아임을 증거하고 있습니다. 당신은 제
몸의 질병을 낫게 해주셨습니다."

"내가 그대의 병을 고쳐주었다는 사실을 얼마나 많은 사람들이
알고 있소?"

그의 물음에 말문이 막혔다.

"그대에게는 내가 메시아요. 하지만 그더의 질병이 완치된 사실
을 모르는 사람들에게 나는 메시아가 아니오. 나는 평범한 목수이
자 서투른 목자일 뿐이오. 어린 양을 찾아다니며 이 사실을 절실
히 깨달았소. 그대가 내 어린 양을 찾아주었으니, 이제 나는 그 어
린 양을 보살피겠소."

무슨 말인지 알 수 없었으나 가슴이 몹시 떨렸다. 그는 나의 손
을 잡았다. 나는 그가 이끄는 대로 따라갔다. 그가 나를 데리고 간
곳은 욕조가 있는 이층 다락방이었다. 등잔이 켜져 있었다. 방 안
이 훈훈했다. 화로 위에는 물이 데워지고 있었다.

"의자에 앉아요."

나는 의자에 앉았다. 그는 따뜻한 물을 대야에 담아 발치에 놓
았다. 그가 무엇을 하려는지 알아차리고 화들짝 놀랐다. 발이 절
로 움츠러들었다.

"양은 목자의 말을 따르는 법이오."

그가 나를 올려다보며 속삭이듯 말했다. 얼굴이 화끈거렸다. 내
두 발을 감싸는 그의 손길이 느껴졌다.

"그대의 두 발은 방황하는 목자를 따라오느라 엉망이 되었구려."

눈을 감았다. 먼지가 자욱한 길이 떠올랐다. 장밋빛으로 물든 하늘 아래 길은 끝없이 이어지고 있었다. 그는 늘 홀로 걸었다. 제자들이 그를 따르고 있을 때도 언제나 홀로였다. 오래전부터 내가 갈망한 것은 그와 나란히 걷는 것이었다. 향기로운 냄새가 났다. 눈을 떴다. 그가 물속에 향유를 따르고 있었다.

"이 향유는 이웃집 여인에게 침대를 만들어주고 받은 품삯이오."

눈물이 고여 그의 얼굴이 잘 보이지 않았다. 내 두 발이 그의 손길에 씻기고 있을 때 가슴속에서는 경이로운 고통이 물결치고 있었다.

"젖은 옷을 벗으시오."

내 발을 다 씻긴 그가 말했다. 나는 그의 말에 따라 옷을 벗었다. 부끄러우면서도 부끄럽지 않았다. 내가 옷을 벗는 동안 그는 욕조에 따뜻한 물을 채웠다. 그러고는 옥합에 남아 있는 향유를 욕조 속에 모두 따랐다.

"그대의 몸은……"

그는 나의 벗은 몸을 들여다보며 말했다.

"양털처럼 희구려."

그가 나를 가볍게 껴안았다. 그의 젖은 옷이 맨살에 닿았다.

"들어가시오."

욕조 안으로 들어가자 맑고 따뜻한 향기가 몸 안으로 스며들었다. 그는 나의 머리를 감기고, 비누질한 수건으로 내 몸을 문질렀다. 그의 손길은 부드럽고 섬세했다.

24

어머니가 살아 있다는 사실을 안 후 세 번 한국을 찾았다. 처음 한국을 찾았던 일주일 동안 어머니를 본 것은 단 두 번뿐이었다. 서울에 도착한 날과, 서울을 떠나기 하루 전에 어머니와 함께 식사한 것이 전부였다. 어머니는 한 번도 나를 집으로 초대하지 않았다. 내가 머문 곳은 작은 호텔이었다. 강희가 잡아준 숙소였다. 서울 구경과 지방 여행 모두 강희와 함께했다.

"신병神病이 얼마나 괴로운지 겪어보지 않으면 몰라요."

서울 도심에 있는 고궁 안을 함께 거닐며 강희가 말했다. 이른 봄의 햇살은 희고 따뜻했다.

"거의 매일 머리가 아팠어요. 머리가 부서질 것 같고, 눈알은 빠져나갈 것 같았어요. 병원에선 신경성 두통이라고 했지만, 두통약을 아무리 먹어도 듣지 않았어요. 정밀검사 결과도 이상이 없었고요. 머리가 아프면서 감각기관이 예민해졌어요. 창으로 새어드는 희미한 빛에도 눈이 아파왔고, 음식 냄새를 맡으면 속이 메슥거렸어요. 냄새 안 나는 음식이 어디 있겠어요? 물 말고는 아무것도 먹을 수 없었어요. 어깨도 늘 아팠어요. 꼭 아기라도 업고 있는 것처럼."

걸음을 멈춘 강희는 하늘을 잠시 올려다보고는 다시 걷기 시작했다.

"누워도 앉아도 일어서도 아기의 무게는 사라지지 않았어요. 참다못해 병원에 가면 아무 이상이 없다는 거예요. 피부가 예민해져

평소에 입던 옷도 입을 수 없었어요. 외출이 불가능했죠. 어두컴컴한 방 안에서 무릎을 세우고 앉아 허공만 바라보는 나날이 계속되었어요. 눈을 감으면 나비가 보이곤 했어요. 흰 꽃도 자주 보였어요. 상여가 보일 때도 있었고, 푸르스름한 별들이 쏟아져내릴 때도 있었어요."

소리도 들렸다고 했다. 아이들의 노랫소리가, 쟁강 쟁강 쟁강 하는 방울 소리가, 따그닥 따그닥 따그닥 하는 말발굽 소리가.

"그 모든 소리들이 나를 부르는 것처럼 느껴졌어요. 먼 곳에서 누군가가 나를 애타게 부르는 소리 같았어요. 그러니 소리를 찾아갈 수밖에요. 정신을 차리고 보면 모르는 곳이었어요. 길바닥에 쓰러져 있기도 했고 인적이 없는 산속이었던 적도 있었어요. 산속을 얼마나 헤집고 다녔는지 옷이 엉망이었어요."

그런 증상들이 내림굿을 받은 후 말끔히 사라졌다고 강희가 말했다.

"어머니의 고통은 나와 달랐을 거예요. 어린 아들이 있었으니까."

아버지의 말에 따르면 어머니는 신병에 앞서 우울증을 먼저 앓았다. 나중에 생각해보니 그것이 신병과 어떤 관계가 있는 듯했으나, 그때는 신병 자체를 몰랐다고 했다.

어머니의 우울증은 임신과 함께 시작되었던 것 같다고 아버지는 말했다. 어머니는 임신을 원하지 않았다. 어머니가 꿈꾼 것은 무용가로서의 예술적 성취였다. 피임을 했기 때문에 아이가 생기리라고는 짐작도 못했다. 아버지는 아이를 원한다고 뜻을 밝혔지만 결정은 어머니에게 맡겼다.

신인 무용가에게 출산은 커다란 장애였다. 한참을 갈등하던 어머니가 아이를 낳겠다고 마음먹은 것은 병원에서 아이의 심장소리를 듣고 난 뒤였다. 생각보다 훨씬 큰 심장소리는, 아이의 존재를 막연하게만 생각했던 어머니에게 큰 충격이었다.

입덧을 하면서 어머니는 어릴 적 먹었던 한국음식을 먹고 싶어했다. 동치미 국물, 청국장, 쑥버무리, 밀개떡…… 죽음을 앞두고 있는 아버지는 놀랍게도 어머니가 먹고 싶어했던 음식의 이름들을 기억하고 있었다. 뉴욕에서는 구할 수도, 만들 수도 없었던 음식들이었다고 아버지는 잠긴 목소리로 말했다. 어머니가 식사를 하던 중 갑자기 눈물을 흘리며 가슴이 커지고 발의 동작이 느려지고 발목이 부어오른다고 했던 말도 기억하고 있었다. 뱃속의 아이 때문이라고 했다.

어머니는 식욕을 잃었고, 수면 브족에 시달렸으며, 감정의 기복이 심해져 사소한 일에도 얼굴이 새파랗게 질리곤 했다. 아버지가 이해할 수 없었던 것은 예루살렘에서는 그런 증세가 누그러진다는 사실이었다. 어머니는 오래된 집과 오래된 거리가 마음을 편안하게 해준다고 했다. 내가 예루살렘에서 태어난 까닭은 그 때문이었다. 할아버지는 손자가 뉴욕이 아닌 예루살렘에서 태어난 사실이 그렇게 기쁠 수 없었던 모양이었다. 아버지는 할아버지가 어머니를 남다르게 아꼈던 이유를 손자의 예루살렘 출생에서 찾았다. 할아버지에게 뉴욕은 탕아의 도시였다.

기형아를 낳을지도 모른다는 두려움이 어머니에게는 컸다고 했다. 임신기간 동안의 어머니 건강상태를 생각하면 자연스러운 감정이었다. 아이가 건강하게 태어나자 어머니의 기쁨은 이루 말할 수 없었다. 기쁨이 너무 커 우울증이 사라진 것처럼 보였다고 아버지는 회상했다.

어머니는 아이가 젖꼭지를 빨 때의 감촉과 젖이 솟아오를 때의 느낌이 경이롭다고 아버지에게 말했다. 아이를 안고 있으면 우주를 안고 있는 듯한 느낌이 든다고 했다. 아이의 눈을 들여다보고 있으면 아이의 영혼이 자신보다 더 깊은 것 같은 느낌이 든다고도 했다. 수선화가 활짝 핀 센트럴파크를 거닐던 어머니가 돌연 나를 번쩍 들어올리며 "나의 예술, 나의 생명"이라고 외쳐 주위 사람들을 미소짓게 했다고 아버지는 기억했다.

아버지의 눈에 어머니는 무용을 포기한 듯 비쳤다. 그게 아니었음을 알게 된 것은 어머니와 함께 브로드웨이에서 '터미널'이라는 제목의 연극을 본 후 타임스퀘어 광장을 걷고 있을 때였다. 아버지는 연극의 한 장면을 생각하고 있었다.

어떤 혼령이 우연히 만나게 된 임신한 여인의 몸속으로 들어간다. 여인은 죽어가고 있다. 하나의 육신을 통해 생명이 들어오고 나간다. 갓난아이는 삶 속으로 들어오고, 여인은 삶을 빠져나간다.

〈터미널〉은 실험극단 '오픈 시어터'가 죽음을 탐구한 연극으로, 죽은 아이를 배고 있는 임신부처럼 죽음은 언제나 우리 내부에 있다는 릴케의 아포리즘이 연극의 중요한 이미지로 작용했다. 아버지는 별로 보고 싶지 않았지만 어머니 때문에 갔다고 했다.

어머니가 몸 안이 텅 빈 것 같다고 말한 것은, 무덤 위에서 춤을 추는 배우들의 모습이 아버지의 머릿속에 떠오르고 있을 때였다. 무슨 뜻인지 알 수가 없었다. 아버지는 어머니를 보았다. 어머니는 텅 빈 몸 안에서 새 한 마리가 퍼덕이고 있다고, 그 새는 어둡고 컴컴한 곳에서 나가고 싶어한다고 말했다. 아버지의 기억에 따르면, 어머니의 목소리는 아버지에게 말하는 것 같으면서도 동시에 아버지에게는 보이지 않는 어떤 존재에게 말하는 듯했다. 그 순간 어머니가 무용을 다시 시작할 것이라는 예감이 들었다는 것이었다. 새가 어머니에게는 무용일지도 모른다는 느낌 때문이었을 거라고 아버지는 회상했다.

어머니가 안무발표회를 준비한 것은 그로부터 육 개월 후였다. 직업 무용가의 길을 가려고 하는 어머니에게 그것은 대단히 중요한 무대였다. 어머니는 나를 예루살렘의 할머니에게 맡겼다. 뉴욕으로 돌아가는 비행기 안에서 어머니는 많이 울었다고 했다.

나에게서 해방된 어머니는 연습에 몰입했다. 아침 일찍 연습실에 나갔다가 저녁 늦게 돌아왔다. 몸은 녹초가 되어 있었다. 잠을 자면서도 끙끙 앓았고, 아침에 일어나면 늘 어딘가 아프다고 했다. 팔을 들지 못하는 날이 있는가 하면, 무릎을 굽히지 못하는 날도 있었다. 그러나 연습은 하루도 거르지 않았다.

어머니가 아버지에게 발표회를 포기하겠다고 말한 것은 공연을 불과 일주일 남겨놓고서였다. 무대가 두렵다고 했다. 아버지는 당황할 수밖에 없었다. 간혹 새벽에 잠에서 깨어나면 어머니가 옆에 없었다. 나가보면 어두운 거실 소파에 웅크리고 있는 어머니가 보였다. 처음에는 걱정이 되었으나 하루 이틀 반복되자 예술가에게 필요한 고뇌의 시간으로 간주해버렸다.

아버지는 어머니의 마음을 돌리려고 애를 썼다. 중요한 공연을 앞두고 두려움을 느끼는 것은 지극히 정상적인 감정이다. 무대에 서기 위해 그동안 얼마나 노력했는지 생각해봐라…… 꿈을 쉽게 포기하는 당신이 실망스럽다는 말까지 했다. 하지만 어머니의 마음은 돌아서지 않았다. 어머니를 에워싸고 있는 감정은 아버지가 짐작하는 것과 전혀 다른 종류의 두려움이었다.

아버지의 말에 따르면, 안무발표회를 포기한 후 어머니는 나에게 강하게 집착하기 시작했다. 나에게서 한시도 떨어지지 않으려 했다. 외출을 가능한 한 피했으며, 불가피한 경우에는 나를 데리고 갔다. 아이를 데려가면 곤란한 자리에까지 고집을 부려 무척 곤혹스러웠다고 했다.

그러던 어느 날이었다. 아버지가 학교 수업을 마치고 집에 와보니 내가 혼자서 울고 있었다. 어머니는 보이지 않았다. 해가 져도 들어오지 않았다. 어머니가 갈 만한 곳은 모두 연락해보았으나 한결같이 모른다는 대답만 돌아왔다. 어머니가 돌아온 것은 다음날 아침이었다. 옷은 더러워져 있었고, 팔과 종아리가 여기저기 긁혀 있었다. 어디에 갔었냐는 아버지의 물음에 어머니는 제대로 답하지 못했다. 횡설수설하는 어머니가 다른 사람처럼 느껴졌다고 했다. 그것이 아버지가 처음 본 어머니의 신병 증상이었다.

신병의 증세는 어머니는 물론 옆에서 지켜보는 아버지에게도 끔찍했다. 극심한 편두통에 시달렸고, 환상과 환청 때문에 잠을 제대로 못 잤다. 팔다리가 마비되는가 하면, 갑자기 앞이 보이지 않았다. 말없이 집을 나가 며칠 만에 들어오기도 했다. 어머니는 날이 갈수록 수척해져갔으나 의사는 원인을 찾지 못했다. 어머니가 당분간 한국에서 지내고 싶다고 했을 때, 역시 많이 지쳐 있었던 아버지는 내심 반갑게 받아들였다. 한국에 가면 상태가 좋아질지도 모른다는 기대감까지 품었다고 했다. 하지만 어머니는 뉴욕으로 다시 돌아오지 않았다. 한국으로 떠난 지 육 개월 만에 어머니는 내림굿을 받았다. 다른 세계로 건너가버린 것이었다. 영원히.

"케이 씨는……"

걸음을 멈춘 강희가 나를 보았다. 강희는 나를 '케이'라고 불렀다. 나의 미국 이름이 입에 잘 붙지 않는다고 했다. 왜 케이냐고 물었더니, 한국에서는 김씨 성을 가진 사람이 제일 많은데, 김의 영문 이니셜이 케이라고 말했다.

"어머니가 어린 아들을 버렸다고 생각하세요?"

나는 그녀가 기대하는 답이 무엇일까, 잠시 생각했다.

"아니라고는 못 하겠어요. 하지만 버릴 수밖에 없었던 까닭이 있었겠죠."

"목소리가…… 무뚝뚝하네요."

"난 지금…… 어머니를 이해하려고 애쓰고 있어요."

"어머니에게 화가 나 있군요."

"왜 어머니는 나와 직접 이야기하려고 하지 않죠? 영어로는 마음에 고인 혹은 고이는 말을 제대로 표현하기 힘들기 때문이라고 했는데, 그렇다면 한국어로는 마음속의 말을 제대로 표현할 수 있다는 건가요? 게다가 나를 집으로는 부르지도 않고 있어요. 어머니가 어떤 집에서 어떻게 사는지, 아들이 궁금해하는 건 당연한 거 아닌가요? 왜 나를 이렇게 외면하는지 이해할 수가 없어요."

강희는 말없이 걷기만 했다. 그녀가 입을 연 것은 빛이 바랜 문살 앞에서였다.

"무쯔의 세계는 기본적으로 죽음을 그리워하는 세계예요. 죽음을 그리워하기 때문에 죽은 자와의 관계가 이루어지는 거예요."

"죽음을 그리워한다구요?"

"무속은 본래 삶의 세계인 이승을 부정한 곳으로 봐요. 죽음의 세계는 맑고 깨끗한 세계로 인식하고요. 그러니 죽음을 그리워할 수밖에 없지요."

이와 같은 순수한 내세 형태가 변화를 보인 것은 불교가 전래하면서부터였다고 했다. 무속에 나타나는 극락과 지옥은 불교의 영향 때문이라는 것이었다.

"어머니는 왜 삼십몇 년 만에 만난 아들과 단둘이서 이야기하려고 하지 않을까요? 무엇 때문에 아들을 당신의 집으로 불러들이지 않을까요? 어머니는 아들을 죽음의 세계로 끌어들이고 싶지 않은 거예요. 무당이 죽음의 세계와 관계를 맺는 존재라면, 무당의 집은 곧 죽음의 집이지요. 그러니까 어머닌 아들을 죽음의 집으로 들이고 싶지 않은 거예요."

강희는 문살을 가만히 만졌다. 문살을 만지는 그녀의 손등 위에 희디흰 햇살이 고여 있었다.

25

이틀 후 집으로 돌아온 수산나는 우리의 달라진 관계를 금세 알아차렸다. 그리고, 진심으로 기뻐해주었다. 나는 그녀의 권유에 따라 잠자리를 헛간으로 옮겼다. 수산나는 신방을 따로 마련해야 하지 않겠느냐고 말했지만 나에겐 그곳이 세상에서 가장 아름다운 신방이었다. 그곳에는 별들이 선회하는 하늘의 길이 열려 있었다. 별과 별 사이를 거닐며 우리는 별들의 속삭임에 귀를 기울였다. 우리를 둘러싼 불과 수정의 서계는 신성한 꽃가루를 흩뿌렸고, 우리들은 눈부신 성좌 속으로 들어갔다.

황홀한 시간은 오래가지 못했다. 겨울의 기운이 누그러지고 있던 2월 초순, 시몬과 요한과 유다가 우리를 찾아왔다. 그들이 떠난 지 두 달 남짓 지난 시점이었다.

함께 있는 우리를 본 그들은 경악했다. 시몬은 신발을 벗어 마당에 패대기를 쳤고, 요한은 나를 원망스러운 시선으로 노려보았다. 유다는 말없이 서 있었으나, 침울한 표정이었다. 시몬은 예수를 흘기듯 보며 그동안 연락이 오기만을 기다렸다고 퉁명스럽게 말했다. 한 달이 넘어도 연락이 없자 걱정이 되기도 했고, 화가 나기도 했다고 투덜거리면서 어떻게 된 일이냐고 따지듯 물었다.

"너는 나를 메시아라고 생각하느냐?"

예수가 시몬을 응시하며 반문했다. 예상치 못한 질문에 시몬은 당황한 기색이었다. 시선을 어디에 둬야 할지 몰라 두리번거렸고, 두 손을 쉼 없이 움직였다. 하지만 곧 심호흡을 하고는 스승님을 메시아로 생각한다고 우렁찬 목소리로 대답했다.

"바알 신이 그려진 부적의 힘으로 병이 나은 사람이 어떻게 메시아일 수 있겠느냐?"

"제가 가족을 버리고, 직업을 버리고, 재산을 버리고 스승님을 따라나선 것은 스승님이 메시아이기 때문입니다."

"너는 내 질문에 대한 답을 피하고 있다. 다시 묻겠다. 바알 신이 그려진 부적의 힘으로 병이 나은 사람을 어떻게 메시아라 여길 수 있겠느냐?"

"스승님은 하느님의 힘으로 나으셨습니다."

"정말 그렇게 생각하느냐?"

"그렇습니다."

"너는 어떻게 생각하느냐?"

예수의 시선이 요한에게로 향했다.

"저 역시 그렇게 생각합니다."

요한은 눈을 빛내며 대답했다.

"유다 너도 그리 생각하느냐?"

"그렇게 믿고 싶습니다."

"믿지 않는다는 뜻이냐?"

"믿지 않는 것은 아닙니다."

"믿을 수도 없고 믿지 않을 수도 없단 말이냐?"

유다는 침묵했다. 그의 얼굴은 여전히 침울했다.

"너는 메시아가 실재한다고 믿느냐?"

예수의 질문에 유다는 흠칫했다. 놀란 표정이 역력했다.

“메시아가 실재하지 않는다면……”

유다의 눈이 가느스름해졌다.

“메시아가 실재하도록 만들어야지요.”

“그것이 가능하다고 생각하느냐?”

“그것이 불가능하다면 이 지옥 같은 세상을 그냥 견뎌야 하겠지요.”

“너에게는 세상이 지옥이더냐?”

유다는 질문의 의도를 가늠하려는 듯 예수를 가만히 보았다. 유다의 안색이 눈에 띄게 창백해졌다.

“이 세상이 지옥이 아니라면 누군가의 악몽일 것입니다.”

“악몽을 꾸는 이가 누구인가?”

“하느님이겠지요.”

“이 세상은 하느님의 악몽은 아니다.”

예수의 목소리는 단호했다.

“그렇다면 지옥이겠군요.”

“너는 지옥의 고통을 아느냐?”

“저는 알고 있습니다.”

“그래서 너는……”

예수는 깊이 숨을 들이켰다.

“메시아를 그토록 간절히 원하는구나.”

예수의 목소리가 슬프게 들렸다.

“스승님은 지옥의 고통을 겪는 자들을 껴안으셨습니다. 지옥의 바닥까지 내려가셔서 그들을 껴안는 스승님의 모습을, 제 두 눈으로 똑똑히 보았습니다."

유다의 눈이 어느새 붉어져 있었다.

"너는 내가 이 지옥과 같은 세상을 하느님이 언제 심판하실지, 알고 있다고 생각하느냐?"

유다는 대답을 못 하고 그를 보기만 했다.

"나는 모른다. 정말로 나는 심판의 날을 모른다. 그런데도 나를 메시아라 믿을 수 있겠느냐?"

"스승님은 언젠가 그날을 알게 될 것입니다."

"무슨 까닭으로 그리 말하느냐?"

예수의 목소리에 노여움이 서려 있었다. 유다는 무슨 말인가 할 듯하다가 곧 입을 다물었다. 내가 놀란 것은, 순간 유다의 눈에서 눈물이 주르르 흘러내렸기 때문이다. 언제나 냉철했던 그가 눈물을 보인 것은 뜻밖이었다.

그날 밤 저녁식사를 마친 후 예수는 유다와 함께 들판으로 나갔다. 예수가 그를 데리고 간 것인지, 유다가 청한 것인지는 알 수 없었다. 두 사람이 돌아온 것은 시간이 한참 지난 후였다. 남은 사람들은 그들이 나누었을 이야기를 궁금해했으나 두 사람 모두 입을 굳게 다물었다.

다음날 아침 그들은 떠났다. 예수는 멀어져가는 그들의 뒷모습을 오랫동안 바라보았다. 그날 예수는 홀로 들판으로 나갔다. 양떼를 몰고 가지 않는 것이 마음에 걸렸다. 어두컴컴해져서야 들어온 그는 양의 우리를 한번 들여다보고는 곧장 작업실로 들어갔다. 다음날도 그는 홀로 들판으로 나갔다. 그는 괴로워하고 있었다.

얼굴 표정에서, 침묵에서, 들판으로 나가는 뒷모습에서 괴로움이
묻어나왔다.

　해가 진 후 돌아온 그는 다음날 아침 떠나겠다고 말했다. 가슴
이 철렁했다. 꼭 떠나야 하냐고 물었다. 그는 말없이 고개를 끄덕
였다. 그래야 하는 이유를 알고 싶다고 했다. 그는 쓸쓸한 표정으
로 나를 보더니, 한 여자의 남편이 되어 평범한 목수로 살고 싶었
다고 말했다. 양떼를 몰고 목초지를 찾아가는 이름 없는 목자가
얼마나 부러운지 모른다고도 했다. 하지단 세상의 들판에는 목자
를 잃고 헤매는 어린 양이 너무 많다고, 그가 말했다. 당신이 정녕
메시아냐고, 나는 물었다. 자신은 메시아가 아니며, 그래서 심판
의 날이 언제인지 모른다고 대답하는 그의 목소리에는 흔들림이
없었다. 메시아가 아니라면서 어떻게 그 많은 사람들을 구원할 수
있느냐고 다시 물었다. 그는 역시 모른다고 했다. 그 말을 하며 눈
을 감았다. 잠시 후 눈을 뜬 그는 하느님이 가르쳐주실 거라고, 들
릴 듯 말 듯한 목소리로 말했다. 어디로 가느냐는 나의 물음에 그
는 남쪽으로 갈 것이라고 짧게 대답했다. 남쪽이라면 예루살렘 방
향이었다. 그에게 가장 위험한 곳이었다. 따라가겠다고, 눈물을
흘리며 애원했다. 나는 그의 일부라고, 그러니 따라가야 한다고
했다. 이제 혼자서는 단 하루도 살 수 없다고 했다. 하지만 소용이
없었다. 수산나 집에서 기다리라그 했다. 언제 돌아오느냐고 물었
다. 알 수 없다고 했다. 돌아오지 않을 수도 있느냐고 물었다. 그
는 눈물을 글썽이며 꼭 돌아온다고 했다.

　그가 돌아온 것은 떠난 지 한 달 하고도 열흘이 지난 3월 15일

이었다. 혼자가 아니었다. 제자들과 함께였다. 시몬과 요한, 유다 외에 안드레아와 야고보와 마태가 있었다.

그들의 옷은 더럽지 않았다. 깨끗했다. 신발도 해져 있지 않았다. 눈이 퀭하거나 볼이 움푹 꺼져 있지도 않았다. 그전과는 너무나 다른 모습이었다. 그들은 생기에 차 있었다. 예수에게 열광하는 군중들의 열기와 흡사했다. 이해가 안 되었다. 그동안 무슨 일이 있었던 걸까. 달라진 것은 그뿐만이 아니었다. 그들은 나를 깍듯이 대했다. 그전에는 쓰지 않던 존칭을 썼다. 놀라지 않을 수가 없었다. 나를 가장 싫어했던 시몬마저 나에게 존대했다.

예수가 나를 제자로 받아들였을 때 그들은 반대했다. 여자를 어떻게 제자로 삼을 수 있느냐는 것이었다. 그들 가운데 가장 심하게 반대한 이가 시몬이었다. 예수의 충직한 하인으로 자처했던 그였지만 그때만은 불만을 공공연히 나타냈다. 그는 나를 적대했다. 너무나 노골적인 그의 적대감에 그와 시선을 마주치기가 두려울 정도였다. 그런 그가 나에게 존칭을 쓰고 있었다.

그날 밤 마당에서 잔치가 벌어졌다. 살찐 염소를 잡고, 물고기를 구웠으며, 포도주를 넉넉하게 준비했다. 경비는 유다가 지불했다. 돈을 쓸 때 무척 엄격한 그였지만, 그날만은 달랐다. 제자들 가운데 요한과 유다만 빼놓고 모두 대식가이며 술고래였다. 배가 터지도록 먹었고, 코가 삐뚤어지도록 마셨다. 그들은 먹고 마시면서 예수를 찬양했다. 찬양에 가장 앞장선 이는 시몬이었다.

"우리는 하느님께 기도를 드리기 위해 높은 산에 올랐습니다. 산이 너무 높아 숨을 편히 쉴 수 없었습니다. 기도를 드리던 중 앞이 밝아지는 느낌에 눈을 떴습니다. 저만치서 기도를 드리고 있는 스승님이 보였는데, 눈이 부셨습니다. 스승님의 얼굴은 해처럼 빛났고, 그 옷은 빛처럼 희었습니다. 그 광채를 말로는 도저히 표현할 수가 없습니다. 모세가 하느님을 만나는 순간, 그런 빛을 보았을 거라는 생각만이 섬광처럼 떠올랐습니다."

시몬은 그때의 광경이 다시 생각나는지 눈을 지그시 감았다. 취기로 벌게진 그의 얼굴은 황홀에 싸여 있었다. 황홀에 싸인 얼굴이 또하나 있었다. 요한이었다. 시몬의 말이 끝나자마자 요한이 일어났다.

그는 예수가 산의 정상에 있을 때 눈처럼 흰 구름이 빠른 속도로 몰려와 예수를 휘감았다고, 게다가 예수를 둘러싸고 있었던 것이 구름만이 아니었다고 했다. 예수를 둘러싸고 있었던 것은 천사들이었다고 전하는 그의 목소리는 떨리고 있었다. 천사들을 보고 있을 때 구름 속에서 어떤 목소리가 들렸는데, 처음에는 몰랐으나 나중에 생각해보니 그것은 하느님의 목소리였다고 했다.

잔치의 자리에서 내가 앉은 곳은, 빛처럼 흰옷을 입고, 해처럼 빛나는 얼굴로, 천사들에게 둘러싸여 하느님의 목소리를 들은 남자의 곁이었다. 나의 위치는 제자에서 그의 반려자로 바뀌어 있었다. 제자들이 나에게 존칭을 쓴 것은 그 때문이었다.

가슴 깊은 곳에서 기쁨이 샘물처럼 고이고 있었다. 따뜻하고 투명한 기쁨이었다. 따뜻하고 투명한 기쁨 속에서 향기가 피어올랐다. 그것은 나의 향기였다. 놀라지 않을 수가 없었다. 그전까지 스스로에게 한 번도 느껴본 적이 없는 향기였다. 예수는 내가 향기를 느낀 최초의 사람이었다. 나의 향기는 그 최초의 존재에서 비롯된 사랑의 향기였다. 그는 나의 님이었다. 하지만 나는 그 님을 내 곁에 오래 두지 못했다. 그가 제자들과 집을 떠난 것은 사흘 후였다.

사흘 동안 나는 그의 비둘기였고 어린 사슴이었다. 그는 내가 기억할 수 있는 가장 아름다운 목소리로 나를 나의 누이, 나의 신부라고 불렀다. 그의 누이, 그의 신부가 된 나는 자면서도 깨어 있었고, 깨어 있으면서도 꿈속에 있었다. 누구의 꿈속인지 알 수 없었다. 나의 꿈속 같기도 했고, 그의 꿈속 같기도 했고, 내가 알지 못하는 누군가의 꿈속 같기도 했다.

그와 작별하고 텅 빈 집으로 돌아온 나는 베틀 앞에 앉았다. 빛처럼 흰옷을 짜고 싶었다. 빛처럼 흰옷을 짜서 그에게 입히고 싶었다. 그가 빛처럼 흰 그 옷을 입으면 천사들이 그를 둘러쌀 것이다. 눈을 감았다. 천사들의 노랫소리가 귓가에 들려왔다.

26

언제 잠이 들었는지 알 수가 없었다. 잠에서 깬 것은 곧 착륙한다는 기내방송 때문이었다. 짧은 시간이었지만 깊이 자고 일어난 듯한 기분이었다. 포도주 덕분 같기도 했다. 창밖으로 바다가 내려다보였다. 오후의 햇살에 잠긴 바다는 아득했다. 그 아득함은 현기증을 불러왔다. 멍하니 바다를 내려다보았다. 눈앞에 무언가 어른거렸다. 빛이 물과 뒤섞이는 바다가 아니었다. 처음에는 무엇인지 몰랐다. 눈을 감아도 사라지지 않고 더욱 또렷해질 뿐이었다. 현기증으로 인한 착시현상으로 생각했다. 하지만 아니었다. 그것은 흰 무명천이었다. 물결처럼 너울거리는.

흰 무명천에는 아홉 개의 매듭이 있다. 매듭은 죽은 이가 생전에 겪은 고통의 상징이다. 그 매듭을 흰 치마저고리를 입은 무녀가 춤을 추며 하나하나 풀어간다. 무녀의 춤은 나비처럼 가볍다. 나비처럼 가벼운 무녀의 춤과 함께 고통의 매듭이 스르르 풀려나간다.

흰 무명천이 담고 있는 풍경은 씻김굿의 한 장면이었다. 두번째 한국을 찾았던 2009년 10월 강희와 함께 보았다. 씻김굿은 죽은 자의 한을 깨끗이 씻겨 극락으로 보내는 전라도 지방의 굿이었다.

첫 방문 이후 강희와는 한 달에 두세 번꼴로 이메일을 주고받았다. 어머니의 근황은 강희의 메일을 통해 전해들었다. 어머니와 간혹 전화통화를 한 것도 강희 덕분이었다. 강희는 나와 어머니를 연결하는 다리였다.

어머니의 영어는 악센트와 억양이 어색했고, 느리면서도 머뭇거렸지만 소통에는 불편이 없었다. 우리의 대화는 길게 이어지지 않았다. 어머니의 말은 간결하고 짧았다. 나의 말도 자연히 간결하고 짧아졌다. 어머니가 마음을 좀처럼 드러내지 않았듯이 나 역시 내 마음을 드러내지 않았다. 안부와 근황을 묻고 확인하는 것이 대화의 전부였다. 우리의 마음은 강희를 통해 간접적으로 서로에게 전달되었다.

간혹 예외가 있기는 했다. 2010년 5월이었다. 잘 지내냐는 나의 물음에 잠시 침묵하던 어머니는, 오늘은 오랜만에 어머니 무덤을 찾았다면서 무덤 위에 패랭이꽃이 피어 있더라고 했다. 나의 외할머니 무덤이라고, 어머니는 얼른 덧붙였다. 갑작스런 어머니의 말을 어떻게 해석해야 좋을지 몰라 가만히 있는데, 진분홍색 야생 패랭이꽃이 무척 예뻤다는 어머니의 잠긴 목소리가 뒤따라왔다. 외할머니 이야기는 더이상 이어지지 않았지만 전화를 끊고 난 후에도 어머니의 잠긴 목소리가 한동안 귓전을 맴돌았다. 본 적은 물론이고 생각조차 해본 적 없는 외할머니라는 존재가 기분을 이상하게 만들었다.

무당이 되지 않았다면 아버지와 이혼하지 않았을 것이고, 나를 버리지도 않았을 것이라는 어머니의 말이 머릿속에 가시처럼 박혀 있었다. 어머니에게 버림받아서 내 삶이 불행해졌다고 생각한 적은 없었다. 오히려 다행인지도 모르겠다는 쪽이었다. 그럼에도 버림받았다는 사실 자체가 불러일으키는 감정은 미묘했다. 단순히 고통이라고만 말할 수는 없었다. 굳이 표현하자면, 적막한 슬픔 같은 것이었다. 마음이 적막해져서 누군가를 찾게 되는. 하지만 아무도 없는.

네 살 때의 기억은 남아 있지 않았다. 어느 날 갑자기 어머니가 사라졌으니 아이가 겪어야 했던 혼란과 충격은 컸을 것이다. 그럼에도 아무것도 생각나지 않았다. 흔적이 전혀 없는 것은 아니었다. 내가 술에 몹시 취하면 운다고 했다. 그 사실을 처음 안 것은 열일곱 살 때였다. 함께 술을 마신 기숙사 룸메이트가 꼭 아이가 우는 것 같았다고 말했다. 기억이 나지 않았고, 모욕을 당한 기분이었다. 내가 거짓말하지 말라고 소리친 것은 모욕감 때문이었다. 그후에도 여러 차례 그런 말을 들었지만 한 번도 수긍하지 않았다. 나의 부정은 완강했다. 내 안 어딘가에 어머니를 잃고 우는 아이가 있을지도 모른다는 생각은 수치심을 불러일으켰고, 수치심은 강한 부정으로 표출되었다.

그 부정이 허물어진 것은 애니 앞에서였다. 우는 모습이 마치 어린아이 같았다면서, 너무나 애처롭게 울어 껴안아주지 않을 수 없었다고 애니가 눈물까지 글썽이며 말했을 때, 나는 처음으로 침묵했다. 수치심에 얼굴이 벌겋게 달아오르는데도 한마디도 할 수 없었다. 그후로 술을 멀리하려고 애를 썼다. 내 안에 숨어 있는 아이의 존재는 받아들였지만, 그 아이를 내보일 수는 없다고 결심했다. 애니와 헤어진 가장 큰 이유는 애니가 그 아이를 보았기 때문이었다.

어머니를 잃고 우는 아이가 나에게는 치욕이었다. 내 치부를 애니가 보았다는 사실이 고통스러웠다. 그것은 숨겨야 할 고통이었다. 숨길 수는 있었다. 문제는 그것이 사라지지 않는다는 점이었다. 시시각각 다른 모습으로 튀어나왔고, 애니는 상처를 입었다. 내가 고통을 드러내 보이지 않는 한 우리는 헤어질 수밖에 없었다. 우리는 헤어졌다.

강희는 달랐다. 애니와도 헤어지게 만든 그 아이를, 강희에게는 보여주고 싶었다. 강희의 무엇이 그런 마음을 불러일으키는지, 알 수가 없었다. 강희와 함께 있으면 내 안에서 죽어버린 어떤 것이 되살아나는 듯한 느낌이 들었다. 내 뼈와 피와 살 속 깊숙이 고여 있는 어떤 원형의 시간, 그 시간이 품고 있는 기억들, 그 기억의 흔적들이 몸 안에서 희미하고 가냘프게 진동하는 것 같았다.

강희는 나와 어머니를 잇는 다리뿐만이 아니었다. 한국의 샤머니즘을 잇는 다리이기도 했다. 무속은 한국의 샤머니즘을 가리키는 명칭이었다. 어머니가 무당이니 무속에 관심을 갖지 않을 수 없었다. 강희는 이에 관한 한 탁월한 선생이었다. 그녀는 무속에 대해 아무것도 모르는 내가 쉽게 이해할 수 있도록 구체적이고 체계적으로 설명했다. 무속에 매료된 외국인들이 의외로 많다는 사실을 알았다. 하지만 나는 좀처럼 매료되지 못했다. 강희와 함께 씻김굿을 보기 전까지는.

27

작별할 때 예수는 그전처럼 돌아오겠다고 말하지 않았다. 때가 되면 부르겠다고 했다. 그가 왜 돌아온다는 대신 부르겠다고 했는지, 알 수 없었다. 무언가를 숨기고 있는 것 같았다. 제자들의 생기에 찬 모습이 그것과 연관이 있는 듯했다. 하지만 예수는 입을 굳게 닫았다. 물어도 대답을 안 했다. 그가 부를 때까지 기다리는 수밖에 없었다. 빛처럼 흰옷을 짜면서.

낯선 남자가 찾아온 것은 유월절을 사흘 앞둔 3월 31일 오후였다. 예수가 보냈다고 했다. 다음날 아침 그를 따라 예루살렘으로 향했다. 예루살렘에 도착한 것은 4월 2일 해질 무렵이었다. 부지런히 걸었지만 꼬박 이틀이 걸렸다.

남자가 나를 데리고 들어간 곳은 예루살렘 성벽과 인접한 신시가지의 철공소였다. 구리와 철이 쌓여 있는 작업장을 지나니 어두컴컴한 복도가 나왔다. 의구심과 함께 불안이 일었다. 예수가 이런 곳에 있을 것 같지는 않았다. 복도를 벗어나자 마당이 딸린 작은 집이 나타났다. 남자를 따라 이층 다락방으로 올라갔다. 다락방에는 아무도 없었다. 예수는 어디 있느냐는 나의 물음에 남자는 기다리면 사람이 올 것이라고만 했다. 목소리가 침울했다. 누가 오느냐고 물었더니, 모른다고 했다. 의구심과 불안이 고개를 치켜들었다.

잠시 후 남자가 식사를 가져왔다. 작은 식탁에는 빵과 함께, 빵을 찍어먹을 고깃국물과 식후 음식인 무화과가 차려졌다. 식사를 마치고 한참이 지나도록 아무도 오지 않았다. 나도 모르게 잠이 들었다. 전날 밤 잠을 거의 못 잔데다 무리한 도보여행으로 무척 지쳐 있었다.

잠에서 어렴풋이 깨어난 것은 어떤 기척 때문이었다. 방 안에는 등잔불이 어스레 떠돌고 있었다. 누가 등잔을 켰을까? 예수일지 모른다고 생각했다. 얼른 깨어나고 싶었으나 잠기운 때문인지 몸을 일으킬 수가 없었다. 꿈속의 장면이 떠올랐다.

흐린 하늘 아래 누군가가 울고 있었다. 그가 흘리는 눈물방울이 길섶에 피어 있는 시클라멘꽃 위로 뚝뚝 떨어졌다. 손을 뻗었다. 그를 위로해주고 싶었고, 그의 얼굴에 흥건한 눈물을 닦아주고 싶었다. 하지만 내 손은 그에게 가 닿지 않았다. 아무리 뻗어도 그와 나 사이에는 허공이 가로놓여 있었다. 까마득한 허공이었다. 허공을 휘젓는 내 손은 무력했다.

울음소리가 들렸다. 처음에는 꿈속에서 따라온 울음소리라고 생각했다. 하지만 아니었다. 그것은 방 안에서 들려오고 있었다. 그제야 나는 일어나 앉았다. 한 남자가 무릎을 꿇고 앉아 상체를 방바닥에 축 늘어뜨리고, 양손은 십자가 형상으로 벌린 채 울고 있었다.

유다였다. 눈물로 얼룩진 유다의 얼굴은 무섭도록 창백했다. 왜 울고 있냐는 나의 물음에 그는 부들부들 몸을 떨었다. 뭐라고 말을 하는 것 같은데, 알아들을 수 없었다. 늘 침착하고 냉정하던 사람이었다. 두려웠다. 밖은 캄캄했고, 등잔불은 가물거렸다. 가물거리는 등잔불 아래서 유다는 힘겹게 말을 이어나갔다.

예수가 성전 경비대에 체포되었다고 했다. 나는 멍하니 유다의 얼굴을 바라보았다. 기진맥진해 보이는 유다의 얼굴 위로 눈물이 다시 흘러내렸다. 숨을 쉬기가 힘들었다. 예수가 무슨 이유로 위험한 예루살렘에 들어갔으며, 그곳에서 무슨 일을 했느냐고 간신히 물었다. 유다는 시선을 내려뜨렸다. 바짝 마른 얼굴이 황폐해 보였다. 그는 침묵했다. 그의 침묵은 깊었다. 그는 자신의 침묵과 싸우고 있는 것 같았다. 외롭고도 힘겨운 싸움인 듯 보였다. 그가 침묵을 깬 것은 한참이 지난 뒤였다.

28

예수가 길을 떠난 것은 예루살렘 혁명당 지도부의 비밀 회동 요청 때문이었다. 장소는 예루살렘 근교 올리브 산 기슭이었다. 그들의 메시지를 전달한 이는 유다였다.

예루살렘 혁명당과 그 지지자들은 예수를 떠받드는 군중 가운데 중요한 축을 이루고 있었다. 유대 민족주의자인 그들은 이스라엘이 로마의 식민통치에서 벗어나는 날을 하느님이 마련해두고 있다고 믿었다. 그날을 앞당기려면 이스라엘 사람들이 스스로 일어나 식민통치에 협조하는 성전 권력을 무너뜨려야 했다.

그들이 예수를 주목한 것은 예수가 예루살렘의 성전 권력과 날카롭게 맞서고 있었기 때문이었다. 예수의 예언자적 카리스마는 그들에게 절실히 필요한 것이었다. 유다는 예수에게 파견된 혁명당 지도부의 밀사였다. 혁명당의 주요 인사였던 유다가 밀사로 선택되었다는 것은 그들이 예수와의 관계를 얼마나 중요하게 생각하는가를 드러내고 있었다.

예수는 혁명당에 깊은 관심을 보였다. 그는 유다와의 대화를 즐거워했다. 대화에 몰두하는 두 사람의 모습이 제자들의 눈에 자주 띄었다. 그들의 대화는 종종 토론으로 바뀌곤 했다. 제자들에게 스승은 복종의 대상이었다. 복종의 대상과 토론을 벌이는 것은 상상조차 할 수 없었다.

그들은 유다를 눈이 먼 자로 간주했다. 눈이 먼 자는 거룩한 존재의 모습을 볼 수 없다. 유다가 예수에게 제자 되기를 청원했을 때, 제자들은 스승이 당연히 거절할 것이라 믿었다. 눈이 먼 자가 자신들과 동등한 자리를 차지할 리 없었다. 게다가 그는 혁명당원이며, 갈릴리 출신도 아니었다. 하지만 그들의 믿음은 여지없이 깨졌다.

예수는 유다를 받아들였다. 격앙된 시몬은 예수에게 유다는 눈이 먼 자이며, 눈이 먼 자를 제자로 받아들여서는 안 된다고 소리를 높였다. 모든 제자들이 자신과 생각이 같다고 했다. 그러자 예수는 눈이 먼 자는 오히려 너희들이라고 꾸짖었다. 얼굴이 벌게진 시몬은 그리 말하는 이유가 무엇이냐고 항변했고, 이에 예수는 엄한 얼굴로 너희들의 눈이 멀지 않았으면 어찌 자신이 하는 일을 아직도 의심하느냐고 나무랐다. 더불어 너희들은 형제의 눈 속에 있는 티는 보면서 너희들 자신의 눈 속에 있는 들보는 깨닫지 못하느냐 질책했다. 얼굴이 더욱 벌게진 시몬은 더이상 아무 말도 하지 못하고 물러났다.

예수가 혁명당 지도부 사람들과 만난 곳은 올리브 산 기슭의 겟세마네라는 동산에 위치한 농장이었다. 넓은 정원이 딸려 있는 그곳은 혁명당의 은거지 가운데 한 곳이었다. 혁명당의 대표로 나온 이는 몸집이 크고 목소리가 카랑카랑한 삼십대 중반의 남자였다. 이름이 바라바라고 했다.

"백성들은 당신에게 여러 가지 칭호를 붙여주었습니다. 당신을 두고 부활한 요한이라고 했으며, 엘리야가 다시 나타났다고도 했습니다. 어떤 사람들은 예레미아라고 말하기도 했지요. 알고 있습니까?"

예수는 고개를 끄덕였다.

"그런 백성들이 지금은 당신을 사이비 마술사가 아닌가 의심하고 있습니다. 부당하다고 생각하지 않습니까?"

"내가 누구인지 궁금합니까?"

"대단히 궁금합니다."

바라바가 눈을 빛내며 대답했다.

"목수입니다."

예수는 입가에 작은 미소를 머금으며 말했다.

"유다한테 들었습니다. 사마리아 촌락에서 인기가 아주 높은 목수라고 하더군요. 목수생활이 즐겁습니까?"

"무척 즐겁습니다."

목소리가 맑고 또렷했다.

"어떤 여인과 함께 있다고 들었습니다."

"그렇습니다."

"여인과의 생활도 즐거운지요?"

"고요한 새벽에 꾸는 꿈처럼 여겨질 때가 간혹 있습니다."

"뜻밖이군요."

바라바는 두 손을 포개며 말을 계속했다.

"유다는 당신이 목수로 생을 마칠 분이 아니라고 말했습니다."

"그건 유다의 말이지요."

"우리가 당신을 초대한 것은 당신에 대한 유다의 확신 때문입니다."

"유다가 무엇을 확신하던가요?"

"하느님과 연결되어 있는 분이라고 했습니다."

"유다의 말을 믿습니까?"

"우리는 유다를 신뢰하고 있습니다."

"나에게 원하는 것이 무엇입니까?"

"우리는 새로운 왕국을 세울 것입니다."

"새로운 왕국이라니요?"

"우리는 악의 소굴인 성전을 점령하고 대사제를 비롯한 성전의 고위층 인사들을 체포, 처단한 후 새롭고 거룩한 하느님 나라를 세웠음을 백성들에게 선포할 것입니다."

"그것이 가능하다고 생각합니까?"

"난 군사 전략가입니다."

"군사 전략가의 계획을 듣고 싶습니다."

"성전 경비대장 아래에 있는 병사들의 숫자는 오백 명이 채 안 됩니다. 우리는 그들을 무력화시킬 계획을 갖고 있습니다."

"성전의 문은 견고합니다."

"성전 안에는 우리와 뜻을 같이하는 이들이 있습니다."

"그들이 누구입니까?"

"그들의 지휘자는 성전 수문장 요하닌입니다."

"요하닌은 어떤 사람입니까?"

"그는 제사장 계급의 특권에 분노하고 있는 레위인입니다."

레위인은 이스라엘 열두 조상 가운데 하나인 레위의 후손으로, 권력투쟁에서 사독 가문에 밀려 제의에 참여할 수 없는 하위계급으로 떨어졌다. 만약 그들이 제단에 발을 들여놓으면 평민들과 마찬가지로 사형에 버금가는 중형을 받는다. 레위인은 음악가 집단과 성전 경비대 및 허드레 일꾼으로 분류되는데, 요하닌은 야간 경비대의 우두머리였다.

"한밤중에 성전을 습격할 것입니다. 요하닌이 지정된 시간에 성전의 문들 가운데 한 곳을 열어놓기로 되어 있습니다. 대제사장을 비롯한 성전 고위층 인사들의 체포 작전은 성전 습격과 동시에 시작됩니다."

"그날이 언제입니까?"

"다가오는 유월절 기간입니다. 그날 우리는 백성들 앞에서 새롭고 거룩한 하느님의 나라를 세울 것을 선포할 것입니다."

"빌라도 총독이 구경만 하고 있지 않을 텐데요."

"그렇겠지요."

"로마군은 어떻게 물리칠 생각입니까? 그것도 군사적으로 가능한 일이라고 판단합니까?"

"충분히 가능합니다. 우리에겐 하느님의 군대가 있을 테니까요."

"무슨 뜻입니까?"

"우리는 당신을 새로운 왕국의 왕으로 추대할 것입니다."

"내가 왕이 되면 하느님의 군대가 하늘에서 내려오리라고 생각합니까?"

"우리는 몽상가가 아닙니다."

바라바는 상체를 앞으로 내밀며 예수를 응시했다.

"팔레스타인에 주둔하는 로마군의 숫자는 대략 삼천 명 내외입

니다. 기병중대 하나와 오륙백 명으로 구성된 보병단이 다섯이지
요. 총독이 거주하는 카이사레아에 둘, 예루살렘에 그 하나가 주둔
하고 있습니다. 나머지 두 개의 보병단은 전국 각지의 요새에 교대
로 배치하고 있습니다. 유월절이 되면 예루살렘의 병력이 증강되
기는 하나, 숫자가 한정되어 있습니다. 유월절에 예루살렘으로 몰
려드는 순례자들의 숫자는 십만이 넘습니다. 이들 앞에서 새로운
왕국을 선포하고, 하느님의 목소리를 듣는 당신이 새로운 왕국의
왕이 되어 거룩하신 하느님의 이름으로 하느님의 군단을 조직할
것을 명령한다면, 로마군은 순식간에 오합지졸이 될 것입니다."
　바라바의 갈색 눈에 광채가 어리고 있었다.

29

　씻김굿은 바다가 멀지 않은 전라도 농촌 마을에서 벌어졌다. 마
당이 넓은 고즈넉한 기와집이었다. 망자는 그 집의 둘째딸로, 남
자에게 버림받고 스스로 목숨을 끊은 스물다섯 살의 여자였다. 여
자의 뱃속에는 육 개월이 된 태아가 있었다. 굿판의 분위기가 애
처로울 수밖에 없었다.
　굿은 집안에 거주하는 신에게 굿을 하게 된 연유를 알리고, 축
원하는 안당굿으로 시작되었다. 해가 지고 어두워지고 있을 때였
다. 굿판은 집의 중심공간인 안방에서 벌어졌다. 흰 치마저고리를
입은 무녀가 징을 들고 액상 앞에 앉았다. 쌀이 가득 담긴 액상에

는 여섯 개의 액그릇이 놓여 있었다. 가족이 여섯이라는 뜻이었다. 쌀과 촛불, 명주실이 담긴 액그릇은 당사자에게 삶의 좋은 기운을 불러들인다고 했다.

사람들에게서 등을 돌리고 앉은 무녀는 징을 가볍게 두드리면서 안당굿 무가를 부르기 시작했다. 신에게 자신의 신분과 함께 나라와 천지만물이 어떻게 이루어졌는지를 밝히는 내용이라고 강희가 설명해주었다. 신에게 강림을 청하는 이가 천지의 근본을 알고 있는 무녀이니 부디 청을 거절하지 말라는 뜻이라고 했다. 이어 무녀의 입에서 굿하는 집안의 내력과 굿을 하게 된 동기가 애잔한 가락에 실려 흘러나왔다. 망자 어머니의 흐느끼는 소리가 들렸다. 굿은 굿판에 끼어 있을지도 모르는 부정不淨을 물리는 의식으로 이어졌다.

"신은 깨끗한 것을 좋아해요. 굿판이 깨끗하지 않으면 신이 내려오지 않아요."

강희의 목소리가 너무 작아 겨우 들렸다. 무녀는 종이를 태우는 것으로 정화의식을 마쳤다. 사람들의 한숨소리가 가느다랗게 새어나왔다. 잠시 휴식을 취한 무녀가 방 안으로 다시 들어왔다. 그녀의 손에는 풍성한 흰 꽃숭어리가 들려 있었다. 종이를 길게 잘라 한쪽 끝을 묶은 것이었는데, 강희가 지전紙錢이라 부른다고 살짝 가르쳐주었다.

무녀는 지전의 묶은 쪽을 잡고 양손을 늘어뜨린 채 가만히 서 있었다. 그녀의 몸이 움직이기 시작한 것은 악기 소리가 나면서였다. 징과 장구, 피리와 아쟁이 내는 소리였다. 머리가 맑아지는 느낌이 들었다. 소리가 물이 되어 머릿속을 씻어내리고 있었다.

무녀의 몸은 소리의 장단과 선율에 따라 느리게 움직였다. 움직임이 너무 느려 얼핏 보면 가만히 있는 것 같았다. 무녀의 움직임에 따라 양손에 들린 지전이 소리없이 흔들렸다. 몸 안 깊은 곳에서 무언가가 꿈틀거리면서 눈시울이 뜨거워지고 있었다. 당황스러웠다. 예상하지 못했던 감정이었다. 강희가 눈치채지 않을까, 염려가 되어 감정을 애써 추슬렀다.

무녀의 춤은 손님굿으로 넘어가고 있었다. 손님굿에서 손님은 천연두를 옮기는 신이라고 했다. 무녀는 손님이 이 마을에 들어오더라도 질병을 일으키지 않고 그냥 지나가시라는 청원의 무가를 불렀다. 장구를 치면서 부르는 손님굿 무가에서 망자를 향한 슬픔이 느껴졌다.

노래를 마친 무녀는 이제 망자를 대접할 시간이라고 말했다. 죽은 이도 산 사람처럼 때가 되면 식사를 해야 한다. 분위기가 다소 밝아졌다. 망자의 가족은 굿판을 찾은 손님들에게 감사의 인사를 하면서 밥과 술을 권했다. 나는 막걸리를 마셨다. 단맛이 약간 나면서도 구수하고 묵직한 맛이 좋았다.

무녀가 장구를 들고 일어난 것은 망자의 가족이 굿상에 술을 올리고 절을 한 후였다. 무녀는 한 손으로 장구를 비껴잡고 징채로 한 면만 치기 시작했다. 망자의 혼을 위로하고, 강림한 신과 굿판을 찾은 손님들을 환대한다는 뜻을 가진 연주라고 했다. 장구의 리듬과 무녀의 쉰 듯한 목소리가 어우러지면서 식사시간 이후 다시 무겁게 가라앉은 사람들의 마음을 다독거렸다.

무녀의 굿은 산 사람의 복을 기원하는 제석으로 이어졌다. 불교의 색채가 짙은 제석굿에서 무녀는 흰 장삼을 걸치고, 머리에는 종이고깔을 썼다. 승려의 모습을 한 무녀는 망자의 가족에게 복을 주었다. 산 사람을 위한 제석굿은 길지 않았다. 조상을 대접하는 선영굿도 건너뛰었다. 굿의 에너지는 애틋하게 죽은 망자에게로 집중되고 있었다.

다음 차례는 망자의 평안한 천도를 기원하는 바리데기굿이었다. 굿판은 안방에서 망자상亡者床이 있는 마당으로 옮겨졌다. 새벽 한시를 넘어서고 있었다. 멀리서 파도 소리가 들려왔다. 우주 건너편에서 들려오는 소리 같았다.

바리데기굿의 주인공은 바리공주다. 딸이라는 이유로 태어나자마자 아버지에게 버려졌음에도 훗날 죽을병에 걸린 아버지를 살리려고 저승세계로 건너가 수많은 역경을 극복하고 생명수를 구해 이승으로 돌아와서 그사이에 죽어버린 아버지를 살린다는 바리공주 설화는, 강희에게서 이미 들었다. 남성에 의해 버려진 여성이 신적 권능을 얻는 여신으로 변신하는 바리공주의 이야기이자, 망자를 저승으로 인도하는 저승신에 관한 이야기였다.

무녀는 술을 빚을 때 쓴다는 누룩 한 덩어리를 놓고 그 위에 쌀을 담은 그릇을 올린 후 촛불을 켜고 향을 피워 쌀그릇에 꽂았다. 그러고는 실꾸리 두 개를 누룩 왼편에 놓고 그 위에 둥근 질그릇 모양의 시루를 엎고는 시루의 구멍으로 하나씩 실을 빼내 장구의 조임줄에 묶었다. 처음 보는 시루의 모양이 독특했다. 이어 혼백상자를 시루 옆에 붙여놓고 베 한 필을 풀어 시루와 혼백상자를 함께 감았다. 그 모양이 사람 머리처럼 보였다.

망자가 저승에 입고 갈 옷은 노란 저고리와 빨간 치마였다. 속옷에 버선과 신발까지 있었다. 무녀는 돗자리 위에 가지런히 옷을 펴놓고 보이지 않는 몸에 순서대로 차근차근 옷을 입혔다. 옷을 다 입힌 무녀가 저고리 속에 노잣돈을 넣었다. 이어 창호지를 깔고 그 위에 키를 올려놓고는 곱게 채친 밀가루를 뿌린 후 창호지로 덮었다. 그러고는 시루를 둘렀던 베를 풀어 키를 덮고, 그 위에 신칼과 지전을 놓았다. 작업을 끝낸 무녀는 바리데기 무가로 신을 청배하면서 망자를 저승세계로 평안하게 데려가줄 것을 간구했다. 애니가 떠오르면서 눈시울이 다시 뜨거워졌다.

애니가 죽은 것은 나와 헤어진 지 삼 개월 후였다. 만취상태에서 커터로 손목의 동맥을 끊었다. 애니의 뱃속에 아이가 자라고 있었다는 사실은 그녀가 죽고 나서야 알았다. 임신 오 개월째로, 낙태가 불가능한 시기라고 했다. 나는 아이의 존재를 받아들이지 않았다. 내 안에 숨어 있는 아이의 존재를 부정했듯이 애니의 몸속에서 숨을 쉬고 있었다는 아이의 존재를 강하게 부정했다. 병원에서 아이의 존재를 확인했을 때 새로운 고통이 일었다.

무녀는 간구를 끝내자 비나리를 하면서 두 줄의 실을 끌어당겨 손으로 감았다. 명줄이라고 불리는 두 개의 실이 다 뽑히자 징을 치며 키 주위를 돌면서 망자의 환생 흔적을 밝혀달라고 기원한 후 창호지를 걷어냈다. 밀가루 위에 나타난 형상으로 망자의 환생을 확인한다고 강희가 속삭였다. 잠시 후 무녀는 망자의 부모에게 따님은 사람으로 환생했으며, 따님의 뱃속에 있었던 아기는 새로 환생했다고 말했다.

고풀이가 시작되었다. 무녀는 눈처럼 희고 긴 무명천을 들고 일어섰다. 긴 무명천에는 단단히 묶인 아홉 개의 매듭이 있었다. 매듭은 이생의 한을 상징하는 고^풀이다. 이생의 한이 만든 피멍인 고를 풀어주어야만 망자가 평안히 저승으로 갈 수 있다. 무녀는 악기의 선율에 맞추어 춤을 추었다. 흰 무명천이 물결처럼 너울거렸다. 무녀의 춤은 나비처럼 가벼웠다. 나비처럼 가벼운 무녀의 춤과 함께 고통의 매듭이 스르르 풀렸다.

굿은 망자의 육신을 씻기는 순서로 이어졌다. 무녀는 망자의 옷이 놓인 돗자리를 반듯이 말아 세우고는 맨 위쪽에 밥주발을 올렸다. 주발 안에는 종이로 만든 넋이 들어 있었다. 무녀가 주발을 바가지로 덮자 강희가 눈짓으로 그것을 가리키며 망자의 육신을 상징하는 영돈이라고 말했다. 망자가 혼인한 사람일 때는 바가지 대신 솥뚜껑을 덮는다고 했다.

씻기시나 씻기시나
불쌍한 망자씨를 오늘에 씻기시나
쑥물로 씻기시면 악사지옥 면하시고 도탄지옥도 면하시고
생왕극락 가옵시니 쑥물로 씻깁시다.
쑥물로 씻겼으니 향물로 씻기시면
하탄지옥도 면하시고 태산지옥도 면하시고 평등지옥도 면하
시니
향물로 씻깁시다

향물로 씻겼으니 맑은 물로 씻깁시다
맑은 물로 씻기시면 십대지옥을 면하시고
천근도 여의시고 중복도 가시옵고 왕생극락 하옵시니
맑은 물로 씻기실 때 상탕에는 머리 감고 중탕에는 몸을 씻고
하탕에는 열 손발 고이고이 씻기시니……

무녀는 빗자루에 쑥물과 향물과 맑은 물을 묻혀 망자의 육신을 씻겼다. 생전의 슬픔과 쓰라림, 외로움과 절망이 쑥물과 향물과 맑은 물에 씻겨나간다고 했다.

애니가 죽은 후 내가 가장 먼저 한 일은 죽음이 불러일으킨 고통을 씻는 행위였다. 고통 속에 적의가 묻어 있었다. 애니에 대한 적의 같기도 했고, 애니의 뱃속에 있었다는 아이에 대한 적의 같기도 했고, 내 안의 아이에 대한 적의 같기도 했다. 적의를 없애고 싶었다. 적의를 지워 고통을 깨끗이 하고 싶었다. 깨끗한 고통 속에서 애니와 아이를 응시하고 싶었다.

망자를 다 씻긴 무녀는 그 넋을 망자 부모의 머리 위에 올려놓았다. 넋 올리기였다. 가족의 마음속에서 망자를 떼어내어 저승으로 보내는 뜻이 담겨 있다고 했다. 딸의 넋을 머리에 인 두 사람은 눈을 감은 채 서로 손을 잡았다. 한 장의 가벼운 종이에 실려 있지만, 그들이 느끼는 넋의 무게는 그 누구도 알 수 없을 것이다. 옆에서 가느다란 울음소리가 새어나왔다. 강희가 두 손으로 입을 막고 울고 있었다. 울음소리를 내지 않으려고 애를 쓰는 모습이 애잔했다.

꽃술이 달린 신칼을 들고 무가를 부르던 무녀가 신칼의 술에 넋을 붙여 올리려 했다. 하지만 넋은 좀처럼 붙지 않았다. 이별이 힘든 모양이었다. 마침내 무녀가 넋을 휘감아 붙여 올리자 누군가의 입에서 가느다란 탄식이 새어나왔다.

고를 풀었고, 한을 씻었고, 가족과도 작별했으니 망자에게 남은 것은 저승으로 가는 일뿐이다. 무녀는 안방에서부터 마당까지 무명베를 펼쳤다. 희고 긴 무명베는 이승과 저승을 잇는 다리이자 길이었다. 촛불을 켜서 길을 밝힌 무녀는 넋 광주리로 무명베를 문지르면서 길을 닦았다.

> 이승 길을 닦을라면은
> 쇠시랑 괭이로 길을 닦아
> 높은 데는 깎아서 닦고 깊은 데는 돋과 닦아
> 불쌍하신 망자씨들 세왕극락으로 가실라요
> 저승길을 닦을라면은
> 연해염불로 길을 닦아
> 어둔 길을 밝혀서 닦고 좁은 길은 넓히 닦아
> 불쌍하신 금일망자 세왕극락으로 가실라요

사람들이 하나둘 일어나 춤을 추기 시작했다. 그들의 춤은 자연스럽고 편안해 보였다. 기뻐서 추는 것 같기도 했고, 슬퍼서 추는 것 같기도 했다. 망인을 저승으로 보내는 작별의 춤이라고 강희가 나지막이 말했다. 눈물에 씻긴 그녀의 얼굴이 말갰다. 망자를 기쁜 마음으로 보내야 망자가 자유로운 존재가 되고, 남은 사람도 죽음으로부터 자유로워진다며, 함께 추지 않겠느냐 청했다. 내가 춤을 구경하고 싶다고 말하자 강희는 희미하게 웃으며 춤추는 사람들 속으로 들어갔다. 너울거리는 강희의 두 팔이 보였다. 두 팔의 움직임이 고요하고 투명했다. 강희는 고요하고 투명한 춤을 추고 있었다.

하늘을 올려다보았다. 별이 초롱초롱한 하늘에는 조각달이 떠 있었다. 새로 환생했다는 아이가 보이는 듯했다. 어린 새의 날개 치는 소리가 들리는 것 같았다. 우주의 적막 속에서, 그 아득한 시간의 심연을 견디며 홀로 날고 있을 어린 새의 고독이 사무치게 느껴졌다.

30

작년 가을 성전 권력으로부터 쫓기면서 잠적했던 예수가 대중 앞에 다시 모습을 나타낸 것은 다섯 달 후인 3월 하순이었다. 제자들과 함께 유다 광야에서 나온 예수는 요르단 강변으로 향했다. 요르단 강변에서 예리코에 이르는 거리는 유월절 순례자들로 넘쳐흘렀다.

성서에 따르면 메시아가 나타나 이스라엘 왕국을 세우는 시기는 바로 유월절 주간이다. 유월절에 세워질 이스라엘 왕국은 모든 민족을 예루살렘의 광휘 앞에 무릎을 꿇게 할 것이라고 하느님은 약속한다. 유월절 순례자들의 가슴속에는 메시아에 대한 열망이 들끓고 있었다. 그런 시기에 한때 메시아에 대한 기대를 불러일으켰던 예수가 홀연히 나타났으니, 순례자들의 관심이 집중될 수밖에 없었다.

수많은 순례자들이 앞을 다투어 예수에게로 몰려들었다. 예수는 그들 앞에서 하느님의 나라가 다가오고 있다고 선언했다. 충격적인 발언이었다. 그는 말했다. 하느님의 나라는 어둡고 괴로운 세상의 중심에서 닫힌 방의 형태로 존재하고 있었으니, 이제 그 방의 문이 활짝 열릴 것이라고. 그 방의 문이 열리는 날, 선택받은 자들은 방 안으로 들어갈 것이며, 선택받지 못한 자들은 게헨나의 골짜기로 떨어질 것이라고.

닫힌 방의 문을 여는 이가 누구냐는 순례자의 물음에, 예수는 바로 자신이라고 서슴지 않고 답했다. 어떤 권능으로 그 방의 문을 열 것이냐는 물음에는, 하느님 아들로서의 권능으로 그 문을 열 것이라 답했다. 어떤 사람이 게헨나의 골짜기로 떨어지느냐고 순례자가 거듭 물었고, 예수는 가난한 사람들의 땀과 피로 궁전을 지은 자들이라고 답했다. 그 궁전의 돌 하나하나, 그 궁전의 벽돌 하나하나가 모두 죄라고 했다. 예수의 말은 순례자들의 입을 통해 마른 숲에 붙은 불길처럼 번져나갔다.

성전 권력은 화들짝 놀랐다. 한동안 행방이 묘연했던 예수가 순례자들 앞에 나타나 끔찍한 말로 반란을 선동하고 있으니 놀라지 않을 수 없었다. 그들은 즉각 예수 체포에 나섰으나 쉽지 않았다. 순례자들이 보는 앞에서 예수를 체포할 수는 없었다. 폭동의 위험 때문이었다. 연설이 끝나면 예수는 순례자들에 둘러싸여 어디론가 사라졌다. 예수를 둘러싸는 순례자들의 행동은 조직적이었다. 순례자로 변복한 성전 정보원들은 그들이 쌓는 벽에 막혀 번번이 예수를 놓쳤다.

성전 권력은 당황했다. 그들은 예수가 이끄는 무리를 일찍부터 파악하고 있었다. 예수의 무리가 그토록 치밀하게 대응한다는 것은 불가능했다. 다른 조직이 예수를 돕고 있는 것이 분명했다. 불길한 징조였다. 반란의 냄새가 강하게 났다. 그것을 캐내야 했다. 혁명당에 대한 감시를 강화했다. 성전 권력의 수장인 대제사장은 정보대장을 수시로 불러 다그쳤다.

예리코에서 사라졌던 예수가 베다니에 나타난 것은 나흘 후였다. 거기에서 예수가 한 일이 보고되었다. 죽은 사람을 살렸다고 했다. 베다니라면 예루살렘에서 도보로 한 시간 반이면 닿는 거리다. 죽은 사람을 살리는 광경을 직접 본 정보원이 있느냐고 대제사장이 정보대장에게 물었다. 없다고 했다. 사건의 진위 여부는 중요하지 않았다. 그것을 믿고 싶어하고, 그것에 열광하는 사람들이 많다는 것이 문제였다.

기적을 행하는 능력은 하느님으로부터 온 자의 표징이다. 죽은 자를 살리는 기적을 행했으니 메시아임이 분명하다고 사람들은 흥분했다. 그런 사람들을 향해 예수가 던진 말은 끔찍했다. 지금 이 세상을 다스리는 이들은 사탄의 무리라고 했다. 하느님은 사탄의 세상을 멸망시킬 것이며, 그날이 오면 의인들이 부활하며, 부활한 의인들은 세상을 거꾸로 세워 사탄의 무리를 낱낱이 털어 지옥의 구렁텅이로 떨어뜨릴 것이라고 했다. 메시아라 자칭하는 자들이 떠벌리는 전형적인 수법이었다.

헤롯에게 처형된 비적 두목 에제키아스의 아들 유다가 그랬고, 헤롯의 노예였던 시몬과 목동 출신이었던 아쓰롱스도 그랬다. 다윗 왕을 흉내냈던 그 사기꾼들은 하나같이 비천한 계급 출신들이었다. 그들이 벌인 혹세무민의 결과는 참담했다. 성읍들은 폐허로 변했고, 수천 명의 사람들이 십자가 위에서 죽어갔다. 예수라는 자도 지금 그들의 뒤를 따르고 있다. 어떤 일이 있더라도 비극은 막아야 한다.

예루살렘으로 향하는 길목에 위치한 벳바게 마을로 예수가 들어서자 수많은 사람들이 몰려들었다. 그들은 암나귀 한 필을 끌고 와 제일 좋은 겉옷을 나귀 등에 깐 후 예수에게 바쳤다. 예수가 암나귀를 타고 가는 동안 많은 사람들이 겉옷을 벗어 그 앞길에 펴고, 또다른 이들은 푸른 나뭇가지를 깔았다. 그들은 종려나무 가지를 들고 외쳤다. "다윗의 자손이여, 주의 이름으로 오시는 이여. 구하옵나니, 이제 구원하소서!" 성서의 한 장면을 모방한, 유치하면서도 소름끼치는 연극이었다. 그 연극을 꾸미고 연출하고 실행한 무리들을 하루빨리 찾아야 했다.

정보대장을 채근한 성과가 있었다. 정보원 두 명이 혁명당으로 의심되는 자의 뒤를 밟았다. 그가 들어간 곳은 예루살렘 외곽에 위치한 도자기공장이었다.

그날 밤 정체불명의 남자들이 도자기공장으로 들어가는 것을 확인한 후 변복한 성전 경비대와 함께 급습했다. 체포한 네 명의 남자 가운데 한 사람은 혁명당의 거물 중 하나로, 이름이 바라바라고 했다. 혁명당과 예수와의 관계를 캐기 위해 정보대장이 그를 직접 심문했다. 고문까지 감행했으나 자백을 받아내지 못했다. 오히려 혁명당과 예수의 관계를 의심하는 것에 대해 노여움을 나타냈다. 바라바는 예수를 몽상가라고 했다. 그가 꾸는 꿈은 아름답고 장려하나, 한낱 꿈일 뿐이라고 했다. 혁명당이 어떻게 꿈을 꾸는 사람과 손을 잡을 수 있겠느냐고 반문했다. 그의 말이 일리가 없는 것은 아니었다. 그럼에도 뭔가 석연치 않았다.

바라바가 체포된 지 이틀 후 예수는 돌연 성전 안으로 들어갔다. 해가 질 무렵이었다. 수많은 순례자들이 그의 뒤를 따랐다. 솔로몬 회랑을 거쳐 이방인의 뜰로 들어선 그는 염소가죽으로 만든 채찍을 휘두르며 상인들을 쫓아냈다. 이방인의 뜰은 순식간에 아수라장이 되었다. 그 속에서 예수는 외쳤다. 강도의 소굴을 허물고 새 집을 지을 것이라고. 하느님의 거룩한 집인 성전을 두고 강도의 소굴이라 한 것이다. 보고를 받은 대제사장은 안색이 창백해지면서 사지를 부들부들 떨었다. 대제사장에게서 그런 모습을 본 것은 처음이었다. 운향나무 잎을 씹으면서 마음을 진정시킨 대제사장은 정보대장을 쏘아보며 예수가 예루살렘을 빠져나가기 전에 체포하지 않으면 파직시키겠다고 음울한 목소리로 말했다.

예수가 체포된 것은 다음날 밤이었다. 변복한 성전 경비대 병사들이 올리브 산 기슭에 있는 농장을 급습했고, 별다른 저항 없는 예수를 체포했다. 예수의 은거지를 어떻게 알았느냐는 대제사장의 물음에 정보대장은 예수 쪽 내부에 밀고자가 있었다고 대답했다.

31

입국 심사대를 통과한 후 수하물 수취대 번호를 확인하기 위해 전광판으로 다가갔다. 전광판 불빛이 눈부셨다. 번호를 확인하고 일층으로 내려가는 에스컬레이터를 탔다. 수하물 수취대 주변에는 이미 많은 사람들이 모여 있었다. 여기저기서 들려오는 소리들이 유난히 크게 느껴졌다. 몸속에서 무언가가 바스락거리는 것 같았다. 감각이 예민해지고 있었다.

낡은 진회색 가방은 생각보다 빨리 나왔다. 가방을 끌고 녹색 라인을 따라 바깥으로 나갔다. 강희가 보였다. 얼굴이 야위어 보였다. 그녀를 가볍게 포옹했다. 눈앞이 흐려지고 있었다.

강희가 많이 그리웠다. 그녀를 그리워하기 시작한 것이 언제부터인지 알 수가 없었다. 어머니에게 화가 나 있는 나에게, 내가 볼 수 없는 어머니의 마음을 보여주려고 애를 쓰는 그녀의 모습에서 그리움의 싹이 튼 것일까. 아니면, 초롱초롱한 별과 조각달이 떠 있는 하늘 아래서 고요하고 투명한 춤을 추고 있었을 때부터였을까. 어쩌면 처음 본 그 순간부터인지도 모르겠다. 내 의식이 닿지 않는 깊은 곳에서부터 그리움의 뿌리가 소리없이 내렸는지도.

애니의 죽음 이후 내 마음은 고통으로 그을려 있었다. 고통은 안개처럼 모호하지 않았다. 몸을 친친 감는 철사줄처럼 명료했다. 술을 다시 가까이한 것은 철사줄처럼 명료한 고통을 잊기 위함이었다.

술은 나를 자주 혼몽상태에 빠뜨렸다. 혼몽상태에서 간혹 누군가의 기척을 느꼈다. 오싹했다. 눈을 뜨지 않아도 누구인지 알 수 있었다. 애니의 몸 안에서 죽은 아이는 그렇게 내 앞에 나타났다. 애니는 보이지 않았다. 아이만 홀로 나타났다. 죽음이 아이의 모습을 하고 나타난 것인지, 알 수 없었다. 죽음의 얼굴은 보이지 않았다. 죽음이 제 얼굴을 숨기는 것인지, 내가 보지 못하는 것인지도 알 수 없었다. 내가 전쟁 전문기자가 된 것은 죽음에 대한 환각을 다스리는 데 적합한 일이었기 때문일지도 모른다.

죽음이 지척에 있는 전선에서, 나는 죽음을 두려워하지 않으려고 애를 썼다. 겁에 질린 내 모습을 아이에게 보여주고 싶지 않았다. 전선을 찾아 끊임없이 떠돌았다. 인간의 육신이 산산조각이 나는 세계가 불러일으키는 공포와 수치심, 외로움과 허기와 분노에 시달리다가 전선을 벗어나 일상의 세계로 돌아오면 기분이 이상했다. 눈에 보이는 모든 것이 그림자처럼 느껴졌고, 그럴 때마다 전쟁터로 돌아가고 싶은 충동이 일었다. 적어도 죽음은 그림자처럼 느껴지지는 않았다. 그런 생활 속에서 누군가를 그리워하는 감정이 생기기란 쉽지 않은 일이었다.

나에게 여자란 잠시 들러 목을 축이는 길모퉁이의 목로주점 같은 존재였다. 목로주점은 오래 머무는 곳이 아니다. 사랑은, 그리움은 나에게 캄캄한 바다 저 너머에서 가물거리는 아스라한 불빛 같은 것이었다. 내가 강희를 그리워하고 있음을 깨달았을 때, 당황할 수밖에 없었다.

"어머니가 잠시 의식을 회복하셨을 때……"

강희가 운전하는 차는 인천공항을 빠져나와 도시고속도로로 진입하고 있었다. 바깥은 이미 컴컴했다.

"집에서 눈을 감고 싶다고 하셨어요."

목소리가 나지막했다.

"어머니의 몸은 말을 할 수 있는 상태가 아니었어요. 그러니까, 필사적으로 하신 거예요. 어머니의 말을 누구보다 잘 알아듣는 나도 간신히 알아들었어요."

강희는 뭔가를 생각하는 듯 잠시 침묵했다.

"장례식장에 가보면 아시겠지만, 어머니에겐 친척이 거의 없어요. 나이드신 오빠 한 분과 조카뿐이에요. 그분들에게 어머니의 말을 전했더니, 어머니 뜻대로 하는 게 좋겠다고 하더군요. 그래서 담당의사에게 집으로 모셔가겠다고 했더니, 회복 가능성이 있는데 치료를 왜 포기하느냐고 묻더군요. 무척 당황했어요. 어떻게 대답해야 할지 모르겠더라고요. 결국 어머니가 힘겹게 하신 말을 의사에게 전했지만 의사는 믿으려 하지 않았어요. 그런 상태의 환자가 말을 한다는 것은 불가능하다고 딱 잘라 말하더군요. 하지만 세상에는 그 무엇으로도 설명할 수 없는 일들이 적잖게 일어나고 있잖아요. 의사도 잘 알 거예요. 의사의 전문적인 판단도 물론 중요하지만, 그보다 더 중요한 것은 어머니의 마지막 소망이에요. 어머니가 집으로 가고 싶어하신 건 자연스러운 죽음을 원하셨기 때문이에요. 사고가 나기 전에도 그런 마음을 이따금 내비치곤 하셨어요. 때가 되면 몸이 스스로 떠난다고 말이에요. 그 순간을 인위적으로 막는다고 생각하면 끔찍하다고 하셨어요. 의사의 입장에서는 생명을 일 초라도 연장하는 것이 중요하겠지만, 연장되는 그 시간이 어머니에게는 끔찍한 형벌일 수도 있는 거예요."

스코트 니어링이 떠올랐다. 사회주의자이며 평화주의자이고 생태주의자였던 그는 죽어가는 자신의 곁에 의사가 있는 것을 원하지 않았다. 의학이 죽음에 대해서는 무지하다고 생각했기 때문이었다. 그가 택한 죽음의 방식은 독특했다. 죽기 한 달 반 전부터 음식을 끊었다. 단식으로 죽음의 과정 속으로 들어간 그는, 곁에서 지켜본 아내의 말에 따르면 마른 잎이 떨어지듯 숨을 멈추고 자유로운 상태가 되었다고 한다.

"난 의사에게 어머니의 소망을 전했어요. 간절하게 호소했지만 내 간절함이 의사에게는 가 닿지 않았어요. 의사는 어머니에게 가장 필요한 것은 치료라는 말만 되풀이하더군요. 결국 그날 우린 어머니를 적막한 중환자실에 혼자 두고 병원을 나왔어요. 다음날 돌아가실 줄은 짐작도 못하고."

차가 구르는 소리와, 차가 구르면서 생기는 마찰음과 바람 소리가 뒤섞여 기묘한 음향을 내고 있었다.

"죽음이란 이쪽 세계를 떠나 저쪽 세계로 가는 거예요. 그사이에 어머니가 어떤 과정을 거치셨는지, 난 몰라요. 하지만 그것이 대단히 중요한 체험일 거라는 사실만은 확실히 알아요. 어쩌면 전 생애를 통틀어 가장 중요한 체험인지도 몰라요. 그런 중요한 체험을, 어머니는 가장 원하지 않은 장소에서 하셨어요. 어떻게 그럴 수가 있어요? 세상에 그토록 참혹한 폭력이 어디 있어요?"

강희의 목소리가 떨렸다.

"병원이란 생명을 구하는 곳이기도 하지만 폭력을 저지르는 곳이기도 해요. 더욱 나쁜 것은, 폭력을 행사하는 쪽은 물론 폭력을 당하는 쪽도 그것이 폭력임을 모른다는 사실이에요. 과학만능주의와 편의주의가 빚은 비극이지요."

스코트 니어링은 죽음이 삶의 절정이자 마지막에 피는 가장 아름다운 꽃이며, 인간의 궁극적인 경험이라고 생각했다. 궁극적인 경험을 놓치고 싶지 않았던 그는 명료한 의식 속에서 죽기를 희망했다.

『티베트 사자의 서』는 의식을 또렷이 지니고 마음의 평정을 이룬 상태에서 죽음을 받아들여야 한다고 말한다. 그것과 연관하여 『티베트 사자의 서』 영역본 편집자 에반스 웬츠는 2판 서문에서 현대의학을 신랄하게 비판하고 있다. 물질적인 현상에만 갇혀 있는 현대의학은 죽음의 과정을 연장하는 데만 모든 노력을 쏟음으로써 올바른 죽음의 과정을 훼손하고 있으며, 의사들이 죽어가는 환자의 생명을 붙들어두기 위해 온갖 약을 투여하고 마취제나 진정제로 의식을 마비시키기 때문에 환자가 의식을 잃지 않고 마음의 평정을 간직한 채 죽는 것이 불가능하다는 것이다. 그는 올바른 죽음의 과정을 훼손하는 현대의학이 인간을 대단히 위험한 상황으로 몰아가고 있다고 우려했다.

"어머니 장례식장은 병원에 있어요. 어머니를 수술했던 병원이에요."

"병원에 장례식장이 있어요?"

나는 놀라 물었다.

"한국만이 갖고 있는 독특한 현상이에요. 병원에 장례식장이 있는 나라는 한국밖에 없어요. 큰 병원은 예외 없이 장례식장을 운영해요. 수지가 맞거든요."

"이유가 뭐예요?"

"편리하니까요."

"편의를 추구하는 건 어느 나라나 비슷하지 않나요?"

"한국인의 장례는 유교의식을 바탕으로 하고 있어요. 거기에 불교의식과 무속의식이 스며들었지요. 절차가 엄격하고 까다로운 것은 조상 숭배를 중요시하는 유교 이념 때문이에요. 시대가 변하면서 많이 간소화되긴 했지만요. 내가 어릴 적에 본 할머니 장례식만 해도 지금과 많이 달랐어요. 그땐 장례식을 집에서 치렀어요. 임종은 집에서 해야 한다고 생각했으니까요. 집 밖에서 죽는 것은 흉사였어요. 죽은 사람의 혼이 승천하지 못하고 귀신이 되어 떠돌아다닌다는 전통적 믿음 때문이었지요. 병원에 입원한 환자라도 임종이 다가오면 집으로 모셨어요."

장례식장이 집에서 병원으로 바뀌기 시작한 것은 아파트가 주요 주거공간으로 자리잡기 시작한 1980년대부터였다고 했다.

"마당이 없는 아파트는 한국의 고유한 장례를 치르기에는 대단히 불편한 구조로 되어 있어요. 그러다보니 장례식장을 집 밖에 마련하게 되었지요. 죽음의 장소도 집에서 병원으로 바뀌었구요. 지금은 병원과 전문 장의사가 가족이 수행해야 하는 대부분의 장례절차를 대행하고 있어요. 장례의 주체가 가족에서 외부로 옮겨진 거지요."

"실용적인 변화군요."

"편리해진 대신 소중한 것들을 잃어버렸어요."

"강희씨가 말하는 소중한 것들이 뭔지 궁금하네요."

"우리의 전통 장례식은 말하자면 삶과 죽음 사이를 잇는 다리 같은 거예요. 장례를 수행하는 가족은 그 다리 위에서 죽음을 삶 쪽으로 끌어당기는 사람들이었지요. 이를테면 초혼이 그런 거예요."

"초혼?"

"망자와 가까운 사람이 망자의 속옷을 들고 지붕이나 베란다 같은 높은 곳에 올라가 속옷을 흔들며 육신을 떠난 혼을 향해 돌아오라고 외치는 행위가 초혼이에요. 죽은 자에게 다시 돌아오라는 간구이지요. 그래도 혼이 돌아오지 않으면 비로소 죽음을 받아들이는 거예요. 할머니가 돌아가셨을 때 떠나가는 할머니의 혼을 부르던 목소리가 아직도 귀에 선해요. 그 소리가 세월이 흘러도 할머니를 잊지 않게 해요. 할머니는 죽었지만 내 안에 할머니가 아직도 살아 있는 것은 그 소리 때문이에요. 이젠 그런 것들이 모두 사라져버렸지요."

강희의 목소리가 쓸쓸했다.

32

유다는 허공을 응시했다. 무엇인가를 뚫어지게 바라보는 것 같기도 하고, 아무것도 보고 있지 않는 것 같기도 했다. 유다의 이야기에는 의문점이 한두 가지가 아니었다. 믿고 싶지 않은 것들도 있었다.

"당신이 밀고했나요?"

유다는 나를 보았다. 움푹 들어간 눈이 젖어 있는 듯했다.

"왜 그렇게 생각하십니까?"

"정보대장만이 알 수 있는 일을 당신도 알고 있으니까요."

"그렇군요."

유다는 혼잣말하듯 중얼거렸다.

"스승님의 은신처를 아는 이는 혁명당 내부에서도 몇 사람밖에 안 됩니다. 정보대장은 그중의 한 사람입니다."

"네?"

유다의 입가에 가는 주름이 잡혔다. 쓰디쓴 미소가 잠시 나타났다가 사라졌다.

"정보대장은 혁명당원입니다. 바라바가 정보대장의 정체를 스승님께 밝히지 않았던 것은 극비사항이었기 때문입니다."

"정보대장이 혁명당원이라면 바라바의 체포를 왜 막지 못했지요?"

"혁명당 동지를 미행한 정보요원들이 도자기공장을 급습하기로 결정했을 때 가장 필요했던 것은 병력이었습니다. 정보대장에게는 병력 지휘권이 없습니다. 병력 지휘권은 성전 경비대장에게 있습니다. 불행하게도 공장을 급습하기까지 정보대장에게 보고할 시간이 없었습니다."

"정보대장이 무슨 까닭으로 혁명당원이 되었죠?"

나는 의구심을 떨칠 수가 없었다.

"정보대장은 성전 권력의 완고한 신분질서를 못 견뎌하는 레위
인입니다. 혈통을 바꾸지 않는 한 레위인은 절대로 성전 경비대장
이 될 수 없습니다."

"바라바가 체포되었지만 혁명당의 계획이 드러난 것은 아니잖
아요?"

"그렇습니다."

"그런데 왜 계획을 포기했지요?"

"우리의 계획은 혁명당 내부에서도 몇몇 사람들만 알고 있습니
다. 비밀 유지를 위해서였지요. 바타바는 이 계획의 중심인물이었
습니다. 그런데 뜻밖에도 바라바가 체포되었습니다. 거사를 코앞
에 두고 중심인물이 체포되었으니, 정보대장으로서는 이 일의 성
공을 의심할 수밖에 없었을 것입니다. 바라바는 정보대장에게 계
획대로 할 것을 요구했습니다만, 의심을 씻어내기가 쉽지 않았을
것입니다. 스승님이 성전으로 들어가셔서 상인들을 내쫓고, 강도
의 소굴인 성전을 허물어뜨릴 것이라고 외치신 것은 성전 내부의
협력자에게 결행을 재촉하는 간절한 행위였습니다."

"받아들이지 않으면 그만이지 무슨 까닭으로 그분을 체포했나
요?"

"정보대장이 스승님을 체포한 것은 세 가지 이유 때문일 것입니
다. 첫째는 자신의 보신입니다. 대제사장은 예수를 체포하지 못하
면 파직시킬 것이라고 했습니다. 두번째는 혁명당의 안전입니다.
스승님이 체포되지 않으면, 스승님이 체포될 때까지 성전 경비대
와 정보원들은 예루살렘 구석구석을 뒤질 것입니다. 그 과정에서

혁명당이 입을 피해를 짐작하는 것은 어렵지 않습니다. 혁명당뿐만이 아니라 스승님과 연관된 모든 인물들이 추적을 받을 것입니다. 세번째 이유는, 그분에 대한 기대 때문입니다."

"기대라뇨?"

"정보대장이 나에게 말하기를, 그분이 정녕 메시아라면 그분이 체포되실 때 하느님이 가만히 계시지 않을 것이라고 하더군요. 우리가 알 수 없는 어떤 기적이 일어나지 않겠느냐고 말하면서 그는 내 표정을 살폈습니다."

"당신들은 정말 잔인하군요."

가슴이 저미어지는 듯했다.

"나는 그분에게 숨긴 것이 없습니다. 모든 사실을 밝혔습니다. 피신을 원하신다면 사마리아 땅까지 안전하게 모셔드리겠다고 했습니다. 그분은 아무 말씀도 하지 않으셨습니다. 무언가를 깊이 생각하시는 것 같았습니다. 혼자 있고 싶어하시는 것 같아 말없이 밖으로 나왔습니다. 하늘에는 별들이 총총했습니다. 나는 별들을 올려다보며 그분을 생각했습니다. 그분을 따르게 된 것은 그분이 꾸는 꿈속에 내가 있는 듯한 느낌이 들었기 때문입니다. 그것은 미묘한 생각을 불러일으켰습니다. 그러니까 나의 실체가 현실 속에 있는 것이 아니라 그분의 꿈속에 있다…… 그 생각 앞에서 현실 속의 나는 허깨비가 되어버립니다. 허깨비로 변한 내가 유일하게 할 수 있는 일은 꿈속의 존재를 그리워하는 것뿐입니다. 그것은 허깨비에게 기쁨과 괴로움을 동시에 불러일으킵니다. 그분이 사마리아로 떠나면 꿈속의 나는 어떻게 되는지 궁금했습니다."

유다의 눈이 금방 벌겋게 되었다.

"당신은 그분이 사마리아로 피신할 거라고 생각했나요?"

나의 물음에 유다는 잠자코 있었다. 그때의 일을 생각하는 것 같았다.

"모르겠습니다."

유다는 고개를 느리게 저었다.

"그때 당신이 그분께 원한 것은 무엇이지요?"

"내가 가장 원했던 것은…… 아마도 기적일 것입니다. 하늘로부터 천사의 군단을 불러와 온갖 죄악으로 뒤덮인 성전을 허물어뜨리고 그 자리에 희디흰 성전을 세우는 그런 기적 말입니다. 그렇게 되면 꿈속의 내가 꿈밖으로 나와 허깨비 같은 나의 텅 빈 내부를 채우겠지요."

유다의 입가에 가느다란 미소가 피어올랐다.

"당신은 그분이 사마리아로 피신하는 것을 원하지 않았군요."

"왜 그렇게 생각합니까?"

"사마리아로 피신한다는 것은 메시아의 신분에서 평범한 목수로 돌아가는 것이니까요."

"그럴지도 모르겠군요."

유다는 나직이 말했다.

"한참 후 그분이 밖으로 나왔습니다. 나는 두근거리는 가슴을 억누르며 그분의 말씀을 기다렸습니다. 그분은 다음날 저녁 제자들과 특별한 식사를 하고 싶다고 말씀하셨습니다. 슬픔에 잠긴 목소리였습니다. 특별한 식사란 어떤 식사를 뜻하느냐고 조심스레

여쭈었습니다. 그분은 입가에 미소를 머금으며, 당신이 우리에게 베푸는 마지막 식사이니 잘 차리라고 대답하셨습니다. 그분의 미소는 어린아이처럼 천진했습니다. 그 미소를 본 순간 그분이 피신하지 않으리라는 것을 알 수 있었습니다.”

유다의 목소리가 잠겨들고 있었다.

“마지막 식사만이라도 온전히 우리의 것으로 하기 위해 식사 장소는 정보대장이 모르는 집으로 골랐습니다. 예루살렘 시장 근처에 있는, 물지게꾼의 집이었습니다. 음식을 정성껏 차렸습니다. 성전에서 잡은 어린 양의 고기와 누룩을 넣지 않은 빵, 쓴 나물과 카로세스를 먼저 샀습니다. 유월절 식탁에 꼭 필요한 것들이었지요. 그다음은 스승님이 좋아하시는 물고기를 샀습니다. 싱싱한 것을 구하기 위해 시장을 여러 차례 돌았습니다. 포도주도 스승님이 좋아하시는 갈릴리 산을 골랐습니다. 양고기 스튜를 만드는 데 필요한 콩과 채소도 샀습니다. 그밖에도 사고 싶은 것이 많았지만 시간이 없었습니다. 시장을 다 보고 물지게꾼의 집으로 가던 도중 식사 후 꿀을 즐겨 드셨던 것이 생각나서 다시 돌아가 꿀을 샀습니다.”

유다는 눈을 감았다 잠시 후 떴다.

“식사는 해가 막 지려 할 때 시작되었습니다. 식탁에는 그동안 함께했던 제자들이 모두 모였습니다. 그들은 아무것도 모르고 있었습니다. 우리의 계획도, 스승님과 혁명당과의 관계도 몰랐습니다. 바라바가 누군지도 몰랐습니다. 스승님에게 다가오고 있는 위험의 그림자도 물론 모르고 있었습니다. 그들은 성전으로 들어가 상인들을 쫓아내고 성전을 허물겠다는 스승님의 선언에 대한 홍분에서 벗어나지 못하고 있었습니다. 스승님이 그런 엄청난 일을 하실 줄은 그 누구도 짐작지 못했습니다. 하느님의 나라가 가까이 왔다는 스승님의 말씀은 그전에 들었던 것을 다 합쳐도 최근 며칠 동안 들었던 것보다 그 횟수가 적었습니다. 그분이 여시는 새로운 세상에서 자신들이 맡을 역할에 대해 입씨름을 벌인 것도 희망과 기대로 충만해 있었기 때문입니다. 그 자리에서 스승님은 두 가지 일을 하셨습니다. 그 하나가 제자들의 발을 씻긴 일입니다."

그가 내 발을 씻을 때의 광경이 아프게 떠올랐다. 그는 나를 어린 양이라 부르며 이제부터 어린 양을 보살피겠다고 했다. 그는 어디로 가려고 어린 양의 집을 떠났는가.

"제자들은 무척 당황했습니다. 시몬은 거룩하신 메시아께서 어떻게 미천한 저희들의 발을 씻을 수 있느냐고 펄쩍 뛰었습니다. 그분은 천진한 미소를 지으며, 목자가 양의 발을 씻기려 하는데 웬 난리냐 말씀하시고는, 식탁에서 일어나 겉옷을 벗으시고 허리에 수건을 두르셨습니다. 그분의 천진한 미소에 어느새 누그러진 제자들은 다소곳한 자세로 모두 제 두 발을 그분에게 맡겼습니다. 발을 씻는 그분의 모습은 고요했습니다. 그 고요함은…… 뭐라고 할까요, 기도할 때의 고요함이라고 할까요. 기도가 깊어지면 기도하는 이와 기도를 받는 이의 경계가 사라지듯, 그분의 고요함은 발을 씻는 그분과, 두 발을 맡긴 제자들 사이의 경계를 지우고 있었습니다. 그들도 그것을 느끼는 것 같았습니다."

벽에 드리운 유다의 그림자가 흔들렸다. 등잔불이 깜박거리고 있었다.

"발을 다 씻긴 그분은 빵을 하나하나, 제자들에게 건넸습니다. 그리고 말씀하셨습니다. 이것은 나의 살이다. 포도주를 건네면서는 또 말씀하셨습니다. 이것은 나의 피다. 내 살을 먹고, 내 피를 마셔라. 왜냐하면 나는 한 마리 어린 양이기 때문이다. 왜 스승님이 한 마리 어린 양이십니까? 좀처럼 질문이 없는 요한이 물었습니다. 그분은 미소를 머금으며 되물으셨습니다. 요한아, 너는 벌써 유월절의 뜻을 잊었느냐. 이집트 땅에서 죽음의 사자가 맏아들을 데려갈 때 아브라함의 아이들이 무사할 수 있었던 것은 문설주에 바른 어린 양의 피였습니다. 하늘의 영광과 꿈의 정원에서 피어오르는 향기에 도취해 있었던 제자들은 다시 당황하기 시작했습니다. 어떤 이는 주위를 두리번거리며 누가 우리들을 잡으러 오느냐고 겁에 질려 중얼거렸습니다. 혼란에 휩싸인 제자들에게 그분은 이제 우리들 곁을 떠나야 한다고 말씀하셨습니다. 제자들이 함께 가겠다고 하자 그곳은 혼자 가는 길이며, 돌아설 수 없는 길이라고 하셨습니다. 돌아서고 싶어도 돌아설 수가 없다고 말씀하실 때는, 얼핏 눈에 눈물이 비쳤습니다. 왜 돌아설 수 없느냐는 요한의 물음에 그분은 길 너머에 어린 양들이 울고 있다고, 당신이 한 마리 어린 양이 되기 위해서는 그 어린 양들 속으로 들어가야 한다고 대답하셨습니다."

유다의 목소리가 잠기고 있었다.

"저녁식사가 끝난 후 그분은 저에게 다가오시더니 오늘은 겟세마네 동산에서 자야겠다고 말씀하시고는, 제 갈 길을 가라고 하셨습니다. 제가 갈 길이 어디냐 여쭈었더니 당신을 어린 양으로 완성시키는 일이라고 대답하셨습니다. 그 일을 왜 제가 해야 하느냐고 다시 여쭈었습니다. 그분은 가만히 제 눈을 들여다보시더니 제가 그 일을 해주면 가는 길이 덜 외롭겠다 하셨습니다. 그러고는…… 저를 껴안으셨습니다."

유다의 목소리는 이제 속삭이듯 낮아져 있었다.

"내가 성전 경비대의 무리들을 겟세마네 동산으로 안내한 것은, 그들이 보는 앞에서 그분께 입을 맞춘 것은, 그분의 외로움을 조금이라도 덜어드리기 위해서였습니다."

유다의 눈에는 어느새 눈물이 그렁그렁했다.

"이제 그분은 어떻게 되는 거지요?"

나의 물음에 유다는 흠칫 놀라며 나를 보았다.

"내가 들은 바로는……"

유다는 양손을 꽉 맞잡았다.

"오늘밤 재판이 끝나면 내일 처형될 것이라고 합니다."

유다의 안색은 흙빛이었다.

"그분은 메시아예요. 메시아가 무기력하게 죽을 리가 없어요."

나는 거의 소리치고 있었다.

"아, 그렇지요! 정말 그렇지요!"

파리하던 유다의 얼굴이 발갛게 물들고 있었다. 순식간의 변화였다.

33

어머니의 영정은 흑백사진이었다. 머리를 단정하게 뒤로 빗어 넘긴 어머니는 눈을 약간 내려뜨고 있었다. 뭔가를 주시하는 것 같기도 했고, 생각에 잠겨 있는 것 같기도 했다. 살집이 없는 뺨과 여윈 턱은 그늘져 있었고, 입가에는 미소처럼 보이는 주름이 희미하게 잡혀 있었다.

어머니에게 처음으로 한국식 큰절을 했다. 양손과 두 무릎을 바닥에 가지런히 놓으려고 노력했다. 이마가 손등에 닿을 때 내 몸이 작아지는 느낌을 받았다. 그것은 미묘한 감각이었다.

어릴 적부터 몸집의 크기에 민감했다. 내 몸은, 크지는 않았지만 작은 편도 아니었다. 그럼에도 나는 내가 작다고 느꼈다. 마음이 위축되면서 자신감이 없어졌다. 나보다 키가 큰 이와 나란히 서거나 걷는 것은 가능한 한 피했다. 내 몸을 숨기고 싶은 충동에 사로잡히기도 했다. 어머니의 흔적이 만든 콤플렉스였다. 거기에서 벗어나게 된 것은 애니와 사랑하게 되면서부터였다. 애니는 나의 실재를 마주 보게 했다.

어머니의 영정 앞에서 몸이 작아지는 느낌과 함께, 나는 저울 위에 올라가 있는 듯한 느낌을 받았다. 나의 감각으로는 알 수 없는 어떤 존재의 저울이었다. 그 존재는 저울 위의 나를 내려다보고 있었다. 부끄러움이 일었다. 부끄러움을 견딜 수 있었던 것은, 내 몸이 작아져서였다. 가능하다면, 내 몸을 한없이 작게 해서 나를 내려다보는 이의 눈에 보이지 않게 하고 싶었다.

외삼촌은 걸음을 겨우 떼는 일흔여섯 살의 노인이었다. 그는 내 얼굴을 가만히 들여다보더니 눈물을 글썽이면서 어머니를 두고 지독한 사람이라고 말했다. 생전에 자식 이야기는 한마디도 없었다고 했다. 살아 있는 자식을 가슴에 묻었으니, 멍이 참 많이 들었을 것이라고 중얼거렸다.

나보다 일곱 살 많은 외사촌은 나를 어색해했다. 언어 소통이 불편해서인 것 같았다. 통역이 없으면 대화가 이어지지 않았다. 통역은 강희가 하거나, 외사촌 딸이 했다. 이름이 은수인데, 영어 발음이 정확했다. 영문학과 3학년이라고 했다. 강희나 은수가 옆에 없으면 외사촌의 얼굴이 굳어지면서 분위기가 서먹해졌다. 서먹한 표정의 얼굴이 선량해 보였다.

외사촌의 그런 표정을 대하자 내가 한국어를 모른다는 사실이 부끄러웠다. 뜻밖의 감정이었다. 어머니의 말을 강희의 통역으로 듣고 있을 때도 부끄러움은 없었다. 부끄럽기는커녕 안도감까지 느꼈다. 그 안도감의 정체는 무엇이었을까.

열 살 때였다. 할아버지와 함께 예루살렘 성벽 안의 구시가로 들어갔다. 성벽 밑에서 흑인 구두장수가 뭐라고 소리를 질렀다. 할아버지는 투르크인 노예 자손이라고 서툰 영어로 말했다. 길 연변에는 작은 가게들이 다닥다닥 붙어 있었다. 숨을 쉴 때마다 밀가루 과자와 짐승 가죽 냄새, 향료와 배설물 냄새가 콧속으로 들어왔다. 상인들은 목이 터져라 손님을 불렀다. 등에 관을 짊어지고 구부정한 자세로 걷고 있는 아랍인 남자에게 시선을 팔다가 한 남자와 부딪혔다. 줄무늬 두건을 쓴 남자는 나에게 뭐라고 말을 했지만, 물론 알아들을 수가 없었다. 눈이 파랬고, 머리가 빨갰다. 십자군의 피가 섞인 아랍인이라고 할아버지가 가르쳐주었다.

길에서 들려오는 사람들의 말을 내가 알아듣지 못한다는 사실이 다행스럽게 느껴졌다. 그들의 말을 알아듣는다는 것은 그들의 세계 속에 있다는 뜻이 된다. 나에게 그들은 낯설었다. 낯섦은 어둠과 함께 알 수 없는 두려움을 불러일으켰다. 낯설고, 어둡고, 알 수 없는 두려움을 불러일으키는 그들의 세계 속으로 들어가고 싶지 않았다. 내가 속한 세계는 영어의 울타리로 둘러싸인 곳이었다. 그곳은 밝고 안온했다. 거기에서 한 발짝도 나가고 싶지 않았다.

내가 아랍어를 배우기로 마음먹은 것은 한 소녀 때문이었다. 소녀를 처음 본 것은 열세 살 때였다. 머리에 이고 있는 채반에는 빵이 가득했다. 소녀는 조심조심 걸었다. 소녀의 얼굴에서 광채가 났다. 가슴이 뛰었다.

소녀가 들어간 곳은 어느 카페였다. 카페에서 나온 소녀의 몸은 단출했다. 채반이 없었다. 소녀의 걸음걸이가 경쾌했다. 소녀는 좁은 길로 들어갔다. 어두침침한 돌계단으로 이어진 길이었다. 길은 완만한 경사를 이루면서 굽이쳐 흘렀다. 어두운 길 저 위에서 소녀는 걸음을 멈추고 뒤돌아보았다. 나는 깜짝 놀라 그 자리에 멈추어 섰다. 어둠 속에서 가만히 나를 내려다보던 소녀는 다시 걷기 시작했다. 나도 따라 걸었다. 아랍인들이 사는 오래된 집들이 나타났다.

소녀는 막다른 골목의 어느 대문 안으로 들어갔다. 할아버지 집의 넓은 마당에는 꽃과 나무 들이 많았다. 하지만 소녀의 집 마당은 좁았다. 꽃도 나무도 없었다. 소녀는 보이지 않았다. 집 안으로 들어간 것 같았다. 마당으로 들어선 나는 현관문을 살며시 열었다. 습기 찬 복도가 나타났고, 이층으로 연결되는 계단이 보였다. 복도 창으로 가느다란 햇살이 스며들었다. 아무도 없었다. 텅 빈 복도에 우두커니 섰다. 내가 왜 여기에 있는 것인지, 혼란스러웠다. 소녀의 얼굴에서 보았던 광채가 비현실적으로 느껴졌다. 발소리가 났다. 소녀였다. 창으로 스며드는 햇살 아래 소녀가 서 있었다. 소녀는 나를 보고 방긋 웃으며 무어라고 말했다. 소녀의 말은 알아들을 수 없었다. 나는 부끄러웠다. 내가 아랍어를 배운 것은 부끄러움 때문이었다.

어머니의 말을 알아듣지 못한다는 사실이 불러일으킨 안도감과, 예루살렘 구시가의 혼잡한 길에서 들려오는 사람들의 말을 알아듣지 못한다는 사실이 불러일으키는 다행스러운 감정을 나란히 놓고 비교한다는 것은 무리가 있다. 그럼에도 두 감정에는 공통점이 있었다.

어머니의 모국어인 한국어는 나에게는 타자의 언어였다. 그 타자의 언어는 어머니가 나에게 타자라는 사실을 확인시켜주었다. 나의 안도감은 여기에서 비롯된 것이었다. 나에게 한국어는 낯설고 어둡고 알 수 없는 두려움을 불러일으키는 언어였다. 모성 역시 나에게 그런 것이었다. 낯설고 어둡고 알 수 없는 두려움을 불러일으키는. 외사촌의 서먹한 표정 앞에서 내가 느낀 부끄러움은, 모성을 낯설고 어둡고 알 수 없는 두려움을 불러일으키는 것으로 생각했던 나 자신에 대한 부끄러움이었다.

34

예루살렘 성벽 북서쪽의 언덕길은 가팔랐다. 예수는 힘겹게 언덕길을 오르고 있었다. 어깨에 짊어진 나무기둥이 금방이라도 그를 덮쳐누를 것 같았다. 헐떡이는 숨소리가 귀에 들리는 듯했다. 포플러나무라고 했다. 겨우내 빗속에서 묵혀두었기 때문에 더 무겁다고 들었다.

그가 나무 앞에 서 있을 때면 그의 입가에는 언제나 미소가 피어올랐다. 나무들 사이에 서 있는 그의 모습이 한 그루 나무처럼 보이기도 했다. 그의 몸에서 나무의 향기를 맡은 날도 있었다. 아무리 무거운 나무라도 그의 손에 잡히면 가벼워졌다. 그런 그가 나무의 무게에 짓눌려 있었다. 그가 비틀거릴 때마다 구경꾼들은 야유했고, 탄식했다. 야유하는 구경꾼들의 입에서 가짜 메시아, 엉터리 주술사, 사생아 같은 말들이 거침없이 쏟아져나왔다.

전날 밤 그는 거의 열두 시간 동안 여섯 차례 심문을 받았다고 했다. 재판은 법정에서 해야 한다. 법정은 성전 안에 있다. 하지만 예수의 재판은 대제사장의 집 안에서 열렸다. 중대한 사건의 피의자가 유죄로 판결이 났을 때는 다음날 최종 선고를 하도록 되어 있다. 재판관들에게 하룻밤 생각할 시간을 주기 위함이다. 중요한 재판이 밤에 열리지 않는 이유는 여기에 있다. 하지만 예수의 재판은 모든 과정이 하룻밤 사이에 끝이 났다. 다음날이 유월절이기 때문이다. 율법은 유월절 기간 동안 재판을 금하고 있었다.

날이 밝자 로마 총독은 재판관석에서 예수와 바라바 두 사람 중

누구를 놓아주면 좋겠냐고 군중에게 물었다. 유월절에 죄인 한 사람을 석방하는 관례에 따른 것이었다. 바라바를 놓아주라는 목소리밖에 들리지 않았다고 유다가 울음 섞인 목소리로 전했다.

예수의 옷은 누더기였다. 회갈색 누더기가 피와 땀으로 범벅이 된 몸을 간신히 가리고 있었다. 내가 보고자 한 것은 누더기에 싸인 몸이 아니었다. 희게 빛나는, 빛으로 이루어진, 빛 자체인 몸이었다. 요한이 보았고, 시몬이 보았다. 내가 못 볼 까닭이 없었다. 저분은 메시아야, 저분은 메시아야. 마음속으로 끊임없이 되뇌며 그를 따라갔다.

형장에 이르렀을 때는 엷은 구름이 해를 가리고 있었다. 사람들은 그곳을 골고다 언덕이라고 불렀다. 바위가 많았다. 먼지를 뒤집어쓴 가시나무와 키 작은 올리브 들이 드문드문 보였다. 구경꾼들은 많지 않았다. 그들 속에 여인들이 여럿 있었다. 그의 어머니가 떠올랐다. 나사렛에 있는 그녀는 아들이 처형된다는 사실조차 모르고 있을 것이다.

나무십자가에 구멍 뚫는 소리가 귓속을 긁었다. 로마 병사가 예수에게 무언가를 마시게 하고 있었다. 약초 넣은 포도주야. 저걸 마시면 고통이 줄어들지. 구경꾼 가운데 한 사람이 옆 사람에게 말했다. 병사들이 나무 위에 그의 몸을 눕히고는 밧줄로 팔과 다리를 나무에 비끄러맸다. 둔탁한 망치 소리와 함께 울음 섞인 비명이 들렸다. 그의 손바닥에 못이 박히고 있었다. 내 손바닥에서 날카로운 통증이 느껴졌다. 저분은 메시아야. 나는 비명을 삼키며 그 말을 다시 되뇌었다. 그의 비명이 귓속으로 파고들었다. 높고 가냘픈 소리였다. 그가 지르는 비명이 아니라, 한 여인이 지르는 비명 같았다. 나무십자가가 세워지고 있었다. 그의 몸이 허공으로 솟구쳤다. 더욱 높고 가냘픈 비명이 새어나왔다. 하늘은 잿빛이었다. 그의 몸이 잿빛 하늘 속에 덩그렇게 걸려 있었다. 그는 날개가 찢긴 한 마리 새와 같았다.

35

장례식장은 낯설었다. 색다른 아시안 레스토랑에 들어온 듯한 느낌까지 들었다. 복도를 오가는 사람들의 모습도 낯설었다. 장례의 시간은 일상과 일상이 아닌 것의 경계에 있는 특별한 시간이다. 그런데 복도를 오가는 사람들의 모습이 내 눈에는 일상의 시간 속에만 머물러 있는 것처럼 보였다. 이 모든 낯설음은 시신의 부재에서 비롯되고 있었다.

내가 가장 많이 본 장례식은 미국식이었다. 미국의 장례식장이 제공하는 서비스 가운데 가장 중요한 것은 엠바밍이다. 엠바밍은 방부와 살균, 메이크업을 통해 시신을 생전의 모습이 느껴지도록 만드는 위생처리기술로, 미국에서 발달한 것이다. 미국의 장례식장은 위생처리가 된 시신을 중심으로 공간이 구성되어 있다. 장례식에 참석한 사람들은 죽음과 대면하는 것이 아니라 고인이 아직도 살아 있다는 환상과 대면한다. 이를 두고 어떤 프랑스 학자는 죽음과 마주하기 싫어하는 미국인의 내면을 보여주는 것이라고 비

꼬았지만, 아버지와 미국식으로 작별한 나의 경험으로는 나쁘지
않았다. 전쟁터에서 참혹한 시신들을 많이 본 탓인지도 모르겠다.

　유대인의 전통에 따라 치른 할아버지의 장례식도 잊을 수 없는
기억이었다. 아버지와 나는 할아버지의 임종을 지켰다. 유대인 사
회에서 임종을 지키는 것은 살아 있는 자의 의무다. 작별의 순간
셰마의 마지막 구절을 암송하는 것 역시 살아 있는 자의 의무다.

　—나의 하느님, 저의 회복과 죽음을 당신에게 맡깁니다. 당신의
뜻이라면 저를 회복시켜주소서. 제가 죽어야 한다면 저의 죽음이
제가 지은 모든 죄를 씻는 행위가 되게 하소서.

　할아버지가 숨을 거두자 아버지와 나는 슬픔의 표시로 겉옷을
찢었다. 고모의 흐느낌 속에서 아버지는 할아버지의 두 발이 문
쪽으로 향하게 눕힌 후 촛불을 켜서 머리 쪽에 놓고 창문을 열었
다. 촛불을 켜는 것은 영혼이 육신에서 나가는 길을 밝히기 위함
이며, 창문을 여는 것은 영혼이 방을 빠져나갈 수 있도록 하기 위
함이다. 영혼이 빠져나가기 전에 으리는 할아버지에게 잘못했던
일을 용서해달라는 기도의 시간을 가졌다. 아버지가 쉼없이 눈물
을 흘려 내 얼굴도 눈물로 얼룩졌다

　우리는 할아버지가 땅속에 묻힐 때까지 시신 곁을 떠나지 않았다.
시신을 홀로 두는 것은 고인에 대한 불경不敬이다. 집 안에 있는 모
든 거울은 보자기로 덮거나 뒤집어놓는다. 하느님의 형상으로 빚어
진 고인의 육신이 부패하기 시작하는 시간에 산 사람이 거울을 통해
자신의 몸을 보는 것은 고인뿐만 아니라 하느님에 대한 불경이기도
하다. 시신이 보이지 않는 어머니의 장례식장이 나에게는 낯설 수밖

에 없었다. 어머니의 시신은 밀폐된 냉동실 안에 있다고 했다.

상주의 역할은 외사촌이 맡았다. 한국의 장례식에서 상주의 비중이 크다는 것을 알고 있었다. 한국말을 못 하는데다 혼혈인인 나에게 상주 역할을 맡길 것인가에 대해 외삼촌이 고민을 많이 했다고 강희로부터 들었다. 오랫동안 혼자 살아온 어머니에게 혼혈인 아들이 있다는 사실을 문상객들에게 구태여 알릴 필요가 있겠느냐는 외삼촌의 물음에 강희는 대답하지 못했다고 했다. 외삼촌은 내가 반대하지 않는다면 외사촌이 상주 역할을 계속하는 것으로 결론을 내렸다. 나는 반대하지 않았다.

"난 이 검은 옷이 싫어요."

문상객들의 조문이 뜸해지자 강희는 내가 앉아 있는 쪽으로 살짝 다가와, 자신의 옷을 만지며 말했다.

"왜요?"

"한국인의 전통 상복은 흰옷이었어요. 검은 옷은 서양식 상복이죠."

"상복의 색깔이 왜 흰색이었죠?"

"흰색은 긍정적인 색이에요. 죽음을 긍정적으로 받아들였다는 뜻이죠. 처음에는 슬퍼하지만 나중에는 춤추고 노래하며 영혼을 저승으로 보냈어요. 일본과 중국의 전통 상복도 흰색이에요. 죽음을 생명의 끝으로 보지 않았던 동양인들의 인식이 투영된 것이라고 할 수 있을 거예요. 수의를 흰색으로 하는 것도, 흰색이 저승길을 환하게 비추어준다고 생각했기 때문이에요. 육신은 사라지지만 영혼은 사라지지 않는다는 믿음에서 우러나온 생각이지요. 이

런 생각의 근저에는 재생에 대한 믿음이 깔려 있어요. 고대 이집
트인들은 흰색을 부활의 상징으로 생각했다고 해요. 검은색은 부
활하기 전까지 반드시 지나야 하는 어두운 세계와 연결시켰고요.
부활한 예수도 흰옷을 입지 않았을까요?”

“부활을 믿어요?”

“믿는다기보다는, 존중한달까요.”

“존중한다는 것은……”

“예수는 사형수였어요. 집단의 권력 혹은 질서가 한 인간에게
죽음을 선고한 것이었지요. 예수를 사랑한 사람들에게는 받아들
일 수 없는 죽음이었을 거예요. 받아들일 수 없는 죽음은 수많은
감정을 불러일으켜요. 슬픔과 분노와 절망과 같은 감정들 말이에
요. 그런 감정들이 하나로 모일 때 잉태되는 것이 그리움이에요.
그 그리움이 사람들로 하여금 육신을 떠난 혼을 부르게 하고요.”

“초혼이군요.”

“맞아요. 초혼이지요.”

강희는 살짝 미소지었다.

“예수를 사랑한 사람들도 초혼을 했을 거예요. 부디 돌아오라
고, 제발 돌아오라고. 그리고 놀랍게도 혼은 돌아왔어요. 그들의
간절한 그리움이 혼을 돌아오게 한 거예요. 내가 존중하는 건, 그
들의 그리움이에요.”

“그리움이 무덤 속의 시체를 살아나게 했단 말인가요?”

“무덤 속의 시체가 살아났다면 그리스도교라는 종교가 생겨나
지 않았을 거예요.”

“무슨 뜻이죠?”

“그리스도교의 바탕은 그리움이라고 나는 생각해요. 예수가 정말로 무덤 속에서 일어났다면 그리운 마음은 남아 있지 않을 거예요.”

“그렇다면 성서에 기술되어 있는 예수의 부활은 뭔가요?”

“부활에 대한 해석은 무궁무진해요. 신비로운 사건이니까요. 나는 그것이 그리움이 만들어낸 환각이 아닐까 싶어요.”

“예수의 손바닥에 있는 못자국을 보지 않고서는, 그 못자국에 손가락을 넣어보지 않고서는 믿지 않겠다던 도마도 그 육신의 부활을 받아들였어요.”

“어떤 이에게는 환각이 현실보다 더 깊은 현실이 되기도 해요.”

“강희씬……”

나는 잠시 머뭇거렸다.

“환생을 믿어요?”

강희의 눈꺼풀이 위로 올라갔다. 내 질문이 뜻밖인 모양이었다.

“난 믿어요. 내가 무당이어서가 아니에요. 무당은 다 환생을 믿을 거라고 생각할지 모르지만 그렇지 않아요. 굿에 망자의 환생 흔적을 살피는 의식이 있긴 하지만, 지방마다 달라요. 그런 의식을 주재하는 무당이라고 해서 환생을 믿는다고 말할 순 없어요. 직업인으로서 의식은 주재하지만 그 의식의 내용은 믿지 않을 수도 있거든요. 내가 환생을 믿는 것은 뭐랄까, 어떤 느낌 때문이에요. 이걸 어떻게 설명해야 할지 모르겠지만, 그냥 그렇게 느껴져요. 내 전생이 있다는 것을.”

“전생이 느껴진다고요?”

“네.”

“어떻게요?”

“내 안에 내가 모르는 다른 생애가 깃들어 있는 것 같아요. 뭐라고 해야 할까요…… 분명히 꿈을 꾸었는데, 그 꿈의 장면은 생각나지 않지만, 꿈의 흔적이나 그 느낌만은 분명하게 남아 있는 그런 느낌……”

“전생이 꿈처럼 느껴진다는 말인가요?”

“어쩌면 제 마음이 그런 느낌들을 만들어냈는지도 모르죠.”

“무슨 뜻이죠?”

“살면서 겪는 고통들이 무슨 이유로 나에게 주어졌는지 알 수가 없었어요. 고통의 근원을 알지 못하면 그 고통에 묶여버려요. 난 고통에 묶이는 게 싫었어요. 고통에서 자유로워지고 싶었어요. 그러기 위해서는 그 고통의 근원을 알 필요가 있었어요.”

“그 근원이 전생이군요.”

“그래요.”

“어떤 고통이었기에 그런 생각까지 했어요?”

“그건 지금 하던 얘기랑은 좀 다른 얘기군요.”

강희의 목소리가 딱딱해졌다.

“그렇긴 하지만……”

“이야기, 그만할까요?”

“아니에요, 계속해요.”

“……”

“다른 질문이 있어요.”

"뭐죠?"

강희가 눈을 가느스름하게 뜨며 물었다.

"어머닌 환생을 믿으셨어요?"

"아마 그러셨을 거예요. 적어도 부정하시지는 않았으니까. 하지만 믿는다고 따로 말씀하신 적도 없었어요. 언젠가 환생에 대한 내 느낌을 말씀드린 적이 있었는데, 말없이 듣기만 하시더군요."

"그렇군요."

나는 혼잣말하듯 중얼거렸다.

"환생을 믿으세요?"

강희가 물었다.

"아뇨."

"그런데 왜 관심을 가져요?"

"『티베트 사자의 서』라는 책을 아세요?"

"내가 소중히 여기는 책 가운데 하나예요."

"아, 그렇군요."

"그 책이 케이 씨로 하여금 환생에 대해 관심을 갖게 했나요?"

"그렇다고 볼 수 있지요."

나는 애매하게 대답했다.

"그렇다면 어머니에 대한 병원의 치료행위가 올바른 죽음에 대한 근원적 폭력이었다는 사실도 아시겠네요."

"그렇게 쓰여 있더군요."

"생각만 해도 가슴이 아파요."

그녀의 목소리에 습기가 스며들었다.

36

요나는 없었다. 요나가 있을 리 없었다. 성안의 모든 시체들은 소각되거나 땅에 묻혔다. 요나도 요나의 동생도, 요나의 아버지와 어머니도, 목이 잘린 양도 연기로 사라졌거나 땅에 묻혔다. 사제는 텅 빈 요나의 집 안을 끊임없이 서성거렸다. 흙벽에 남아 있는 창의 흔적을 뚫어질 듯 보는가 하면, 말라붙은 요나의 피를 들여다보다가, 목재 격자창으로 새어들어오는 노을빛으로 시선을 돌렸다.

"요나는……"

방이 어두워져 등잔에 불을 붙이고 있는데 등뒤에서 사제의 목소리가 들렸다.

"어디로 갔소?"

사제의 말을 얼른 알아들을 수가 없었다.

"요나가 간 곳이 천국이오, 지옥이오?"

그제야 나는 사제 쪽을 돌아보았다. 그의 얼굴이 어둠에 묻혀 잘 보이지 않았다.

"당신이 보았다는 주님을 보고 싶소. 당신이 말하지 않았소. 요나를 통해 주님을 보았다고. 그러니까 우린 요나를 찾아야 하오. 그곳이 천국이든 지옥이든."

어둠 속에서 그의 눈이 번쩍였다.

그날 저녁 나는 감옥으로 들어가지 않았다. 내가 간 곳은 기사들이 거주하는 방이었다. 나를 그곳까지 안내한 젊은 수도사는 이집트 와지르의 서기관 신분에 적합한 방을 고르기 위해 최선을 다했다고 정중하게 말했다. 식사도, 나를 대하는 감시병의 태도도 달라져 있었다. 사제의 조치 없이는 불가능한 일이었다. 사제의 숨은 뜻이 궁금했다. 하지만 사제는 다음날도, 그 다음날도 모습을 보이지 않았다. 사제가 다시 나타난 것은 사흘 후인 8월 1일이었다.

1099년 8월 1일, 그날 고드프루아 드 부용이 예루살렘 왕국의 통치자로 등극했다. 그는 왕이라는 명칭을 사양하고 '성묘의 수호자'로서 교회와 성지를 수호하겠다고 맹세했다. 그 맹세의 자리에 나는 이집트 와지르의 서기관 자격으로 참석했다. 금빛 두건이 달린 망토를 두른 예루살렘의 새 통치자는 나에게 은제 술잔을 건넸다. 아라베스크 문양이 새겨진 술잔 속에서 포도주가 찰랑거렸다. 핏빛 포도주였다.

사제와 내가 예루살렘 성을 떠난 것은 8월 7일이었다. 경호원은 없었다. 사제가 입은 옷은 갈색 수도복이었다. 남루하지만 세심하게 바느질된 옷이었다. 우리가 멘 바랑 안에는 보리빵과 양젖을 뭉쳐 만든 치즈, 건포도와 무화과 열매, 소금에 절인 베이컨 등이 있었다.

성의 동문으로 나온 우리는 북서쪽 골짜기로 올라갔다. 우리가 걸음을 멈춘 곳은 '전생의 나'가 살았던 이방인 수공업자 거주지였다. 거리 풍경이 낯설지 않았다. 어슴푸레한 기억 속에서 풍경들이 가물거렸지만 내가 살았던 집은 찾을 수 없었다. 풍경들은 조금씩 달라져 있었다. 그런 가운데 유일하게 찾은 것이 표백물건조장이었다. 물론 그전과 같은 건물은 아니었다. 건물의 외벽은 물론 내부도 바뀌어 있었다. 그곳이 표백물건조장이었음을 안 것은 벽에 새겨진 새 때문이었다. 날개를 막 펼치려고 하는 작은 새는 염색공 아나넬이 끌로 새긴 것이었다. 새를 보는 순간 까맣게 잊고 있었던 아나넬의 얼굴이 환히 떠올랐다.

처음에는 내가 착각하고 있다고 생각했다. 건물의 형태를 보니 원래 있던 건물의 뼈대 위에 새로운 건물을 지어 올린 것 같았다. 그렇다면 원래의 건물 외벽이 남아 있을 리가 없었다. 하지만 벽 위의 새는 세월에 깎여 희미해지긴 했으나 아무리 봐도 아나넬이 새긴 것이었다. 가만히 보니 벽은 돌들을 겹쳐 쌓아서 만들어졌는데, 돌들의 색깔과 결이 서로 달랐다. 원래 있던 벽을 허물면서 일부 돌들을 다시 사용했을 가능성이 컸다.

아나넬의 새는 사랑의 흔적이었다. 그는 한 여자를 사랑했으나 그 여자와 결혼할 수는 없었다. 그가 이방인 노예의 아들이기 때문이었다. 이방인 노예의 아들은 할례를 받았다 하더라도 이스라엘 여자와 합법적으로 결혼할 수 없었다. 그가 벽에 새긴 새는 자유에 대한 염원을 표현한 것이었다.

사제는 아나넬의 세세한 모습까지 꼬치꼬치 물었다. 나는 아나넬의 얼굴과 체형, 그가 좋아했던 색깔과 즐겨 입던 옷은 물론 그가 일할 때 입었던 작업복의 모양까지 말해주었다.

북서쪽 골짜기에서 내려온 우리는 혁명당의 은거지였던 철공소를 찾아다녔으나 찾지 못했다. 기억은 희미하기만 했다. 다음은 기드론 골짜기였다. 사제가 걸음을 멈춘 곳은 편도나무 아래였다.

“저 편도나무 그늘 아래서……”

사제는 고개를 돌려 나를 보았다.

“그분이 정말 당신을 기다리고 있었소?”

나는 고개를 끄덕였다.

“그건 꿈이었소. 그렇지 않소?”

나를 보는 사제의 두 눈은 충혈되어 있었다.

“꿈이면서도 꿈이 아닙니다.”

사제는 눈을 내리깔았다. 무언가를 골똘히 생각하는 표정이었다. 바람이 편도나무 가지를 소리없이 흔들었다.

“그때 편도나무에 꽃이 피어 있었소?”

그가 눈을 치켜뜨며 물었다.

“그것까진 기억나지 않습니다.”

“편도나무 꽃은 무척 아름답지요. 그렇지 않소?”

“아름답습니다.”

편도나무는 다른 어떤 나무보다 일찍 꽃을 피운다. 겨울이 채 가기도 전에 앙상한 가지에서 꽃이 불쑥 피어난다. 흰색과 연분홍색 꽃은 무척 아름답다.

“저토록 아름다운 꽃이 피어 있는데 그걸 몰랐단 말이오?”

사제는 나의 얼굴을 빤히 들여다보았다.

“내 관심은 온통 그분에게만 쏠려 있었습니다.”

예수의 얼굴이 희미하게 떠올랐다. 어린아이처럼 맑고 천진한 얼굴이었다. 금방이라도 눈에서 눈물이 떨어질 것 같은 얼굴이었다. 부딪쳐오는 모든 것을 무너뜨리는 세찬 물줄기처럼 노여움에

타오르는 얼굴이었다. 가혹한 운명을 등에 짊어지고 땀을 비 오듯 흘리며 내 눈에는 보이지 않는 어떤 곳을 향해 비틀거리며 올라가고 있는 캄캄한 얼굴이었다. 그의 얼굴은 쉼없이 바뀌었다.

"그분은 어떤 모습이었소?"

사제는 질문을 해놓고는 스스로 놀란 듯 흠칫했다.

"그분은……"

나는 숨을 깊이 들이켰다.

"햇볕에 그을린 얼굴에, 몸은 느릅나무처럼 튼튼했습니다. 키가 작지도 크지도 않았고, 몸이 뚱뚱하지도 마르지도 않았습니다. 유대 땅 어디서나 볼 수 있는 젊은 남자의 모습이었습니다."

"특별한 데가 없으셨단 말이오?"

사제는 눈을 가늘게 떴다.

"그분의 특별함은 외모에 있지 않았습니다. 행동에 있었습니다. 위험한 행동은 누구나 할 수 있습니다. 하지만 위험하면서도 아름다운 행동은 아무나 못 합니다. 그분은 위험하면서도 아름다운 행동을 하셨습니다."

"부활하신 후에는 어떤 모습이셨소?"

사제는 상체를 내 쪽으로 기울이며 목소리를 낮추었다. 십자가 위에서 죽어가는 예수의 모습을 떠올렸다. 십자가를 올려다보면서 나는 애타게 기적을 기다렸다. 저분은 메시아다, 메시아가 저렇게 죽을 리 없다, 쉼없이 중얼거렸다.

"그분이 죽은 지 사흘 만에 부활했다는 이야기는 들었습니다."

"부활하신 모습을 보지 못했단 말이오?"

내가 고개를 끄덕이자 사제의 얼굴이 창백해졌다.

"부활하신 그분이 당신 앞에 나타나 제자들에게 부활의 소식을 알리라고 말씀하시지 않았소?"

"그런 일은 일어나지 않았습니다."

"복음서에 쓰여 있소."

"내가 알기로, 복음서는 이야기입니다."

"복음서의 문자는 완성된 거룩함이오. 복음서의 문자는 태양빛보다 더 눈부신 빛으로 이루어져 있소."

"나의 기억은 복음서와 다릅니다."

"당신의 기억을 말해보오."

"그분의 무덤은 따로 있지 않았습니다."

"그게 무슨 말이오?"

"사형을 집행한 병사들은 당시의 관례대로 그분의 시신을 다른 두 사형수의 시신과 함께 미리 파놓은 구덩이에 넣고 흙으로 덮었습니다."

"사형수 시신을 그렇게 처리하는 것이 당시의 관례였단 말이오?"

"그렇습니다."

"요셉이라는 귀족 유대인이 그분의 시신을 수습하지 않았소?"

"그런 일은 없었습니다."

"어떤 일이 있었소?"

"나는 그분이 하느님에게서 온 분임을 기적을 통해 알았습니다. 그분이 나에게 보여준 기적은 오직 나만이 알고 있었습니다. 내

병의 치유과정은 남의 눈에는 보이지 않았습니다. 그분에게 열광했던 수많은 사람들이 등을 돌린 것은 그들의 눈에 보이는 기적을 행하시지 않았기 때문입니다. 그런 기적을 가장 열망했던 이들은 그분의 제자들이었습니다. 사마리아 땅에 은신하시던 그분이 유월절을 앞두고 예루살렘에 홀연 나타나 하느님의 나라가 다가오고 있다고 선언했을 때, 수많은 사람들이 열광했습니다. 가장 열광했던 이들은 역시 제자들이었습니다. 스승이 오랫동안 숨겨온 메시아의 모습을 마침내 드러내기 시작했다고 생각했습니다. 그분이 성전을 아수라장으로 만들었을 때도 가장 열광했던 이들은 아무것도 모르는 제자들이었습니다. 그런 이들이 십자가에 못 박혀 고통받고 있는 그분을 올려다보면서 무슨 생각을 했을까요? ……기적이었습니다. 절망의 늪에 허우적거리는 그들이 매달릴 데라고는 캄캄한 어둠을 순식간에 눈부신 빛으로 바꾸어버리는 기적밖에 없었습니다. 그들은 하느님의 계획이 쉽게 나타나지 않을 거라고 생각했습니다. 장엄한 기적은 그분이 죽기 직전 홀연 나타나 지상을 덮을 거라고 믿었습니다."

새 한 마리가 편도나무 가지에 올라앉았다.

"모든 것을 알고 있었던 유다마저 기적을 갈망했습니다. 그분의 기적을 이미 경험한 나 역시 그런 기적에 매달렸습니다. 그분이 십자가 위에서 죽을지도 모른다고 생각하면 눈앞이 캄캄했습니다. 무엇이라도 붙잡아야 했습니다. 그러지 않으면 견딜 수가 없었으니까요. 내가 붙잡을 수 있는 것은 기적밖에 없었습니다. 하지만 기적은 일어나지 않았습니다. 천지가 어둠으로 뒤덮이지도 않았고, 땅이 흔들리며 바위가 갈라지지도 않았습니다. 그분은 다른 두 사형수와 똑같이 죽어갔습니다. 비참하고 무력하게……"

예수의 죽음을 이야기하는 동안, 나는 내 안에서 내가 사라져가고 있음을 느꼈다. 내가 사라지면서 십자가의 예수를 바라보고 있는 그녀가 서서히 내 안을 채워가고 있었다. 내 목소리 속으로 그녀의 목소리가 스며들었고, 내 감정 속으로 그녀의 감정이 잔물결처럼 흘러들어왔다.

"기적을 기다리던 사람들의 마음은 그분의 시신이 구덩이에 던져지면서 함께 무너져내렸습니다. 기대가 무너지면서 그분에 대한 원망과 멸시와 조롱이 쏟아져나왔습니다. 그분의 시신이 묻힌 구덩이에 침을 뱉었습니다. 물론 모두가 그런 것은 아니었습니다. 그분을 원망하지 않고, 멸시하지 않고, 조롱하지 않은 사람들이 있었습니다. 그분의 아름다운 말들을 잊지 못하는 사람들이었지요. 그들은 구덩이에 버려진 그분의 시신에 마음 아파했습니다. 그분은 고귀한 분이었습니다. 고귀한 분의 시신이 너무나 비천하게 버려졌습니다. 하지만 누구도 버려진 그분의 시신을 어찌하지 못했습니다. 나 역시 그들 가운데 한 사람이었습니다. 슬픔과 절망에 짓눌려 있기만 했을 뿐 다른 어떤 생각도 할 수가 없었습니다. 유다는 달랐습니다. 유다는 시신을 수치스러운 장소에서 끄집어내어 그분의 고귀함에 맞는 장례를 치러야 한다고 생각했습니다. 그 일은 유다 혼자서 할 수 없는 일이었습니다. 제자들은 모두 잠적해버렸습니다. 도움을 청할 수 있는 유일한 곳이 혁명당이었습니다. 유다는 혁명당 지도부를 찾아갔습니다."

가늘고 높은 새 울음소리가 났다. 편도나무 가지에 앉은 새가 울고 있었다.

"혁명당 지도부는 예수가 왜 사마리아로 피신하지 않고 유다에게 자신을 밀고하도록 부탁했는지를 생각해보라고 했습니다. 유다가 침묵하자 혁명당 지도부는 말했습니다. '예수는 하느님의 집이자 예루살렘 권력의 원천인 성전을 강도의 소굴이라고 외치면서, 강도의 소굴을 허물고 새로운 집을 지을 것이라고 선언했다. 그러고는 성전을 아수라장으로 만들었다. 예루살렘 권력은 예수를 체포하여 처형하지 않으면 권력의 기반에 치명적 손상을 입을 것이라는 사실을 뼈저리게 깨달았다. 만약 예수가 홀로 사마리아로 피신했다면 예루살렘 권력은 예수를 체포하기 위해 모든 방법을 동원했을 것이고, 혁명당과 예수의 제자들이 그들의 주요 표적이 되었을 것이다. 예수가 유다에게 밀고를 부탁한 것은 혁명당과 제자들을 보호하기 위함이었다……' 이런 상황에서 예수의 시신을 빼내어 장례를 치른다는 것은 혁명당을 위험에 빠뜨리는 행위이며, 결과적으로 예수의 거룩한 희생을 받드는 것이 아니라는 것이 혁명당 지도부의 생각이었습니다."

사제의 이마에 주름이 잡히고 있었다. 콧마루에도 깊은 주름이 잡혔다.

"유다의 슬픔은 이루 말할 수 없었습니다. 나보다 더 그분을 사랑하지 않았나, 생각될 정도였습니다. 물론 유다의 꿈과 나의 꿈은 달랐습니다. 유다의 꿈이 그분을 통해 지상을 천국으로 만드는 것이었다면 나의 꿈은 그분을 통해 내 영혼을 천국으로 만드는 것이었습니다. 두 개의 서로 다른 꿈은 그렇게 무너졌습니다. 꿈을 잃은 유다는 스스로 목숨을 끊었습니다. 나도 그분의 꿈속으로 들어가고 싶었습니다. 내가 그분의 꿈속으로 들어가지 못한 것은……"

눈시울이 뜨거워지고 있었다.

"내 몸 안에서 그분의 생명이 숨쉬고 있었기 때문입니다."

사제는 눈을 크게 떴다. 그의 얼굴이 다시 창백해지고 있었다. 얇은 눈꺼풀이 파르르 떨렸다. 바람결에 편도나무 꽃향기가 실려왔다.

37

외사촌 부부와 은수가 외삼촌을 모시고 떠난 것은 자정 무렵이었다. 내일 아침 일찍 온다고 했다. 외종수는 떠나면서 미안해했다. 키가 작고 몸이 퉁퉁한 그녀는 어머니의 집을 자주 드나들었다고 했다. 굿음식을 잘 만들어 굿이 있을 때면 늘 어머니가 불렀다는 것이었다. 그래서인지 외종수는 나에게 관심이 많았다. 은수를 통역자로 옆에 앉혀놓고 나와 어머니에 대해 이것저것 물었다.

외종수는 어머니가 뉴욕에서 무용을 했다는 것과, 뉴욕에 사는 유대인 남자와 결혼했다는 사실을 모르고 있었다. 믿기지 않는다는 말을 여러 차례 했다. 마흔한 살이 될 때까지 어머니가 살아 있었다는 사실조차 몰랐다는 나의 말에는 눈물을 글썽였다.

그들이 떠나자 빈소가 조용해졌다. 강희가 맥주를 마시고 싶다고 했다. 우리는 식탁 앞에 마주 앉았다.

"아까 강희씨가 어떤 이에게는 환각이 현실보다 더 깊은 현실이 될 수 있다고 했잖아요."

나는 강희의 잔에 맥주를 따르며 말했다.

"그랬죠."

"환생에 대한 기억도 그런 종류의 환각일 수 있지 않을까요?"

"글쎄요……"

강희는 말끝을 흐렸다.

"강희씬 전생이 느껴진다고 했는데, 그 느낌 자체가 환각일 수도 있다는 생각은 안 해봤어요?"

"케이 씬 그렇게 생각하나요?"

"그럴 가능성이 있다는 거죠. 실재하지 않는 것을 실재하는 것처럼 느낀다는 건, 그것이 절실하게 필요하기 때문이 아닐까요. 강희씨에겐 고통의 이유가 필요했잖아요."

"환생을 믿지 않는다고 하면서도 관심이 참 많군요."

강희는 무언가를 찾는 듯한 눈으로 나를 보았다.

"사실은……"

나는 머뭇거리며 말했다.

"이라크에서 자신의 전생을 기억한다는 남자를 만났습니다."

강희의 눈이 반짝였다.

"그 남자의 전생에 등장하는 어떤 이가 나라고 하더군요."

"전생에서 두 사람은 좋은 관계였나요?"

목소리가 차분했다.

"남자의 이야기로는 내가 그를 죽였다더군요."

강희의 표정이 어두워졌다.

"그래서 전생을 믿고 싶지 않았어요?"

"난 객관적 사실을 찾아다니는 기자예요."

"객관적 사실이라는 게 뭔데요?"

"눈으로 확인할 수 있는 대상이지요."

"그럼 눈먼 이에게는 객관적 사실이 하나도 없겠네요."

"그건 다르지요."

"그렇게 말할 수 있는 건 케이 씨가 스스로를 눈먼 이가 아니라고 생각하기 때문이에요."

"내가 눈먼 이라는 말처럼 들리는군요."

"어떤 면에서는 그렇죠."

"어떤 면이라면……"

"방금 케이 씨가 말했잖아요. 객관적 사실이란 눈으로 확인할 수 있는 대상이라고."

"그래서요?"

"다시 말하면 눈으로 확인할 수 없는 세계 앞에서 케이 씨는 눈먼 이가 되는 거지요."

"환생 앞에서 나는 눈먼 이가 되는 거군요."

"환생뿐만이 아니에요."

"아, 알아요. 혼이니 귀신이니 하는 것들 앞에서도 마찬가지겠지요. 그런 것까지 다 이야기하면 복잡해지니 지금은 환생에 대해서만 이야기해요."

"좋아요."

"환생 앞에서 내가 눈을 뜰 수 있는 방법을 알려줘요."

"난 마술사가 아니에요."

"예수가 마술사라고 생각해요?"

"아뇨."

"예수는 마술사가 아니었지만 눈먼 이의 눈을 뜨게 했어요."

"난 예수가 아닌데요."

"예수의 마음이 되어 내 눈을 뜨게 해주세요."

"예수의 마음이라는 게, 뭐지요?"

"사랑."

강희는 가만히 나를 보았다.

"만약 케이 씨가……"

무언가를 생각하던 그녀가 입을 열었다.

"어떤 곳에 갇혀 있다면 무슨 생각을 하겠어요?"

"나갈 궁리를 하겠죠."

"대부분의 사람들이 그런 생각을 할 거예요. 그렇죠?"

"그렇겠죠."

"그건 닫힌 곳을 못 견디는 생명의 본성 때문일 거예요. 그렇지 않아요?"

"그래요."

"우리의 삶은 시간과 공간 속에서 이루어져요. 시간과 공간은 동시적으로 존재하는 쌍생아지요. 인간의 수명에는 한계가 있어요. 길어야 백년이죠. 조금씩 늘어나긴 하겠지만. 그러니까 인간은 시간에 갇혀 있는 존재예요. 그 말은, 공간에 갇혀 있다는 뜻이기도 해요. 그러니까 죽음 이후에 아무것도 없다면 인간은 영원히 갇힌 존재가 되는 거예요. 여기에서 염원이 생기는 거예요. 닫힌 곳에서 나가고 싶어하는."

"환생을 통해 닫힌 곳에서 나간다는 말이군요."

"네."

"그렇다면 환생이란 환각의 산물일 가능성이 크군요. 환각의 원천은 염원이니까요."

"틀린 말은 아니에요. 하지만 얼마든지 다르게 생각해볼 수도 있어요. 다윈의 진화론을 보세요. 기린은 처음에는 목이 길지 않았지만 좀더 높은 곳에 있는 잎을 먹기 위해 노력하는 내부의 생명력 때문에 목이 길어졌고, 그렇게 획득된 형질이 아래로 유전됐다고 하거든요."

"인간의 염원이 환생을 만들어냈다고 주장하는 건가요?"

"비논리적인 생각인가요?"

"꼭 그렇다곤 할 수 없지만, 비약적 추론이라는 생각이 드네요."

"그럼 프로이트의 말을 들어보세요."

강희는 맥주잔을 두 손으로 감쌌다.

"프로이트는 이렇게 말했어요. 태초에는 생명체가 없었다. 무기물만 있었다. 그런데 우주의 어떤 에너지가, 예를 들면 번개 같은 것이 우연히 무기물을 자극했고, 자극의 결과 무기물 내부구조가 변화되어 생명체가 되었다. 그것은 잠깐 생명의 상태를 유지하다가 본래의 상태로 돌아갔다. 외부의 자극에 일시적으로 발생한 교란상태였기 때문이다. 교란상태가 멈추면 생명의 에너지도 소멸한다. 하지만 우연이 거듭되자 새로운 형태의 에너지가 교란상태를 오랫동안 지속시켰고, 그에 따라 생명체가 유지되는 시간이 길어졌다. 수명이 길어진 생명체는 우연히 이루어지는 외부의 자극에 의해서가 아니라 스스로 생명체를 만들고 싶은 욕망을 갖게 되었다. 그 욕망의 결과가 생식의 능력이다. 자, 어떻게 생각하세요?"

"인상적이군요."

"유한한 생명은 무한한 생명을 꿈꾸기 마련이에요. 그 꿈의 첫번째 실현이 생식의 능력이라 할 수 있어요. 자기와 닮은 생명체를 낳으니까요. 하지만 자식은 자신과 분리된 생명이에요. 불완전한 실현이지요."

"두번째 꿈의 결과가 환생이군요."

"그럴듯하지 않아요?"

"천국이나 지옥도 꿈의 결과일 수 있겠네요."

"그렇다면 그건 대단히 불완전한 결과겠죠."

"그건 왜죠?"

"천국과 지옥은 닫힌 세계예요. 그 속으로 들어가면 영원히 못 나오잖아요."

"무당이 하는 말이라기엔 꽤 논리적이네요."

"장님의 눈을 뜨게 하려는 내 마음의 표현이에요."

"눈이 뜨이는지 기다려봐야죠."

"우리의 몸도 소멸과 재생의 순환구조 속에 있어요."

"무슨 뜻인가요?"

"우리의 인체는 약 육십조 개의 세포로 구성되어 있다고 하잖아요. 생명현상은 이러한 세포를 기본단위로 해서 일어나요. 그리고 이 세포들은 죽음과 재생의 과정을 끊임없이 반복하고요. 연령에 따라 차이는 있지만, 평균적으로 피부세포는 이십팔 일, 두피세포는 육십 일, 내장과 골격은 백이십 일 만에 죽고 재생한대요. 그러니까 우리 몸은 사 개월 만에 없어지고 다시 만들어지는 셈이죠."

"그렇군요."

"우주의 처음을 설명하는 빅뱅이론도 흥미로워요. 지금 우주에 존재하는 모든 물질과 에너지는 처음에는 어떤 공간에 갇혀 있었는데, 약 백오십억 년 전 거대한 폭발이 일어나 바깥으로 나가게 됨으로써 은하계와 은하계 내부의 천체들이 형성되었다는 거잖아요."

"폭발의 원인은 그러니까, 갇힌 물질과 에너지의 염원이 되겠군요."

"많은 천문학자들과 천체물리학자들은 우주가 다시 태어나기 위해 죽음의 과정을 되풀이하고 있다고 주장해요. 우주의 질료는 블랙홀에 빨려들어가면서 소멸하는 것이 아니라 화이트홀이나 퀘이사에서 다시 튀어나온다는 거죠. 죽음의 공간인 블랙홀이 새로운 생명을 탄생시키는 난관卵管의 역할을 하는 거예요. 우리의 몸도 별들의 죽음이 없었다면 생겨나지 못했을 거예요."

강희는 반짝이는 눈으로 나를 보았다.

"우리의 몸이 만들어지기 위해서는 탄소나 질소, 인, 산소처럼 수소보다 훨씬 더 무거운 원소들이 필요해요. 이런 원소들은 별들의 극도의 압축과 폭발 없이는 퍼질 수가 없어요. 그러니까 우린

모두 별의 자식이에요. 우리가 우주의 일부라면 우리의 생명체계
역시 우주의 순환과 연결되어 있을 가능성이 크지 않겠어요?”

“환생이 정말 있다면 인구 증가율의 변화는 어떻게 설명할 거예
요? 인류 문명이 산업사회로 진입하면서 인구가 급격히 늘어났잖
아요. 죽는 사람보다 태어나는 사람들이 훨씬 많은데, 그 차이를
어떻게 메우죠?”

“『티베트 사자의 서』를 읽으셨다면서 그런 질문을 하시는군요.
바르도를 생각해보세요.”

“바르도라면 죽음과 환생 사이인데……”

“죽음과 환생 사이의 시간이 일정하다면 케이 씨의 의문은 타당
해요. 하지만 바르도의 시간은 사람마다 다르다고 해요. 『티베트
사자의 서』에서 바르도의 시간은 각자의 카르마에 달려 있다고 했
어요. 인구가 증가했다는 것은 환생사상 연구자들에게는 바르도
의 시간이 그만큼 줄어들었다는 것을 뜻하겠죠.”

“환생에 대해 연구를 많이 했군요.”

“나는 환생을 느낌으로 받아들였어요. 그 느낌 속에는 아무런 의
문이 없었어요. 환생은 사과가 땅에 떨어지듯 아주 자연스럽게 내
안으로 떨어져내렸어요. 떨어진 사과를 보니 사과가 왜 땅에 떨어
졌을까, 궁금한 거예요. 그래서 이런저런 책들을 찾아보았지요.”

“언젯적 얘기예요?”

“런던에 살고 있을 때였어요.”

“고통스러웠겠군요. 고통의 이유가 필요했을 정도로.”

“그랬어요.”

강희는 눈을 내리깔며 나지막하게 말했다.

"『티베트 사자의 서』도 그런 과정에서 읽었겠고요."

"진리의 책으로 받아들일 가치가 있다는 생각이 들었어요."

맥주를 한 모금 마신 강희가 나를 빤히 보며 말했다.

"……이번엔 내가 눈을 뜰 수 있게 해주세요."

"강희씬 눈을 뜨고 있잖아요."

"케이 씨의 전생 앞에서는 나 역시 눈먼 자예요."

강희는 반짝이는 눈으로 나를 응시했다.

38

허물어져가는 단구 위에는 올리브나무들이 햇빛과 바람을 따라 줄지어 자라고 있었다. 유다가 목을 맨 올리브나무는 수령이 오래된 것이었다. 목의 밧줄 자국이 깊었다. 유다는 오래된 나무 밑에 잠자는 듯한 모습으로 누워 있었다.

유다의 시신은 혁명당이 거두었다. 그가 묻힌 곳은 경사진 바위산의 측면을 파서 만든 동굴무덤이었다. 세마포로 시신을 쌀 때 몰약과 침향을 넣었다. 장례는 조용히 치러졌다. 악기를 연주하지 않았고, 슬픔을 표현하기 위해 머리에 재를 뿌리거나 옷을 찢지도 않았다.

하느님은 당신의 형상대로 인간을 창조하셨다. 하므로 자살은 하느님의 형상을 스스로 깨뜨리는 행위이다. 율법은 자살자를 추

모하지 못하게 했다.

　다음날 새벽 나는 아무도 모르게 철공소를 빠져나왔다. 밤하늘에는 별들이 가물거리고 있었다. 예루살렘 성벽 북서쪽을 향해 빠르게 걸었다. 형장에 도착했을 때는 동이 트고 있었다. 하늘 저편에서 머뭇거리기만 하던 빛이 한순간 쏟아져내렸다. 가물거리던 별들이 순식간에 모습을 감추었다.

　주위를 살피던 나는 당황했다. 예수가 묻힌 구덩이를 찾을 수 없었다. 구덩이의 흔적은 여기저기에 남아 있었다. 병사들은 십자가가 서 있던 근처의 구덩이에 예수의 시신을 던졌다. 하지만 십자가가 어디에 있었는지 가늠이 안 되었다. 들끓는 감정에 사로잡혀 그가 묻힌 곳을 눈여겨보지 않았다는 사실이 아프게 자각되었다. 무릎을 꿇고 허리를 수그렸다. 손바닥에 못이 박힐 때 그가 내지르던 비명이 귓전을 울렸다. 두 손으로 귀를 막았다. 눈물이 뚝뚝 떨어졌다. 그때의 절망이 되살아나고 있었다. 캄캄한 절망이었다. 너무나 캄캄해 아무것도 보이지 않았다.

　바람이 불었다. 편도나무꽃 향기가 났다. 형장에는 편도나무가 없었다. 보이지 않는 편도나무가 감은 눈 속에서 어른거렸다. 그가 처음 나를 기다리고 있었던 곳이 편도나무 아래였다. 내 몸이 갓난아이처럼 깨끗해진 곳도 편도나무 아래였다. 편도나무에 올라가면…… 나는 가만히 중얼거렸다. 그를 찾을 수 있을 것이다. 비 오는 들판에서 어린 양을 찾았듯이. 유다는 그를 찾아 오래된 올리브나무에 올랐지만, 나는 편도나무에 오를 것이다. 웅크렸던 허리를 폈다.

언덕을 빠르게 내려갔다. 돌부리에 걸려 넘어지기도 했지만 걸음의 속도를 늦추지 않았다. 오히려 더 빨리했다. 나는 어떤 열기에 사로잡혀 있었다. 그 열기가 내 몸을 끌어당기고 있었다. 사납고도 거친 힘이었다. 하지만 두렵지 않았다. 사납고도 거친 그 힘 안에는 아늑한 세계가 있었다. 그 안에서는 잃어버린 꿈이 숨쉬고 있었다.

편도나무가 보였다. 활짝 핀 꽃들이 눈부시게 아름다웠다. 하지만 정말 눈을 부시게 한 것은 꽃이 아니었다. 편도나무 앞에 서 있는 남자였다. 얼굴이 해처럼 빛났고, 옷은 빛처럼 희었다. 눈을 감았다. 닫힌 눈꺼풀 너머로 빛들이 천사의 날개처럼 너울거렸다. 다시 눈을 떴을 때, 남자는 보이지 않았다. 남자가 사라진 자리에는 편도나무꽃들만 아련히 물결치고 있었다. 잠시 꿈을 꾼 것 같았다. 꿈 밖에 서 있는 내가 낯설었다. 먼 데서 어린 양의 울음소리가 들렸다. 꿈속에서 흘러나오는 소리인지, 꿈 밖의 세상에서 들려오는 소리인지 알 수가 없었다. 어느 사이 양의 울음소리가 사라지고 정적만이 남았다.

몸속에서 어떤 움직임을 느낀 것은 편도나무꽃들의 움직임이 멈추었을 때였다. 몸의 안쪽에서, 세상의 빛이 닿지 않는 깊은 곳에서 어떤 존재가 섬세하게 움직이고 있었다. 그것이 무엇인지 깨닫는 데에는 긴 시간이 필요하지 않았다. 기쁨이 먼저였는지 고통이 먼저였는지, 분간이 되지 않았다. 기쁨인가 하면 고통이었고, 고통인가 하면 기쁨이었다. 기쁨 속에는 경이가, 고통 속에는 두려움이 있었다.

그것은, 내 몸속의 존재는, 그와 함께 만든 생명이었다. 나는 한

번도 그와 함께 무엇을 만들어본 적이 없었다. 수산나를 기쁘게
한 아름다운 식탁은 그가 만든 것이었다. 농부를 기쁘게 한 소의
멍에도 그가 만든 것이었다. 의자도 격자창도 장롱도 침대도 마찬
가지였다. 처음으로 그와 함께 만든 것이 내 몸속에 있었다. 그것
은 기쁨이고 경이였다. 기쁨과 경이가 고통과 두려움으로 바뀐 것
은 편도나무 오르는 길 때문이었다.

편도나무 오르는 길은 홀로 들어가는 길이었다. 비 오는 들판으
로 홀로 들어갔듯이. 두 발로 더이상 땅을 딛고 싶지 않았다. 편도
나무 위로 사라지고 싶었다. 그런데 몸속의 아이가 편도나무 길
속으로 오르려는 나를 막고 있었다.

39

통유리 안쪽에 있는 어머니의 몸은 노란 천에 덮여 있었다. 천
의 가장자리와 얼굴을 가린 천은 흰색이었다. 장의사는 두 사람이
었다. 둘 다 흰 가운을 입고 푸른 마스크를 쓰고 있었다. 장의사
중 한 사람이 우리에게 다가와 뭐라고 말했다. 그러자 외삼촌이
강희를 불러 낮은 목소리로 뭔가를 얘기했다. 강희가 내게 그들의
말을 전했다. 장의사는 상주가 들어와서 시신을 확인하라 했고,
외삼촌은 나에게 어머니를 보고 오라 말했다는 것이었다.

나는 외삼촌에게 목례를 하고 안으로 들어갔다. 장의사가 어머
니의 얼굴을 덮은 천을 걷었다. 어머니의 얼굴은 푸르스름했다.

낯설었다. 손끝을 이마에 살짝 대보았다. 차가웠다. 차가운 기운이 손끝을 타고 몸 안으로 스며들었다.

내가 어머니라는 존재에게 꿈꾼 것은 따뜻함이었다. 어머니의 부재를 처음 느낀 그때부터 시작된 꿈이었다. 새어머니가 아무리 나를 따뜻하게 대해주어도 그건 내가 꿈꾸는 것이 아니었다. 그 꿈이 이루어질 수 없는 것임은 언젠가부터 어렴풋이 깨닫고 있었다. 애니의 얼굴이 떠오르면서 눈물이 핑 돌았다. 이루어질 수 없는 꿈의 고통을 애니와 나누었어야 했다. 그랬다면 우리의 사랑에 금이 가지는 않았을 것이다. 고통을 나누는 것이 사랑이라는 사실을 나는 몰랐던가. 아니, 나는 알고 있었다. 그럼에도 외면했던 것은 수치심 때문이었다.

나에게 어머니를 잃고 우는 아이의 모습만큼 수치심을 자극하는 것은 없었다. 그 수치심 앞에서 나는 무력했다. 아무것도 할 수 없었다. 어머니가 나에게 했던 마지막 말이 무엇이었는지, 문득 궁금했다. 생각나지 않았다. 아무리 기억을 더듬어봐도 떠오르지 않았다. 내 귀에 와 닿지 않는 어머니의 목소리가 허공을 떠돌 뿐이었다. 나는 장의사에게 고개를 끄덕여 보인 후 바깥으로 나왔다.

장의사들은 알코올 솜으로 어머니의 몸을 닦기 시작했다. 천 밑으로 어머니의 팔과 다리가 희끗희끗 보였다. 몸을 다 닦자 얇은 한지로 몸을 감싼 후 노란색 수의를 입혔다. 발에는 꽃신을 신겼다. 바로 옆에서 낮은 울음소리가 들렸다. 강희였다. 외종수의 울음소리도 들렸다. 은수도 훌쩍이고 있었다.

장의사 한 사람이 얼굴을 덮은 흰 천을 벗기자, 다른 장의사가 머리를 빗긴 다음 화장을 했다. 화장이 끝나자 턱밑에 받친 것을 빼고 얼굴에 종이를 씌운 후 수의로 감쌌다. 그러고는 한지 끈으로 어머니의 어깨, 양쪽 팔뚝, 허벅지, 발목, 네 부분을 묶었다. 어머니의 몸이 관으로 들어갈 때 강희는 다시 한번 흐느꼈다. 외삼촌의 마른기침이 강희의 울음과 뒤섞였다.

영안실로 돌아와 재를 올렸다. 어머니에게 술을 따르고 절을 했다. 절을 하면서 어머니가 나에게 보여준 죽음의 형태에 대해 생각했다. 어머니는 어린 아들을 버린 이유를, 신의 뜻을 거역할 수 있는 힘이 자신에게 없었기 때문이라고 말했다. 그 아들에게 작별의 시간을 허락하지 않았던 것도 신의 뜻이었는지 궁금했다.

죽음을 앞둔 아버지가 어머니의 생존 사실을 밝힌 것은 일상의 시간에서 작별의 시간 속으로 들어갔기 때문이라고 나는 생각했다. 아버지의 팔과 다리 곳곳은 푸른빛을 띠고 있었다. 가슴은 따뜻했으나 푸른빛을 띤 부분은 차가웠다. 심장박동이 약해져 피가 심장과 폐 주변에 몰리면서 나타나는 현상이었다. 나는 희미해진 아버지의 목소리를 듣기 위해 침대에 바짝 다가가 무릎을 꿇고 귀를 기울였다.

어머니를 만나면서 가슴속에서 새로운 굼이 돋아났다. 아이러니하게도 그것은 작별의 시간이었다. 어머니가 누워 있는 침대에 바짝 다가가 무릎을 꿇고 어머니의 목소리에 귀를 기울이는 내 모습이 그려졌다. 가슴 깊이 묻어둔, 강희에게서는 들을 수 없는 이야기에 눈물을 글썽이는 나의 모습도 그려졌다. 작별의 시간을 통과하면 내 몸 안에 있는 작은 아이의 울음소리가 어떻게 바뀔지

궁금했다. 무엇이 나에게서 새로운 꿈을 앗아갔는지 알 수 없었
다. 견디기 힘든 외로움이 느껴졌다.

40

"그 아이가……"
사제의 목소리가 가늘게 떨렸다.
"그분의 아이였단 말이오?"
나는 고개를 끄덕였다.
"그분의 아이인 줄 어떻게 알았소?"
"그분은 내가 사랑했던 유일한 분이었습니다."
"아이를 낳았소?"
"낳았습니다."
"어디서 낳았소?"
"수산나의 집에서 낳았습니다."
"그곳으로 다시 갔었소?"
"네."
"예루살렘은 언제 떠났소?"
"다음날 떠났습니다."
"혼자였소?"
"물지게꾼이 길을 안내해주었습니다."
"물지게꾼이라면, 주님이 제자들과 마지막 식사를 하셨다는 그

집의 주인이 아니오?"

"그렇습니다."

"그 남잔 그분을 기억하고 있었소?"

"기억하고 있었습니다. 그날 예수를 처음 보았다고 했습니다. 그분에게서 어떤 인상을 받았느냐 물었더니, 남자는 입을 꾹 다문 채 잠시 골똘하게 생각하더니 모르겠다고 한숨을 쉬듯 말했습니다."

"그 남자도 혁명당원이었소?"

"그것까진 알 수 없으나 유다가 신뢰한 사람이었습니다. 유다가 자살하기 전 그 남자에게 나를 잘 보살피라고 당부했다는 사실을 그를 통해 들었습니다."

"아이는 아들이었소, 딸이었소?"

"아들이었습니다."

"그 아인……"

사제의 두 눈이 가늘어졌다.

"그분을 닮았소?"

"수산나가 그랬습니다. 그분과 꼭 닮았다고."

"아이를 낳은 후 제자들을 만난 적이 있었소?"

"시몬과 요한이 찾아왔습니다."

"수산나의 집으로?"

"그렇습니다."

"그때 아인 몇살이었소?"

"두 살이었습니다."

"그들이 찾아온 이유는 무엇이었소?"

"아이를 보기 위해서였습니다."

"아이의 존재를 어떻게 알고 온 거요?"

"그건 모르겠습니다."

"그들은 아이에 대해 뭐라고 말하였소?"

"그분의 핏줄이라는 사실을 숨겨야 한다고 했습니다. 사실이 알려지면 아이가 위험해질 거라고 하면서."

"그래서 숨겼소?"

"숨겼습니다."

"그후로 다시 찾아온 적이 있었소?"

"딱 한 번 더 찾아왔습니다."

"그때는 언제였소?"

"아이가 열다섯 살 때였습니다."

"그때까지도 수산나 집에서 살고 있었소?"

"수산나는 아이가 열두 살 때 세상을 떠났습니다. 수산나가 임종할 때 자신의 집을 지켜달라고 했습니다."

"그때도 시몬과 요한 두 사람이었소?"

"한 사람이 더 있었습니다. 처음 보는 사람이었습니다. 이름이 바울이라고 했습니다."

사제의 눈썹이 위로 올라가면서 이마에 가느다란 주름이 잡혔다.

"바울께서는 당신에게 무슨 말씀을 하셨소?"

"그는 나에게, 당신이 아는 그분은 십자가에서 돌아가신 분이나 내가 아는 그분은 십자가에서 부활하신 분이라고 말했습니다. 그러면서 십자가 이전의 그분과 십자가 이후의 그분은 전혀 다른 존재라고 했습니다."

"그분은 십자가 이전의 주님을 본 적이 있다고 했소?"

"한 번도 본 적은 없다고 했습니다. 하지만 부활하신 그분은 매일 만난다고 했습니다. 자신이 새나 물고기로 태어나지 않은 것도 부활하신 그분을 만나기 위해서라고 했습니다."

"바울께서는 어떻게 생기셨소?"

"키가 작았습니다. 눈썹은 짙었지만 머리숱은 많지 않았습니다. 다리가 휘어 있었고, 시력이 좋지 않았습니다. 심한 두통으로 괴로워하는 모습도 여러 번 봤습니다."

"그분에 대한 느낌은 어땠소?"

"무겁고 어두워 보였습니다. 외도도 그랬고 성격도 마찬가지였습니다. 그러다가도 갑자기 익살스러운 사람으로 변하곤 했습니다. 어린아이와도 같은 그의 익살 앞에서는 웃지 않을 수가 없었습니다. 그럴 때는 다른 사람을 보는 것 같았습니다. 얼굴마저 달라진 듯했습니다. 그에게 좋은 느낌을 받은 것은 아들에게 천막 짜는 법을 가르쳐줄 때였습니다. 그는 솜씨가 아주 좋은 장인이었습니다. 떠날 때는 염소 털로 직접 짠 커튼을 선물했습니다."

"그들의 방문 목적은 무엇이었소?"

"그냥 놀러 온 사람들처럼 지내다 갔습니다."

"그게 다였소?"

"적잖은 돈을 줬습니다."

"당신과 아들에 대해 다른 특별한 말은 없었소?"

"다른 말은 필요가 없었습니다. 그들이 원한 것을 확인했으니까요."

"무슨 뜻이오?"

"그들은 예수의 아들이 세상에 알려지는 것을 원하지 않았습니다. 나 역시 그들과 같은 생각이었습니다."

사제는 나를 가만히 보았다. 무언가를 생각하는 듯한 표정이었다.

"아들은 어떤 일을 했소?"

잠시 후 그가 물었다.

"목수였습니다. 아버지를 닮아 무엇이든 잘 만들었습니다."

"결혼은 했었소?"

"열여섯이 되던 봄에 이웃집 처녀와 혼인했습니다."

"이웃집 처녀라면 사마리아 여인이었겠구려."

"그렇습니다."

"자녀를 두었소?"

"아들 하나 딸 둘을 두었습니다."

"당신의 아들은 몇살까지 살았소?"

"그건 모르지요. 내가 먼저 세상을 떴으니."

"당신이 세상을 뜰 때 아들은 몇살이었소?"

"큰손자가 열두 살이었으니, 서른이었군요."

"그때까지 그들이 다시 오진 않았소?"

"다시 오지 않았습니다."

"그들이 세운 교회에 가보았소?"

"가본 적이 없습니다."

"아들은 아버지를 어떻게 생각했소?"

"훌륭한 목수로 생각했습니다."

"아버지가 그리스도임을 모르고 있었소?"

"몰랐습니다."

"당신도 몰랐소?"

"내 안의 그분은 제자들이 생각하는 그분과 많이 달랐습니다."

"당신도 그분을 메시아로 생각하지 않았소?"

"난 그분에게 더이상 기적을 원하지 않았습니다."

"무슨 뜻이오?"

"그분이 사람들로부터 멸시와 증오를 받은 것은 기적을 보여주지 않았기 때문입니다. 그분이 예루살렘 권력으로부터 쫓기면서 비참한 유랑을 한 것도 같은 이유에서였습니다. 나는 그분이 내게 주신 기적을 알고 있었습니다. 아무도 몰랐지만 나만은 알고 있었습니다. 지상에서 가장 아름다운 기적이었습니다. 그분이 메시아임을 알기 위해선, 그 기적 하나만으로 충분했습니다. 그럼에도 나는 두번째 기적을 원했습니다, 골고다 언덕에서. 두번째 기적을 원했던 그 순간 나는 그분을 멸시하고 조롱했던 사람들과 똑같아졌습니다. 나 역시 그들처럼 기적을 통해 그분을 알려고 했던 것입니다. 지상에서 가장 아름다웠던 첫번째 기적을 나도 모르게 부인한 것입니다. 그럼에도 그분은 나에게 두번째 기적을 주셨습니다."

"그게 무엇이오?"

사제의 눈이 반짝, 빛났다.

"새로운 생명이었습니다. 그분의 피를 물려받은 새로운 생명이 내 몸속에서 자라고 있다는 것은, 나에게는 눈부신 기적이었습니다."

사제는 침묵했다. 침묵은 오래 계속되었다. 편도나무 주위를 빙
빙 돌기도 하고, 하늘을 쳐다보기도 했다. 그가 내 앞에 다시 선
것은 주위가 갑자기 어두워지고 있을 때였다. 구름이 해를 가리고
있었다.
"당신은……"
사제가 입을 열었다.
"마귀임이 분명하오."
나를 보는 사제의 눈이 차갑게 빛났다.

41

관이 천천히 땅속으로 내려가고 있었다. 관의 머리가 북쪽을 향
해야 한다고 했다. 관 위로 흙이 덮이자 강희가 다시 울었다. 외종
수와 은수도 눈물을 흘리고 있었다. 하지만 내 몸에서는 울음이
나오지 않았다. 어머니의 육신이 사라져가고 있다는 생각이 머릿
속을 맴돌 뿐이었다. 하늘을 올려다보았다. 구름 한 점 없는 하늘
은 적막했다. 머릿속에서 투명하고 부드러운 햇살이 일렁였다. 그
것은 눈에 보이는 풍경이 아니었다. 소리가 만들어내는 풍경이었
다. 현악기들이 소리를 내면서 풍경을 만들고 있었다. 말러의 교
향곡 5번 4악장 아다지에토였다. 아버지가 죽음을 앞두고 자주 들
었던 곡이었다. 햇살에 잠긴 침대에 누워 음악에 귀를 기울이고
있는 아버지의 앙상한 모습이 떠올랐다.

말러가 열아홉 연하의 여인 알마에게 편지 대신 보낸 것이 그 곡의 악보였다. 곡에 매혹된 알마는 말러의 부름에 응했다. 사랑을 고백하는 데 쓰였던 곡이 훗날에는 죽음을 표상하는 곡으로 자주 연주되는 것은 아이러니했다.

토마스 만의 소설 「베니스에서 죽다」를 영화로 만든 이탈리아의 감독 루치노 비스콘티는 주인공 아셴바흐가 해변가에서 홀로 죽어가는 장면의 배경음악으로 그 곡을 선택했다. 암살당한 로버트 케네디의 장례식장에서 번스타인이 그 곡을 지휘했다. 9·11 테러 이후 미국의 오케스트라들이 앞다투어 그 곡을 연주했다. 어떤 음악 평론가는 그 곡을 들으면 자살충동을 느낀다고 했다. 사랑의 감정 속에는 본디 죽음이 깃들어 있는 것인지도 모른다. 말러가 잠자리에 든 어린 딸에게 부드러운 입맞춤을 하고 서재로 돌아와 〈죽은 아이를 그리는 노래〉를 작곡했던 것처럼.

죽음을 앞둔 아버지가 그 곡을 자주 들은 것은 마음이 평안해지기 때문이라고 했다. 그 곡을 듣고 있으면 아름다운 저녁노을이 떠오른다고. 내가 아버지의 죽음을 늦게 알아차린 것은 아버지의 방에서 아다지에토의 선율이 투명하고 부드러운 햇살처럼 일렁이고 있었기 때문이었다.

흙으로 메워진 무덤 앞에서 제사를 지냈다. 고인의 육신이 땅속에 묻혔으니 홀로 외롭더라도 고이 잠들라는, 고인의 명복을 빌고 영혼을 위로하는 의식이라고 했다. 제사상에 놓인 어머니의 영정 앞에서 외사촌이 나를 대신하여 축문을 읽었다.

홀로 남은 아들이

어머님께 맑은 마음으로 말씀드립니다

이제 유택을 마련하였으니

고이 잠드시고 명복을 누리옵소서

생전에 효도하지 못한 죄를 용서해주십시오

아무쪼록 옛것을 다 떨쳐버리시고

바람 소리 들꽃 향기에 영혼을 씻으시며

편히 쉬옵소서

은수가 축문을 영어로 옮겨 나에게 들려주었다. 얼굴이 달아올랐다. 생전에 효도하지 못한 죄에 대해 한 번도 생각해본 적이 없었다. 내가 어머니를 버린 것이 아니었다. 어머니가 나를 버렸다. 그런 관계에서 효가 품고 있는 의미는 무엇인지, 알 수 없었다. 내 얼굴이 달아오른 것은 그 '알 수 없음'에 대한 당혹과 부끄러움이었다.

42

기묘한 우연이었다. 내가 예수와 함께 마지막 유랑을 떠난 것은 8월 초순이었다. 나와 사제가 예루살렘 성을 떠난 것은 8월 7일이었다. 날짜가 거의 일치했다.

사제가 원한 것은 당시의 길을 그대로 따라가는 것이었다. 예수와의 마지막 유랑은 예루살렘에서 사마리아를 거쳐 갈릴리로 갔다가 다시 사마리아로 향하는 길이었다. 갈릴리로 가는 대부분의 이스라엘인들은 사마리아를 피해 우회하여 요르단 강변을 따라 북상한다. 예수는 사마리아에 대한 거부감을 전혀 갖고 있지 않았다.

우리는 예수의 행적을 따라 기드론 골짜기를 가로질러 올리브 산의 겟세마네 동산을 지나 베다니와 벳바게, 엠마오를 거쳐 사마리아 땅으로 들어갔다. 날씨가 무더웠다. 남쪽 사막지대에서 불어오는 뜨거운 바람 때문이었다. 지중해에서 불어오는 바닷바람은 산에 가로막혀 있다. 옷을 벗으면 더 덥다. 두꺼운 천으로 몸을 감싸야만 더위를 약간이나마 누그러뜨릴 수 있다. 대기의 온도가 체온보다 더 높기 때문이다. 나무들의 빛깔은 어두운 녹색, 땅은 짙은 회색이었다.

야곱의 우물에 도착했을 때 나와 사제의 몸은 땀에 절어 있었다. 우물은, 주변의 풍경이 변한 듯했으나 당시의 모습을 거의 간직하고 있었다. 야곱이 심었다는 플라타너스나무들도 우뚝 서 있었다. 다만 당시에는 없었던 교회 건물 잔허가 우물 근처에 있었다. 로마인들이 지은 교회 같았다. 땀에 젖은 예수가 우물물을 마실 때 지었던 표정이 환히 떠올랐다.

사제는 예수가 유랑했던 길을 따라 걷는 것만으로는 만족하지 않았다. 예수가 쉬었던 곳에서 쉬었고, 예수가 묵었던 곳에서 숙박했다. 예수가 노천에서 잤다 하면 노천에서 잤고, 민가에서 잤다 하면 민가에서 잤다.

나의 기억은 구멍투성이였다. 특별한 사건이 있었던 장소가 아니면 좀처럼 기억이 나지 않았다. 사제는 가물가물한 나의 기억을 집요하게 추궁했다. 때때로 자신이 찾는 장소가 예수가 유랑했던 시기로부터 천년도 더 지난 곳임을 잊고 있는 듯했다. 그것을 환기시키면 얼굴이 창백해졌다. 그럼에도 아무 데서나 쉬지 않았고, 아무 데서나 자지 않았다. 나의 느낌을 물어 그와 비슷한 장소, 비슷한 모양의 집을 찾아다녔다.

우리가 타보르 산과 에스드랠론 평야를 지나 나사렛에 도착한 것은 예루살렘을 떠난 지 보름이 지나서였다. 예수가 나사렛에 닿은 시기와 같았다. 예수 일행은 나인에서 두 그룹으로 갈라졌다. 나와 시몬과 요한은 예수를 따라 나사렛으로 향했고, 나머지 제자들은 가버나움으로 갔다.

예수의 어머니는 나이보다 늙어 보였다. 얼굴의 주름은 깊었고, 몸은 바싹 말라 있었다. 고된 노동의 흔적이었다. 집안에 남자가 없으니 혼자서 감당해야 하는 일들이 힘겨울 것이다. 오랜만에 찾아온 아들에 대한 반가움은 잠시였다. 손님을 접대해야 하는 그녀의 얼굴에는 근심이 가득했다. 일행 가운데 유일한 여자인 나에 대해서도 궁금해하지 않았다. 이웃집으로 달걀을 빌리러 가는 그녀의 뒷모습이 쓸쓸해 보였다.

돌로 만든 집 안은 어둑했다. 등잔을 켜지 않으면 대낮에도 어두웠다. 어디에도 창문이 없었다. 방 한가운데는 움푹 패어 있었다. 마실 물과 양식을 저장해두는 곳이라 했다. 저녁 식탁의 분위기는 어색했다. 예수 어머니의 표정이 침울했고, 예수의 얼굴 또한 굳어 있었다. 무엇 때문인지, 식사 전 두 사람이 잠시 다툰 것 같았다.

요한은 식사를 하면서 소리를 내지 않으려고 애를 썼고, 시몬은 큰 눈으로 자주 두 사람을 곁눈질했다. 포도주가 없는 것이 아쉬운 모양이었다. 우리는 다음날 아침 일찍 나사렛을 떠났다. 아들을 배웅하는 어머니의 표정이 어두웠다. 슬퍼 보이기도 했다.

사제와 나는 나사렛의 그 집과 흡사한 곳에서 하룻밤을 묵었다. 창문이 없고, 방바닥 가운데가 움푹 팬 집이었다.

"그분의 어머님을 언제 또 뵈었소?"

등잔불이 가물거리는 방 안에서 사제가 물었다.

"그날 이후로 뵌 적이 없었습니다."

"형장에 계시지 않았소?"

"그분이 십자가에 매달리실 때 그분의 어머니는 나사렛에 계셨습니다. 예루살렘에서 나사렛까지는 아무리 빨리 걸어도 오륙 일은 걸립니다. 그분은 체포된 다음날 곧바로 처형되었습니다. 그분의 어머니는 아들의 죽음도 몰랐을 것입니다."

"그뒤에도 뵌 적이 없단 말이오?"

"그렇습니다."

"그분은 당신 아들의 할머니가 아니오?"

"아들과 함께 찾아뵙는 게 도리라고 생각했습니다. 하지만 아직 걷지도 못하는 아이를 데리고 나사렛까지 가는 게 쉬운 일은 아니었습니다. 아이가 좀더 크면 가볼 생각이었습니다. 그후에도 찾아뵙지 못한 건 그분의 제자들 때문이었습니다. 그들은 나사렛에 가면 아이가 위험해질 것이라고 나에게 말했습니다."

"그분은 손자가 있다는 사실을 영영 모르셨단 말이오?"

“제자들이 알려주었는지도 모르지요.”

“그분이 당신을 찾아온 적은 없었소?”

“없었습니다.”

“그분이 손자를 외면했다고 생각하오?”

“제자들이 말하지 않았을 가능성이 큽니다. 예수의 아들이 세상
에 알려지는 것을 두려워했으니까요.”

“당신이 마귀가 아니라면……”

사제는 상체를 내 쪽으로 바짝 숙였다. 나를 응시하는 그의 눈
은 충혈되어 있었다.

“내가 마귀일 것이오.”

싸늘한 목소리였다.

43

초우제는 어머니의 집에서 지냈다. 장례식을 치른 뒤 처음으로
지내는 제사가 초우제이며, 혼령을 위안하기 위해 장사 당일을 넘
기지 않는다고 했다.

어머니의 혼령에게 절을 했다. 어머니는 오랫동안 나에게 혼령
으로 존재했다. 그 혼령은 상처의 근원이자, 그리움의 근원이었
다. 어머니가 혼령이 아니라는 사실을 알았을 때 지나간 내 삶이
유령의 삶처럼 느껴졌다.

어머니의 집은 지붕이 낮고 공간이 넓었다. 마당도 무척 넓었

다. 굿하기에 좋은 집이라고 강희가 말했다. 울타리가 인상적이었다. 집 마당이 곧바로 산으로 이어져 있는데, 산 중턱에 있는 철망이 울타리였다. 집이 낮아 산의 한 부분처럼 느껴졌다. 집을 낮게 지은 이유를 알 것 같았다.

어머니가 샤먼이라는 사실을 새삼 일깨워준 곳은 신당神堂이었다. 신을 그림으로 형상화한 무신도巫神圖, 신을 조각으로 형상화한 신상神像, 신격神格을 상징하는 명두明斗, 방울과 부채 같은 의례용 무구巫具, 신을 만날 때 입는 무복巫服, 장구와 제금 등의 악기들과 환생을 상징하는 꽃들이 눈에 들어왔다.

내가 무속에 매료된 것은 전라도 지방에서 씻김굿을 보고 난 뒤부터였다. 그 굿이 죽은 애니와, 애니의 뱃속에 있었던 아이를 불러내게 할 줄은 꿈에도 몰랐다. 두 죽음이 불러일으키는 고통은 적의라는 새로운 감정을 만들어냈다. 내 영혼을 피폐하게 한 것은 고통이 아니었다. 고통 속에 똬리를 틀고 있는 적의였다. 그 적의가 씻김굿을 통해 사라졌다는 것이 불가사의했다. 적의가 사라진 곳에 슬픔이 고였다. 놀랍게도 슬픔은 고통을 감싸안았다. 어머니가 아이를 품어안듯. 나는 비로소 애니와 아이를 껴안을 수 있었다.

씻김굿 속의 무엇이 나를 변화시켰는지 알고 싶었다. 물론 그 변화가 온전히 씻김굿만으로 이루어진 것은 아닐 것이다. 그동안 나는 적의에서 벗어나려고 무척 애썼다. 그런 노력이 없었다면 씻김굿을 본 것만으로 적의가 사라지지는 않았을 것이다.

씻김굿의 대상인 망자가 애니와 흡사한 상처를 입었고, 애니처럼 뱃속에 아이가 있었을 뿐만 아니라 스스로 목숨을 끊었다는 사실도 내 마음을 움직이는 데 일정한 역할을 했을 것이다. 하지만 그 무엇보다, 씻김굿이 가지고 있는 고유한 힘이 없었다면 나를 변화로까지 이끌지는 못했을 것이다. 한국의 무속에 관심을 갖지 않을 수 없었다. 내가 읽을 수 있는 자료들을 부지런히 찾아 읽었다. 모르는 것, 궁금한 것들은 메일을 통해 혹은 전화로 강희에게 물었다.

마루는 신당 앞에 있었다. 나뭇결이 고운 마루에 팬 촘촘한 금들이 시간의 흔적을 느끼게 했다. 언젠가 통화를 하다 어머니가 마루에 앉아 산을 보는 것을 참 좋아한다고 말한 적이 있었다. 집에 가본 적이 없었기에 마루에 앉아 있는 어머니의 모습을 상상하기가 쉽지 않았다. 마루에서 보는 풍경이 오랫동안 궁금했었다.

초우제를 지내고 제삿밥을 먹고 나니 바깥이 캄캄해져 있었다. 외삼촌은 죽은 이를 가버린 사람으로 생각하면 안 된다고 말했다. 보이지 않는 가족으로 새로운 관계를 맺는 것이라면서, 어떻게 보면 산 사람과의 관계보다 더 중요할 수도 있다고 했다. 혼령이 산 사람을 보살펴주기 때문이라는 것이었다. 혼령이 어떻게 산 사람을 보살필 수 있는지 묻고 싶었으나 잠자코 있었다. 어머니에 대해서는 마음에 빈자리를 두고 싶었다. 거기에 어떤 생각들이 고이려면 시간이 필요했다.

"혼불이라는 말, 들어보셨어요?"

마루에 앉아 별이 초롱초롱한 하늘을 올려다보던 강희가 물었다. 나는 고개를 저었다.

"사람의 혼을 이루는 바탕이 불기운이라는 생각에서 혼불이라는 말이 생겨났어요. 한국인 고유의 영혼관이지요. 그러니까 육신 속에 혼의 불기운이 깃들어 있는 거예요. 혼불은 죽음이 다가오면 자신도 모르는 사이 빠져나간다고 해요. 캄캄한 밤에 말이에요. 작은 그릇만한 그 불기운은 맑고 푸른 빛을 띤다고 들었어요. 때 로는 달빛보다 더 푸르러 보는 이의 가슴을 내려앉게 한대요."

"혼불을 볼 수가 있는 모양이지요"

"죽음을 앞둔 이와 특별한 관계를 가진 사람에게는 보인다고 해 요."

스코트 니어링은 지붕이 없는 열린 곳에서 죽고 싶다고 했다. 그가 혼불에 대해 알 리 없었겠지만, 혼이 자유롭게 날아가기를 소망했던 마음의 표현으로 읽혔다.

"혼불이 가는 곳은 어디인가요?"

"다음에 태어날 자리를 찾아간대요."

스코트는 죽음을 앞두고 '지금 나는 다른 형태의 삶, 다른 형태 의 존재, 다른 형태의 경험이 시작되는 문의 입구에 서 있는지도 모른다'고 말했다. 환생을 염두에 두고 한 말인지는 알 수 없었다. 그는 환생이라는 말은 한 번도 쓰지 않았다.

"내일모레 삼우제를 마치고……"

강희는 나를 보며 말했다. 장례를 치른 후 사흘째 되는 날에 산 소에 가서 묘를 살피고 제를 올리는 것이 삼우제라고 했다.

"넋굿을 하고 싶어요."

죽은 사람의 넋을 씻어 저승으로 보내는 한편, 살아 있는 사람으 로 하여금 죽음을 받아들이게 하는 굿이 넋굿이다. 망자를 조상신으로 모시는 의식이기도 하다. 내가 본 씻김굿도 넋굿의 하나이다.

"외삼촌의 허락은 받았지만, 상주가 허락하지 않으면 할 수 없어요."

"넋굿은 강희씨 생각이에요?"

"어머니께 해드리고 싶어요."

일 년 전에 보았던 씻김굿의 장면들이 아프게 떠올랐다.

"어머니가 좋아하겠죠?"

강희는 고개를 끄덕였다.

"그럼 해야죠."

"고마워요."

"내가 고마워해야죠."

"어머니 앞에서 춤을 춘다고 생각하면 얼굴이 화끈거려요."

"왜요?"

"어머닌 정말 춤을 잘 추셨어요. 그런 분 앞에서……"

"강희씬 잘할 거예요. 내가 장담해요."

"어떻게 장담할 수 있죠?"

"어머닐 사랑하잖아요."

강희는 희미하게 웃었다.

"난 늘 궁금했어요. 그런 사랑이 어떻게 생겨났는지."

"어머닌 날 자유롭게 하신 분이에요."

"무엇으로부터 자유롭게 했나요?"

강희는 눈을 감았다 잠시 후 떴다.

"〈블루〉라는 영화를 보셨어요?"

가슴이 쿵, 했다. 애니와 마지막으로 본 영화가 〈블루〉였다.

"폴란드 감독이 만든 영화죠? 그 감독 이름이……"

"키에슬롭스키예요."

"맞아요, 키에슬롭스키. 그 영화, 봤어요."

"영화의 첫 장면을 기억하세요?"

"자동차 사고로 남편과 딸이 죽죠. 주인공 여자는 살았지만."

"홀로 살아남은 여자는 끊임없이 자살을 꿈꾸죠. 그런 영화 같은 이야기가 나에게 일어났어요. ……런던에서 그림을 그리고 있었을 때였어요."

나는 긴장했다. 강희는 자신에 대한 이야기는 거의 하지 않았다. 그녀가 살았던 나라들과 런던예술대학을 나와 화가생활을 했다는 것, 신병을 앓아 어머니에게서 내림굿을 받았다는 것이 내가 아는 전부였다. 그녀의 지나온 삶이 늘 궁금했다.

"병원에서 깨어나서야 딸의 죽음을 알았어요. 그 아인……"

목소리가 잠기고 있었다.

"세상에 태어난 지 오 년이 채 안 되어 그렇게 떠났어요. 내가 운전했던 차 안에서."

말소리가 겨우 들렸다.

"영화 속의 여자와 다른 점은 나에게 남편이 없었다는 사실이에요. 아이 아버지와는 아이를 낳기 전에 헤어졌어요. 스페인 남자였어요. 그 사람은 아이의 존재도 몰랐어요. 아이를 낳기까지 적잖은 갈등을 겪었어요. 처음에는 낙태를 생각했어요. 하지만 몸 안에 깃든 생명을 지운다는 것이 쉽지 않았어요. 끊임없이 말을 걸었어요. 보이지는 않지만 분명히 존재하고 있는 미지의 생명에게. 나 자신을 위해서라면 아이를 낳을 마음이 조금도 없었어요. 아이는 필요하지 않았어요. 그렇지만, 나만을 생각할 수가 없었어요. 아이도 분명 존재하고 있었으니까요. 아이에게 끊임없이 말을 건 것은 아이의 생각을 알아야 했기 때문이었어요. 아이는 태어나고 싶어했어요. 산다는 것이 얼마나 고통스러운가를 아무리 이야기해도 아이는 마음을 바꾸지 않았어요…… 아이의 마음을 바꿀 힘이 나에겐 없었어요."

강희는 두 손으로 얼굴을 쓸었다.

"아이를 낳고 나서야 내가 얼마나 오만했는지 깨달았어요. 아이는 내게 사무치도록 소중한 존재였어요."

강희의 시선이 다시 산 쪽으로 향했다.

"아이를 화장했어요. 아이의 고운 뼈는 땅에 묻고 그 땅에 장미를 심었어요. 장미무덤이었지요. 장미를 보면 늘 가슴이 아파요."

바람이 나뭇가지들을 흔들고 있었다.

"아이의 죽음 이후 그림을 그릴 수 없었어요. 처음에는 잘할 수 있을 거라고 생각했어요. 화가란 혼령을 쫓는 마술사라고 믿었으니까요. 피카소는 화가가 혼령에게 형태를 부여하면 그 혼령으로부터 자유로운 존재가 된다고 말했어요. 혼령, 무의식, 감정은 모두가 동일한 것이라고도 했지요. 난 피카소의 말을 믿었어요. 믿지 않을 수 없었어요. 혼령을 쫓아야 했으니까요."

나에게도 쫓아야 할 혼령이 있었다. 하지만 나는 그럴 수 있다는 생각을 전혀 하지 못했다.

"그림에 매달렸어요. 악착같이, 간절히 매달렸어요. 하지만 집착을 하면 할수록 그림은 그려지지 않았고, 혼령에서 해방되기는커녕 오히려 그 속으로 더 깊이 빠져들어갔어요. 백일몽과 환각에 사로잡히면서 현실감각을 잃어갔어요. 꿈과 현실이 뒤섞여버리는 거예요. 어느 것이 꿈이고 어느 것이 현실인지 분간이 되지 않았어요. 그것이 신병의 증세라는 걸 내가 어떻게 알았겠어요. 그림은 그려지지 않고, 주변 사람들이 날 이상하게 보기 시작하고, 가까운 사람들과 점점 멀어지고, 그런 내가 낯설고, 낯선 내가 무섭게 느껴지고…… 뭔가 변화가 필요했어요. 아이의 무덤이 있는 런던을 떠나고 싶었지만, 한편으론 두려웠어요. 혼령에서 벗어나고 싶으면서도 또 두려웠던 거예요. 영양실조 상태에서 죽어가고 있던 나를 서울로 끌고 온 사람은 언니였어요. 아이가 죽은 후 언닌 내 걱정을 참 많이 했어요. 내가 서울 가족과 연락을 끊다시피 하자 언니가 찾아왔던 거예요. 서울로 올 때만 해도 그림을 포기한다는 생각은 꿈에도 하지 않았어요. 어머니의 춤을 보기 전까지는."

"어머니 춤은 어떻게 보게 되었나요?"

"언니가 날 데려갔어요. 재미있는 것 보러 가자고 해서 그냥 따라간 거였어요. 언니가 왜 날 그곳으로 데려갔는지, 그땐 몰랐어요. 나중에 들었지만, 언닌 어머니와 가까운 사이였어요. 나에 대해 이야기하니 어머니가 굿판으로 데려오라고 했대요."

산에서 새 울음소리가 희미하게 들려왔다.

"굿은 신을 불러들여 사람들의 슬픔과 한을 씻어주는 의식이에요. 신을 어디로 불러들이겠어요? 신이 사람처럼 두 발로 땅에 서 있을 수는 없잖아요. 무당은 신이 머물 공간을 만들어야 해요. 자신의 몸 안에 말이에요. 그러니까 신을 맞으려면 무당은 몸을 비워야 해요. 몸을 비운다는 것은 자신을 지운다는 거예요. 자신을 지울 때 비로소 신이 무당의 몸 안으로 들어와요."

신비주의자들이 떠올랐다. 그들이 지향하는 것은 신과의 합일이다. 신과 합일하기 위해서는 자아를 버려야 한다. 내 안에 있는 자아를 버려야만 신과의 만남이 이루어진다. 신비주의자들에게 자아는 나와 타인, 나와 세계, 나와 신을 구별하는 존재이다. 자아를 버리면 나와 타인이 하나가 된다. 나와 세계가 하나가 되며, 나와 신이 하나가 된다.

"어머니에게는 몸을 비우는 과정이 바로 춤이었어요. 몸을 비워 신을 받아들이고, 다시 신을 떠나보내는 어머니의 춤은 슬픈 분위기 속에서 시작되었어요. 그럴 수밖에 없었지요. 불의의 사고로 죽은 어린아이의 혼을 위로하기 위한 자리였으니까요. 그날의 굿에서 어머니가 불러들여야 하는 신은 일곱 살 아이의 혼이었어요."

강희는 말을 멈추고 하늘을 보았다. 구름이 달을 가리고 있었다.

"어머니의 춤은 아이의 그것처럼 단순했어요. 팔과 어깨와 다리의 움직임은 물론 눈짓에서조차 아이가 느껴졌어요. 어머니의 몸이 사라지고 아이의 몸이 나타난 거예요. 어머니는 아이가 되어 아이의 혼을 부르고 있었어요."

어머니가 아이가 되는 광경이 그려지지 않았다.

"아이의 춤은 가볍고 투명했어요. 무게가 느껴지지 않았어요. 부피조차 느껴지지 않았어요. 무게도 부피도 느껴지지 않는 아이는 바람에 흔들리는 꽃처럼 춤을 췄어요. 죽은 딸아이가 떠올랐어요. 눈앞에 떠오른 아이는 그전과는 다른 모습이었어요. 사고 이후 죽음을 떠나서는 아이를 떠올릴 수 없었어요. 아이의 얼굴은 늘 죽음의 푸른빛에 침윤되어 있었어요. 혼령이었겠지요. 혼령이 아닌 아이의 얼굴을 본 것은 그때가 처음이었어요. 그건 아마도 아이의 얼굴이 너무나 생생하게 떠올랐기 때문일 거예요."

애니와 함께 죽은 아이는 혼령으로만 나타났다. 태어나지도 못하고 죽었으므로.

"그건 무어라고 말할 수 없는 축복이었어요. 그 눈부신 축복 앞에서 눈물이 줄줄 흘러내렸어요. 눈물로 흐려진 시야 속으로 어머니의 춤이 들어왔어요. 그사이 어머니의 춤은 달라져 있었어요. 가볍고 투명한 춤이 아니었어요. 바위처럼 단단했어요. 땅속 깊은 곳으로 파고드는 나무의 뿌리처럼 강인했어요. 어머니의 춤사위가 그리고 있는 것은 모성적 형상이었어요. 허공에서 내려오는 아이를 품기 위한. 어머니는, 나의 눈에는 보이지 않는 것을 보고 있었어요. 나의 귀에는 들리지 않는 것을 듣고 있었고, 나의 손에는 만져지지 않는 것을 만지고 있었어요. 혼령을 보고, 혼령의 말을 듣고, 혼령의 몸을 쓰다듬고 있었던 거예요."

아이의 혼령은 내 자의식이 만든 것이었다. 나는 그렇게 생각했다. 하지만 샤먼에게는 혼령이 실체적 존재다. 어머니에게 혼령이 하나의 실체였다면 나는 어떤 존재였는지, 묻고 싶었다.

"어머니의 춤을 보면서 그동안의 내 모습이 환히 들여다보였어요. 내가 괴로웠던 것은 혼령에게 머물 곳을 주지 않았기 때문이었어요. 불러들여놓고는 머물 곳을 주지 않았으니 혼령이 내 주위를 떠돌아다닐 수밖에요. 춤이 필요했어요. 혼령에게 머물 곳을 마련해주는. 그래야만 혼령을 떠나보낼 수 있음을 어머니의 춤을 통해 깨달았던 거예요. ……아, 달이 나오네요."

구름에 가려져 있던 달이 천천히 모습을 드러내고 있었다. 하늘이 환해지고 있었다. 강희는 마당으로 내려갔다. 달빛 속으로 들어가는 강희의 몸이 푸르스름했다.

44

나사렛을 떠난 우리는 티베리아스, 막달라, 게네사렛, 가버나움, 고라신, 베싸이다, 쿠르까지 갔다가, 다시 베싸이다로 돌아와 방향을 북쪽으로 틀었다. 카이사레아 필립보를 거쳐 지중해 방향인 시돈까지 올라갔다가 거기서 다시 남하하여 띠로, 가버나움, 게네사렛, 막달라, 티베리아스를 지나 나사렛을 오른쪽에 두고 풀이 무성한 들판으로 들어서니 타보르 산이 눈에 들어왔다. 예수의 유랑을 고스란히 따라간 여정이었다. 계절은 어느덧 가을 속으로 깊숙이 들어와 있었다.

유랑을 하는 동안 우리의 옷은 누더기가 되었다. 숙박을 거절당하기 일쑤였고, 끼니를 거르는 날이 잦았다. 우리를 귀신 들린 사람으로 본 마을 사람들에게 쫓겨나기도 했다. 낯선 외모 때문일 것이었다. 나는 이집트인이었고, 사제는 서유럽인이었다. 이방인을 경계하는 유대인들의 정서를 생각하면, 거지의 몰골이나 다름 없는 우리의 모습이 그들의 눈에 기괴하게 보이는 것은, 어쩌면 당연했다.

그럼에도 예수의 행적에 대한 사제의 집착은 흔들림이 없었다. 흔들리기는커녕, 더욱더 단단해져갔다. 예수의 발자취에서 벗어나는 것을 용납하지 않았다. 예수의 그림자가 되려고 하는 게 아닌가, 하는 생각까지 들 정도였다. 우리의 모습이 예수 일행과 비슷한 몰골로 변해갈 수밖에 없었다.

타보르 산 기슭에서 걸음을 멈춘 예수는 그곳에 집을 짓겠다고 했다. 우리가 하겠다 했지만 허락하지 않았다. 거들기조차 할 수 없었다. 자신을 따라오느라 고생한 우리를 위해 짓는 것이라고 했다. 시몬이 펄쩍 뛰었지만, 예수의 엄한 표정에 곧장 물러설 수밖에 없었다. 예수가 우리를 위해 지은 집은 나뭇가지를 엮고 흙을 이겨 바른 다음 나뭇잎으로 덮은 움집이었다.

그것뿐이 아니었다. 예수는, 다섯 사람 모두가 함께 식사할 수 있는 식탁을 만들었고, 마을로 내려가 식량을 구해왔다. 우리가 따라가려고 하면 엄한 표정으로 막았다. 예수가 마을로 내려가 있는 동안 우리는 풀밭에서 가을볕을 즐겼다. 예수가 원한 것이기에 기꺼이 그렇게 했다. 해질 무렵이면 움집으로 돌아오는 예수의 손엔 언제나 식량이 들려 있었다. 식량 속에 간혹 포도주가 보였다. 그런 날이면 식탁을 들판에 내다놓고 잔치를 벌였다. 포도주를 마시는 예수의 얼굴은 환했다. 우리의 얼굴도 환해질 수밖에 없었다.

식량 구하기가 쉽지 않을 텐데 단 하루도 거르는 날이 없었다.

우리의 궁금증은 나날이 커져갔다. 의논 끝에 몸이 작아 날렵한 요한이 스승의 행적을 탐지해오도록 했다. 오후 늦게 돌아온 요한의 얼굴은 말이 아니었다. 얼마나 울었는지 눈이 퉁퉁 부어 있었다. 예수가 시체 씻는 일을 하고 있다 했다. 우리는 함께 울었다.

모세가 하느님의 말씀을 받아 적은 거룩한 책에 따르면 누구든지 사람의 시체를 만지는 자는 칠 일 동안 부정할 것이라고 했다. 때문에 유대인은 시체는 물론이거니와 무덤에조차 손 대기를 꺼렸다. 시체 씻는 일은 천한 직업 중에서도 가장 천한 직업이었다.

유대인은 새로 태어난 아기를 깨끗이 씻어 맞듯이 죽은 사람도 깨끗이 씻어 하느님에게로 떠나보낸다. 죽은 사람을 씻는 일은 종교적 의식에 따른다. 이 거룩한 일을 가장 천한 사람이 하는 것이다.

그날 이후 우리는 예수가 가져온 음식을 먹으면서 자주 울었다. 평소 냉정을 잃지 않는 유다마저 몰래 눈물을 훔쳤다. 돌이켜보면 예수와의 마지막 유랑에서 가장 행복했던 때가 타보르 산 기슭에서 보낸 그 보름이었다. 우리가 그곳을 떠나 사마리아로 향한 것은 날씨가 추워졌기 때문이었다. 움집은 바깥의 냉기를 막기에는 너무 허술했다.

사제가 정말 예수의 그림자가 되려고 하는 게 아닌가, 생각이 든 것은 타보르 산 기슭에서였다. 사제는 예수가 했던 그대로 움집을 지었다. 시체 씻는 일까지 하려 했지만 그 일을 이방인에게 맡길 유대인은 어디에도 없었다.

시체 씻는 일 대신 사제가 선택한 일은 물장수였다. 타보르 산 기슭에 있는 맑은 물을 길어다 마을로 내려가 식량과 바꾸었다.

마을은 움집에서 멀었다. 검게 탄 사제의 얼굴은 천년 전 예수의 얼굴만큼 야위어 있었다.

예수와의 유랑은 내가 원한 것이었지만, 사제와의 유랑은 달랐다. 사제의 요구 때문이었다. 포로의 입장이었기에 거절할 수 없었다. 하지만 유랑을 시작한 후에는 마음만 먹으면 얼마든지 도망갈 수 있었다. 그럼에도 유랑을 계속한 것은 두 가지 이유 때문이었다.

사제는 나를 이집트 와지르 서기관의 신분에 맞춰 대우했다. 나 역시 내 신분에 맞는 태도를 보여주어야 했다. 유랑을 약속해놓고 도중에 도망간다는 것은 이집트 와지르 서기관이 취할 태도가 아니었다.

사제와 함께 유랑할 수밖에 없는 더 큰 이유는 내가 마귀가 아님을 밝혀야 했기 때문이다. 그러기 위해서는, 내 글이 있는 그대로의 사실을 기록한 것임을 밝혀야 했다. 사실을 기록함으로써 진실을 탐구하는 행위는 역사학자에게 존재 그 자체이다. 사제가 나를 마귀라고 한 것은 역사학자로서의 내 존재를 부정한 것이었다. 유랑은 사제가 원한 것이었지만, 나에게도 필요한 것이었다.

45

굿이 시작된 것은 해가 지고 나서였다. 빛이 어슴푸레해져갔고, 풍경들이 조금씩 지워지고 있었다. 공기는 서늘하면서 건조했다.

굿의 주무主巫는 어머니와 가까운 분이었다. 춤꾼의 생애를 살다가 마흔다섯 살 때 신내림을 받았다고 했다. 나이는 어머니보다 두 살 많았다. 춤꾼이었을 적에 살풀이춤으로 이름을 날렸다고 했다. 얼굴이 마르고 거동이 조용하며 말이 느렸다.

조무助巫는 두 사람이었다. 강희와, 강희보다 여섯 살 많은 무녀였다. 악사도 피리와 대금을 부는 남자 둘이었다. 주무가 데려왔는데, 연주력이 뛰어난 악사들이라고 강희가 귀띔했다. 굿은 어머니의 신당에서 벌어졌다. 굿상에 올린 음식들은 주무와 강희, 또 한 사람의 조무, 외종수와 은수가 만들었다.

굿의 첫번째 의식은 주당물림이었다. 흉한 기운을 뜻하는 주당살이 집안에 끼어 있으면 굿을 해도 효험이 없다고 한다. 주당물림은 주당살을 내모는 의식으로, 무당이 아닌 사람들은 주당살을 피하기 위해 밖으로 나간다.

외삼촌과 외사촌 부부, 은수와 나는 마루로 나왔다. 산자락이 어두워지고 있었다. 어머니와 나란히 마루에 앉아 이야기를 나누고 싶었다. 한 번도 보지 못한 외할머니와, 외할머니 무덤 위에 피어 있었다는 패랭이꽃에 대해.

주당물림이 끝나자 우리는 굿당으로 들어갔다. 다음은 부정청배였다. 굿당을 정화하여 일상의 공간과 구별함으로써 신의 길을 연 후 신을 청배하는 의식이다. 무당은 평상복인 흰 저고리와 남색 치마 차림으로 장구를 치면서 느린 장단에 맞춰 노래했다. 무당이 무복을 입지 않고 평상복 차림을 한 것은 신의 강림을 기다리는 시간이기 때문이다.

노랫가락은 슬펐다. 서양음악의 단조와 비슷했다. 계면조라고 했다. 무당의 장구 위에는 외삼촌과 외사촌 부부, 은수와 나의 생년월일과 태어난 시간이 적힌 흰 종이가 얹혀 있었다. 어머니가 나의 출생시각까지 기억하고 있었다는 사실이 낯설면서도 아팠다. 무당이 어머니의 생년월일과 시를 읊자 외종수가 낮게 흐느꼈다.

　부정청배에 이어 가망을 청배하는 의식이 시작되었다. 가망은 조상신과 연관되는 신으로, 다른 여러 신들이 들어올 수 있는 길을 만들어 굿의 문을 열고, 죽은 이를 명부세계의 주재자인 시왕에게 데려가는 역할을 한다.

　　　아린 가망 쓰린 가망 숨지어 넋진 가망
　　　떼지어 가신 가망 업어내고 모셔내다
　　　열시왕 사재使者는 가망이오
　　　아린 말명 쓰린 말명 숨지어 넋진 말명
　　　떼지어 가신 말명 업어내고 모셔내다
　　　열시왕 사재는 말명이오
　　　아린 중디 쓰린 중디 숨지어 넋진 중디
　　　피지어 가신 중디 업어내고 모셔내다
　　　열시왕 사재는 중디이오
　　　아린 삼성 쓰린 삼성 숨지어 넋진 삼성
　　　피지어 가신 삼성 업어내고 모셔내다
　　　열시왕 사재는 삼성이오

　앉은자리에서 장구를 치며 부르는 무당의 노래는 여전히 슬펐다. 말명은 조상신의 하나이고, 중디는 저승에 들어온 망자를 시왕에게 인도하는 존재이며, 삼성은 망자를 저승으로 끌고 가는 역할을 맡고 있다. 이 세 신격은 저승을 관장하는 열시왕이 보낸 사자使者들이다. 노래의 내용을 보면 세 신격들이 겪었던 이승의 삶은 아리고 쓰리다. 노랫가락이 슬플 수밖에 없었다.

> 시왕가망 오시는 길에 가얏고로 다리를 놓소
> 가얏고 열두 줄인데 어느 줄로다 서려신가
> 줄 아래 덩기덩 소리 노닐라고
> 시왕가망님 잡으신 잔에 잔잔마다 이슬 맺소
> 이 잔과 저 잔을 지성이라고 쌍배 올리까
> 월광에 수없는 잔을 쓰시라구

가얏고는 가야금이다. 가야금의 소리로 다리를 놓아 신이 오시는 길을 만든다. 그 길을 따라 신이 오시면 술을 바친다. 술을 이슬이라고 한 것은 신성하고 맑기 때문이다.

나는 굿상에 촛불을 켜고 향을 피운 후 술을 올렸다. 어머니는 술을 좋아했다고 강희에게서 들었다. 일주일에 한두 번, 서녘 하늘이 노을에 물들 때 마루에 나와 술을 마셨다고 했다. 취기가 오르면 마당으로 내려가 춤을 추곤 했는데, 춤사위가 아프면서도 그렇게 아름다울 수 없었다고 강희가 말했다.

다음은 상산거리였다. 무당이 이승의 수호신이자 지체 높은 인격신인 상산신에게 망자의 죽음을 알리고, 망자의 삶을 되새기는 의식이다. 상산은 개성의 덕물산을 이르는데, 이곳에 고려 말기의 무장으로 이성계의 반란군에게 살해된 최영 장군의 신당이 있어 상산신과 최영 장군을 동일시하기도 한다.

무당은 입고 있던 치마저고리 위에 남색 두루마기를 걸쳐입었다. 철릭이라는 무복이었다. 머리에는 큰머리라 불리는, 구슬장식이 많이 달린 가채를 얹고 그 위에 갓을 썼다

굿판에서 무복은 신의 옷이다. 무당이 신의 옷을 입었다는 것은 그 옷의 신이 강림했음을 뜻한다. 우리는 제물상 앞에, 끝쪽부터 일렬로 섰다.

무당의 춤은 느리면서도 위엄이 있었다. 갓을 벗어 손에 들고 춤을 추기도 했고, 띠를 양손에 받쳐들고 추기도 했고, 오른손엔 부채를 펼쳐들고 왼손으로는 띠를 잡고 추기도 했고, 또 왼손에는 삼지창, 오른손엔 언월도를 들기도 했다. 움직임이 물 흐르듯 자연스러웠다. 악사들의 연주 역시 춤사위와 잘 어우러졌다. 삼엄하고 비장한 춤사위에서 마음을 들썩이게 하는 흥이 느껴져 기분이 묘했다. 어느 순간 무당은 위, 하고 소리를 지르면서 빠르게 도무하더니 왼쪽으로 한 바퀴 돌았다.

무당이 위, 하고 소리를 지르는 것은 신이 실렸음을 알리기 위함이요, 일상적인 것과 반대방향인 왼쪽으로 한 바퀴 돌고 제자리에 서는 것은 인간의 세계를 떠나 신의 세계로 들어갔음을 뜻한다.

"어헛, 굿자."

무당의 입에서 신으로서의 첫 탄성이 터져나왔다.

"엊그저께도 살았던 망재님이 참사를 당해 세상을 하직하시니, 이게 무슨 일이더냐. 우느니 눈물이고 지느니 한숨이니, 너무

나 불쌍하고 가엾다. 가엾고 불쌍한 망재님, 생전에 많이 우셨네. 남몰래 혼자 많이도 우셨네."

무당의 말을 옆에 있는 은수가 빠르게 통역했다.

"망재님 가슴속에 아리고 쓰린 영이 들어 있어, 남한테는 얘기하지 않으셨지만, 사대삭신 육천 마디가 아프셨구나. 아리고 쓰린 영 때문에 남몰래 참 많이도 우셨네."

무당은 내 쪽으로 다가오더니 한참 동안 나를 응시했다. 그녀의 눈빛에서 뭐라고 표현하기 힘든 강한 에너지가 느껴졌다. 그것은 신의 눈빛이 아니었다. 깊은 호기심이 담긴 인간의 눈빛이었다.

46

그날은 종일 비가 내렸다. 바람도 거칠어 움집이 흔들릴 정도였다. 비가 새어 바닥이 질퍽거렸다. 나뭇가지를 성글게 엮은 지붕이라 빗물이 줄줄 흘러내렸다. 우리는 군데군데 빗물이 고인 움집 안에 선 채 몸을 떨었다. 들이치는 비 때문에 불을 피울 수 없었다. 아침부터 아무것도 먹지 못했다. 비가 오니 물장사를 할 수 없었다. 마을은 움집에서 멀었다. 비가 그치기를 기다렸으나 비는 좀처럼 그치질 않았다. 결국 먹을 것을 구하러 빗속을 뚫고 마을로 내려갔지만 빈손으로 돌아왔다. 사제는 두 팔을 벌려 십자가처럼 서 있곤 했다.

밤이 되어도 비는 멎지 않았다. 온몸이 축축하고 배는 고픈데,

눕기는커녕 앉아 있을 수도 없었다. 십자가처럼 서 있던 사제가 침묵을 깨고 그분이 여기에 계실 때도 비슷한 일을 겪었느냐고 물었다. 추워서 목소리가 떨려 나왔다. 사제의 얼굴이 어두워서 잘 보이지 않았다. 이렇게까지 비가 내린 적은 없었다고 내가 대답하자 사제는 그분이 시신 씻는 일은 잘하셨느냐고 또 물었다. 망자가 생전에 지은 죄의 용서와 영혼의 평안을 기도하며 머리에서부터 발끝까지 완전하게 씻기는 일을 누가 그분만큼 잘할 수 있겠느냐고 대답하자, 시체를 씻던 그분의 모습을 본 적이 있느냐고 사제는 다시 물었다. 딱 한 번 보았다고 대답했다. 눈앞이 흐려지고 있었다.

예수는 매일 새벽 혼자서 산을 올랐다. 기도를 하기 위해서였는데, 그날 아침에는 여느 날과 달리 좀처럼 산에서 내려오지 않았다. 우리는 햇빛이 잘 드는 들판에 아침식사를 준비해놓고 기다리고 있었다.

나병 걸린 남자가 나타난 것은, 시몬이 스승님이 기도를 오래 할수록 우리의 배는 그만큼 더 고프다며 익살 섞인 불평을 하고 있을 때였다. 짧게 깎은 머리에 목에 방울을 건 남자는 우리와 거리를 둔 채 시신 씻는 분에게 청할 일이 있어 왔다고 말했다. 남자의 얼굴은 자홍빛이었다. 시몬이 무슨 일로 그분을 찾느냐고 뜨악한 목소리로 묻자, 남자는 숨을 거둔 친구의 시신을 꼭 씻겨주기로 약속했다고, 그분의 자비가 필요하다고 대답했다. 죽은 사람도 문둥이냐는 시몬의 질문에 남자는 고개를 끄덕였다. 시몬은 썩 꺼지라고 벽력같은 소리를 질렀다.

"우리 스승님이 어떤 분이신데 감히 문둥이 시신을……"

얼굴이 벌게진 시몬은 말을 제대로 잇지 못했다.

"시몬아."

예수의 목소리에 우리는 깜짝 놀라 뒤를 돌아보았다. 예수가 굳은 얼굴로 시몬을 내려다보고 있었다.

"너는 아직도 나를 모르는구나."

예수의 말에 시몬의 안색이 금세 하얗게 질렸다.

"왜 제가 스승님을 모른다고 하십니까?"

시몬은 볼멘 목소리로 물었다. 하얘졌던 얼굴이 다시 붉어지고 있었다. 시몬을 물끄러미 내려다보던 예수는 들판에 차려놓은 음식 쪽으로 고개를 돌렸다.

"시몬아."

예수의 부름에 시몬은 한 발짝 다가섰다.

"나를 기다리느라 네 배가 무척 고팠겠구나."

시몬은 황급히 고개를 저었다.

"아닙니다, 스승님. 전 괜찮습니다."

"나는 배가 고픈데 너는 아직도 배가 고프지 않은가보구나."

예수의 목소리가 다정해지고 있었다.

"스승님이 배가 고프다 하시니 저 역시 배가 고파옵니다."

시몬은 머리를 긁적이며 말했다.

"나도 배가 고프고 너도 배가 고프면, 저분도 배가 고프지 않겠느냐?"

예수가 나병 걸린 남자를 가리켰다.

"하지만 저 사람은……"

당황한 시몬이 예수를 쳐다보았다. 요한 역시 놀란 표정으로 예수를 바라보았다. 유다만이 달랐다. 그의 눈이 일순 반짝였는데, 어린아이가 호기심을 느낄 때의 눈빛과 흡사했다.

"시몬아."

예수는 다정하게 제자의 이름을 불렀다.

"저분은 나의 손님이시다. 손님이 오셨는데 식탁으로 모셔야 하지 않겠느냐?"

"저 사람이 왜 스승님의 손님입니까?"

시몬이 퉁명스럽게 되묻자, 예수는 식탁 위의 빵을 가리켰다.

"우리가 먹을 저 빵은…… 내가 시신을 씻고 받은 삯으로 사온 것이다. 저분이 왜 나의 손님인지 이제 알겠느냐?"

시몬은 뭐라고 말하려는 듯 입을 벌렸으나 신음 같은 소리만 새어나올 뿐이었다. 예수는 남자에게로 다가가 지금 막 식사를 하려던 참이었다며, 식탁에 함께 앉기를 권했다. 남자는 몹시 당황한 표정으로 손을 저었다. 하지만 예수는 빙그레 웃으며 손가락이 잘려나간 남자의 손을 잡고 식탁으로 이끌었다. 남자는 어쩔 줄 몰라하면서도 순한 양처럼 따라왔다.

오 인용 식탁에 한 사람이 더 끼어들자 자리가 비좁았다. 남자는 안절부절못했다. 고름 냄새가 지독했다. 시몬과 요한은 식사하는 내내 얼굴을 찡그리고 있었지만, 유다의 얼굴에는 표정의 변화가 거의 없었다.

남자가 마음을 추스린 것은 예수 때문이었다. 예수는 스스럼없이 남자를 대했다. 예수의 눈에는 남자가 나병환자로 보이지 않는

게 아닌가, 생각이 들 정도였다. 그런 예수의 모습이 옛추억을 상기시켰다. 예수를 처음 보았을 때 그는 나병환자들 속에 있었다. 그가 그 속에 있지 않았다면 오히려 내 눈에 띄지 않았을 것이다. 예수의 얼굴은 너무 평범해서 여간해서는 눈에 띄지 않았다. 그런 생각이 들자 남자가 다정하게 느껴지기까지 했다.

남자는 친구가 오늘 새벽에 죽었으며, 시신은 나병환자들의 거주지에 있다고 했다. 시신을 거주지 밖으로 옮겨놓겠다는 남자의 말에 예수는, 합당한 이유 없이 시신을 옮기는 것은 죽은 자에 대한 예의가 아니라며, 그곳으로 가겠다고 했다. 시신을 씻는 그의 모습이 보고 싶어졌다. 그런 생각을 하고 있는데, 예수가 말했다.

"내가 시신을 씻는 것은 양식을 얻기 위함이었다. 그런데 지금 양식만 얻은 게 아니었음을 알았다. 선한 이름은 값진 기름보다 낫고, 죽음의 날은 탄생의 날보다 나으며, 죽음의 집에 가는 것이 잔칫집에 가는 것보다 낫다는 솔로몬의 말도 얻었다. 자, 우리 모두 죽음의 집으로 가서 하느님의 품으로 떠나는 그분에게 축복의 기도를 드리자."

예수의 목소리는 밝고 맑았다.

47

흰색 저고리에 옥색 치마를 입은 강희가 희고 긴 무명수건을 손에 들고 굿상 앞에 섰다. 흰색 저고리가 낯이 익었다. 외종수가 은

수에게 귓속말을 했고, 은수가 다시 나에게 전했다. 흰색 저고리
는 어머니의 옷이라고 했다. 기억이 났다. 처음 만나던 날 어머니
가 입고 나왔던 옷이었다. 내림굿에서 흰옷은 죄인의 옷이라고,
그때 어머니는 말했었다. 그 옷을 강희가 입고 나온 것이었다.

　망자의 넋을 불러들이는 영실거리가 시작된 것은, 상산거리에
이어 주무가 신장神將을 불러들여 잡신을 쫓아 액을 막는 신장거
리를 하고 나서였다. 망자의 넋은 강희가 받기로 했다. 영실거리
는 대부분 조무가 맡는다. 강희 말고도 조무는 한 사람 더 있었다.
어머니의 넋을 강희가 받기로 한 것이 주두의 뜻인지, 강희가 원
한 것인지는 알 수가 없었다.

　강희는 잠시 가만히 서 있었다. 몸을 에우싸는 적막으로 허허공
간에 홀로 서 있는 듯한 느낌이 들었다. 신을 맞으려면 몸을 비워
야 한다는 강희의 말이 생각났다. 몸을 비운다는 것은 자신을 지
우는 일이라고 했다. 자신을 어떻게 지운다는 것인지, 나에게는
아득하기만 했다.

　가만히 서 있는 강희의 몸이 움직이고 있는 듯 느껴졌다. 눈에
는 보이지 않지만 쉼없이 움직이고 있는 것 같았다. 몸이 움직인
다기보다는 눈에는 보이지 않는 어떤 에너지가 움직이는 듯했다.
그리고 잠시 후, 강희의 몸이 정말 움직였다. 피리 소리가 나면서
였다. 손이 먼저 움직이면서 두 팔이 올라갔고, 발뒤꿈치가 들리
면서 어깨가 들렸고, 어깨가 들리면서 손이 허공을 맴돌고……
피리 소리는 가늘고 투명했다. 강희의 움직임도 가늘고 투명했다.
가늘고 투명한 움직임에 따라 두 손에 들린 흰 무명수건이 소리없

이 너울거렸다.

무명수건은 영실수건이라 부른다. 영실이란 망자의 넋을 뜻하는 것이니, 영실수건은 망자를 상징한다. 그것은 망자의 눈물을 닦는 수건이 되고, 망자의 가족이 붙들고 우는 수건이 되고, 무당이 망자를 대신해서 망자의 가족을 만질 수 있는 수건이 된다.

강희의 두 손은 무명수건을 한시도 떼어놓지 않았다. 수건을 감았다 풀고, 풀었다가는 놓고, 놓았던 수건을 다시 잡고, 잡았던 수건을 살짝 놓는가 하면, 그것을 다시 잡아 감았다.

느리디느린 춤사위는 미묘했다. 누군가를 애타게 기다리는 듯한 느낌인가 하면, 누군가와 이별하는 듯한 느낌도 불러일으켰다. 슬픔이 일면서 어느샌가, 나도 모르게 눈앞이 흐려지고 있었다. 누군가의 품에 안기고 싶었다. 품에 안겨 소리내어 울고 싶었다. 어머니의 얼굴이 떠올랐다. 애니의 얼굴도 떠올랐다. 두 얼굴이 섞여들고 있었다. 그러면서 내가 모르는 얼굴로 변해갔다. 수많은 얼굴들이 뒤섞이고 있는 것 같았다.

강희의 춤이 빨라진 것은 어머니의 얼굴과 애니의 얼굴이 섞이고 있을 때였다. 피리 속으로 대금이 섞여들고, 장구가 거들기 시작하자 움직임이 크고 가팔라졌다. 피리와 대금이 멈추고 제금이 나섰을 때는 강희의 몸이 허공으로 치솟았다. 발을 구르면서 치솟기도 했고, 두 발을 나란히 한 후 치솟기도 했다. 허공으로 치솟는 강희의 몸이 깃털처럼 가볍게 느껴지는가 하면, 쇳덩어리처럼 무겁게 느껴지기도 했다. 장구와 제금이 허공을 딛는 강희의 두 발을 잡으면서 놓았고, 놓으면서 잡았고, 잡으면서 감았다.

어느 순간, 강희가 제자리에 멈추어 섰다. 맑은 피리 소리가 강희의 몸을 스치듯 맴돌았다. 몸의 에너지가 모두 안으로 응결하고 있는 듯한 느낌이었다. 강희의 어깨와 두 팔이 부르르 떨렸다. 강희의 몸속에 깊숙이 감추어진, 내가 보지 못했던 어떤 생명이 금방이라도 튀어나올 듯했다. 불안했다. 나도 모르게 주먹을 그러쥐었다. 눈을 감았다. 손톱이 손바닥을 아프게 파고들었다. 통증이 불안을 누그러뜨렸다. 눈을 뜨자 강희가 쓰러지는 모습이 보였다. 허물어지듯, 푹 쓰러졌다. 외종수의 입에서 짧은 비명이 새어나왔다. 바닥에 쓰러진 강희는 두 손으로 머리를 감싸며 고통스럽게 몸을 틀었다. 그녀의 고통이 소름 끼치도록 생생하게 느껴졌다. 달려가 그녀를 안아주고 싶었다.

"고모님이 오셨어."

외종수가 속삭인 말을 은수가 나에게 전해주었다. 외종수는 어머니를 고모라고 불렀다. 다른 조무와 외종수가 쓰러진 강희를 조심스럽게 일으켰다. 부축을 받으며 힘겹게 일어난 강희는 몸을 오들오들 떨었다. 외종수가 끌어안아주자 강희는 왜 나를 그 추운 곳에 남겨놓고 갔느냐며 흐느꼈다. 그 말을 전하는 은수의 눈에는 눈물이 그렁그렁했다. 춥다는 곳이 중환자실을 말하는 것인지, 영안실 냉동고를 말하는 것인지 알 수가 없었다. 두 군데 모두를 말하는 것 같기도 했다.

외종수의 품에서 빠져나와 주위를 두리번거리던 강희는 외삼촌에게로 다가가 손을 잡으며 눈물을 주르르 흘렸다.

"우리 오빠, 동생이 무당이 되는 바람에 마음고생이 참 많았다는 거, 다 알아요. 오빠가 내 집에 언제 한번 오시려나, 그렇게 기다렸건만…… 오빠가 오시면 좋아하시는 것, 밥상에 다 올리려 했는데…… 오빤 토란국을 유난히 좋아했지요. 그래서 토란 사서 껍질 벗겨놓고, 양지머리 사다놓고 사골도 사다놓았는데…… 집안에 잔치가 있어도 내가 가면 주위에서 뭐라고 할까봐 가지도 못하고…… 나도 무당 되기 싫었어요. 죽기보다 싫었어요. 보이지 않는 것을 보고, 들리지 않는 것을 듣는 것이 얼마나 외롭고 무서운데…… 그래서 죽으려고 했는데…… 죽지도 못하고……"

외삼촌의 눈에서도 눈물이 뚝뚝 떨어졌다.

"내가 마음 놓고 갈 수 있는 데라곤 어머니 무덤밖에 없었어요…… 거기에 가서…… 무심히 피어 있는 꽃을 보고 있으면…… 내가 살아온 세월이 꿈같기도 하고…… 꿈같은 세월이…… 저문 하늘 속으로 섞여들어가는 것 같기도 하고…… 저문 하늘 속으로 섞여들어가는 세월이…… 어떤 씨앗이 되어 땅에 떨어질 것인지를 생각하면…… 눈앞이 아득해지고…… 아, 오빠 아드님이 옆에 계시네…… 우리 조카, 상주 노릇 하느라 애썼어…… 마음이 든든했어."

강희에게 손을 잡힌 외사촌은 울 듯한 표정을 지었다.

"죽음이 무엇인지 아직은 알 수 없지만…… 신의 밥을 먹고…… 신의 말을 하고…… 신의 잠을 자고…… 신의 걸음을 걸었어도…… 내가 가는 곳이 어딘지…… 아직은 알 수가 없지만…… 우리 조카가 있어…… 눈앞이 가을 들판처럼 훤하더구나."

강희의 눈길이 외사촌 옆에 있는 은수에게로 향했다. 강희는 은수에게 다가가 은수의 뺨을 어루만지며 뭐라고 말했다. 목소리가 다정했다. 은수도 울먹이며 뭐라고 말했는데, 외종수는 연신 눈물을 훔쳤다.

강희가 짓는 표정과 목소리, 손짓과 몸짓은 강희 본래의 모습이 아니었다. 어머니의 모습이라고 할 수도 없었다. 어머니와 비슷한 데가 없지 않았지만 어머니는 아니었다. 강희도 아니고 어머니도 아닌 여자가 내 앞으로 다가와 섰을 때, 나는 혼란에 빠져 있었다.

"네가 왔구나…… 생각만 해도 눈물이 흐르는 네가…… 나를 잊어버려라…… 잠결같이…… 꿈결같이…… 어미를 잊어버리려무나…… 아파하지도…… 서러워하지도 말고……"

강희의 목소리가 아니었다. 그것은 어머니의 목소리였다. 어머니가 눈앞에 있는 듯했다.

"너와 헤어지지 않으려고 그렇게 애를 썼건만…… 너와 헤어지고도 꿈에서 늘 너를 보았는데…… 꿈속에서 넌 언제나 천사 같았는데…… 너를 잃고 얼마나 외롭고 무서웠는지…… 천지가 캄캄해져서 얼마나 외롭고 무서웠는지…… 너도 외로워하고 무서워할까봐…… 천사 같은 아이를…… 외롭게 하지도 말고 무섭게 하지도 말라고…… 일월성신님께 빌고 또 빌었는데……"

어머니의 말을 전하는 은수의 목소리가 먼 데서 들려오는 것 같았다.

"죄 많은 어미를 보겠다고…… 네가 멀리서 찾아왔을 때…… 너무나 기뻐 춤을 추고 싶었다…… 너무나 슬퍼 가슴이 저미고…… 너무나 죄스러워 어디론가 사라지고 싶었다…… 그렇게 난 허둥지둥…… 갈팡질팡했었다…… 지금 생각하면…… 그때가 꿈같구나…… 네가 날 찾아왔던 그때가…… 운명이 모질어…… 그 꿈같은 세월을 제대로 누리지 못하고…… 또 너를 잃었으니…… 울지 마라 내 아들아…… 네가 울면…… ”

어머니가 무명수건으로 내 눈물을 닦고 있었다. 그제야 나는 내가 울고 있음을 깨달았다. 눈물을 닦던 어머니가 갑자기 누군가에게 소리쳤다. 원망이 가득한 목소리였다. 외삼촌은 어머니를 멍하니 보고 있었다. 넋이 나간 얼굴이었다. 어머니가 무슨 말을 했는지 궁금했다. 은수는 어머니와 외삼촌을 번갈아 살피고 있었다. 놀란 표정이 역력했다. 어머니가 외삼촌에게 다시 무어라 말했고, 외삼촌은 고개를 푹 숙였다. 은수가 나에게 얼른 귓속말을 했다.

“한국전쟁 때 이야기예요. 피난을 하는 도중 할아버지가 대고모님을 잃어버리셨나봐요. 할아버지가 대고모님을 잃어버리지 않았다면 대고모님이 어린 아들과 헤어지지 않았을 거라고 말씀하시는 거예요.”

한국전쟁의 비극은 알고 있었다. 사망과 실종, 부상을 포함해서 인명 피해가 오백만 명에 달했던 참혹한 전쟁이었다. 어머니 가족은 피난을 했고, 피난 도중 외삼촌이 어머니를 잃어버렸다는 것은 알겠는데, 그것이 나와 헤어진 것과 어떤 관계가 있는지, 알 수가 없었다.

“지금도 선히 떠올라…… 폭격으로…… 폐허가 되어버린…… 서울역 맞은편 공터였어…… 부모를 잃었거나…… 식구들과 헤

어진 아이들이…… 새까맣게 모여…… 담요 한 장 없이…… 거적
때기 같은 옷을 입고…… 벌벌 떨었어…… 그해 겨울이 얼마나
추웠던지…… 한강이 꽝꽝 얼어…… 어른들은…… 모두 어디로
갔는지…… 한 사람도 없고…… 아이들은 하나둘 죽어갔어……
추위와 굶주림을…… 견디지 못하고…… ”

허공을 응시하는 어머니의 눈은 다른 사람에게는 보이지 않는
어떤 광경을 보고 있는 듯했다.

“나도…… 죽어가고 있었어…… 죽음이 느껴졌어…… 손에 잡
힐 듯…… 손으로 밀어내고 싶었지만…… 손을 들 힘조차 없었
어…… 그런데 이상했어…… 나보다 먼저 죽은 아이의 넋이……
내 몸 안으로…… 들어오는 거야…… 나는 그 아이를 모르는
데…… 그 아이의 넋이…… 살며시…… 수줍은 듯 살며시……
내 안으로…… 들어오는 거야…… 넋이 들어오면…… 텅 빈 내
몸 안에…… 작은 불이 켜진 것처럼…… 따뜻해졌어…… 작은 불
이 보이곤 했어…… 내가 죽지 않은 것은…… 그 불 때문이었
어…… 아이의 수줍은 넋들이…… 날 살린 거야…… 그 아리고
쓰린 넋들 때문에 살아났는데…… 그 넋들을…… 내가 어떻
게…… 피할 수 있었겠니.”

어머니의 얼굴은 눈물로 얼룩져 있었다.

“너를 가졌을 때……”

어머니는 내 빰을 어루만졌다.

“그 넋들이 나타나…… 천사 같은 너를 둘러싸니…… 네 넋은
순백인데…… 아리고 쓰린 넋들이…… 널 둘러싸고 있으니……

얼마나 조마조마한지…… 얼마나 불안하고…… 얼마나 두려운
지…… 순백 같은 네가…… 잘못될까봐…… 그러니 널 버릴 수
밖에…… 버리지 않으면…… 잘못될지도 모르는데…… 네가 잘
못되면……"

어머니는 나를 가만히 안았다. 나는 어머니 품에 스르르 안겼다.
꿈을 꾸는 것 같았다. 형태도 없고 색채도 없는, 빛도 없고 그림자
도 없는, 시작도 없고 끝도 없는 꿈의 공간이 느껴졌다. 그 속으로
깊숙이 들어가고 싶었다. 누구도 뒤쫓아올 수 없도록 깊숙이.

문득, 나보다 먼저 어머니의 품속으로 파고드는 어떤 존재가 느
껴졌다. 내 안에서 홀로 울고 있던 아이였다. 아이의 얼굴은 어슴
푸레했다. 정신이 몽롱했다. 아이와 나 사이에 거리가 전혀 없는
것 같기도 했고, 별처럼 멀리 떨어져 있는 것 같기도 했다.

어머니의 품은 깊었다. 깊은 품속에 얼굴을 묻고 있으려니 강물
흘러가는 소리가 들렸다. 우주공간을 가로지르는 새의 날갯짓 소
리가 들렸고, 먼 곳에서 꽃이 지는 소리도 들렸다. 이 모든 소리는
나 혼자서만 듣고 있는 것이 아니었다. 아이도 듣고 있었다. 아이
와 나는, 외롭지 않았다.

48

시신은 길쭉한 나무판자 위에 뉘여 있었다. 시신을 덮은 천이
남루했다. 시신 주위로 나병환자들이 모여 있었다. 얼굴이 문드러

진 사람, 코가 보이지 않는 사람, 귀가 부어올라 살덩어리 형태로
붙어 있거나 떨어져나간 사람, 손끝이 뭉툭한 사람, 손발이 썩어
가는 사람, 얼굴이 부스럼으로 뒤덮인 사람…… 똑바로 눈을 뜨
고는 볼 수 없는 모습들이었다. 냄새도 지독했다. 숨쉬는 것을 멈
추고 싶을 정도였다. 하지만 그들에게 다가가는 예수의 몸은 고요
했다. 그림자조차 고요하게 느껴졌다.

예수는 그들에게 두 팔을 벌렸다. 그의 품에 한 사람씩 한 사람
씩 안기고 있었다. 그들에게 예수는 낯선 사람이 아닌 것 같았다.
오래전부터 친숙한 사이처럼 보였다. 예수가 시신을 씻고 받은 삯
의 일부가 그들에게 갔는지도 모른다는 생각이 들었다.

죽은 사람의 몸은 남아 있는 환자들의 그것보다 오히려 나아 보
였다. 상처가 덜 흉했고, 부스럼도 거무스레하게 가라앉아 있었
다. 나병환자는 죽음이 다가오면 몸이 깨끗해진다는 말이 사실인
모양이었다.

예수는 죽은 남자의 눈을 쓸어주고, 턱을 고여 입을 닫게 한 후
온몸을 주물러 가지런히 했다. 시몬에게 물을 길어오라 하고, 나
와 요한에게는 시신을 옮기는 들것을 만들라 하고, 유다에게는 마
을로 가서 향유와 무명수의를 구해오라고 했다.

요한과 함께 갈대를 엮고 있을 때 오래전에 돌아가신 아버지가
생각났다. 아버지의 시신도 갈대로 엮은 들것에 옮겨 매장했다.
너는 흙이니, 흙으로 돌아갈 것이라는 하느님의 말씀처럼 시신이
빨리 흙으로 돌아가도록 하기 위함이었다.

우리가 들것을 만드는 동안 시몬은 물을 충분히 길어다놓았고,

유다는 향유와 무명수의를 구해왔다. 예수는 수의를 보더니 빛처럼 깨끗하구나, 하면서 미소지었고, 향유 냄새를 맡고는 향기가 무척 좋구나, 하면서 활짝 웃었다. 유다는 소년처럼 얼굴을 붉혔다. 우리가 만든 들것을 세심하게 살핀 예수는 내가 눕고 싶구나, 하면서 다시 활짝 웃었다. 요한의 얼굴이 유다처럼 붉어졌지만 나는 가슴이 철렁했다. 그가 죽을 수 있다는 생각은 한 번도 해본 적이 없었다. 메시아와 죽음은 거리가 너무 멀었다. 하지만 그 말을 듣는 순간, 그가 죽을 수도 있다는 생각이 처음으로 떠올랐다.

예수는 향유를 섞은 물에 시신의 머리를 먼저 감겼다. 나는 가만히 그의 모습을 보았다. 아들의 머리를 감기는 아버지의 모습처럼 보이는가 하면, 갓난아이의 머리를 감기는 어머니의 모습처럼 보이기도 했고, 연인의 머리를 감기는 여인의 모습처럼 보이기도 했다. 간혹 그가 꿈처럼 느껴지기도 했는데, 시신의 머리를 감기는 그의 모습은 꿈속의 풍경처럼 비현실적이었다. 내가 시신이 되어 그의 손길에 맡겨져 있는 느낌에 빠져들었다가 소스라치게 놀라기도 했다.

머리를 다 감긴 예수는 향물을 적신 수건으로 시신의 얼굴과 몸을 씻기 시작했다. 그는 사람들에게 말하곤 했다. 지금 나는 너희와 함께 있다, 고. 그는 함께 있기 위해 상대를 자신에게로 끌어당기지 않았다. 상대에게 다가가 상대와 일체가 됨으로써 함께 있었다. 그와 상대가 구별이 되지 않았다.

시신을 씻을 때도 마찬가지였다. 예수는 시신과 일체가 되어 있었다. 예수와 시신이 구별되지 않았다. 그가 나병환자의 시신을 씻는 것이 아니라 자신의 몸을 씻는 것 같았다. 주위의 모든 풍경이 사라지고 자신의 몸을 씻듯 시신을 씻는 그의 모습만 보였다. 시신을 살아 있는 사람처럼 느낀다 허도 조금도 이상하지 않았다.

49

아, 삼성
아린 삼성 쓰린 삼성
숨지어서 넋진 삼성 피를 지고 가진 삼성
천하로는 천직사제 지하로는 지국사제
사해로는 용궁사제 밤사제는 일곱 사제
사제님 거동 보소 망재님 모시려고
창아자락 젖혀매고 쇠패랭이 숙여쓰고
성명삼자 품에 품고
밤이 되면 들을 타고 낮이 되면 산을 타서
활등같이 굽은 길을 살대같이 다다라서
닫힌 대문 박차시고 대문 안에 들어서니
망재님 하는 말이 그 누구라 나를 찾나
날 찾을 이 없건마는 어느 누가 나를 찾나
사제님 하시는 말씀 어서 가고 어서 가자
실낱같은 목에다가 오라사슬 걸어놓고
한번 잡아 낚아채니 맑은 정신 간 곳 없네

검은자는 흰자 되고 흰자는 검은자라

망재님 정신 차려 좌우 칭칭 둘러보니

일가친척 친구벗님 다 있어도 대신 갈 이 전혀 없네

부르나니 어머니요 찾는 것이 냉수로다

하릴없이 가시는 망재

적삼 벗어 초혼하니 없던 곡성 낭자하네

저승길이 멀다더니 대문 밖이 저승일세

일직사자 손을 끌고 월직사자 등을 밀며 몰아갈 제

높은 곳은 낮아지고 낮은 곳은 높아지네

주무가 남색 치마와 흰 저고리 위에 홍색 소매가 달린 동달이를 입고 저승사자가 망자를 잡아가는 과정을 노래하자, 조무가 장구를 치면서 주무의 노래를 받아 다시 불렀다. 만수받이였다. 노래가 반복되니 내용이 명료하게 전달되었다.

노래를 마친 주무는 음악에 맞춰 춤을 추면서 사제使者의 옷인 연두색 두루마기를 입었다. 그러고는 무명과 베를 반으로 찢어서 섞어 꼰 것을 머리에 묶고, 사제의 귀를 뜻하는 종이꽃 두 송이를 머리에 꽂았다. 사제로 변신한 것이다. 사제가 된 주무는 마른 숭어를 싼 삼베와 방울을 들고 도무를 시작했다. 민물과 바닷물을 오가는 숭어는 이승과 저승의 중간에 있는 망자의 넋을 상징한다.

"내가 이리 뛰구 저리 뛰구, 치뛰구 내리뛰니깐 이 집을 도와주러 온 성주대감인 줄 알지 말어. 나는 사람만 잡아가는 사자야. 망재님을 극락으로 고이 모시라는 십대왕전 분부를 받고 오늘 내가 왔는데, 우리 망재님이 허시는 말씀이 상다리가 부러져라 휘어져라 사제님 상 차려놨으니깐 마른 걸랑 지구 가고 젖은 걸랑 배가 툭 터지게 먹고 가라 그랬는데, 내 상은 어따 차려놨수? 이게 내 상이지?"

사제가 가장 큰 상을 가리키며 물었다.

"저기 차려 있는 거."

조무가 가장 작은 상을 가리켰다.

"저거야? 아휴, 세상에 어느 눈깔을 빼다 뒤퉁수에 박을 놈이 저걸 먹소? 이걸 먹지."

"그건 사제님 상이 아니오. 열시왕님 상이라우. 저 상은 아무리 잘 차렸어도 밥 우에 떡이 없잖우. 우리 사제님 상은 개다리소반 에 처삼촌 벌초하듯이 차렸어도 밥 우에 떡이 있지 않소."

"이보 당신, 나중에 죽으면 내 등에 업혀갈 텐데, 왜 그렇게 말 이 많으오."

"사제님이 틀린 말을 하시니 그렇지."

"아이구 아이구 시아버지 죽으니 사랑방 내 차지, 시어머니 죽 으니 안방 차지도 내 차지지. 시누잡년 죽으니 골방 차지도 내 차 지……"

사제가 덩실덩실 춤을 추면서 사설을 읊었다.

"초상집에 와서 무슨 그런 말을 하시우."

"아, 그렇구먼. 말 많고 탈 많고 벌주둥이들이 많다더니 맞구랴. 쓰잘 데 없는 말은 그만해야겠구먼. 그나저나 저 망재님 모시고 극락 가구 시왕 가는 것은 나한테 달렸어. 나한테 밉보이면 이 오

라사슬에 꽁꽁 묶어 슬슬 가면서 시름 삼아 한 발로 툭 걷어차구,
왼발로 툭 걷어차구, 오른발루 제기차고…… 어허허허……"

"그러시면 안 되죠."

"암, 그러면 안 되지. 가다가다 망재님 배가 고프다 그러면 보리
개떡 사멕이구, 목마르다 그러면 보리개술두 사멕여서 추려가며
을러가며 달래가며 편안히 모시구 갈 테니까는 여기다가 술값도
좀 주구…… 허기진 배 채우면서 가려면 보리개떡두 사멕이게 보
리개떡 값도 좀 주구……"

외삼촌이 얼른 나가 무당에게 돈을 건넸다.

"노잣돈 받았으니, 이젠 음식 냄새를 맡아봐야지. 음 하 음 하,
냄새를 맡아보니깐 딴은 그렇구려. 아무리 만만상을 채려놓아도
개똥 쌍내가 나고, 개다리소반에 이 빠진 사발 우에다 밥 우에 떡
만 줬어도 당쌍내가 모락모락 나는구랴. 그니깐 이게 열시왕을 위
로하는 상이 맞고 저기 있는 저 상이 내 상이 맞구나."

은수가 까르르 웃다가 나를 보더니 얼른 손으로 입을 가렸다.
내가 미소짓자 웃음을 머금은 채 사제와 조무가 주고받는 이야기
를 전했다. 외종수와 외사촌은 물론 외삼촌까지 입가에 웃음을 머
금고 있었다.

아린 산 넘어가자
인제 가면 언제 오나
어리 넘차 넘자꾸나
아버님에게 뼈를 빌고 어머님에게 살을 빌어

빈손 들고 나온 인생 빈손 들고 떠나누나

인제 가면 언제 오나 어화리 넝청 넘자구나

상두꾼아 발맞추어라 요령꾼아 불 밝혀라

명사십리 해당화야 꽃 진다고 서러 마라

꽃은 졌다가도 춘삼월 봄이 오면

잎도 나고 싹도 나서 꽃이 다시 되건마는

꿈길 같은 우리 인생

가는 길은 있건마는 오는 길은 전혀 없네

살은 썩어 물이 되고

뼈는 삭아 황토 되니

기약 없이 가시는 망재님

인제 가시면 언제 오시나

소리없이 가시는구나

주무는 왼손에는 방울을 들고 으른손에는 저승길을 상징하는 베를 들고 서서 구슬프게 노래를 불렀다. 웃음이 감돌았던 굿당이 다시 슬픔에 잠기고 있었다. 어스름 속에서 춤을 추는 어머니의 모습이 떠올랐다. 바람에 하늘거리는 패랭이꽃도 떠올랐다. 어머니 가시는 길에 무언가 깔아드리고 싶었다. 어머니의 입가에 미소를 머금게 하는. 하지만 무엇을 깔아드려야 할지 알 수가 없었다. 가슴이 먹먹해졌다.

50

사제가 수수께끼 같은 행동을 한 것은 타보르 산의 들판을 떠나 사마리아로 가는 길에서였다. 길은 거칠고 황량했다. 풀숲에 말라 빠진 가시덤불이 섞여 있어 발을 찌르곤 했다. 제대로 자라지 못한 갈대도 보였다. 군데군데 진흙구덩이가 있었고, 바람이 불면 먼지가 일었다.

타보르 산을 떠나면서 사제는 여러 차례 뒤를 돌아보았다. 그의 시선은 움막을 향해 있었다. 초라한 움막이었지만 정성을 들여 지은 것이었다. 자신이 지은 최초의 집이라고 했다. 움막을 바라보는 사제의 얼굴에는 우수가 서려 있었다. 그로 하여금 최초의 집을 짓게 한 이를 생각하는 것인지도 몰랐다.

멀리 맞은편에서 누군가 다가오고 있었다. 남자는 우리를 향해 뭐라고 소리쳤다. 남루한 옷차림이 눈에 띄었다. 나병환자였다. 그가 소리친 것은 자신이 나병환자임을 길손에게 알리기 위해서였다.

남자의 얼굴은 흉하게 일그러져 있었다. 눈썹이 보이지 않았고, 콧등이 주저앉았으며, 입술도 문드러져 있었다. 길이 넓어 얼마든지 피해갈 수 있었다. 하지만 사제는 걸음을 멈춘 채 꼼짝을 하지 않았다. 잠깐이었지만, 사제가 멈춰 섰던 그 시간은 무척 길게 느껴졌다. 그사이 바람이 불었고, 먼지가 일었고, 갈대가 서걱거렸다. 사제는 남자에게 다가가고 있었다. 남자는 놀란 표정으로 주춤주춤 뒤로 물러섰다. 사제가 남자의 팔을 잡은 것은 순식간이었

다. 사제는 천천히 몸을 굽혀 손가락이 떨어져나간 남자의 손에
입을 맞추었다.

"당신은 저주받은 자가 아닙니다. 더러운 자도 아닙니다."

사제는 나에게 통역할 것을 부탁했다. 내가 사제의 말을 전하자
남자의 눈이 휘둥그레졌다.

"왜냐하면……"

사제는 가슴이 벅찬 듯 말을 잇지 못했다.

"주님이…… 당신의 몸을 씻었기 때문입니다. 세상에서 가장
순결한 분이 당신을 씻었습니다. 그러므로 당신의 몸은 세상에서
가장 깨끗합니다. 나는 세상에서 가장 깨끗한 당신의 몸을 껴안고
싶습니다."

사제는 눈물을 글썽이며 두 팔을 활짝 벌려 남자를 껴안았다.
사제의 팔이 남자의 팔과 얽히면서 두 사람의 몸이 뒤섞였다. 놀
란 남자가 빠져나가려고 애를 썼지만 사제는 남자를 끌어안은 팔
에 더욱 힘을 주었다.

사제의 행동은 나에게도 충격이었다. 나병환자를 껴안는 것은
타보르 산 기슭에 움집을 짓는 것과는 다른 차원의 행위였다. 움
집을 짓는 것이 예수의 그림자가 되려는 마음에서 나온 행위라면,
나병환자를 껴안는 것은 거기에서 한발 더 나아간 행위였다. 혹시
그가 예수의 실체 속으로 들어가려고 하는 게 아닌가, 하는 생각
이 들었다.

사제의 두 팔에서 겨우 빠져나온 남자는 나와 사제를 번갈아 보
았다. 놀라움과 의구심이 역력한 표정이었다. 그런 남자를 바라보

는 사제의 얼굴은 광채에 싸여 있었다. 어떤 황홀감이 만들어낸 광채였다. 그의 얼굴은 뭔가에 홀린 듯했다. 입은 약간 벌어져 있었고, 먼 곳을 바라보는 듯한 눈에는 초점이 없고, 뺨은 발그레했다.

사제가 황홀에서 깨어난 것은, 남자가 떠난 후였다. 떠나면서도 남자는 힐끔힐끔 뒤돌아보았다. 사제의 얼굴에서 광채가 사라지고 나자 앙상한 광대뼈가 드러나고 있었다. 사제는 멍한 표정으로 주위를 두리번거렸다. 잠에서 막 깨어난 아이가 자신이 있는 곳이 어딘지 몰라 두려움과 호기심이 뒤섞인 표정으로 주위를 두리번거리는 모습과 흡사했다. 나와 시선이 마주치자 사제는 흠칫 놀랐다. 두려움에 가까운 표정이었다.

"당신은……"

사제는 나를 뚫어질 듯 보았다.

"누구요?"

사제가 나에게 마귀라고 하지 않고 누구냐고 물은 것은 유랑 이후 처음이었다. 그에게 마귀란 그리스도의 신성을 왜곡하고 훼손하는 존재였다. 사제가 나를 마귀라고 생각하는 것은, 내가 기억하는 예수와 그의 예수가 다르기 때문이었다. 나는 그에게 마귀여야 했다. 그런 사제가 방금, 내 기억 속 예수가 한 행위를 반추하며 나병환자를 껴안았다. 그러고는 처음으로 나에게 누구냐고 물은 것이었다. 사제의 안색이 창백했다. 출혈이 심한 부상자의 얼굴을 보는 듯했다.

51

　망자가 조상신으로 자리잡으려면 바리공주와 함께 저승여행을 해야 한다. 시왕의 사제가 이승의 망자를 저승으로 데려간다면, 바리공주는 망자를 극락으로 인도한다. 지옥 시왕의 판결을 기다리고 있는 망자를 이승으로 데리고 나와, 저승세계의 법문法門 역할을 하는 본풀이를 들려준 후 저승으로 다시 들어가 지옥문을 헤치고 극락으로 인도하는 것이다.

　바리공주의 옷차림은 아주 특별하다. 아래로는 먼저 명주원단으로 만든 무지개치마를 두 벌 입는데, 그중 겉치마는 가로대로 말아서 묶고, 그 위에 남색 치마와 홍색 치마를 또 입는다. 치마만 모두 네 벌이다. 위로는 연두색 당의를 입고, 은하 몽두리를 껴입는다. 여기에다 활옷을 입은 후 대띠를 나비 모양으로 묶고 홍띠를 두른다. 머리에는 큰머리를 얹는다. 족두리를 얹고 가리마를 쓰고는 용잠을 꽂고 까만 댕기를 드린다.

　바리공주를 위해 차린 굿상에는 쌀 한 말을 쏟아놓고 종이를 덮은 후 한지를 꼬아 발이 세 개가 되도록 만든 세발심지를 올려놓는다. 굿상 위의 쌀은 저승의. 양식이다. 망자가 바리공주의 노래를 잘 들을 수 있도록 넋전과 망자의 옷을 싼 돗자리를 굿상 앞에 놓는다.

　영실거리를 한 후 굿당을 나갔던 강희가 소리없이 들어왔다. 안색이 파리했다. 조무가 굿상의 촛불을 밝히고 향을 피우자 우아하고 화려한 바리공주 옷을 입은 주무는 왼손에 방울을 들고 비스듬히 세운 장구를 오른손으로 두드리며 이승과 저승을 넘나드는 바리공주의 생애를 노래했다.

산 사람은 죽은 사람의 세계로 들어갈 수 없다. 바리공주가 그 세계로 들어갈 수 있었던 것은, 그녀가 버려진 존재였기 때문이다. 버려진 존재가 무조巫祖의 신이 되기까지, 노래는 애달프면서도 우아하고 장엄하게 이어졌다. 나는 노래의 내용을 알아들을 수 없었지만, 바리공주의 신화적 생애를 상상하면서 귀를 기울였다.

바리공주의 노래는 망자를 위한 노래이다. 그래서 바리공주의 노래 속에는, 본풀이와는 별도로 무당이 망자를 향해 부르는 노래가 군데군데 들어가 있다. 보이지 않는 존재에게 들려주는 무당의 노래는 슬펐다.

슬프시다 우리 망재님
오늘은
바리공주 뒤를 따라
극락세계 연화대로 가시는 날이옵니다
세발심지 불 밝히고
청사실 홍사실 열두꼬깔 품에 안고
가시는 날이옵니다

나지막한 노랫가락으로 스며드는 슬픔은 짙었다. 바리공주의 슬픔이면서, 다정했던 친구이자 동반자를 다시는 돌아올 수 없는 세계로 떠나보내는 무당의 슬픔이었다.

296

가시다가
진달래 맨드라미 봉선화 외철쭉이
곱게 피어 있더라도
손길 열어 꺾지 마시고
가시다
혼백이 머무시면
적삼 벗어 이름 세 번 불러 전하시고
가시다
마늘밭 파밭이 우거져 있더라도
뒤돌아보지 마시고
평안히,
부디 평안히 가시옵소서

　무당은 울음을 참지 못했다. 울음 섞인 노랫소리가 굿당 밖까지 흘러나갔다. 조무가 눈물을 훔치며 세발심지에 불을 붙였다. 세발심지가 다 타면 쌀 위에 무늬가 생기는데, 그것을 통해 어떤 생명으로 환생하는가를 확인하는 것이었다. 저승으로 가져가는 양식에 망자의 넋이 감응했으므로 거기에 자취를 남길 것이라는 믿음에서 나온 의식이었다.
　쌀 위에는 나비 모양이 나타났다. 어머니는 나비로 다시 태어날 것이라고, 조무가 말했다. 은수는 눈을 반짝이며 나에게 그 말을 전했다. 어머니가 나비로 태어난다기보다는, 어머니의 넋이 나비의 형상이 되어 어디론가 알 수 없는 곳으로 떠나는 것이 아닐까,

나는 생각했다.

도령돌기 차례였다. 바리공주의 노래가 험한 저승길을 헤치고 극락으로 나아가는 모습을 언어를 통해 들려주는 의식이라면, 도령돌기는 음악과 춤으로 그것을 보여주는 의식이다.

주무는 소매에 한삼을 걸치고, 양손에는 방울과 부채를 들고, 허리에 대신칼을 차고 저승문을 뜻하는 가시문 앞에서 나비가 날아가는 것처럼 춤을 추며 굿상을 돌았다. 망자가 가는 길을 열어주는 나비도령의 춤으로, 망자의 넋이 나비처럼 자유롭게 날아가기를 소망하는 춤이었다. 하늘로 올라가는 듯한 손과 팔의 움직임은 느리고 고요했다. 느림은 고요를 깊게, 고요는 느림을 깊게 하면서 일상의 시간과 공간을 지워나가고 있었다.

나는 촛대를 들고 느리고 고요하게 춤을 추는 바리공주의 뒤를 따랐다. 촛불의 빛이 망자가 가는 길을 밝혀준다고 했다. 내 뒤에는 위패를 든 외삼촌이 따르고 있었다. 외사촌은 향로를, 은수와 강희는 향대와 어머니의 옷이 담긴 상자를 들고 뒤를 따랐다. 바리공주가 가는 길을 망자만 따라가는 것이 아니었다. 우리도 함께 가고 있었다.

다음은 한삼도령이었다. 주무는 소매 끝에 달린 한삼 자락을 허공에 뿌려서 감기도 하고 풀기도 하고, 잡아당기기도 하고 놓아주기도 하면서 굿상을 돌았다. 망자가 가는 길을 닦는 춤이었다. 한삼을 허공에 뿌리는 동작에서 어떤 간절함이 느껴졌다. 한삼 자락이 허공에서 그리는 우아한 곡선 역시 간절했다.

그다음은 부채도령이었다. 망자의 넋을 부채에 받아 품안에 감싸안은 후 어깨에 편안히 실어 저승길을 나아가는 춤이었다. 부채의 살을 처음에는 보여주지 않다가 망자의 넋을 쌀 때 보여주었다. 춤사위가 섬세하면서도 포근했다. 그래도 못 따라오는 넋을 위해 방울을 흔들며 춤을 추었다.

칼도령 차례가 되자 우리는 들고 있던 것을 본래 자리에 두고 문 쪽으로 가서 섰다. 주무는 대신칼을 흔들며 엄숙하게 춤을 추었다. 대신칼은 험한 길을 평평하게 하고 바다를 뭍으로 만든다고 했다. 망자가 가야만 하는 험난한 저승길을 헤쳐서 열어주는 춤이었다. 공간을 가르고, 휘젓고, 밀어내고, 감싸는 춤사위가 두텁고 장중했다. 그러면서도 미묘한 적요가 춤사위를 감싸고 있었다.

바리공주의 춤은 비일상적인 시간과 공간에서 이루어지는 신의 춤이었다. 무당이 바리공주가 된 것은 바리공주의 옷을 입었기 때문이 아니었다. 무당의 마음이 바리공주의 마음에 가 닿았기 때문이었다. 바리공주의 마음은 망자에 대한 슬픔으로 가득 차 있었다. 바리공주가 신의 권능으로 망자를 지옥에서 데리고 나와 극락으로 인도하는 것도 바로 이 망자에 대한 지극한 슬픔 때문이었다. 그 마음을 구체적으로 표현한 것이 바리공주의 춤이었다. 망자의 넋은 지극한 슬픔의 춤에 실려 저승여행을 무사히 마침으로써 비로소 조상신의 영역으로 들어가 자리잡았다.

베 가르기는 이승과 저승을 연결하는 다리를 끊어서 망자와 가족 사이를 완전히 갈라버리는 의식이다. 조상신이 된 망자와 이승의 관계를 끊기 위함이다. 그래야만 망자의 넋이 다시는 이승과 저승 사이에서 헤매지 않는다.

모두 마당으로 나왔다. 마당에는 달빛이 푸른 융단처럼 깔려 있었다. 무명을 길게 펼쳤다. 무명은 이승다리다. 제금을 들고 춤을 추던 바리공주가 무명을 거침없이, 단호하게 온몸으로 갈랐다. 삼베가 길게 펼쳐졌다. 삼베는 저승다리다. 바리공주는 대신칼을 들고 춤을 추면서 삼베를 거침없이, 단호하게, 온몸으로 갈랐다.

바리공주가 저승에서 구해온 생명수를 마시고 살아난 오구대왕이 바리공주에게 물었다.

―이 나라 반을 너에게 주랴. 사대문 안에 들어오는 재산의 반을 너에게 주랴.

―나라도 싫고 재산도 싫습니다. 저는 버려짐으로써 사랑을 얻는 존재이니, 버려진 것들의 원과 혼을 이끄는 이가 되겠습니다.

그렇게 궁을 떠난 바리공주는 해거름 속으로 가뭇없이 사라졌다. 그후 황천강에 들었다가 드물게 살아 돌아온 이들이 더러 황천강 가에서 꽃을 뿌리는 바리공주를 보았다고 했다. 한 사내가 공후箜篌를 타고, 아름다운 여인이 초적을 불며 길 잃은 넋배들을 인도하고 있었다고도 했다. 영문도 모르고 죽은 어린아이의 혼령을 받아 안고 저고리 섶을 풀어 젖을 물리는 바리공주를 보았다는 이도 있었다. 세 아들을 낳고도 세 딸을 더 낳아 은하의 팔방 문을 지키는 별님이 되게 한 후 세상의 슬픈 일이 있는 곳이면 어디든 별빛 달빛을 흘려보내 상처를 어루만지는 바리공주 일가가 있다고도 했다.

새벽하늘을 올려다보았다. 검푸른 호수 같은 하늘에 총총히 박힌 수많은 별들이 작은 불빛처럼 가물거렸다. 눈을 감았다. 눈꺼풀 위로 따스한 빛이 느껴졌다. 무언가 어슴푸레 떠올랐다. 나비였다. 나비는 달빛을 헤치고 별과 별 사이의 길을 날고 있었다.

52

사제가 나에게 누구냐고 물었을 때, 나는 뭐라고 대답해야 할지 알 수가 없었다. 사제의 거듭된 물음에, 한참 만에야 지식을 찾아 집을 떠난 사람이라고 겨우 대답했다. 사제는 말없이 나를 응시했다. 안색이 너무 창백해 금방이라도 쓰러질 것 같았다.

그날 이후 사제의 기도가 길어졌다. 자다가 느낌이 이상해서 눈을 떠보면 어스레한 새벽빛 속에서 무릎 꿇고 기도하는 사제의 모습이 보였다. 기도가 길어지면서 말이 줄었다. 꼭 필요한 상황이 아니면 입을 열지 않았다. 마치 벙어리와 함께 있는 듯했다.

유랑을 하는 동안 운이 유난히 좋은 날이 간혹 있었다. 나그네를 정성껏 대접하는 이를 만나는 날이면 배부르게 먹을 수 있을 뿐만 아니라, 지붕이 있는 곳에서 잠을 자는 행운을 누렸다. 평소 표정의 변화가 거의 없는 사제도 그 행운 앞에서는 얼굴이 환해졌다. 사마리아로 들어온 이후 딱 한 번 그런 날이 있었다. 정말 오랜만에 생선스튜를 맛보았고, 매트리스가 있는 방에서 잤다. 하지만 사제의 얼굴에는 기뻐하는 기색이 전혀 없었다. 기뻐하기는커녕 얼굴이 오히려 어두웠다. 예상치 않았던 불행과 마주친 사람처럼 보였다. 생선스튜를 벌레 보듯이 했다. 그날 밤도 사제의 기도는 길었다. 새벽녘에 어렴풋이 잠을 깼는데, 낮은 기도소리가 들렸다. 아침에 일어나보니 사제는 매트리스 아래의 흙바닥에 몸을 웅크린 채 자고 있었다.

수산나의 마을을 찾기가 쉽지 않았다. 팔레스타인의 산하가 아무리 변하지 않았다 해도 천년도 더 지난 세월이었다. 길을 자주 잃었다. 노천에서 자기가 일쑤였다. 겨울이 다가오면서 날씨가 추워지고 있었다. 운이 좋아 바위굴이라도 발견하면 그나마 견디기가 좀 나았다.

유랑을 시작하면서부터 먹는 것이 늘 부족했다. 하루쯤 굶기는 예사였다. 몸이 나보다 큰 사제는 그만큼 더 허기를 느끼는 것 같았다. 그런 그가 음식을 제대로 삼키지 못했다. 나중에는 겨우 삼킨 음식마저 모두 토해냈다. 예수에게 나타났던 증세와 흡사했다. 걸음이 자주 비틀거리는 것도 예수를 닮아 있었다.

사제가 쓰러진 것은 올리브숲을 지날 때였다. 힘겹게 걷던 그는 잎이 다 진 올리브나무 기둥에 등을 기대더니 스르르 주저앉았다. 이마가 뜨거웠다. 몸을 떨고 있었다. 혼수상태에서 몸을 오들오들 떨던 예수가 떠올랐다. 예수가 앓던 곳은 수산나의 집이었으나, 사제는 마을이 얼마나 떨어져 있는지도 모르는 길 위에서 신음하고 있었다. 어찌할 바를 몰라하고 있는데 나귀 울음소리가 났다. 돌아보니 한 농부가 나귀를 끌며 올리브숲 쪽으로 다가오고 있었다.

농부는 거지 몰골의 사제와 나를 보고 혀를 끌끌 차더니 혼수상태에 빠진 사제를 나귀에 싣고 밧줄로 묶었다.

마을은 생각보다 멀었다. 숲길을 빠져나오니 구릉지의 비탈길이 오래 계속되었다. 구릉지를 벗어나자 다시 올리브숲이 나왔다. 이 지역은 본래 삼림지역이었는데, 오래전에 나무를 베어내고 올리브나무와 포도나무를 심었다고 했다. 올리브숲을 빠져나오자 정말 포도밭이 나타났다. 포도밭 가운데 서 있던 한 남자가 놀라움과 호기심이 뒤섞인 표정으로 우리를 살피더니, 나귀를 끄는 농부에게 어디를 가느냐고 소리쳐 물었고, 아픈 사람이 있어 의사에게 간다고 농부 역시 큰 소리로 대답했다.

포도밭을 지나니 멀리 마을이 나타났다. 풍경이 낯익은 느낌이 든 것은 마을 앞에 펼쳐져 있는 들판 때문이었다. 현기증이 일었다. 눈을 감았다. 먼 곳에서 갈대피리 소리가 아련히 들려왔다. 양떼를 몰고 들판으로 나가는 예수의 뒷모습이 어슴푸레 떠올랐다. 눈을 떴다. 가슴이 뛰었다. 그때의 들판이 바로 눈앞에 펼쳐져 있었다. 햇살에 잠긴 들판이 눈부셨다. 하얗게 빛나는 들판에서 금방이라도 그가 나타날 것만 같았다.

53

조상신이 된 어머니에게 제사를 드렸다. 어머니가 생전에 즐기시던 음식을 상에 올렸다. 절을 하면서, 죽은 이를 가버린 사람으로 생각해선 안 된다던 외삼촌의 말을 떠올렸다. 오히려 산 사람과의 관계보다 더 중요할 수도 있다 했다. 가슴에 스며들지는 않았지만, 처음 들었을 때 일어난 거부감은 어느새 사라지고 없었다.

제사를 마치고 어머니에게 올렸던 술을 나누어 마신 후 뒷영실을 시작했다. 앞의 영실거리가 이승과 저승 사이에서 머뭇거리고 있는 망자가 가슴속에 품은 삶의 상처들을 가족에게 밝혀 푸는 의식이라면, 뒷영실은 바리공주와 저승여행을 하고 조상신이 된 망자가 가족들에게 작별을 고하는 의식이었다. 뒷영실은 강희가 아닌 다른 조무가 맡았다.

넋이야 넋이로다
녹양심산의 넋이로다
영이별 하시니 정수가 없는 넋이로다
세상에 못 나올 망재님 놀고 갈까
오늘은 놀고를 가고
내일 아침은 쉬어가오
놀고도 쉬어를 가도
정수가 없는 넋이로다
세상에 못 나올 망재님 놀고 갈까

어머니의 흰색 저고리와 남색 치마를 입은 조무는 신칼로 굿상에 있는 넋전을 들어 뒤로 둘러메고 넋노래를 부르고는, 넋전을 비녀 뒤쪽에 꽂았다. 어머니의 넋이 들어왔다는 뜻이었다.

"아버님 전 뼈를 빌고 어머님 전 살을 빌어 오빠보다 한참 늦게 세상으로 나왔는데, 전생에 무슨 죄가 많아 오빠보다 먼저 세상을 떠나니…… 아버지가 빨리 돌아가셔서…… 아버지가 져야 할 짐을 짊어지고 험한 세상 헤쳐나오느라 등이 휘어진 우리 오빠……그 생각을 하면…… 오빠 같은 사람이 휙 지나가면 아프구……바람이 불어도 아프구…… 그래도 오래 사셔요. 내가 못다 살고 간 명 우리 오빠한테 주고 싶어. 그래야 세상에 홀로 남은 우리 아들 오래오래 보살펴주실 수가……"

조무는 외삼촌의 손을 잡으며 창을 하듯 구슬프게 읊었다.

"아이고 우리 조카, 내가 오빠와 함께 오순도순 함께 살다가 앞서거니 뒤서거니 가야 했는데, 오빠보다 먼저 가니…… 그래도 듬직한 우리 조카가 있으니 마음 편히 떠날 수 있어 얼마나 다행인지…… 네가 우리 조카의 이쁜 딸 은수구나. 서양말을 어찌나 잘하는지…… 조선말 못 알아듣는 우리 아들 귀에 죄다 일러주니…… 지금 내가 말하는 거, 우리 아들에게 일러줘. 그래 옳지, 얼마나 이뻐. 요즘은 서양말 잘해야 대접받는 세상이 됐으니, 우리 조카 좋겠네. 아이구 조카며느리, 그동안 조카며느리한테 신세를 참 많이 졌는데 이렇게 황망히 떠나가니…… 굿음식을 어찌나 잘 만드는지, 조카며느리가 없었으면 그 많은 굿들을 내가 어찌 제대로 할 수가 있었겠소. 무복이 신령님 옷이고, 무구가 신령님 물건일지라도 무당이 입지 않고 쥐지 않으면 그냥 옷이고 물건일 뿐이지만, 음식은 달라. 굿상에 올리는 순간 음식은 신령님 속으로 들어가는 거야. 음식 자체가 신령님이 되는 거지. 그래서 시루떡 찌는 동안은 화장실 출입을 못 해. 그런 음식들을 자네가 참 잘 만들어주었는데 으흐흐…… 수양산 그늘이 강동 팔십 리를 덮는

다고, 자네의 그늘 속에 있을 땐 몰랐는데, 죽고 나니…… 내
가……”

조무가 흐느끼기 시작했다.

“고모님 무슨 말씀을 그리 하세요. 내가 고모님 그늘 덕을 얼마
나 봤는데…… 살림밖에 할 줄 모르는 무지렁이가 굿판들을 넘겨
다보면서…… 얼마나 많이 배웠는데…… 신령님들을 알게 되어
숨은 근심 다 놓게 되고…… 고모님은 좋은 데 가실 거예요.”

외종수는 조무를 껴안으며 따라 울었다.

“아이구 우리 아들, 먼 데서 온 우리 아들…… 내 초상 치르느
라 얼마나 고생했어. 나 좋은 데 가라고 굿까지 해주구…… 하늘
아래 하늘 우에 땅 우에 천지에 너 하나밖에 없었는데…… 팔자가
기구해서……”

내 앞에서 눈물을 주르르 흘리고 있는 여자는 어머니가 아니었
다. 어머니의 마음을 연기하고 있을 뿐이었다. 그럼에도 거부감은
들지 않았다. 오히려 마음이 푸근해지면서 그 마음속으로 들어가,
그 마음에 맞는 아들이 되고 싶었다.

“어미 노릇 제대로 못 하고…… 미안하다, 용서해라…… 이 못
난 어미를 용서해라……너를 두고 두 눈 감고 갈 수가 없어……
속눈은 뜨고 겉눈만 감고 간다……”

조무는 우느라 이제 말도 제대로 잇지 못했다. 어머니가 떠오르
면서 눈시울이 뜨거워지고 있었다.

“네가 잘되라고 어디를 가더라도 높은 산만 보이면 기도하고,
얕은 돌을 봐도 기도했는데…… 지금은 혼백이 되었지만, 내가 혼

백이래두…… 널 위해 기도를…… 넋이 되어서도 도와주마. 나술 한잔 줘. 네가 주는 술 한잔 마시고 싶구나.”

내가 술잔을 건네자 조무는 단숨에 잔을 비웠다.

“술이 달구나. 아들의 술이니 달 수밖에. 이런 술을 이제는 영영 마실 수 없으니…… 한번 가면 못 오는 길…… 뼈가 아프고 살이 아프구나…… 아이고, 만금 같은 내 따님이 여기 있구나. 아무도 함께 가줄 수 없는 그 길 위에 네가 홀로 서 있는 것을 보았을 때 가슴이 너무나 쓰리고 아려…… 인적이 없는 길 위에서 두리번거리고 있는 널 처음 보았을 때…… 아들과 헤어져 천지사방이 깜깜할 때의 나를 보는 것 같아…… 신을 모시고 산다는 것이 얼마나 외롭고 힘든 일인데…… 무엇이 너를 그 길 위에 세웠는지…… 꽃처럼 예뻤던 너를……”

조무는 강희의 손등을 어루만지며 울음 섞인 목소리로 말했다.

“내 고통을 지우고 남의 고통을 떠안는 사람이 무당인데…… 사람이되 사람이 아닌 것이 무당인데…… 마음이 명경같이 맑고 맑은 네가…… 애통하게 죽은 어린 딸의 넋이 너를 떠나지 않으니…… 어린 넋을 꽃길로 보내야 하는데…… 꽃길은 신령님 없이는 찾을 수 없으니……”

강희의 눈에서도 눈물이 뚝뚝 떨어지고 있었다.

“네 춤이 고운 것은…… 네 춤이 환환 것은…… 네 춤이 쓰린 것은…… 어린 넋이 내려다보고 있으니…… 어린 넋의 눈동자에 네가 비치니…… 그럴 수밖에…… 곱고…… 환하고…… 쓰릴 수밖에……”

조무는 강희를 가만히 껴안았다.

"산다는 것이 무언지…… 이 날개 누르면 저 날개가 일어나고, 저 날개 누르면 이 날개가 일어나고, 저 날개 덮으면 이 날개가 펄떡이고, 이 날개 덮으면 저 날개가 펄떡이고…… 여기 누르고 저기 누르다가, 여기 덮고 저기 덮다가 검은 머리 백발이 되는 인생…… 내 머리는 아직 백발이 되지 않았는데…… 가고 싶지 않았는데…… 하지만 나는 가오, 나는 가오, 속눈은 뜨고 겉눈만 감고…… 뻐꾸기 우짖는 서낭당을 지나, 가시로 만든 저승문을 지나…… 극락으로, 시왕으로, 연화대로 나는 가오."

외종수와 강희가 눈물을 흘리며 부디 좋은 데 가시라, 빌었다.

54

의사의 집은 들판이 내려다보이는 낮은 언덕 위에 있었다. 돌로 지은 그 집은, 마당이 넓고 정원이 아담했다. 집 안으로 들어간 농부는 잠시 후 한 청년과 함께 나왔다. 의사라고 해서 나이가 지긋한 사람일 줄 알았는데, 그 청년이 바로 의사였다. 어디선가 많이 본 듯한 얼굴이었다. 가만히 살피니 팔레스타인에서 흔히 볼 수 있는 그런 얼굴이었다. 그래서 낯익은 느낌이 들었을까, 생각했다.

의사는 사제를 따뜻한 물로 씻겼다. 그러고는 식초에 적신 수건으로 몸을 닦고 보리미음을 먹였다. 의사는 나에게도 목욕을 권했다. 내가 아프지 않다고 하자, 자신의 눈에는 아픈 사람으로 보인다고 했다. 치료비를 낼 수 없다는 나의 말에, 의사는 빙그레 웃으며 의사가 환자를 돌보는 것은 당연한 일이라 달했다. 농부가 왜 우리를 이곳으로 데려왔는지 알 것 같았다. 나는 의사를 가만히 보았다. 역시 낯익은 얼굴이었다. 평범한 얼글 때문만은 아닌 것 같았다.

사제는 보리미음과 약을 먹을 때를 제외하고는 거의 하루 종일 혼수상태와 같은 잠에 빠져 있었다. 나 역시 하루의 반 이상은 잠 속에 있었다. 유랑을 하면서 혹사당했던 몸이 잠의 아늑함에서 헤어나오지를 못했다. 식사는 의사가 만든 영양죽을 하루에 두 번 먹는 것이 전부였다. 그럼에도 배가 고프지 않았다.

꿈속에 혹은 잠결에 유랑하면서 보았던 풍경들이 자주 나타났다. 꿈속의 풍경인지, 기억 속의 풍경인지 구별이 되지 않았다. 내가 유랑하는 것이 아니라 풍경들이 떠다니고 있다는 느낌이 간혹 들었다. 때때로 예수가 보였는데, 그 역시 유랑하고 있었다. 예수의 꿈을 꾸는 이는 지금의 내가 아니었다. 전생의 그녀였다.

전생의 그녀가 꾸는 꿈에는 아이들이 자주 보였다. 그녀의 아들과 손자손녀들이었다. 전생의 그녀가 꾸는 꿈일지라도 내가 완전히 사라지는 것은 아니었다. 그녀 속에 나는 어렴풋이 남아 있었다. 꿈속에서 나는 그들이 예수의 핏줄이라는 사실에 놀라고 있었다. 청년으로 자라난 예수의 아들도 보였다. 예수를 닮은 모습이었다. 내가 느끼는 것인지, 그녀가 느끼는 것인지 알 수가 없었다.

잠에서 깨어나면 의사의 방을 찾았다. 그는 나를 다정히 맞았다. 서가에는 의학서적 외에도 치료법이 적힌 기록책들이 빽빽이 꽂혀 있었다.

그가 가장 많이 쓰는 약재는 식물이었다. 계피 은매화 아위 백리향 등의 풀과, 버드나무 배나무 전나무 무화과나무 대추야자나무 등에서 필요한 성분을 추출하여 고형이나 가루로 만들어 저장했다. 그런 식물들을 구하러 먼 곳까지 여행을 간다고 했다. 그가 심혈을 기울이는 작업은 처방의 내용을 자료화하는 것이었다. 약재들의 혼합비율과 투약의 양, 투약 횟수들을 자료화하는 것이 얼마나 중요한가를 나에게 말했다.

의사의 집에 기거한 지 이레째 되는 날이었다. 잠에서 깨어나니 덧창으로 아침햇살이 새어들어오고 있었다. 깊은 잠이었다. 꿈도 꾸었다. 꿈의 한 장면이 선명히 떠올랐다. 쇳덩어리처럼 무겁던 몸이 가볍게 느껴졌다. 병에서 회복된 듯한 느낌이었다. 마당으로 나왔다. 차가운 겨울공기가 상쾌했다. 나의 발길은 어느덧 들판으로 향하고 있었다. 들판에는 엷은 안개가 깔려 있었다. 먼 곳에서 양의 울음소리가 들려왔다.

의사의 얼굴을 떠올렸다. 꿈속에서 보았던 얼굴과 다르지 않았다. 꿈은 들판으로부터 시작되었다. 들판에는 빛이 가득했다. 빛이 너무 희어 말간 무명천을 펼쳐놓은 것 같았다. 그 들판 위에 의사가 있었다. 가만히 서 있었던 것 같기도 하고, 걷고 있었던 것 같기도 했다. 나는 양손을 꽉 쥔 채 의사를 응시했다. 그의 얼굴에는 예수의 얼굴과, 전생의 그녀 얼굴이 섞여 있었다. 전생의 그녀가 낳은 아들의 모습이 떠올랐다. 그 아들이 결혼하고 낳은 세 아이들도 떠올랐다. 세월이 흐르는 동안 그 세 아이는 또 그들의 아이를 낳았을 것이고, 그 아이들도 흐르는 세월 속에서 또 아이를 낳았을 것이다. 아이가 아이를 낳고 그 아이가 또 아이를 낳는다. 천년도 넘는 세월 동안 예수의 피가 흐르는 아이들이 얼마나 많이 태어났는지, 알 수 없다.

역사학자로서 유랑하는 동안 나는 수많은 유랑자들을 만났다. 천막을 짊어지고, 오아시스를 꿈꾸며, 사막을 떠도는 유목민들만 유랑자가 아니었다. 수많은 사람들이 땅 위를 떠돌고 있었다. 영혼의 천막을 짊어지고, 저마다 다른 오아시스를 꿈꾸며, 여기에서 저기로, 저기에서 저 너머로 쉼없이 떠돌고 있었다. 예수의 피가 흐르는, 헤아릴 수 없는 그 수많은 아이들도 그렇게 유랑했을 것이다. 여기에서 저기로, 저기에서 저 너머로. 가없는 시간과 공간을 떠돌아다니는 그들을 언제 어디서 만날지, 아무도 모른다. 만날 수도 있고, 만나지 못할 수도 있다.

환생에 대해 이야기했던 아즈하르 대학의 늙은 교수 이븐 하미단은, 진정한 꿈이란 정신적 본질 속에 존재하는 이성적 영혼이 사건의 형상을 일별하는 것을 뜻한다고 가르쳤다. 영혼은 정신적인 것이지만, 사건의 형상은 영혼 안에 실제로 존재하며, 꿈에서 일별한 사건의 형상을 통해 미래의 사건들에 대한 지식을 획득하고, 그것과 관련된 지각 혹은 지식을 얻게 된다는 것이었다. 그러니까 깨어 있을 때는 의식하지 못하는 늪은 정신의 세계와 그 속에 있는 본질적 존재들을, 자는 동안 꿈에 나타나는 영상과 사물을 통해 알게 된다는 것이다. 무함마드가 꿈을 예언의 46번째 부분이라고 정의한 까닭이 여기에 있다고 교수는 말했다.

꿈에는 세 종류가 있다. 명료한 꿈과 해석이 필요한 꿈, 어지러

운 꿈이 그것이다. 해석이 필요 없는 명료한 꿈은 신으로부터 오
며, 해석이 필요한 은유적인 꿈은 천사로부터 오지만, 어지러운
꿈은 사탄으로부터 온다. 영혼이 초자연적인 것을 인식하기 전에
기억 속에 존재하는 형상들을 합성하고 분해하는 활동을 하기도
하는데, 코란은 이것을 어지러운 꿈이라 부른다. 어지러운 꿈은
쓸모가 없다. 코란은 사탄을 쓸모없음의 근원이라고 가르친다.

나는 내가 꾼 꿈이 쓸모없는 것인지를, 곰곰이 생각했다. 그렇
지 않았다. 생명의 신비가 쓸모없는 것이라면, 신이 생명을 창조
할 이유가 없다.

올리브숲 앞에서 농부를 만난 것은 우연이었지만, 농부가 우리
를 의사에게 데려간 것은 우연이 아니었다. 농부는 사제를 치료할
수 있는 사람에게 우리를 데려갔다. 그렇다면 농부와의 만남도 우
연이 아닐 수 있다. 필연이 우연에서 비롯되었다면, 그 우연은 필
연의 영역에 포함될 수도 있는 것이다.

나는 양의 울음소리가 들리는 쪽으로 천천히 걸어갔다. 어린 양
을 가슴에 품고 싶었다. 비 오는 들판에서 어린 양을 품었던 전생
의 그녀처럼.

55

출국대가 보였다. 작별의 말을 해야 하는데, 무슨 말을 해야 할
지 막막했다. 강희와 헤어진다는 사실이 깊은 외로움을 불러일으

켰다. 두려움마저 느껴지는 외로움이었다.

"조심히 가세요."

강희가 먼저 말했다. 그녀의 눈에 슬픔이 어려 있었다. 어쩌면 내가 그렇게 생각하는 것인지도 몰랐다.

"예루살렘에는 언제 오실 거예요?"

마음과는 달리 목소리가 무뚝뚝하게 나왔다. 어머니 빈소에서 내 전생 이야기를 들은 강희는 예루살렘이라는 도시가 궁금해졌다고 말했다. 그 도시에는 가본 적이 없다고 했다. 나는 연말까지 예루살렘에 머물 예정이니, 그곳에 머무는 동안 그녀를 초대하고 싶다고 말했다. 강희는 생각해보겠다고 했다.

"가을이 가기 전에……"

강희가 눈을 가느스름하게 떴다.

"런던에 갈 거예요. 런던에서 예루살렘이 가까워요?"

"무척 가깝죠, 서울에 비하면. 런던은 왜요?"

옆에서 카메라 플래시가 터졌다. 누군가 작별의 순간을 찍는 모양이었다.

"딸이 묻힌 곳에 가려고요. 서울에 온 이후 한 번도 못 갔어요. 장미가 많이 자랐을 거예요."

"런던 공항에서 내가 기다리면 안 될까요? 난 런던엔 한 번도 못 가봤거든요."

"생각해볼게요."

"늘 생각만 하고 살아요?"

"케이 씨 앞에서는 생각을 더 많이 하게 돼요."

“왜요?”

“전생이 복잡하잖아요.”

강희가 입가에 웃음을 머금으며 말했다.

“어머니의 아들이기도 하구요.”

입가의 웃음은 어느새 사라져 있었다.

비행기가 이륙하고 있었다. 창밖을 내다보았다. 날씨가 흐려 금방이라도 빗방울이 떨어질 것 같았다. 나는 고아다. 가만히 중얼거려보았다. 어머니의 얼굴이 떠오르면서 가슴 깊은 곳에서 아픔이 일었다. 샤먼이 된 이유가 한국전쟁 때문이었다는 어머니의 고백은 충격이었다. 전쟁터를 헤매는 여덟 살 어머니 모습은, 상상만 해도 전율이 일었다.

외삼촌 말에 따르면, 어머니 가족은 북한군 치하의 서울에서 석 달을 보냈다. 9월 말 서울이 수복되었으나 중국군의 개입으로 피난행렬이 다시 이어졌는데, 어머니 가족이 떠날 수 없었던 것은 생사를 알 수 없는 할아버지 때문이었다고 했다. 12월 초 할머니는 외삼촌과 어머니를 김천의 외갓집으로 먼저 보냈다.

“기차는 철로가 끊겼거나 장애물이 있으면 한참을 멈춰 서 있곤 했어. 그사이 사람들은 용변을 보거나, 물을 떠오거나, 겨울밭에 뒹구는 언 감자알이나 무 같은 걸 캐오곤 했지. 기차가 기적을 울리며 갑자기 출발하는 바람에 가족과 헤어지는 사람들도 적잖게 생겼어.”

기차가 대전을 지나 어느 시골 역에 멈추어 섰을 때 배가 너무 고파 감자나 무뿌리라도 캐볼 생각으로 외삼촌은 어머니와 함께 기차에서 내렸다고 했다.

"조금 오래 정차할 거라는 승무원의 말 때문인지 사람들이 꽤 많이 내리더군. 우린 만날 장소를 정하고 헤어졌어. 네 엄마가 소변도 보고 싶고, 자기도 감자알이나 무를 찾아보겠다고 하기에 그렇게 한 거야. 같이 돌아다니는 것보다 각자 찾아다니는 게 낫겠다 싶었지. 먹을 것이 있을 만한 곳을 찾아 이리저리 헤집고 다니는데 하늘에서 이상한 소리가 났어. 누군가 쌕쌕이라고 외쳤고, 사람들이 겁에 질려 우왕좌왕하는 사이 기적 소리가 들려왔어. 황급히 우리가 만나기로 했던 장소로 달려갔는데, 네 엄마가 안 보이는 거야. 주위를 아무리 살펴도 보이지 않았어. 머릿속이 하얘지더구먼. 어떻게 해야 좋을지 몰랐어. 지금 가지 않으면 기차를 놓칠 거라는 생각과 동시에 네 엄마가 기차에 먼저 탔을 거라는 생각이 들었어. 왜 그런 생각이 들었는지 지금도 모르겠어. 내가 엉뚱한 장소에서 네 엄마를 찾고 있다고는 꿈에도 생각하지 못했지. 기차가 갑자기 떠난 이유도 알 수가 없었어. 그냥 지나가는 비행기였을 뿐인데……"

김천역에 내려 외갓집에 가는 동안에도 어머니가 먼저 가서 자신을 기다리고 있을 것이라 생각했다고 외삼촌은 말했다.

"아마도 죄의식 때문이었을 거야. 거기에서 잠시나마 피해보려는…… 아무튼…… 그땐 그랬어. 내가 외갓집에 도착하고 보름쯤 후에 어머니가 오셨어. 아버지가 돌아가신 것 같다는 말을 누군가에게 듣고 바로 서울을 떠나신 거야. 그런데 당연히 있어야 할 어린 딸이 보이지 않으니…… 내 말을 들은 어머니는 하염없이 우시기만 하셨어."

외갓집에서 석 달을 머문 후 서울 집으로 갔는데, 거기에 어머니가 있었다고 했다. 뼈만 남은 모습으로.

"그앤 꼼짝도 않고 우리를 쳐다보고만 있었어. 어머니가 부둥켜안고 우는데도 울지도 않고…… 눈에는 초점도 없고, 표정도 없고…… 넋이 나간 것 같았어. 자다가 헛소리를 어떻게나 하던지…… 어머니가 불을 켜보면 파리한 얼굴에 땀이 흥건하고……"

외삼촌은 당시를 회상하는지 한동안 멍한 표정이었다.

"이상하게도 그 아인 그동안 겪었던 일들에 대해 아무 말도 하지 않았어. 오빠와 약속한 장소에서 기다리고 있었는데 오빠가 오지 않았고, 어머니가 있는 서울 집엘 갔더니 어머니는 없었고, 그래서 역에 자주 갔었다는 말 이외는. 어머니가 아무리 물어도 말을 하지 않다가 혼자 있을 때는 뭐라고 중얼중얼하는데…… 생각하면 참으로 기가 막히는 일이지. 그 먼 곳에서 서울까지 어떻게 갔는지, 그동안 무얼 먹었는지, 어디에서 잤는지…… 천신만고 끝에 집에 도착했는데, 어머니가 없다는 사실을 알았을 때의 절망과 무서움을 어떻게 견뎠는지…… 전기도 안 들어오는 캄캄한 집에서 혼자…… 그해 겨울은 또 얼마나 추웠는데……"

전쟁이 일어나면 아이들이 가장 깊은 고통을 겪는다. 수많은 전쟁터에서 나는 아이들의 고통을 생생히 보아왔다. 한국전쟁은 거듭되는 전세의 반전 속에서 상호보복적인 학살이 도처에서 일어난 참혹한 전쟁이었다. 그런 전쟁터를 여덟 살의 어머니가 홀로 떠돌아다녔다고 생각하면, 아득해졌다.

외삼촌 가족이 떠올랐다. 그들과 작별할 때 내가 눈물을 흘리게 될 줄은 짐작도 못했다. 눈물을 먼저 흘린 이는 외삼촌이었다. 내 손을 잡으며 뭐라고 말할 듯하더니 눈물을 주르르 흘렸다. 그러자 외종수가 조금만 더 오래 사시지, 하면서 눈물을 보였고, 이어 은수의 눈자위도 발개졌다.

그들에게서 핏줄을 느낀 것은 넋굿을 할 때였다. 넋굿을 하는 동안 나는 어머니의 생애를 체험하고 있는 듯했다. 그동안 내가 몰랐던 어머니의 삶이 내 몸에 새겨진 상처처럼 생생하게 느껴졌다. 그들은 어머니의 삶을 함께한 사람들이었다.

강희가 넋굿을 하고 싶다고 말했을 때 머릿속에 가장 먼저 떠오른 것이 샤먼의 접신이었다.

샤먼이 일반 사람과 구별되는 것은 접신 능력 때문이다. 굿판에서 접신의 상태는 분명히 있다. 어떤 무당은 망자가 몸에 실릴 때 몸이 으스스하고 소름이 끼친다고 했다. 망자가 몸에 실리면 망자의 마음과 생각을 절로 알게 되어 자신도 모르게 말이 술술 나온다고 했다. 그럼에도 선뜻 믿어지지 않았다. 논리적인 설명이 불가능하기 때문이었다.

자료를 뒤적이다보니 논리적인 설명은 아니지만 그쪽으로 다가가려 애쓰는 이론을 찾을 수 있었다. 샤먼의 접신을 배우의 변신으로 파악하는 가설로, 배우의 선조가 샤먼이라는 것에 바탕을 두고 있었다.

샤먼이 되려면 고통이라는 통과제의를 거쳐야 한다. 그것은 살을 저미고 발라내며, 뼈를 깎는 고통이다. 샤먼의 후보자가 겪는 그런 과정은 접신을 가능하게 하는 힘이 고통임을 우리에게 알려준다. 이런 모습은 강신무에게서 확인된다. 신병神病을 앓는 이들은 대부분 남다른 삶의 고통을 겪은 사람들이다.

샤먼과 배우의 내면을 들여다보면 흡사한 점이 많다는 사실이 연구가들에 의해 밝혀지고 있다. 변신을 하려면 대상을 향한 깊은 몰두가 필요하다. 이 몰두가 영혼의 중심으로 들어갈 때 이른바 홀림의 상태에 이른다. 어떤 배우는 "다른 삶을 연기하는 동안 육신을 떠난 내 영혼이 돌아오지 못해 죽지 않을까, 두려움을 느낀다"고 했다.

뒷영실을 한 조무는 자신이 연기를 하고 있으며, 가족들도 그 사실을 알고 있으리라고 생각하는 것 같았다. 그럼에도 강희와 외종수가 울고, 내 눈시울이 뜨거워진 것은 조무의 연기가 진심에서 우러나온 것이기 때문이었다. 조무의 눈물은 그냥 눈물이 아니었다. 어머니의 기구한 생애를 생각하며 흘리는 눈물이었다. 강희는 달랐다. 강희는 어머니를 연기하지 않았다. 강희 자신이 바로 어머니였다. 어머니의 넋이 강희에게 들어오지 않았다면 내가 그렇게 느꼈을 턱이 없었다.

강희가 어떤 과정을 거쳐 어머니의 넋을 받아들였는지 궁금했다. 어머니에게는 춤이 몸을 비우는 과정이었다고 강희가 말했다. 강희 역시 춤을 통해 몸을 비웠을 것이다. 일부 수피주의자들도 춤을 통해 신을 느낀다고 했다. 춤의 신비를 막연히 알고 있는 나로서는 강희의 말이 명료하게 다가오지 않았다. 하지만 나는 강희에게 아무것도 묻지 않았다. 그래서는 안 될 것 같았다. 이성을 초

월하는 영역에 대해 이성의 잣대로 묻는다는 것 자체가 어리석게
느껴졌다.

창에서 강한 햇살이 쏟아져들어왔다. 비행기가 두터운 구름을
뚫고 올라와 있었다. 내 전생이 복잡하다는 강희의 목소리가 귓전
을 맴돌았다. 그동안 잊고 있었던 이브라힘이 떠올랐다. 그의 청
록색 눈동자가 어디선가 나를 내려다보고 있는 듯했다.

56

의사의 집을 떠난 것은 그곳에 머문 지 보름이 지나서였다. 사
제는 기력을 거의 회복한 듯 보였다. 수산나의 집은 찾지 못했다.
마을의 모습이 너무 많이 달라져 집터가 어디쯤이었는지조차 가
늠하기 힘들었다.

떠나기 하루 전, 나는 사제에게 의사가 예수의 후손일지도 모르
겠다는 내 느낌을 전하고, 그런 느낌을 가지게 된 과정을 소상히
밝혔다. 사제의 얼굴이 하얘지더니 무언가를 말하려는 듯 입술을
몇 차례 움직였으나 결국 아무 말도 하지 않았다.

사제가 의사에게 그동안 말로 표현할 수 없는 큰 은혜를 입었다
며, 반드시 은혜를 갚겠다 하자, 의사는 자신은 해야 할 일을 했을
뿐이지만, 그럼에도 은혜를 느꼈다면 다른 사람에게 그만큼 베풀
라고 했다.

우리는 의사와 작별한 후 예루살렘으로 향했다. 사제는 무엇에

도 눈길을 주지 않았다. 잠시도 머뭇거리지 않았다. 쉬지 않고 걸
었다. 뛰는 듯한 느낌이 들 정도였다. 그런 사제를 보고 있노라면
누군가에게 쫓기는 듯 느껴지기도 했고, 누군가를 다급하게 찾아
가는 듯 느껴지기도 했다. 마침내 예루살렘에 도착한 것은, 이틀
후 해가 중천에 떠 있을 때였다.

성으로 들어가기 전 사제가 걸음을 멈추었다.

"당신은 포로가 아니오. 내가 당신을 이집트 와지르 서기관으
로 대우했을 때부터 당신은 자유로운 몸이었소. 그러니 나는 당신
에 대한 어떤 권리도 갖고 있지 않소. 카이로로 가겠다면 그곳으
로 보내주겠소. 하지만 한 가지 청이 있소. 당신은 포로가 아니니
나의 청을 거절할 권리를 당연히 갖고 있소."

무슨 청인지를 물었다.

"나는 당신과 함께 긴 여행을 했소. 내 평생 이토록 긴 여행길은
처음이었소. 프랑스에서 예루살렘까지, 피투성이 전쟁을 치르면
서 왔던 길보다 더 멀고 긴 여정이었소. 십자군과 함께한 여행은
이 길에 비하면 아무것도 아니었소. 내가 무엇 때문에 그토록 먼
길을 당신과 함께했는지, 당신은 잘 알 것이오. 하지만 이 여행은
아직 끝났지 않았소. 여행의 마지막 지점은 성묘교회요. 나와 함
께 성묘교회까지 가지 않겠소?"

나는 그를 쳐다보았다. 거절해야 한다고 생각했다. 사제의 청에
는 어떤 위험이 깃들어 있었다. 그것이 무엇인지는 알 수 없지만
본능적으로 느껴졌다. 그럼에도 나는 고개를 끄덕이고 있었다. 나
로 하여금 고개를 끄덕이게 한 것이 무엇인지, 그 순간에는 알지

못했다. 깨달음은 천천히 의식을 뚫고 들어왔다. 그것은 운명이었다. 아무리 피하려고 해도 피할 수 없는.

사제와 함께 예루살렘 성으로 들어간 나는 정중한 대접을 받았다. 예루살렘 왕국의 통치자 고드프루아가 사제의 귀환을 환영하는 연회를 베풀었을 때, 사제는 나를 이집트 와지르 서기관이 아니라 자신의 친구로서 초대했다.

성묘교회는 먼 데 있지 않았다. 예루살렘 성안에 있었다. 그럼에도 사제는 좀처럼 모습을 보이지 않았다. 나를 감시하는 이는 없었다. 어디든 갈 수 있었다. 성밖으로 나가도 제지를 받지 않았다. 나는 동쪽 성문으로 자주 갔다. 성벽으로 올라가 기드론 골짜기를 내려다보고 있노라면 눈앞이 자주 흐려졌다. 요나가 생각나면 은화를 만지작거렸다. 요나가 잃어버린 은화였다. 시간이 흘러도 허공에 떠 있던 요나의 모습은 조금도 바래지 않았다. 전생의 기억을 통해 십자가에 박힌 예수의 모습을 보고 나서부터는 오히려 더 생생해졌다. 두 죽음의 모습은 꿈에도 나타났다. 요나의 죽음과 예수의 죽음이 구별되지 않았다. 요나인가 하면 예수였고, 예수인가 하면 요나였다.

사제가 수도사를 보낸 것은 성으로 들어온 지 보름이 지난 어느 늦은 오후였다. 수도사는 사제가 성묘교회에서 나를 기다리고 있으니 그곳으로 안내하겠다 했다.

성묘교회는 짙은 안개에 잠겨 있었다. 견고한 돌의 집이 안개의 일부처럼 보였다. 안개와 함께 그대로 사라져버린다 해도 조금도 이상할 것 같지 않았다.

안으로 들어서자 곧바로 뒤에서 문 닫히는 소리가 났다. 돌아보니 수도사는 보이지 않았다. 돔 천장 아래의 홀에는 높낮이가 다른 두 개의 제단이 있었다. 낮은 제단에는 예수의 형상이, 높은 제단에는 아담과 예수의 승천 모습이 모자이크로 장식되어 있었다. 제단의 측면 벽에는 천사 가브리엘이 마리아에게 예수 잉태 사실을 알리는 모습의 모자이크화가 있었다. 천창 밖으로 저문 하늘이 어렴풋이 보였다. 어두워진 하늘이 비현실적으로 느껴졌다. 너무나 비현실적이어서 눈앞에 있는 가브리엘이 오히려 더 실감나게 느껴질 정도였다.

인기척이 나서 돌아보니 사제가 우뚝 서 있었다. 문 소리는 듣지 못했는데 어디에서 나타났는지 알 수가 없었다. 그는 아마포로 만든 흰옷을 입고 있었다. 예루살렘 성벽에서 처음 그를 보았을 때 입었던 옷이었다. 흰옷이 눈부셨다.

"우리가 서 있는 이 자리에……"

사제는 수줍은 듯한 표정을 지었다.

"주님의 묘지가 있소. 들어가보겠소?"

속삭이는 듯한 목소리였다. 내가 고개를 끄덕이자 그는 보일 듯 말 듯 미소를 지었다. 불안과 만족감이 뒤섞인 미소였다.

묘지는 반석을 파서 만든 작은 석굴이었다. 입구가 무릎을 꿇고 들어가야 할 정도로 낮았다. 앞서 들어가는 사제의 뒤를 따라 안으로 들어갔다. 석굴 안에는 다섯 개의 기름등이 타고 있었다.

"저기가……"

사제는 대리석 평석이 덮인 편편한 바위를 가리켰다.

"주님의 옥체가 놓인 곳이오."

그의 눈은 번쩍인다는 느낌이 들 정도로 강렬히 빛나고 있었다.

"처음 여기에서 무릎을 꿇고 바위에 입맞춤했을 때, 가슴이 터질 듯했소. 주님의 현존을 그토록 깊이 느낀 적은 그전까진 없었소. 주님은 내가 태어나기도 전에 나를 아셨고, 내가 태어나는 순간 나를 가장 먼저 안으셨으며, 내가 숨을 쉬는 동안 한시도 내게서 시선을 떼지 않으실 것이며, 내가 숨을 거두는 바로 그 순간 나를 품에 안아 하늘로 오르시리라는 사실을 깨달은 것도 바로 이곳이었소. 그동안 내가 겪었던 모든 고통, 나를 짓눌러온 모든 존재의 무게들이 사라지는 듯했소. 그 느낌이 너무나 생생해 내가 다른 존재로 변한 것 같았소. 이를테면, 천사 같은……"

천사라고 말할 때는 목소리를 죽였다.

"몸이 투명하고 날개가…… 아, 따라와보시오."

사제는 갑자기 말을 뚝 끊고는 석굴에서 나갔다. 석굴 입구에서 일 미터도 채 안 떨어진 곳에 바위가 하나 있었다.

"이 바위는…… 천사가 앉았던 곳이오. 무덤에서 나오는 세 여인에게 주님의 부활을 알려준 그 천사 말이오."

그러면서 나를 빤히 쳐다보았다. 나에게서 어떤 반응이 나오기를 기다리는 듯한 표정이었다. 내가 침묵하자 사제는 시선을 슬며시 돌렸다.

"우리가 보아야 할 곳이 또 있소."

사제는 교회 바깥으로 나가더니 언덕으로 올라갔다. 커다란 반석으로 된 언덕 위에 건물 한 채가 서 있었다. 건물 벽에는 십자가에 못 박힌 예수와, 시신이 되어 십자가에서 내려지는 예수가 모자이크로 생생하게 그려져 있었다. 그는 내가 따라오는지를 확인하려는 듯 힐끗 한번 뒤돌아보더니 건물 안으로 들어갔다. 반석 외에는 아무것도 없었다. 건물은 반석을 보호하기 위해 지은 것이었다.

"저기, 반석 가운데 구멍 뚫린 곳이 보이오?"

내가 고개를 끄덕이자 사제의 얼굴이 상기되었다.

"거기가…… 주님의 십자가가 세워진 곳이오."

사제의 목소리가 더욱 낮아지고 빨라졌다.

"주님의 십자가 아래에는 아담이 묻혀 있었소. 로마 병사가 주님의 옆구리를 창으로 찔렀을 때, 주님의 몸에서 흘러나온 피와 물이 반석의 갈라진 틈을 타고 내려가 아담의 주검 속으로 스며들었소. 주님의 피는 아담에게 새 생명을 주었고, 주님의 물은 아담을 깨끗이 해주었소."

"노아가 다른 곳에 묻혀 있던 아담을 방주에 실어 예루살렘으로 옮겼다는 이야기도 들었습니다."

나는 처음으로 입을 열었다.

"아, 당신에게 보여줄 게 하나 더 있소."

그는 내 말을 듣지 못한 것처럼 빠른 걸음으로 건물을 나가 위쪽으로 올라갔다. 성묘교회가 환히 내려다보이는 언덕 위에는 고위 성직자들이 거주하는 주택들이 있었다. 사제는 빌라 형태의 석조 주택 앞에서 걸음을 멈추었다.

"그리스도교인이 아닌 사람이 내 숙소로 들어오는 건 당신이 처음이오."

그는 문을 열면서 낮게 말했다. 집 안으로 들어서니 달짝지근한 올리브기름 냄새가 났다. 냄새가 배어 있는 걸로 보아 등잔을 오래 켜놓는 모양이었다. 벽감에는 서적들과 파피루스 두루마리들이 쌓여 있었다.

"여기 앉아서 잠깐 기다리시오."

사제는 오크나무 탁자 곁에 놓인 등나무 의자를 가리켰다. 거실 옆에 붙은 방으로 들어갔던 사제가 잠시 후 무언가를 들고 나왔다. 그가 탁자 위에 조심스럽게 올려놓은 것은 사슴가죽으로 싼 길쭉한 꾸러미였다.

"이것은……"

사제는 사슴가죽을 조심스럽게 풀었다. 꾸러미에서 나온 것은 창이었다. 만든 지 무척 오래된 듯 변색이 되어 거무스레했다.

"성스러운 창이오. 롱기누스의 창이라고도 부르오."

나는 깜짝 놀랐다. 십자가에 마달린 예수를 창으로 찌른 로마 병사의 이름이 롱기누스이며, 예수를 찌른 직후 눈이 멀었으나 창을 타고 흘러내린 예수의 피가 스며들면서 다시 눈을 뜨게 된 그가 그리스도교 신자가 되었다는 이야기를 들은 적이 있었다.

"이 창이 바로……"

"그렇소. 주님의 옆구리에서 피와 물이 나오게 한 바로 그 창이오."

사제의 눈이 번쩍였다.

"교황 성하께서 십자군 지도자로 선택하신 아데마르 주교에게

이 창을 은밀히 하사하셨소. 십자군 지휘관들은 성스러운 창의 존재를 모르오. 롱기누스의 창을 지닌 이는 하느님의 인도를 받아 어떤 전쟁도 승리한다는 믿음이 전승되어왔소. 창의 존재를 숨긴 것은 야심이 많은 십자군 지휘관들 때문이었소. 그들이 창에 탐욕을 부린다면 어떤 사태가 일어날지, 교황 성하께서 우려하셨던 거요."

롱기누스 창에 대한 전설은 콘스탄티누스 황제로부터 시작되었다. 반란을 진압하고 로마제국을 재통일한 그의 업적은 성스러운 창을 몸에 지니고 전쟁터로 나갔기 때문이라는 이야기가 전설의 밑거름이었다.

"당신도 알겠지만 아데마르 주교께서는 작년 여름 안티오크에서 돌아가셨소. 죽음을 예감하신 그분은 어느 날 나를 부르셔서 성스러운 창에 대해 모든 것을 말씀해주시고는 나에게 맡기셨소. 이 창을 당신에게 보여주는 것은……"

사제는 뚫어질 듯 나를 응시했다.

"우리의 운명을 완성시키는 데에 꼭 필요한 것이기 때문이오."

무슨 뜻인지 몰라 그를 멍하니 바라만 보았다.

"주님은 한 분뿐이오. 그런데 당신은 나의 주님과는 다른 주님을 보여주었소. 우리의 운명은 바로 거기에서 시작되었소. 누구의 주님이 참된 주님인가를 밝히는 것이 우리의 운명이었소. 당신 주님의 실체를 알기 위해서는 당신 주님 속으로 들어가야 했소. 그러지 않으면 내가 무슨 수로 그분을 알 수 있겠소. 그분의 발자국을 따라가는 여행은 불가피했소. 그분 속으로 들어가기 위해 나는 나를 버렸소. 나를 버리지 않고서 어찌 그분 속으로 들어갈 수가 있었겠소. 나는 서슴없이 나를 버렸소.”

사제의 표정과 목소리에서 어두운 슬픔이 느껴졌다.

“변화는 신체에서 먼저 나타났소. 손바닥에서 고통이 느껴지기 시작했소. 못이 박히는 고통이었소. 둥글고 검은 못의 머리가 손바닥에 보이는 것 같았소. 손을 관통한 못 끝이 손등 위로 쑥 나와 있는 듯했소. 손바닥 중앙에 구멍이 나 있는 듯한 느낌에 소스라치게 놀라기도 했소. 옆구리에서 흘러나온 피가 옷을 적시는 것 같았고, 발등이 불에 덴 듯 아팠소. 몸이 변하면서 마음도 변하기 시작했소. 당신 주님의 마음이 내 안으로 흘러들어오기 시작한 것이오. 내가 사라지면서 그분의 마음이 나를 채우고 있었소. 타보르 산에서 움막을 지은 이는 내가 아니었소. 당신의 주님이었소. 손가락이 떨어져나간 나병환자의 손에 입을 맞춘 이, 두 팔로 나병환자를 껴안은 이도 내가 아니었소. 당신의 주님이었소. 참으로 놀라운 일이었소. 세상에 그보다 놀라운 일을, 나는 지금껏 경험한 적이 없었소. 그 놀라움 속에서 나는 당신의 주님이 환상임을 깨달았소.”

창문이 덜컹거렸다. 바람 소리가 희미하게 들려왔다.

“피조물에 불과한 인간이 거룩한 존재가 된다는 것은 불가능한 일이오. 그럼에도 나는 그것을 느꼈소. 불가능한 일이 이루어졌던 것이오. 환상이었기 때문이오. 나는 환상 속에서 주님이 되어 있었소. 내 영혼은 완전한 사랑으로 가득 차 있었소. 그뿐이 아니오. 나는…… 당신의 전생이라는 그 여인을……”

사제의 얼굴이 창백해지고 있었다.

"사랑하기 시작했소. 내 가슴은 한 여인에 대한 사랑으로 가득 차올랐소. 그것은 신의 사랑이 아니었소. 인간의 사랑이었소. 한 남자가 한 여자를 사랑하는. 주님의 사랑은 인간을 초월하는 사랑이오. 인간의 사랑은 불완전하지만 주님의 사랑은 완전하오. 나병 환자를 껴안는 그분의 영혼은 완전한 사랑으로 가득 차 있었소. 그 완전한 사랑 속으로 불완전한 사랑이 흘러들어오고 있었던 것이오. 신의 사랑과 인간의 사랑이 뒤섞이는 것은 불가능하오. 신이 어떻게 인간과 뒤섞일 수가 있겠소. 그건 신의 거룩함을 끌어내리는 행위요. 여기에서 나는 당신의 주님이 환상임을 명료하게 깨달았소. 하지만……"

사제는 눈을 감았다 잠시 후 떴다.

"그 환상은…… 아름다웠소. 너무나 아름다워 이것이 실제이기를 바라기도 했었소. 사마리아에서 나를 치료한 의사가 주님의 후손일지도 모른다고 당신이 말했을 때는 황홀한 나머지 하마터면 당신의 환상 앞에 무릎을 꿇을 뻔했소. 예루살렘으로 돌아온 이후에도 때때로 난 환상으로 돌아가고 싶은 충동에 휩싸였소. 강렬한 충동이었소. 난 까맣게 잊고 있었던 거요, 천사들 가운데 가장 아름다웠던 천사가 사탄이었음을."

사제의 목소리가 차갑게 식어가고 있었다.

"당신은 주님의 부활을 부정했소. 당신은 성모 마리아의 무한한 거룩함을 부정했소. 당신은 주님의 후손을 만들어냄으로써 주님의 순결하고 성스러운 육신을 갈기갈기 찢어놓았소. 내가 생각하건대 당신은……"

그의 목에서 그렁그렁하는 소리가 났다.

"주님의 십자가에 가장 가까이 접근한 사탄일 것이오."

성묘교회 홀에서 보았던 저문 하늘이 떠올랐다. 회색빛 성벽에 둘러싸인 예루살렘을 처음 보았을 때의 광경도 떠올랐다. 처음 보는 도시임에도 낯익은 느낌이 들면서 어렴풋이 떠오르는 풍경들, 그리고 전생이라는 아득한 시간의 심연, 십자군의 참혹한 학살과 요나의 죽음…… 어쩌면 그 모든 것들이 환상이었을지도 모른다는 생각이 들었다. 그러자 내가 생각하는 실재가, 진짜 실재인지 의심스러워졌다. 그동안 내가 겪고 보았던 것들은 물론, 나라는 존재조차 환상처럼 느껴졌다. 눈앞에 있는 사제 역시 마찬가지였다.

"이 창으로……"

나는 탁자에 놓인 창을 눈으로 가리켰다.

"나를 죽일 생각이군요."

마음이 고요해지고 있었다. 죽음이 두렵지 않았다. 어쩌면 나 스스로가 환상처럼 느껴졌기 때문일지도 몰랐다.

"어떤 창도 당신을 죽이지 못할 테지만, 이 창은 다르오. 당신을 확실히 죽일 수 있는 유일한 창이오. 하지만 나는 이 창을 먼저 쓰지 않겠소. 당신이 먼저 쓰시오."

그는 무겁게 숨을 들이키며 말했다.

"무슨 뜻이지요?"

"이 창으로 나를 찌르시오. 당신이 나를 죽이더라도 성을 빠져나가는 데는 아무런 문제가 없을 것이오. 오늘 밤은 누구도 나를 찾아와서는 안 된다고 수도사에게 미리 말해놓았소. 말을 타고 가시오. 마굿간지기에게 당신이 오면 말을 내어주라고 일러놓았소. 하룻밤이면 꽤 멀리까지 갈 수 있을 것이오."

"왜 내가 당신을 죽여야 하지요?"

"당신의 정체를 아는 유일한 사람이 나요. 죽일 이유가 충분하지 않소?"

"나는 사탄이 아닙니다."

"당신이 사탄이 아니라면 내가 사탄일 수밖에 없소. 그렇다면 더더욱 나를 죽여야 하지 않겠소. 당신이 나를 죽이지 않으면…… 내가 당신을 죽일 것이오."

사제는 나를 응시했다.

"내가 사탄이라면 나는 당신을 죽여야 하오. 진실을 숨기기 위해. 당신이 사탄이라면 더더욱 당신을 죽여야 하오. 진실을 위해. 그러니 내가 당신을 죽이지 않는다는 것은 불가능한 일이오."

"그런데 왜 창을 먼저 쓰려고 하지 않습니까?"

"하느님은 모든 존재하는 이들에게 자유의지를 주셨소. 그들 속에 깃든 선함을 드러내보이기 위함이었소. 사탄도 예외가 아니었소."

"당신은……"

나는 물끄러미 그를 보았다.

"내가 이 창으로 당신의 옆구리를 찔러 죽여주기를 원하는 것 같군요."

"무슨 뜻이오?"

그는 흠칫 놀라며 물었다.

"그래야 당신의 환상이 완성되니까요."

그는 눈을 크게 뜨고 나를 보았다. 안색이 하얗게 변하면서 몸을 부들부들 떨었다. 환상처럼 느껴졌던 그의 존재가 실재로 다가오면서 고통이 일었다. 죽음이 불러일으키는 고통이었다. 나는 내가 그를 죽일 수 없음을 깨닫고 있었다. 그것은 나의 운명이었다. 그가 나를 죽이는 것이 그의 운명이듯이.

운명의 내부를 들여다보고 싶었다. 왜 내가 그를 죽일 수 없는지, 알고 싶었다. 그것을 알 수만 있다면 무슨 짓이든 할 수 있을 것 같았다. 하지만 그것은 이룰 수 없는 염원이었다. 인간의 눈은 운명을 볼 수 없었다. 운명을 볼 수만 있다면 그것을 피할 수도 있을 것이다. 외로움이 고통을 에워싸고 있었다. 신 앞에 홀로 서 있는 듯한 외로움이었다.

57

이브라힘을 마지막으로 만난 것은 2003년 4월 26일이었다. 그의 전생 이야기를 녹음한 지 구 일째 되던 날이었다. 이브라힘은 그날, 전생의 내가 전생의 그를 죽였다고 했다.

전생의 내가 롱기누스의 창을 그에게 보여주는 장면을 이야기하면서부터, 이브라힘은 몹시 힘들어했다. 식은땀을 흘렸고, 목소리가 약해졌다. 좀 쉬는 게 좋겠다는 나의 말에 이브라힘은 눈을 감았다. 안색이 파리했고, 눈꺼풀은 축 늘어져 있었다. 잠시 후 다

시 눈을 뜬 그는 이야기를 계속했다. 이야기는 전생의 내가 롱기
누스의 창으로 그를 찌르기 직전의 상황을 건너뛰고 바로 죽음의
순간으로 들어갔다.

　사제의 창이 옆구리 속으로 깊숙이 파고들었다. 차가운 금속이
내 살 속 깊이 박혀들어오고 있을 때 사제의 얼굴에는 고통과 희
열이 뒤섞여 있었다. 그것은 신의 얼굴이기도 했고, 또한 짐승의
얼굴이기도 했다. 신과 짐승은 그토록 가까이 있었다. 내가 살아
온 세상은 언제나 그랬다. 신의 얼굴 뒤에 짐승의 얼굴이, 짐승의
얼굴 뒤에는 신의 얼굴이 있었다.
　의식이 흐려지면서 광채와도 같은 푸른빛의 물결이 보였다. 별
들이 선회하고 있는 듯한 물결의 움직임은 고요하고 장엄했다. 그
것은 시간의 물결이었다. 시작도 끝도 없는 무한의 공간에서 시간
은 고요하고 장엄하게 물결치고 있었다. 나는 보고 있었다. 물결
의 희디흰 살 속에서 은빛 거미줄처럼 가느다란 미로들로 직조된
내 생애들의 궤적을. 탄생과 소멸의 영원한 순환으로 이루어진 그
것은 나의 수많은 생애들을 관통하고 있는 우주적 형상이었다. 그
우주적 형상이 물결이 되어 내 육신 속으로 흘러들어오고 있을
때, 나는 깨닫고 있었다. 지금 내 몸에서 일어나고 있는 죽음은 나
의 수많은 생애들이 모여 이루어진 결과임을.
　사제를 올려다보았다. 그가 누구인지 알고 싶었다. 처음 만난
순간부터 그가 뿜어내는 강렬한 존재감에 사로잡힌 나는 끊임없
이 그를 알고 싶어했지만, 그것은 현생의 그를 향한, 현생의 내가

가진 단순한 호기심일 뿐이었다. 하지만 지금 이 순간 내가 알고 싶은 것은 현생의 그만이 아니었다. 나의 수많은 생애들이 만든 우주적 형상과 그의 수많은 생애들이 만든 우주적 형상을 연결하고 있는 운명의 실, 나는 그것이 궁금했다.

이야기는 여기에서 멈추었다. 정적이 이브라힘을 감싸고 있었다. 깊은 정적이었다. 무슨 말이든 하고 싶었으나 마땅한 말이 떠오르지 않았다. 전생에 대해 아무것도 기억하지 못하는 내가 어떤 말을 해도 이브라힘에게는 공허하게 들릴 것 같았다.

"당신을 죽이고도 나는 아무것도 기억하지 못하는군요."

나의 말에 이브라힘은 보일 듯 말 듯한 미소를 지었다. 어떤 마음이 담긴 미소인지, 알 수가 없었다.

"지금 여기에 내가 있는 것은……"

여전히 힘겨운 목소리였다.

"당신이 여기에 있기 때문입니다. 그리고 당신이 지금 여기에 있는 것은 내가 여기에 있기 때문입니다. 이상하게 들릴지 모르겠으나, 전혀 이상할 것이 없습니다. 여기는 우리가 시작도 끝도 없는 시간 속에서 수많은 삶과 죽음을 겪으며 만들어낸 우리의 작은 공간입니다. 이 작은 공간이 당신에게는 어떻게 비칠지 모르지만, 나에게는 기도의 장소입니다."

이브라힘은 나를 올려다보았다. 흐릿했던 눈이 처음으로 빛나고 있었다.

"당신이 나를 죽인 것은 과거의 행위이지만, 동시에 현재의 행위이자 미래의 행위입니다. 당신이 나를 죽인 그 순간 이미 그것은 당신의 존재 속으로 파고들어, 당신 존재의 일부가 되어 삶과 죽음의 순환 속에서 끊임없이 변화해가는 당신의 생애에 지속적으로 영향을 주고 있기 때문입니다. 당신이 나를 기억하지 못하는 것은 당신의 생애가 바뀌면서 당신의 존재 속에 쇳조각처럼 박혀 있는 그 행위를 잊었기 때문입니다. 가해자는 생애가 바뀌면 가해의 행위를 대부분 잊습니다. 하지만 희생자는 잊지 못합니다. 생애가 수없이 바뀌어도 살 속에 박혀 있는 희생의 기억은 쉽게 잊히지 않습니다. 이것은 참혹한 신비입니다."

'참혹한 신비'라고 말할 때, 이브라힘의 얼굴이 슬퍼 보였다.

"가해자는 자신의 존재 속에 박힌 쇳조각을 빼낼 수 없습니다. 그것이 있는지조차 모르니까요. 하지만 설혹 안다고 하더라도 혼자서는 빼내지 못합니다. 희생자의 도움이 필요합니다. 시간과 공간이 끊임없이 교차하는 광대한 삶의 공간 속에서 희생자를 만난다는 것은 쉬운 일이 아닙니다. 설혹 희생자를 만난다고 해서 반드시 그 일이 가능한 것도 아닙니다. 희생자가 가해자의 행위를 용서해야 합니다. 내가 이곳을 기도의 장소라고 생각하는 까닭은 그 때문입니다. 나는 여기에서 과거의 당신 행위를 용서하는 마음을 가지게 해달라고 간절히 기도합니다. 내가 용서의 마음을 가진다고 해서 기도가 행해지는 것은 아닙니다. 나의 기도에는 당신의 생애가 깊숙이 관여하고 있습니다. 당신이 수많은 생애를 살아오면서 이룬 선의 축적이, 혹은 당신이 겪었던 고통의 축적이 나와 만날 수 있는 계기로 작용했고, 나에게 기도하는 마음이 생기도록

한 것입니다."

이브라힘은 그윽한 눈으로 나를 보았다.

"나의 기도는 당신을 용서하는 행위이기도 하지만, 동시에 내 마음에 새겨진 상처를 씻는 행위이기도 합니다. 지금 상처를 씻지 않으면 미래의 어느 시간에는 내가 당신을 죽이게 될 것입니다. 상처가 지닌 독의 작용이지요. 그러니까 나의 기도는 당신을 위한 기도이면서 또한 나를 위한 기도이기도 합니다. 이런 기도를 할 수 있도록 한 당신에게 나는 깊이 감사하고 있습니다."

이브라힘은 스르르 눈을 감았다. 기진맥진한 얼굴에서 안도와 함께 평안한 빛이 감돌았다. 나는 그의 곁에 앉아 잠든 그의 얼굴을 오랫동안 내려다보았다. 참혹한 신비라는 그의 말이 머릿속을 쉼없이 맴돌고 있었다.

다음날 나는 쿠웨이트 시의 이븐 시나 병원에 있었다. 이라크 소년 알리가 영구 피부이식을 위한 첫번째 수술을 받은 날이었다.

임시로 이식한 피부를 제거하고 알리의 등과 무릎에서 0.3밀리미터 두께도 안 되는 얇은 피부층을 특수 피부이식칼로 채취했다. 그렇게 채취한 여러 장의 피부들을 기계에 넣어 수천 개의 구멍을 뚫었다. 피부의 면적을 넓히는 작업이었다.

네 시간에 걸친 수술의 결과는 좋았다. 오십 퍼센트 정도 이루어질 것으로 예상했던 영구 피부이식은 팔십 퍼센트가 이루어졌다. 수술 이후 알리는 아파하면서도 희망의 표정을 보였다. 열두 살의 소년의 얼굴에 나타난 희망의 빛은 눈부셨다. 그 눈부심을 뒤로하고 바그다드로 다시 돌아왔다.

알 칸디 병원에 도착했을 때는 해가 서녘 하늘에 걸려 있었다. 이브라힘의 병실은 텅 비어 있었다. 불길한 예감에 의사에게 달려갔다. 의사는 나를 물끄러미 보더니 이브라힘이 지난밤 잠을 자듯 숨을 거두었다고 말했다. 그토록 평안한 죽음은 오랜만에 보았다고 의사는 덧붙였다.

그날 저녁 나는 티그리스 강이 내려다보이는 창가에서 술을 마시며 간밤에 이브라힘이 했던 말을 되새겨보았다. 그의 죽음이 전생에서의 죽음과 어떤 관계가 있는지, 알고 싶어졌다. 지금 나는 내 안의 존재를 얼마만큼 알고 있는지도, 궁금해졌다. 막막했다. 창가에 놓인 모래시계를 들여다보았다.

모래는 시계의 바늘처럼 분절되면서 움직이지 않는다. 부드럽게 흐른다. 우리의 삶은 시간이라는 강물 위에 떠 있는 배와 같다. 시간이 부드럽게 흐른다는 것은 삶이 부드럽게 흐른다는 것을 뜻하며, 시간이 분절된다는 것은 삶이 분절된다는 것을 뜻한다.

문명은 시간을 끊임없이 분절해왔다. 문명이 정교해질수록 인간의 삶도 정교하게 분절된다. 나와 내가 분절되고, 너와 내가 분절된다. 믿음과 믿음이 분절되고, 진실과 진실이 분절된다. 기쁨과 기쁨이 분절되고, 슬픔과 슬픔이 분절된다. 기억과 기억이 분절되고, 현재와 과거가 분절된다. 인간과 신이 분절되고, 신과 신이 분절된다.

분절은 망각을 끌어들인다. 내가 나를 잊고, 네가 나를 잊는다. 믿음이 믿음을 잊고, 진실이 진실을 잊는다. 기쁨이 기쁨을 잊고, 슬픔이 슬픔을 잊는다. 기억이 기억을 잊고, 현재가 과거를 잊는다. 인간이 신을 잊고, 신이 신을 잊는다.

분절과 망각의 파국적 형태가 죽임이다. 내가 나를 죽이고, 네가 나를 죽인다. 믿음이 믿음을 죽이고, 진실이 진실을 죽인다. 기쁨이 기쁨을 죽이고, 슬픔이 슬픔을 죽인다. 기억이 기억을 죽이고, 현재가 과거를 죽인다. 인간이 신을 죽이고, 신이 신을 죽인다. 죽임의 총체적 형태가 전쟁이다. 전쟁의 모습은 이토록 기이하다. 전쟁에 휩싸인 바그다드는 기기한 도시가 될 수밖에 없었다. 그 기이한 도시 속에서 낯선 모습으로 나타난 이가 이브라힘이었다.

이브라힘의 시간은 분절된 시간이 아니었다. 흘러내리는 모래처럼 부드럽게 이어져 있었다. 분절되지 않는 시간이 향하는 곳은 영원이다. 이브라힘의 유랑은 영원을 향한 유랑이었다.

바그다드의 노을은 강렬했다. 진홍의 불길이 서녘 하늘을 물들였다. 구름은 불길의 융단이었다. 그 불길이 티그리스의 강물 위로 뚝뚝 떨어졌다. 노을이 사라지면서 어스레해진 하늘에 어디선가 새 한 마리가 나타났다. 새는 일몰의 허공을 비스듬히 날았다

"나는…… 죽지…… 않는…… 존재입니다."

먼 곳에서 들려오는 듯한 어렴풋한 목소리가 귓전을 맴돌았다. 그 순간 허공의 깊이를 알고 싶다는 강렬한 충동에 사로잡혔다. 허공의 깊이를 안다면 시간의 사막 속에서, 천막을 짊어지고, 낙타처럼 어디론가 쉼없이 걸었던 한 유랑자의 운명을 들여다볼 수 있을 것 같았다.

58

강희에게서 전화가 온 것은 기드론 골짜기를 걷고 있을 때였다. 서울을 떠난 후 처음 받는 전화였다. 강희는 예루살렘의 날씨가 어떠냐고 물었다. 하늘이 아주 푸르다고 대답했더니, 서울은 진눈깨비가 내린다고 했다. 진눈깨비 내리는 서울 거리가 잘 떠오르지 않았다. 햇살이 가득한 고궁만 떠올랐다. 강희와 함께 걸었던 고궁이었다.

"내일 런던행 비행기를 타요."

중요한 말을 할 때 눈썹이 치켜올라가는 강희의 얼굴이 어른거렸다.

"런던에서는 혼자 있을 생각이에요. 마음을 딸에게만 온전히 쏟고 싶어요. 런던을 떠나게 되면……"

나는 손을 앞으로 뻗었다. 햇살이 한 움큼 손안으로 들어왔다.

"예루살렘으로 갈 거예요. 거기서 케이 씨의 전생을 느끼고 싶어요. 런던에 얼마나 머물게 될지는 모르겠어요. 떠나기 전에 전화할게요."

설렜다. 내가 그녀에게 타인이 아니라는 사실을 확인한 듯했다. 그녀가 아주 가까이 있는 것처럼 느껴졌다. 손을 뻗으면 닿을 듯했다. 나는 밝은 마음으로 딸을 만났으면 좋겠다고 말했고, 그녀는 노력하겠다고 대답했다. 목소리가 경쾌했으나 그늘이 느껴졌다.

기드론 골짜기에서 올리브 산으로 오르는 경사면은 무덤들로 가득했다. 유대인 공동묘지였다. 묘지 안으로 조심스럽게 들어갔다. 발밑에서 바삭거리는 소리가 났다.

옛 유대인들은 기드론 골짜기 위인 올리브 산 서쪽 비탈에 묻히기를 원했다. 마지막 심판의 날에 부활이 일어날 장소가 예루살렘 성전 동쪽이라 믿었기 때문이다. 할아버지도 여기에 묻혔다. 하늘을 올려다보았다. 티 없이 맑았다. 저 하늘 어딘가에 문이 있다는 생각은 종교적이면서도 유아적인 상상이다. 천사들이 하늘과 지상을 들락날락하고, 천상의 사다리가 내려오는 것은 하늘에 문이 있기 때문이다. 그 문이 열리면서 인간의 육신이 들림을 받기도 한다.

묘지는 적막했다. 사람의 그림자가 보이지 않았다. 할아버지의 무덤 앞에 섰다. 비석에 새겨진 글씨를 손으로 더듬어보았다. '인간의 생명이란 한 번의 입김에 불과하며, 그 삶은 스쳐가는 그림자와 같다.' 할아버지가 좋아했던 시편의 구절이었다. 작은 돌을 무덤 위에 올려놓았다. 죽은 자에 대한 유대인의 전통적 존경의 표현이었다. 할아버지의 손을 잡고 처음 이 골짜기로 왔을 때가 생각났다. 일곱 살 때였다. 그때의 풍경이 꿈속처럼 아득했다.

내 전생을 느끼고 싶다는 강희의 말이 귓전을 맴돌았다. 그냥 하는 말이 아니었다. 어머니 빈소에서 이브라힘의 전생 이야기를 다 듣고 나서 그녀가 한 말은 나를 무척 놀라게 했다.

"우린 모두 사람을 죽였군요. 케이 씬 전생에서…… 나는 이생에서……"

슬픔에 잠긴 목소리였다. 얼굴에도 슬픔이 가득했다.

"강희씨가 왜…… 그건 사고였잖아요."

그녀는 고개를 저었다.

“나로 하여금 사고를 내게 함으로써 딸을 죽게 한 어떤 이유가 있을 거예요. 난 그 이유를 몰라요. 이유를 모른다는 사실 자체가 두려워요. 가해의 기억은 쉽게 잊히지만 희생의 기억은 쉽게 잊히지 않는다는 이브라힘의 그 말이, 지금 내 가슴을 아프게 두드리고 있어요. 정말 참혹한 신비예요. 이 참혹한 신비 앞에서 두려움을 느끼는 건 당연한 일이에요. 왜냐하면 그건……”

강희의 눈썹이 치켜올라갔다.

“좋은 두려움이니까요.”

“좋은 두려움이라니요?”

“진정한 기도를 하게 하잖아요. 이브라힘의 기도를 생각해보세요. 세상에는 수많은 기도들이 있지만 이브라힘의 기도처럼 놀랍고도 신비로운 기도는 드물 거예요. 케이 씬 이브라힘으로부터 놀라우면서도 신비로운 은혜를 입은 거예요.”

강희의 목소리가 티 없이 맑은 하늘을 맴돌았다. 그녀의 목소리에는 나에게는 결핍되어 있는 무언가가 있었다. 그것은 내가 보지 못하는 나의 내부를 빛처럼 비추었고, 그 순간 내 존재가 깊어지면서 그만큼 더 자유로워졌다.

이브라힘이 떠올랐다. 의사의 말이 맞았다. 죽은 그의 얼굴은 잠을 자고 있는 듯 평안했다. 생전의 그가 자고 있을 때보다 더 평화로운 얼굴이었다. 누군가가 그를 위해 기도하는 것 같았다. 그가 나를 위해 기도했던 것처럼.

살아오는 동안 진정으로 기도한 적이 한 번도 없었다는 사실을 아프게 깨달은 것은 강희의 말을 듣고 나서였다. 애니의 몸속에 있는 아이가 보였다. 애니는 아이 뒤에 있었다. 두 사람 앞에 무릎을 꿇고 단 한 번만이라도 진정으로 기도하고 싶은 충동이 일었다. 강하면서도 부드럽고 순수한 충동이었다. 하지만 어떻게 해야 할지, 알 수가 없었다. 이브라힘이 했던 대로 하면 될 것 같은데, 그가 기도하는 모습이 머릿속에서 좀처럼 그려지지 않았다.

바람이 불었다. 바람결에 편도나무 향기가 실려왔다. 주위를 둘러보았다. 언덕 위에 있는 편도나무가 눈에 들어왔다. 잎들이 바람에 조금씩 흔들리고 있었다. 나무 아래에 누군가가 있을 것 같았다. 나는 설레는 마음으로 편도나두 쪽으로 걸음을 옮겼다. ■

작가의 말

　『유랑자』는 환생을 소재로 한 소설입니다. 인간의 생애가 일회적으로 끝나는 것이 아니라, 새로운 생애가 끊임없이 이어진다는 환생사상은 우리들로 하여금 많은 생각을 하게 합니다. 환생사상이 동양에서만 뿌리를 내린 것은 아닙니다. 서양에서도 일찍 뿌리를 내렸습니다. 고대 그리스의 수학자이며 철학자인 피타고라스가 환생사상을 철학적으로 체계화했다는 사실은 널리 알려져 있습니다.

　저는 환생을 믿는 사람이 아닙니다. 그렇다고 부정하지도 않습니다. 저에게는 믿을 수도, 믿지 않을 수도 없는 것이 환생입니다. 『유랑자』의 주인공도 환생을 믿지 않는 사람입니다. 하지만 전생에서 그를 기억하고 있다는 사람이 나타남으로써 믿을 수도 믿지 않을 수도 없는 상태에 놓이게 됩니다.

　『유랑자』는 '현생의 시간'과 '전생의 시간'이 교차하면서 이야기

가 펼쳐집니다. 그러니까 『유랑자』는 '삶의 유랑'에 대한 입체적 이
야기입니다. 이 입체적 이야기가 궁극적으로 질문하는 것은 죽음입
니다. 우리는 모두 '죽을 수밖에 없는 존재'입니다. '죽을 수밖에 없
는 존재'가 죽음에 대해 질문을 품지 않는다는 것은 불가능합니다.

　『유랑자』는 저의 작품집 『희고 둥근 달』에 수록된 단편 「낙타의
길」에서 발아한 작품입니다. 새롭게 발아한 작품이 새로운 독자
와 만나게 되어 기쁩니다. 『유랑자』를 읽으시는 모든 분들이 '유랑
자'가 되어 삶의 새로운 풍경 속으로 깊숙이 들어가시기를, 기원
합니다.

2012년 3월

정찬

문학동네 장편소설

유랑자
ⓒ 정찬 2012

초판 인쇄 | 2012년 2월 29일
초판 발행 | 2012년 3월 10일

지은이 정찬
펴낸이 강병선
책임편집 조연주 | 편집 박지영 | 디자인 엄혜리 유현아
마케팅 신정민 서유경 정소영 강병주 | 온라인 마케팅 이상혁 장선아
제작 안정숙 서동관 김애진 | 제작처 영신사

펴낸곳 (주)문학동네
출판등록 1993년 10월 22일 제406-2003-000045호
주소 413-756 경기도 파주시 문발동 파주출판도시 513-8
전자우편 editor@munhak.com | 대표전화 031)955-8888 | 팩스 031)955-8855
문의전화 031) 955-8890(마케팅) 031) 955-8864(편집)
문학동네카페 http://cafe.naver.com/mhdn

ISBN 978-89-546-1728-4 03810

www.munhak.com